A. Kuralie

Das Licht in unseren Schatten

Kuralie wurde 1991 in der Schweiz geboren und schreibt seit ihrer Kindheit. Sie sieht sich selbst als Kopfmenschen mit Herz und glaubt fest daran, dass Worte die Macht besitzen, die Welt zu verändern. Sie lebt mit einem Rudel Farbratten am Zürichsee.

A. Kuralie

Das Licht in unseren Schatten

Roman

PIPER

Mehr über unsere Autoren und Bücher:
www.piper.de

Wenn Ihnen dieser Roman gefallen hat, schreiben Sie uns unter Nennung des Titels »Das Licht in unseren Schatten« an empfehlungen@piper.de, und wir empfehlen Ihnen gerne vergleichbare Bücher.

Wir produzieren nachhaltig
www.piper.de

Bei »Das Licht in unseren Schatten« handelt es sich um eine bearbeitete Version des auf Wattpad.com von Kuralie ab 2015 unter dem Titel »Geliebter Feind« veröffentlichten Textes.

ISBN 978-3-492-50578-9

Redaktion: Christiane Geldmacher
Satz auf Grundlage eines CSS-Layouts
von digital publishing competence (München)
mit abavo vlow (Buchloe)
Covergestaltung: Emily Bähr, www.emilybaehr.de
Covermotiv: Shutterstock.com (coldsun777); Freepik (janniwet; starline; rawpixel.com)
Printed in Germany

Für die Sonne aller Sonnen

Kapitel 1 – Ein heimliches Gespräch

Manchmal gibt es Momente im Leben, die ganz und gar keinen Sinn ergeben.

Sie sind wie die Matheaufgaben, die, vom Lehrer erklärt, so logisch lösbar wirkten, aber nun zu Hause, allein im Zimmer, ein völliges Mysterium geworden sind. In einem Augenblick scheint man zu begreifen, worum es geht, im anderen ist da plötzlich dieses Detail, das nicht ins Gefüge passt. Und am Ende ist man komplett verwirrt, was das große Ganze angeht.

So ungefähr fühlte ich mich gerade und leider saß ich weder in meinem Zimmer noch brütete ich über Hausaufgaben.

Ich hatte nicht geplant, mich im Jungsklo einzuschließen.

Eigentlich war ich nur über die Flure der Schule geschlendert, auf der Suche nach meinem Freund. Aber als die Tür zur Toilette aufging und ich einen kurzen Blick riskieren wollte, da hatte mich jemand im Gedränge auf dem Flur geschubst ... und drin war ich.

Jeder andere hätte sich direkt wieder umgedreht und wäre hinausmarschiert, aber ich stand nur da und riss die Augen auf. Aus dem Gang drang gedämpftes Gelächter zu mir durch und für einen Moment wusste ich gar nicht, was ich nun tun sollte. Doch noch bevor ich einen klaren Gedanken fassen konnte, hörte ich, wie jemand die Klospülung betätigte. Und als plötzlich die Klinke hinter mir gedrückt wurde, da war ich in meiner Panik schnell in eine der Kabinen gehuscht.

Es wäre mir furchtbar peinlich gewesen, von einer Horde Jungs in der falschen Toilette entdeckt zu werden. Ich bekam in solchen Situationen kaum ein Wort hinaus und fing an zu stottern. Ich wollte schon vor Scham im Boden versinken, wenn ich nur daran dachte, was die Leute hier für Geschichten erzählen würden, wenn ich mit hochrotem Kopf aus der Jungstoilette rennen würde.

Wenn eines an dieser Schule nämlich einwandfrei funktionierte, dann war es die Gerüchteküche. Ich hatte also hier drin gewartet, bis es wieder leer geworden war, aber gerade als ich das Klo verlassen wollte, da klappte die Tür erneut und einen Moment später vernahm ich die vertraute Stimme meines Freundes.

Ich wollte schon erleichtert aufatmen, aber noch bevor ich die Kabine verlassen konnte, fiel mir auf, dass er nicht alleine war. Mein Freund sprach mit jemandem und ich runzelte die Stirn, als er eine abfällige Bemerkung machte.

Ich hielt inne und überlegte, ob ich ihn auf mich aufmerksam machen sollte, aber dann sagte er auf einmal etwas, das mich stutzig machte.

»Du wirst dich aus meinen Angelegenheiten raushalten.«

Ein dumpfes Geräusch erklang, als hätte er mit der Faust auf das Waschbecken geschlagen. Seine Stimme klang gepresst, aber es schwang auch eine leise Furcht darin mit. Und das war es letztlich, was mich zu der Entscheidung brachte, abzuwarten. Mit der Hand noch an der Klinke, das Klo bereits aufgeschlossen, hielt ich die Luft an und spitzte die Ohren.

»Was willst du tun, wenn nicht?«, fragte eine deutlich ruhigere und sehr viel tiefere Stimme.

Beim Klang dieser Worte rieselte es mir kalt den Rücken hinunter, denn ich erkannte sofort die Stimme von Alexej Morosow, dem wohl übelsten Menschen, den man hier auf der Schule finden konnte. Sollte es an irgendeiner Stelle ein

Problem geben, dann fand man den Russen garantiert irgendwo mittendrin.

Erst vor ein paar Tagen hatte es auf dem Pausenhof eine große Schlägerei gegeben und nachdem die Lehrer den ganzen Pulk getrennt hatten, fand man natürlich niemand geringeren als Alexej selbst im Zentrum, einen jüngeren Schüler im Schwitzkasten.

Ich wunderte mich einen Moment darüber, weshalb Alexej heute überhaupt hier war. Eigentlich hätte er für das Anstiften einer Prügelei ein paar Tage suspendiert sein sollen.

Die Tür wurde erneut aufgestoßen und das Geräusch riss mich aus meinen Gedanken. Sofort wurde es still im Raum und ich schluckte, weil mir auf einmal bewusst wurde, dass meine Kabine nicht mehr abgeschlossen war. Was, wenn jemand hier hinein wollte? Ich konnte mich ja schlecht dagegen stemmen und wenn ich jetzt den Riegel drehte, hätte das Geräusch mich ohne Zweifel verraten. Ich hatte keine Ahnung, wie ich erklären sollte, dass ich mich die längste Zeit hier drin aufgehalten hatte, ohne einen Mucks von mir zu geben.

Wie erstarrt stand ich da, unfähig mich zu bewegen, doch bevor ich völlig in Panik geraten konnte, hörte ich, wie der Neuankömmling sich haspelnd entschuldigte und wieder verschwand.

Ich atmete erleichtert auf.

Dann hörte ich Alexejs amüsierte Stimme: »Der war ja leicht wieder raus zu befördern. Du hingegen scheinst es noch nicht ganz begriffen zu haben. Du wirst dich von ihr fernhalten.«

Fernhalten? Was meinte er damit? Doch bevor ich einen klaren Gedanken fassen konnte, erhob mein Freund die Stimme erneut, diesmal sichtlich ungehalten: »Sag mal, hast du sie noch alle? Es geht dich einen Dreck an, mit wem ich zusammen bin!«

Ein abfälliges Lachen erklang. »Das denkst auch nur du, Darcy.«

Simon gab ein Schnauben von sich und ich runzelte die Stirn. Mein Freund konnte es nicht leiden, wenn man ihn mit seinem Nachnamen ansprach, aber ich fragte mich unwillkürlich, wie er in einer solchen Lage überhaupt den Mut aufbringen konnte, Alexej die Stirn zu bieten. Jeder hier wusste, wozu der Russe fähig war, wenn er die Beherrschung verlor, und niemand wollte dann im Fokus seiner Aufmerksamkeit stehen.

»Was willst du tun, wenn nicht?«, sagte Simon und ich hielt automatisch die Luft an.

Gespannt starrte ich auf die Kritzeleien und obszönen Sprüche, die meine Klotür verunstalteten, und strengte mich an, jedes noch so leise Geräusch mitzubekommen. Die beiden hatten ihre Stimmen gesenkt, als sie auf mich zu sprechen kamen.

»Dann werde ich dafür sorgen, dass sie sich von dir trennt.«

Alexej klang tief und so bedrohlich, dass sogar ich in meiner Kabine versucht war, einen Schritt zurück zu weichen. Ich schluckte, mein Gehirn damit beschäftigt, die Informationen zu verarbeiten, die mir hier geliefert wurden.

»Wenn du versuchst, einen Keil zwischen uns zu treiben, dann wirst du das bereuen«, spie Simon aus und obwohl mein Herz so laut schlug, dass ich Angst hatte, man würde mich hier drin entdecken, hätte ich in diesem Moment am liebsten die Tür aufgerissen und mich neben meinen Freund gestellt, um diesem Alexej zu sagen, wo er sich seine Drohung hinstecken könne.

Was fiel diesem Typen eigentlich ein? Wie konnte er es wagen, hier aufzutauchen und das Ende meiner Beziehung zu verlangen? Mein Leben ging ihn nicht das Geringste an, und nur weil er sich sonst mit Gewalt durchsetzen konnte, bedeutete das keineswegs, dass jeder hier sich seinem Willen beugte und zu Kreuze kroch, wenn er mit den Fingern schnippte.

Wie dreist konnte man eigentlich sein?!

Nicht, dass ich ihm das jemals ins Gesicht gesagt hätte.

Ich war mir nur allzu deutlich der Tatsache bewusst, dass ich nicht halb so viel Courage besaß wie mein Freund und ich hoffte insgeheim, dass ich dem Russen niemals persönlich gegenübertreten müsste. Normalerweise machte ich um solch üble Menschen einen großen Bogen und gab mir Mühe, ihren Blick nicht auf mich zu ziehen.

Sehr zu meinem Leidwesen hegte Alexej jedoch eine persönliche Abneigung gegen meinen Freund und diese Feindseligkeit beruhte auf Gegenseitigkeit. Die beiden konnten sich nicht ausstehen und seit ich mit Simon zusammen gekommen war, hatte er schon mehrmals erwähnt, wie ausfällig der Russe gelegentlich werden konnte.

Ich erinnerte mich sogar daran, dass er mich gewarnt hatte, Alexej könne etwas gegen unsere Beziehung haben, was mir bis heute ein ungelöstes Rätsel blieb. Aber ich hatte noch nie ein Gespräch zwischen den beiden mitbekommen und wenn Alexej immer so ein Arschloch war, dann konnte ich verstehen, weshalb Simon ihm gewöhnlich aus dem Weg ging.

Ich presste die Lippen zusammen und hörte, wie jemand etwas knurrte, diesmal jedoch so leise, dass ich kein Wort verstand, und ein paar Sekunden später verließ Simon, laute Verwünschungen ausstoßend, den Raum.

Die Tür fiel hinter ihm ins Schloss und dann war es ruhig.

Ich wagte nicht richtig zu atmen aus Angst, Alexej könnte mich hier drin bemerken.

Es war mir noch nie zu Ohren gekommen, dass er ein Mädchen angepöbelt hätte, aber ich kannte ihn kaum und konnte mir nicht sicher sein, denn es war es schwierig, mir ein Bild über ihn zu machen. Er hatte Simon trotz ihrer ominösen Vorgeschichte bisher kaum Beachtung geschenkt, und ich selbst hatte von seinen Eskapaden nicht viel mitbekommen.

In den Klassen verhielt er sich meist ruhig, manchmal etwas abweisend, und schien mit niemandem so wirklich befreundet zu sein. Nun hingegen wurde mir langsam klar, weshalb die Schüler ihm auswichen, wenn er den Gang hinunter kam, und versuchten ihm nicht in die Quere zu kommen.

Was für ein garstiger Mensch.

Ich konnte nur hoffen, dass er bald ginge und ich mich hier herausschleichen konnte. Bestimmt war Simon schon auf der Suche nach mir, damit wir die Mittagsstunde gemeinsam verbringen konnten. Ich wollte seine Hand nehmen und ihm versichern, dass uns nichts so leicht auseinander bringen könne und er auf die Worte dieses Egoisten nicht hören solle.

Als es nach ein paar Minuten noch immer still war, wagte ich es langsam tiefer durchzuatmen. Dennoch bewegte ich mich nicht vom Fleck und lauschte noch immer angestrengt in den Raum hinein, weil ich mir ziemlich sicher war, dass Alexej noch nicht gegangen war.

Erst als ich kurz davor war, die Geduld zu verlieren, hörte ich schließlich ein Geräusch. Jemand drehte den Wasserhahn auf und schlug sich offenbar Wasser ins Gesicht. Der Hahn wurde mit einem Quietschen wieder zugedreht und dann hörte ich, wie Schritte den Raum verließen.

Eines hörte ich jedoch noch, bevor die Tür schließlich auch hinter Alexej ins Schloss fiel, und das, was ich hörte, ließ mir das Blut in den Adern gefrieren.

»Du wirst ihn verlassen.«

Mit klopfendem Herzen rutschte ich an der Kabinenwand nach unten, bis ich auf dem Boden saß.

Hatte Alexej mich bemerkt? War der letzte Satz direkt an mich gerichtet gewesen, oder hatte er mit sich selbst gesprochen?

Mit langsamen Atemzügen versuchte ich mich zu beruhigen, und als nach einigen Minuten niemand mehr aufgetaucht war, rappelte ich mich schließlich auf und verließ die Kabine. Ein Blick in den Spiegel offenbarte mir ein blasses Gesicht mit geröteten Wangen und blonde Haare, die in alle Richtungen abstanden. Rasch glättete ich sie und eilte zur Tür, um diese vorsichtig aufzuziehen. Der Flur war wie leer gefegt.

Die meisten Schüler waren mittlerweile beim Mittagessen und hatten Besseres zu tun, als sich hier herumzudrücken. Ich schulterte meine Tasche und ging Richtung Cafeteria, während ich nach meinem Handy fischte. Als ich es gefunden hatte, sah ich, dass ich bereits zwei Nachrichten von meinem Freund bekommen hatte.

Ich hastete die Treppe hinunter ins Erdgeschoss und als ich den großen Saal in der Mitte der Schule betrat, sah ich schon von Weitem, wie meine beste Freundin Sara auf meinen Freund einredete, der lustlos in seinen Nudeln herumstocherte.

»Dina!«, rief sie, als ich in Hörweite gekommen war, und gestikulierte in Simons Richtung, »ist doch so, oder nicht?«

»Was denn?«, fragte ich neugierig, als ich mich gegenüber von Simon niederließ, der mir ein Lächeln schenkte, das seine weißen Zähne entblößte.

Simon sah gut aus mit seiner geraden Nase und den Grübchen, die sich nun vertieften. Am Anfang unserer Freundschaft hatte ich angenommen, dass er sich für Sara interessierte. Sie war eine echte Schönheit und ich fragte mich oft, weshalb er nicht versucht hatte, mit ihr zu flirten.

Jetzt hingegen erschien mir diese Überlegung geradezu lächerlich, wenn ich sah, wie wenig kompatibel die beiden waren. Sein ruhiger Geist war für ihr quirliges Wesen oft viel zu langweilig, während sie ihm gewöhnlich auf die Nerven ging.

Ich erwiderte sein Lächeln, als sein Blick aufgrund meiner grüblerischen Miene fragend wurde und winkte ab. Stattdessen kehrten meine Gedanken wieder zurück zu dem Gespräch, das ich mitgehört hatte. Irgendwie fühlte ich mich schlecht, weil ich ihn belauscht hatte, selbst wenn es nicht meine Absicht gewesen war. Und ich fragte mich, ob er mich in das Problem einweihen würde.

Sara war jedoch gerade dabei etwas zu erzählen, und so suchte ich in meiner Tasche nach meinem Mittagessen, während ich auf ihre Erklärung wartete.

»Du hast kein rotes Cocktailkleid«, sagte sie, verschränkte die Arme und pustete sich eine ihrer rotgoldenen Locken aus der Stirn. Es war mir schleierhaft, weshalb sie diese bis vor Kurzem kastanienbraun gefärbt gehabt hatte. Ihre natürliche Farbe stand ihr viel besser. Außerdem war ihr Blond sehr viel hübscher als meine aschfarbenen Haare, die zudem in langweiligen Wellen herunterhingen.

Ich musste sie angestarrt haben, denn sie legte den Kopf schief und hob die Augenbrauen, als erwartete sie noch immer meine Antwort. Ich schüttelte meinen Kopf, um meine Gedanken zu vertreiben, und konzentrierte mich auf unser Gespräch.

»Wovon sprichst du?«, fragte ich verwirrt und schaute zwischen den beiden hin und her. »Weshalb sollte ich ein rotes Cocktailkleid haben und wie kommt ihr überhaupt auf das Thema?«

»Na, wegen der Party heute Abend. Simon hat mir gerade erzählt, dass er dich seinen Eltern vorstellen will.«

Mein erstaunter Blick wanderte zu meinem Freund, der mich noch immer lächelnd ansah und nun selbst ein wenig verlegen wirkte. Er hatte mich seinen Eltern nämlich noch nicht vorgestellt und das, obwohl wir schon ein halbes Jahr zusammen waren. Jedes Mal war ihm irgendetwas dazwischen gekommen und da er ohnehin nicht besonders viel Zeit zur Verfügung hatte, weil er nebenher jobbte, um nicht auf das Geld seiner reichen Familie angewiesen zu sein, gab es nicht besonders viele Gelegenheiten.

Aber obwohl es streng genommen Simons Schuld war, dass die Treffen ein ums andere Mal ins Wasser fielen, konnte ich ihm nicht böse sein. Ich fand es toll, dass er sich nicht alles von seinen Eltern finanzieren ließ, sondern seinen eigenen Beitrag leisten wollte.

Trotzdem ging es mir nun doch etwas schnell.

»Heute Abend schon?«, fragte ich.

»Ja«, murmelte Simon und rutschte dabei auf seinem Stuhl hin und her, als wäre es ihm unangenehm. »Es ist mir ganz spontan eingefallen und ich denke, es wird langsam Zeit. Deshalb wollte ich dich heute Abend zu uns nach Hause einladen.«

»Deine Eltern veranstalten die Party?«, fragte ich. Es war das erste Mal, dass ich davon hörte, und meine Fragen schienen Simon zu verunsichern, denn er schaute auf einmal auf seine Hände hinunter und murmelte: »Eine Abendgala, um genau zu sein. Aber du musst natürlich nicht, wenn du keine Lust hast.«

Mir war schon etwas mulmig zumute. Aber obwohl so ein offizieller Anlass mir vor Augen führte, in was für unterschiedlichen Welten wir lebten und ich mich auch ein bisschen davor fürchtete, was seine Eltern wohl zu mir sagen würden, überwog meine Neugierde doch.

Ich wusste nicht viel über die Darcys. Lediglich, dass sie in gehobener Gesellschaft verkehrten. Simons Vater war Partner in einer Kanzlei und seine Mutter arbeitete für verschiedene Modemagazine als Fotografin und Designerin.

Jemand anderes hätte seine Eltern wohl als die typischen Snobs bezeichnet, aber ich hatte einmal miterlebt, wie Simon auf eine solche Behauptung reagierte und als er sich schließlich wieder beruhigte, da hatte ich still für mich beschlossen, lieber gar keinen Kommentar zu seinen Eltern abzugeben. Er schien sie sehr zu lieben und wer war ich, dass ich seine Familie für das Geld verurteilte, das sie besaß?

Einen Moment lang kam der Gedanke in mir auf, ob er auf die Idee mit der Einladung gekommen war, weil er Alexej beweisen wollte, dass er sich nicht von mir trennen würde. Aber selbst wenn es so wäre, freute ich mich trotzdem darüber, dass er nicht vergessen hatte, wie wichtig es mir war, seine Welt etwas besser kennenzulernen.

»Natürlich komme ich«, sagte ich nun also und Simon fand sein Lächeln wieder. »Aber vorher muss ich auf jeden Fall ein Kleid besorgen, denn Sara hat recht, so was habe ich nicht.«

»Ich dachte wirklich, du hättest eines«, murmelte er, zuckte mit den Schultern und machte sich nun doch noch über seine Nudeln her. Ich musste grinsen, als ich sah, dass er seinen Appetit wieder gefunden hatte, und biss in mein Sandwich.

»Wo warst du eigentlich vorhin?«, fragte da Simon plötzlich mit vollem Mund. »Ich hab dich nirgendwo gesehen.«

»Ich hab dich gesucht«, antwortete ich und ließ meinen Blick über sein Gesicht wandern. Eigentlich hatte ich angenommen, dass er nun mit der Sprache herausrücken würde, aber er sagte nichts weiter und das machte mich unsicher.

»Wo warst denn du?«, fragte ich nun behutsam.

»Hatte was im Schulzimmer vergessen.«

Ich starrte auf mein Sandwich hinunter, während ich darauf wartete, dass er noch mehr sagte, aber Simon aß einfach weiter und so ließ ich die Sache schließlich auf sich beruhen. Das belauschte Gespräch lag mir schwer im Magen und es lag mir auf der Zunge, meinem Ärger Luft zu machen und Simon zu fragen, wieso Alexej ihn so sehr hasste, aber irgendetwas sagte mir, dass ich lieber die Klappe halten sollte.

Simon hatte sich immer davor gedrückt, mir zu erzählen, was in der Vergangenheit zwischen ihm und diesem Unruhestifter vorgefallen war, und ich wollte ihn nicht bedrängen und damit möglicherweise alte Wunden wieder aufreißen.

»Okay«, rief Sara plötzlich und schlug so heftig auf den Tisch, dass ich mich vor Schreck verschluckte und hustend nach meiner Wasserflasche griff.

»Wir beide, Schnucki«, sie pikte mir mit dem Finger in die Brust, »gehen nachher auf Kleiderfang. Ich will die Freistunde nach dem Mittag nutzen, um die Geschäfte in der Nähe abzuklappern, und wenn wir dort nichts finden, gehen wir nach der Schule in die Stadt. Wäre ja gelacht, wenn wir bis heute Abend kein Kleid auftreiben können!«

Oh Gott.

Eigentlich hatte ich die lange Mittagspause mit Simon verbringen wollen, wie wir das immer taten, da er freitags eigentlich arbeiten musste und wir deshalb am Abend keine Zeit füreinander hatten. Aber jetzt, da er sich freigenommen hatte, um mit mir auf die Party zu gehen, konnte ich das kaum als Ausrede bringen.

Außerdem würde mir die Zeit mit Sara helfen, meine negativen Gedanken loszuwerden, denn meine beste Freundin kaufte leidenschaftlich gerne ein und würde mich herumscheuchen, bis wir das perfekte Kleid gefunden hatten.

Ich seufzte also ergeben und nickte.

»Super«, grinste sie und klatschte in die Hände. »Das wird super!«

Es war grauenvoll.

Aber zumindest war ich in meiner Misere nicht allein, denn Simon hatte sich letztlich dazu überreden lassen uns zu begleiten. Eigentlich konnte er so etwas noch viel weniger leiden als ich, aber auf Saras Drängen hin und unter meinem bittenden Blick hatte er schließlich nachgegeben.

Nun stand ich mit dem geschätzten tausendsten Kleid vor der Umkleidekabine in einem Laden, der zum Glück nicht weit von unserer Schule entfernt war, und war selbst dabei die Lust zu verlieren.

»Findest du es nicht etwas zu übertrieben?«, fragte ich meinen Freund.

Ich drehte mich ein wenig hin und her, um ihm eine bessere Sicht auf das Kleid zu gewähren, während ich selbst skeptisch in den Spiegel starrte. Bereits seit einer halben Stunde schlüpfte ich in verschiedene Sachen, die irgendwie alle nicht so richtig meinem Geschmack entsprachen.

»Nein, das Kleid steht dir gut«, kam es von Simon, der auf dem Hocker in der Ecke saß und den Einkaufsexzess über sich ergehen ließ.

»Meinst du?«

Das Kleid saß ziemlich eng und ich fragte mich, ob ich darin nicht doch etwas dicker aussah, als ich eigentlich war. Ich war nicht pummelig, aber die Raffung an der Taille trug doch ziemlich auf und die Farbe machte mich blass.

Sara unterdessen schleppte unermüdlich neue Kleider an und war gerade erst wieder zwischen ein paar Kleiderstangen verschwunden.

»Ich weiß nicht, Simon. Bist du sicher, dass es nicht etwas zu overdressed aussieht?«

Nachdenklich strich ich über den weichen Stoff, während ich auf Simons Urteil wartete. Als dieses nicht kam, blickte ich irritiert auf, nur um ihn dabei zu erwischen, wie er gähnte.

»Simon!«

Die Zeit lief uns davon und ich hatte keine Lust darauf, nach der Schule erneut auf die Suche zu gehen. Außerdem fühlte ich mich unsicher in diesen Kleidern und fragte mich ständig, was seine Eltern wohl denken würden, wenn ich mich selbst schon so fühlte, als würde ich in einer Wurstpelle stecken.

»Du bist wirklich nicht gerade hilfreich!«, motzte ich ihn deshalb an, als er mir einen unschuldigen Dackelblick zuwarf. »Ich probiere jetzt schon das tausendste Kleid an und du sagst immer nur, dass es gut aussieht. Wie soll ich da eine Wahl treffen?«

Simon seufzte und strich sich durch die dunkelblonden Haare. Meine Laune sank langsam aber sicher, denn ich glaubte in seinem Seufzen einen ungeduldigen Unterton zu vernehmen. Er hatte meine Eltern schließlich schon am Anfang unserer Beziehung kennengelernt und dabei nichts weiter tragen müssen als sein übliches Poloshirt und seine Lieblingsjeans.

»Du siehst eben in allem gut aus, Knuffelchen«, sagte Simon jedoch nur und kam zu mir, um mich mit seinen braunen Teddybäraugen anzuschauen. »Es sind nur sehr viele Kleider gewesen und ich weiß auch nicht mehr, was ich noch sagen soll.«

Er strich mir über die Schultern und gab mir einen kurzen Kuss. Ich schloss die Augen, als ich mich an ihn lehnte und der Geruch seines Parfüms mir in die Nase stieg. Er streichelte mir über den Rücken und ich seufzte.

Simon mochte es eigentlich nicht, öffentlich Zärtlichkeiten auszutauschen, und deshalb waren solche Momente selten.

»Weißt du was«, murmelte ich, als ich mich von ihm löste. »Ich nehme ganz einfach das erste Kleid. Das war gar nicht schlecht, oder?«

»Egal, was du nimmst, es sieht sicher gut aus.«

Ich grinste und wühlte in dem großen Stapel herum.

Zurück in der Umkleidekabine, pellte ich mich aus dem engen Kleid. Wieder in meinen Jeans und der leichten Bluse fühlte ich mich gleich viel besser. Ich betrachtete das auserwählte Kleid noch einmal, das eine dunkelblaue Farbe besaß und leichte Verzierungen am Ausschnitt hatte. Die geschnürte Rückenpartie sah zwar elegant, aber nicht zu übertrieben aus und gab dem Kleid das gewisse Etwas.

Ich nickte.

Als ich aus der Kabine kam, war Simon schon wieder am Gähnen, hielt sich aber schnell die Hand vor den Mund und hatte den Anstand, einen schuldbewussten Blick aufzusetzen. Ich schüttelte mit einem Lächeln den Kopf. Irgendwie konnte ich ihm nicht böse sein. Er hatte mir in jedem einzelnen Kleid Komplimente gemacht und beteuert, wie hübsch er mich fand.

»Dein Martyrium ist hiermit offiziell beendet«, flötete ich also und konnte ein Grinsen nicht unterdrücken, als die Erleichterung ihm buchstäblich ins Gesicht geschrieben stand.

Aber wir mussten eh bald gehen, um pünktlich zurück in der Schule zu sein.

»Ich räum das hier nur schnell weg«, sagte ich und hob den Stapel hoch, den ich bis jetzt durchprobiert hatte. In diesem Moment kam Sara von irgendwoher aus dem Getümmel der Leute, einen weiteren großen Berg Klamotten in der Hand.

»Nichts da«, rief Simon, bevor ich reagieren konnte, und scheuchte sie wieder weg. »Sie hat eins.«

Ich kicherte und glaubte ihn noch ein ›Gott sei Dank‹ murmeln gehört zu haben, als ich von dannen schritt, um auch meiner Qual ein Ende zu setzen. Das mulmige Gefühl beim Gedanken an die Party war verschwunden und ich lächelte auf meine Einkaufstasche hinunter.

Auf einmal freute ich mich darauf, das Kleid heute Abend zu tragen.

Ich konnte ja nicht wissen, dass es niemals dazu kommen würde.

Kapitel 2 – Die Sache mit der Spinne

Es bringt gewisse Vorteile mit sich, ein Lehrerliebling zu sein.

Der Begriff mochte nicht besonders schmeichelhaft sein, aber für mich war es alles andere als unangenehm, die Lehrer auf meiner Seite zu wissen. Wenn man beispielsweise zu spät kam, drückten sie gerne mal ein Auge zu und wenn man aufgerufen wurde und die Antwort auf eine Frage nicht kannte, dann folgte meist nur ein Nicken und der Nächste durfte sein Glück versuchen.

Ich fand jedenfalls nichts Schlimmes daran und meine Mitschüler schien es auch nicht zu stören. Selbstverständlich gab es auch an unserer Schule Fälle von Mobbing, aber ich durfte mich glücklicherweise zu den Leuten zählen, die eigentlich mit allen gut auskamen und im Grunde nicht sonderlich aus der Menge herausstachen.

Eines durfte man dabei aber nicht vergessen. Nämlich, dass ein solcher Ruf manchmal auch gewisse Nachteile mit sich bringt.

Jetzt gerade zum Beispiel wäre ich lieber einer der Schüler gewesen, die von den Lehrern mit grimmigen Blicken taxiert wurden, wenn sie sich ein paar Minuten zu spät zur Tür hereinschoben oder um einen Aufschub für eine Arbeit baten. Solche Schüler wurden nämlich nicht gebeten, nach dem Geschichtsunterricht zu bleiben, um die alten Karten zurück in die Bibliothek zu bringen.

Ich jedoch wurde soeben mit einem ganzen Stapel davon beladen, sodass ich meine Tasche schließlich auf einen leeren Stuhl warf, um die Arme frei zu haben.

Den ganzen Nachmittag verspürte ich schon eine stille Vorfreude auf den heutigen Abend. Doch leider hatte ich diese mit niemandem teilen können, weil sowohl Sara als auch Simon andere Fächer belegt hatten. Genau genommen hatten sie nach einer Doppelstunde Englisch sogar bereits vor einer Stunde nach Hause gehen können, während ich hier auch nach Schulschluss noch aufgehalten wurde.

Herr Maibachs Gedanken weilten bestimmt auch schon beim Wochenende und da bot es sich natürlich an, seine Arbeit auf einen Schüler abzuwälzen. Die Karten mussten in den Keller gebracht werden, wo sich die Alte Bibliothek befand, wie wir Schüler sie nannten, und dazu musste man einmal quer durch die Schule.

»Die Karten sind sehr empfindlich, Dina«, wurde ich angewiesen, als ich sämtliche Dokumente in den Händen hielt, die mein Geschichtslehrer zu Anfang der Stunde angeschleppt hatte. »Es ist wichtig, dass sie im Keller lagern, wo es kühl und trocken ist.«

Ich nickte abwesend, während ich mir die Wegbeschreibung anhörte.

Niemand ging je in den Keller.

Niemals.

Die Bibliothek war nämlich schon vor Jahren ins Obergeschoss verlagert worden und im alten Gewölbe wurden ausnahmslos die empfindlicheren und wertvolleren Studienobjekte aufbewahrt, die man zur Sicherheit nicht in die neue Bibliothek verlagert hatte, wo tagtäglich viele pflichtbewusste – oder gezwungenermaßen fleißige – Schüler ihre Finger daran wetzen konnten.

Mehr oder minder begeistert machte ich mich auf den Weg. Je früher ich meine Last abliefern würde, desto schneller käme ich schließlich auch hier raus. Ich ging wie beschrieben erst einmal ins Nebengebäude und dort die Haupttreppe ganz nach unten. Nach mehrmaligem Abbiegen entdeckte ich die schmale Treppe, die so aussah, als wäre sie im letzten Jahrhundert gebaut worden.

Es war kühl hier unten, was ja auch Sinn und Zweck der Sache war, und die Treppe war steil, sodass ich aufpassen musste, wo ich hintrat. Endlich, nachdem ich ohne Erfolg in ein paar leer stehende Räume und den Heizungskeller hineingespäht hatte, erblickte ich am Ende eines engen Durchganges die grüne Metalltür, nach der ich suchte.

Ich ging den Gang hinunter, stieß sie auf und blickte in einen dämmrigen Raum. Das Licht funktionierte nicht, obwohl ich den altmodischen Kippschalter mehrmals betätigte. Ich zuckte nur mit den Schultern und schritt zu einem der Tische, während die Tür hinter mir mit einem lauten Klacken ins Schloss fiel.

Ich warf die Karten auf den einzigen freien Platz, den ich finden konnte, und machte auf dem Absatz kehrt. Wenn ich mich beeilte, dann konnte ich vielleicht sogar den Bus noch erwischen und musste nicht eine halbe Stunde auf den nächsten warten.

Ich griff nach dem Türknauf und zog.

Nichts bewegte sich.

Irritiert runzelte ich die Stirn und zog noch einmal, diesmal mit mehr Kraft. Die Tür musste klemmen, denn sie bewegte sich keinen Millimeter. Selbst dann nicht, als ich mit beiden Händen zupackte und daran rüttelte. Ich blickte verwirrt auf den Knauf hinunter.

Langsam stieg eine furchtbare Ahnung in mir hoch. Diese Vermutung war so erschreckend, dass ich augenblicklich losließ und einen Schritt zurücktrat.

»Nein, das kann nicht sein«, murmelte ich.

Ich starrte auf die alte Kellertür, als würde sie mir meine unausgesprochene Frage beantworten können. Hatte ich mich eingeschlossen? Mein Blick wanderte über die grüne

Farbe, die bereits an vielen Stellen abblätterte und das hässliche kalte Metall preisgab, während die Gedanken in meinem Kopf zu rattern begannen.

Wieso hatte Herr Maibach nicht erwähnt, dass sich die Tür von innen nicht würde öffnen lassen? Das konnte er doch nicht vergessen haben? Hatte ich ihm vielleicht nicht richtig zugehört?

Ich erinnerte mich, dass ich mehrmals ungeduldig genickt hatte, als er mir den Weg erklärte, überzeugt davon, dass ich den richtigen Raum schon finden würde, wenn ich die Augen offen hielt. Nun kam ich mir dumm vor, weil ich nicht einmal sagen konnte, ob dieses Missgeschick hier meine Schuld war oder das Versäumnis meines Geschichtslehrers.

In einem letzten Anflug von Entschlossenheit packte ich den Knauf noch einmal und rüttelte mit aller Kraft. Doch die Tür gab nicht nach. Kein Knirschen, kein Knacken oder sonst ein Anzeichen dafür, dass sie mit genügend Willen aufzustemmen wäre.

»Oh mein Gott«, entkam es mir leise. Ich hämmerte mit der Faust gegen die Tür, aber ich tat mir nur selber weh und so klopfte ich schließlich mit der flachen Hand dagegen. »Hallo?«, rief ich und lauschte. »Ist da jemand?!« Nichts rührte sich.

Ich stöhnte frustriert auf. Ausgerechnet heute, wo ich Simons Eltern endlich kennenlernen sollte. Wahrscheinlich würde ich viel zu spät und total abgekämpft dort ankommen, denn wer konnte schon sagen, wie lange es dauern würde, bis mein Geschichtslehrer auf die Idee kam, nach mir zu sehen.

Ich seufzte, drehte mich um und lehnte mich gegen das kalte Metall. Schweigend ließ ich meinen Blick über das Durcheinander schweifen, das hier unten herrschte. Überall stand Zeug herum. Plastikstühle, Standgloben und jede Menge alter Schreibtische, an die sich teils windschiefe Regale lehnten, die mit scheinbar letzter Kraft die alten Wälzer und staubigen Karten vergangener Zeiten auf ihren durchgebogenen Brettern trugen.

Das Licht hier drin war trüb. Nur durch ein paar kleine Fenster oben an den kahlen Betonwänden sickerten ein paar spärliche Sonnenstrahlen in den Raum. Viele kleine Staubpartikel tanzten im goldenen Abendlicht und ich fragte mich unwillkürlich, wann die Sonne heute wohl untergehen würde.

Der Herbst hatte vor kurzem Einzug gehalten und obwohl es tagsüber noch relativ mild war, wurden die Nächte kalt und kamen früh, sodass ich schon sehr bald im Dunkeln sitzen würde.

Ich schauderte bei dem Gedanken.

Ärgerlich schüttelte ich den Kopf. Es bestand überhaupt kein Grund mich zu fürchten. Ich würde hier garantiert nicht den ganzen Abend verbringen. Schließlich lag meine Tasche noch in Herrn Maibachs Klassenzimmer. Die Tasche, in der dummerweise auch mein Handy steckte. Ich schlang die Arme um mich selbst, als mir in den Sinn kam, dass ich sie auf einen Stuhl geworfen hatte. Was, wenn er sie nicht bemerkte?

Ein dumpfer Kopfschmerz begann sich zu melden und ich rieb mir über die Schläfen. Es würde mir wohl nichts anderes übrig bleiben, als zu warten.

Und so wartete ich.

Ich wartete lange.

Es gab kaum Geräusche hier unten, was einen fertig machen konnte. Nichts, was einen aus der öden Lethargie des Wartens herausholen könnte. Ich hatte keine Ahnung, wie viel Zeit bereits verstrichen war. Ich saß schon so lange hier unten, dass ich jegliches Gefühl für entschwindende Minuten verloren hatte.

Es war dunkler geworden und ich wusste nicht, ob ich es mir einbildete, aber ich hatte das Gefühl, es würde auch kälter werden.

»Liebe Dina«, äffte ich meinen Lehrer in einem Anflug von Ärger nach, »diese Karten müssen unbedingt in den Keller, weil sie sonst Schaden nehmen könnten. Es ist besser für sie dort unten. Kühl und trocken!«

Ja, verdammt, fügte ich in Gedanken an. Und eng und muffig.

Hier unten roch es nach Staub und abgestandener Luft und auch wenn ich mich ansonsten gerne an solchen Orten aufhielt, an denen längst vergessene Schätze gelagert wurden, die man erforschen und bewundern konnte, bevorzugte ich doch eher Räume, die ich auch wieder verlassen konnte, wenn die Nacht hereinbrach.

Der Zeitpunkt, an dem ich dieses Gewölbe verlassen hätte, lag allerdings schon ein gefühltes Jahrhundert hinter mir. Ich fragte mich, ob man mich nicht schon irgendwo vermissen müsste. Im Geiste ging ich die Personen durch, die sich wundern könnten, wo ich abbliebe.

Sara konnte ich schon einmal vergessen. Meine beste Freundin glaubte, dass ich unterdessen zu Hause wäre und mich für die Party schick machte. Meiner Mutter konnte meine Abwesenheit gar nicht auffallen, weil sie in der Pflege arbeitete und heute Spätschicht hatte.

Ob mein Vater sich fragte, wo ich bliebe? Bestimmt nicht, wenn man bedachte, dass ich nach der Schule oft noch zu Sara nach Hause ging.

Simon hingegen würde mich bestimmt bald anrufen, um sicher zu gehen, dass ich die Zeit nicht vergaß. Er hasste Unpünktlichkeit und deshalb hatte ich mir auch angewöhnt ihm zu schreiben, selbst wenn es sich bei der Verspätung nur um wenige Minuten handelte. Heute würde er sich wahrscheinlich von selbst melden, lange bevor die Party begänne.

Er hatte so getan, als wäre das keine große Sache für ihn, aber ich war mir ziemlich sicher, dass er genau so nervös war wie ich. Ich fragte mich, was er tun würde, wenn ich mich nicht meldete. Ob er auf die Idee kommen würde, dass ich noch hier sein könnte?

Das erschien mir ziemlich abwegig.

Wieder entrang sich mir ein tiefes Seufzen. Langsam aber sicher glaubte ich nicht mehr daran, dass noch jemand kommen würde. Selbstmitleid kam in mir auf und wilde Szenarien fingen in meinem Kopf an lebendig zu werden.

Es war schließlich Freitag und bis man mich finden würde, könnte es Montag sein. Wer wusste schon, ob Herr Maibach nicht übers Wochenende zu seiner Familie führe, die bei meinem Glück selbstverständlich irgendwo lebte, wo es kein fließendes Wasser gäbe und natürlich auch keinen Telefonanschluss.

Ich würde hier drin verdursten, verhungern und erfrieren! Gut, vielleicht nicht alles auf einmal, aber auf jeden Fall verdursten. Am Montagmorgen würde man mich ausgetrocknet hier an der Tür finden, wo ich mir die Finger blutig geschrammt hatte in dem Versuch, meinem Gefängnis zu entkommen.

Okay, das war vielleicht etwas zu melodramatisch und ja, vielleicht auch ein wenig lächerlich. Ich zog eine Grimasse und rappelte mich auf. Ich durfte hier nicht herumsitzen, bis ich am Ende noch die Krise kriegte.

Solange ich noch ein wenig Licht hatte, würde ich mich hier lieber etwas umsehen. Vielleicht gab es ja eine Möglichkeit, hier auf unkonventionelle Weise heraus zu kommen. Entschlossen quetschte ich mich zwischen einem Tisch und einem staubigen Regal hindurch. Obwohl hier nicht mehr so viele Gegenstände gelagert wurden wie früher, wirkte der Raum doch vollgestopft.

Mit zunehmender Gelassenheit stellte ich fest, dass es nicht halb so gruselig war, wie ich gedacht hatte. Im letzten

Licht der Abendsonne sah sogar alles ein wenig verwunschen aus.

Wie lächerlich, dass ich einen Moment zuvor noch geglaubt hatte, möglicherweise hier drin drauf gehen zu müssen.

Ich ging an verschiedenen Regalen entlang und strich über die alten Buchrücken.

Als nach ein paar Metern eine Lücke auftauchte, wo jemand ein paar dicke Wälzer entfernt hatte, fiel mein Blick durch die Bretter hindurch plötzlich auf einen Wasserhahn über einem weißen, großen Plastikwaschbecken. Gott sei Dank. Ich würde also doch nicht verdursten. Zumindest nicht, wenn der Anschluss nicht zugedreht wäre. Ich kletterte über einen niedrigen Tisch neben dem letzten Büchergestell.

Das Glück war endlich einmal auf meiner Seite.

Ich lachte und packte den grünen Hahn, um das Wasser aufzudrehen, als auf einmal alles ganz furchtbar schnell ging. Ich entdeckte die haarige Spinne, die auf dem Hahn ihr Netz gesponnen hatte. Ich stürzte zurück gegen ein Regal und schlug wild mit den Armen um mich, schreiend und panisch, um das ekelhafte Getier abzuschütteln, als ich plötzlich hörte, wie die Tür zur Bibliothek aufging.

Schockstarr und mit stummem Entsetzen hörte ich, wie jemand meinen Namen rief. Ekelschauer liefen mir über den Rücken, doch ich stolperte vorwärts. Ein fürchterlicher Gedanke durchzuckte mich ...

Die Tür. Sie durfte nicht zufallen!

»Die Tür!«, schrie ich und krachte gegen den Schreibtisch. »Pass auf, die Tür!«

Und dann hörte ich das Klacken.

Wie ein Donnerschlag, so laut klang es in meinen Ohren, während ich vor Schrecken bleich, die Hand dramatisch ausgestreckt, erstarrte. Ein Moment unbeschreiblicher Stille folgte dem endgültigen Ton und die Information über das eben Geschehene sickerte langsam in meinen Verstand.

Doch bevor ich völlig begriffen hatte, was eigentlich los war, fiel mein Blick auf den Rücken mit den breiten Schultern und eine andere Gewissheit schlug so heftig ein, dass mir das frustrierte Stöhnen im Hals stecken blieb.

Ich kannte diese breiten Schultern.

Ich kannte diese Gestalt.

Groß. Dunkelhaarig. Aggressiv.

Stöhnend sackte ich in mich zusammen und stützte mich auf der staubigen Tischplatte ab.

Das durfte doch wirklich alles nicht wahr sein.

Kapitel 3 – Gefangen mit dem Feind

»Was zur Hölle?!«

Alexejs verwirrter Blick streifte mich, bevor er mir wieder den Rücken zuwandte und nach dem Knauf griff, um die Tür aufzustemmen. Er fluchte, während er sich mit aller Kraft nach hinten lehnte, den Fuß an der Wand abstützte und zog, dass die Tür nur so ächzte und knarzte.

Einen Moment lang schöpfte ich schon Hoffnung, denn Alexej war alles andere als ein Schwächling. Zumindest, wenn man von seinem Erscheinungsbild ausging. Er war fast zwei Köpfe größer als ich, womit er auch die meisten Jungs an unserer Schule überragte, und wäre vermutlich auch dann ein einschüchternder Anblick gewesen, wenn ihm nicht der Ruf eines Schlägers vorausgeeilt wäre.

Aber selbst Alexej, der nun mit zunehmender Gewalt vorging, konnte diese Tür nicht öffnen. Als mir das klar wurde, sackten meine Schultern nach unten.

Es war ausweglos. Wir saßen hier fest und vermutlich war das diesmal sogar meine Schuld.

»Sie klemmt nicht«, sagte ich, meine Stimme heiser vor Anspannung. »Sie ist wirklich zu.«

Ich räusperte mich, um über die Flüche des Russen hinweg gehört zu werden, aber Alexej war offenbar im gleichen Moment zum selben Schluss gekommen, denn er trat verärgert gegen den Stahl und drehte sich schließlich zu mir um.

Er musterte mich von oben bis unten und wirkte, als ob er mich erst jetzt so richtig wahrnehmen würde. Seine eisblauen Augen fanden meine und mir lief augenblicklich ein kalter Schauer über den Rücken.

Wir starrten einander an und ich konnte nicht umhin zu bemerken, dass ich ihn noch nie so richtig angeschaut hatte. Er war zwar in ein paar von meinen Kursen, aber außer einem flüchtigen Blick, wenn er wieder einmal einen gelangweilten Kommentar von sich gab, die die meisten Lehrer mittlerweile auch schon gewohnt waren, hatte ich ihm bisher nie größere Beachtung geschenkt.

Auch die anderen in meiner Stufe hielten sich von ihm fern. Die Mädchen tuschelten hinter vorgehaltener Hand über ihn und die Jungen wussten, dass mit ihm nicht gut Kirschen essen war.

Eine steile Zornesfalte hatte sich nun in seine Stirn gegraben und die halblangen Strähnen seiner pechschwarzen Haare hingen ihm wirr in die zusammengekniffenen Augen. Sein markantes Gesicht trug einen missbilligenden Ausdruck und es lag eine Ablehnung darin, die ich nur darauf zurückführen konnte, dass ich ihm als Simons Freundin ebenfalls ein Begriff war. Und kein sehr beliebter dazu.

»Du!«

Unwillkürlich wich ich einen Schritt zurück, als er plötzlich auf mich zukam und stolperte dabei fast über meine eigenen Füße. Alexej hatte die Hand erhoben und zeigte mit einem Finger anklagend auf mich, als wäre ich schuld an seiner ganzen Misere.

»Was verdammt noch mal geht hier ab?«

Ich zog den Kopf ein.

»Wieso hockst du hier unten in diesem dunklen Loch und fuchtelst kreischend mit deinen dürren Steckenärmchen?!«, donnerte er.

Automatisch dachte ich an das Gespräch, das ich heute Morgen belauscht hatte, und fragte mich erneut, wieso Simon nicht die Flucht ergriffen hatte. Alexej thronte über mir wie ein Gewitter, kurz bevor es losbricht, und ich hatte das Gefühl zu schrumpfen.

Ich schluckte trocken und zeigte zum Waschbecken hinüber.

»Da war eine–«, setzte ich an, unterbrach mich aber, als mir in den Sinn kam, dass es vielleicht nicht die beste Idee wäre, ihm die Sache mit der Spinne zu erzählen.

Die Schamesröte schoss mir in die Wangen, als ich darüber nachdachte, was für ein Bild ich für ihn abgegeben haben musste. Schreiend und um mich schlagend, wie eine Irre. Als hätte er nicht sonst schon Grund genug, mich fertig zu machen.

Wenn Alexej herausfände, dass er wegen einer Spinne hier drin festsaß, konnte ich meinen Totenschein auch gleich unterzeichnen lassen. Zögerlich ließ ich also den Arm sinken und wischte meine staubigen Hände an meiner Jeans ab.

»Ähm, ich ...«, stammelte ich verlegen, auf der fieberhaften Suche nach einer Ausrede. Aber die Mühe war vergebens, denn es fiel mir nichts ein. Außerdem war ich eine miserable Lügnerin. Schon oft hatten Leute zu mir gesagt, dass man in meinem Gesicht lesen könne wie in einem offenen Buch. Leider bedeutete das auch, dass man es mir an der Nasenspitze ansah, wenn ich nicht die Wahrheit sprach.

»Ja, du?! Was, du?«, knurrte Alexej, als ich verstummte, und zog beide Augenbrauen nach oben.

Sein Geduldsfaden war offensichtlich kurz davor zu reißen.

»Ich hab mich erschrocken«, murmelte ich schließlich und versuchte seinem durchdringenden Blick standzuhalten. Es war schwierig, denn dieser schien sich direkt in meine Seele zu bohren und mich zu durchleuchten.

»Ach«, entkam es ihm aber nur.

Ich nickte in der Hoffnung, dass er nicht weiter nachfragen würde, was er zu meinem Erstaunen tatsächlich nicht tat. Ein Moment der Stille verstrich, in dem sein Gesichtsausdruck sich langsam wandelte, bis er mich schließlich musterte, als würde er sich über meinen Geisteszustand Gedanken machen.

»Herr Maibach hat mich gebeten, ein paar Karten hier runter zu bringen«, verteidigte ich mich, denn ich war vielleicht schüchtern und auch nicht immer sehr eloquent, aber verrückt war ich nicht. Bevor ich weiter erklären konnte, winkte er jedoch ab und richtete sich wieder auf.

»Spar dir die langweilige Geschichte, Barbie.« Er schlenderte davon, als wäre er es plötzlich überdrüssig, mit mir zu sprechen. »Ich hab dich vor einer Stunde mit dem ganzen Zeug hier runter gehen sehen.«

Verwundert blickte ich ihn an, doch er schien noch nicht einmal mehr Notiz von mir zu nehmen. Stattdessen hatte er begonnen, den Raum in Augenschein zu nehmen und hier und da ein Objekt aufzuheben und in der Hand zu wiegen.

War das sein Ernst?

»Du hast mich gesehen?«

Sprachlos starrte ich ihn an, während ich versuchte, die neue Information einzuordnen. Im ersten Moment wollte mir das nicht so recht gelingen, aber je länger ich das Gesagte auf mich wirken ließ, desto klarer wurde das Bild für mich. Er hatte mich absichtlich hier unten schmoren lassen. Alexej nickte beiläufig, als würde er damit auf meine Gedanken antworten, während er einen schwarzen Stein in der Hand wog.

»Ja, hab ich. Du hast übrigens deine Tasche oben liegen lassen.«

Ich verstand nicht, wie er so ruhig bleiben konnte. Er musste gewusst haben, dass etwas nicht stimmte, als ich nicht wieder aufgetaucht war, und es hatte ihn offenbar kein Stück beunruhigt. Mir hätte hier unten in der Zwischenzeit sonst etwas passiert sein können. Ich hätte verletzt oder mit gebrochenem Hals am Ende der steilen Treppe liegen können, während dieser Arsch nicht einmal den Anstand besessen hatte, einen Blick ins Treppenhaus zu werfen.

»Du hast es die ganze Zeit gewusst und kommst erst jetzt?«, brach es empört aus mir heraus. Ich konnte nicht nachvollziehen, wie jemand in solch einer Situation so gemein sein konnte.

»Korrekt«, bestätigte er trocken.

Augenblicklich sank meine Meinung von ihm ins Bodenlose. Ich schüttelte den Kopf und fuhr mir mit den Händen übers Gesicht. Als ich sah, wie sein Mundwinkel zuckte, fuhr ich zu ihm herum.

»Findest du das etwa witzig?«

Er sah mich an, als wäre er sich keines Fehlverhaltens bewusst, und in diesem Moment hätte ich ihm am liebsten den Stein über den Kopf gezogen. Normalerweise war ich ein ruhiger und ausgeglichener Mensch, mit versöhnlichem Gemüt. Es war mir unangenehm so laut zu werden, und ich war niemand, der andere zur Rede stellte. Aber Alexej brachte eine Seite in mir hervor, die ich selbst noch nicht kannte und als er nun auch noch eine Augenbraue hob, da platzte es einfach aus mir heraus: »Sag mal, was ist eigentlich dein Problem?!«

Bestimmt hatte ich bereits rote Flecken am Hals, die verrieten, wie ich mich fühlte, aber ich war so aufgewühlt, dass mir das gerade absolut egal war.

Ich trat einen Schritt auf ihn zu. »Ist dir überhaupt bewusst, was du getan hast?! Mir hätte hier unten sonst etwas passieren können!« Alexejs Augen weiteten sich ein wenig und wirkten sogar einen Moment lang betroffen, was mir ein Gefühl der Genugtuung verschaffte. Aber dann tat er etwas, das meiner Selbstzufriedenheit ein abruptes Ende setzte.

Es kam so unerwartet, dass mir der Mund aufklappte. Auf seinem Gesicht breitete sich ein höhnisches Grinsen aus. Es entstand langsam und weitete sich über das ganze Gesicht aus, bis er mich schließlich mit sichtbarem Spott in den Augen anschaute.

Alexej lachte. Alexej lachte über mich.

Ich riss ihm den Stein aus der Hand, noch bevor ich darüber nachdenken konnte, was ich damit eigentlich tun wollte.

»Was hab ich dir eigentlich getan?«, entkam es mir. »Macht es dir Spaß andere zu quälen?«

Meine Stimme klang ungewohnt hoch und meine Hände zitterten. Ich spürte, wie mir vor lauter Wut die Tränen in die Augen stiegen und presste die Lippen zusammen, weil ich mir bewusst war, wie lächerlich ich gerade wirken musste. Ich hasste solche Situationen so sehr, weil ich einfach nie die richtigen Worte fand.

»Hör sofort auf zu grinsen!«

Dies schien Alexej jedoch nur noch mehr zu amüsieren. In gespielter Abwehr hob er die Hände und trat einen Schritt zurück, doch ich konnte sehen, wie viel Beherrschung es ihn kostete, nicht in Gelächter auszubrechen.

»Du bist ein bösartiger Mensch, Morosow!« Meine Stimme kippte nun endgültig.

Mein Ärger ließ mich jegliche Angst vergessen und ich war bereit ihm zu sagen, dass ich sehr wohl wusste, was hier für ein Spiel gespielt wurde. Er hatte mich hier unten sitzen lassen, weil er Simon eins auswischen wollte. Aber ich würde ihm schon klar machen, dass er mich niemals dazu bringen konnte, meinen Freund zu verlassen.

Bevor ich jedoch den Mund ein weiteres Mal aufmachen konnte, schüttelte er in gespieltem Tadel den Kopf, packte den Stein und riss ihn mir weg. Erschrocken stolperte ich nach vorne gegen ihn, aber ich hielt verbissen fest. Er hielt den Stein hoch, sodass ich mich auf die Zehenspitzen stellen musste, um nicht loszulassen. Ein Zischen entwich mir, als Alexej versuchte, den Stein aus meiner Hand zu entwinden und mir die kleinen Zacken auf dessen Oberfläche in die

Finger schnitten. Ich spürte Alexejs warmen Atem in meinem Nacken und hörte ihn leise mit der Zunge schnalzen.

»Tztz, was für böse Worte.«

»Halt die Klappe.« Ich stemmte mich mit der freien Hand gegen ihn. Doch obwohl ich alle Kraft aufwendete, drehte Alexej den Stein schließlich aus meinem Griff heraus und hielt ihn triumphierend in die Höhe. Ich fluchte und schüttelte meine schmerzende Hand, während ich genügend Abstand zwischen uns brachte.

»Du bist ein Arschloch, weißt du das?«, sagte ich und funkelte ihn böse an. Unter keinen Umständen würde ich ihm den Gefallen tun, nach dem Stein zu haschen.

Er überbrückte den Abstand zwischen uns jedoch von selbst und senkte sein Gesicht, bis es Zentimeter vor meinem war. Ich erstarrte und spürte, wie meine Kehle eng wurde.

»Du brauchst vielleicht nicht mehr lange mit dem Arschloch in diesem Raum zu sein, denn das hier«, er hielt mir den Stein unter die Nase, »könnte uns helfen, hier wieder raus zu kommen.«

Mein Blick landete kurz auf dem Stein, bevor ich ihm wieder in die Augen schaute, aus denen jeglicher Triumph verschwunden war. An seine Stelle war ein ernster Ausdruck getreten, der auch die Wut in mir ein wenig dämpfte.

Dennoch klang meine Stimme harsch, als ich antwortete.

»Und wie soll das bitte funktionieren?«

Mein Herz klopfte laut und die hektische Farbe verließ nur langsam mein Gesicht, aber meine Neugierde war zu groß, um so zu tun, als würde ich mich nicht für seine Idee interessieren. Außerdem war es schwierig an dem Gefühl des Ärgers festzuhalten, wenn Alexej einen so entschlossen anschaute, wie er das jetzt gerade tat. Er wollte diesen Raum so schnell wie möglich verlassen und ich wollte ebenfalls keine Minute länger als nötig mit ihm verbringen.

Damit hatten wir wenigstens ein gemeinsames Ziel und ich entschloss mich, mir seinen Plan anzuhören. Außerdem stellte ich fest, dass es überhaupt nicht so schlimm war seinen Augen standzuhalten, wie ich bisher gedacht hatte.

Besonders, wenn ich mich auf ihre Farbe konzentrierte, anstatt auf die Kälte, die in ihnen lag. Alexej hatte nämlich bei genauerem Hinsehen eine geradezu faszinierende Augenfarbe. Ich hatte immer gedacht, er hätte komplett blassblaue Augen, doch nun sah ich, dass sie von einem intensiven Blau waren, das sich nach außen hin zu einem schwarzen Ring verdichtete. Etwas, das sie noch viel stechender machte, als sie es ohnehin schon waren.

Sie waren schön, seine Augen.

Unwillkürlich fragte ich mich, wie sie wohl aussehen würden, wenn er lächelte. Nicht das sarkastische Grinsen, das man von ihm kannte, sondern ein richtiges Lächeln. Jeder Mensch besaß schließlich irgendwo eine weiche Seite und der Russe bildete da bestimmt keine Ausnahme.

»Ist was?«, wurde ich plötzlich angeschnauzt.

Ertappt zuckte ich zusammen und schüttelt reflexartig den Kopf.

Hatte er gemerkt, dass ich ihn angestarrt hatte? Wenn dem so war, so ließ er sich jedenfalls nichts anmerken, denn er fuhr in seiner Erklärung fort, ohne mit der Wimper zu zucken.

»Siehst du die kleinen Fenster da oben?« Er ruckte mit dem Kopf zur Seite und ich folgte seinem Blick. »Ich schlag eines der Dinger ein und du krabbelst schön brav da durch. Danach wirst du hier runter kommen und die Tür öffnen, denn ich habe heute noch etwas Wichtiges vor.«

Da war er nicht der Einzige, dachte ich.

Schließlich trug er gewissermaßen die Schuld daran, dass ich bei Simons Eltern einen schlechten ersten Eindruck hinterlassen würde. Aber vielleicht wusste er ja auch von meinen Plänen und hatte mich deshalb so lange warten lassen.

In diesem Fall geschah es ihm absolut recht, dass er nun mit mir hier festsaß.

Einen Moment lang überlegte ich, so zu tun als ob ich es nicht eilig hätte. Einerseits um ihm zu zeigen, dass er nicht so mit mir umspringen konnte, und andererseits, weil ich darauf hoffte, dass es noch eine andere Lösung gäbe, als durch das Fenster kriechen zu müssen. Ich wollte mich nicht da hindurch quetschen, denn wo Fensterscheiben dreckig waren, konnten Spinnen nicht fern sein. Für einen Abend hatte ich nämlich definitiv genug Kontakt mit diesen ekeligen Vielbeinern gehabt.

»Und wenn ich das nicht will?«, fragte ich nun also, bewusst provokant.

Ein abfälliges Schnauben antwortete mir.

»Dann, Sonnenschein, werd ich dich mit Gewalt da hindurch stopfen.« Seine abschätzigen Worte ließen die Flamme der Wut wieder in mir aufflackern und ich musste mich sehr zusammenreißen, um mich nicht erneut aufzuregen.

Dieser arrogante Großkotz!

Ich schlang die Arme um mich selbst, als ich beobachtete, wie Alexej zu einem der kleinen Tische ging und ihn mit lautem Knarren und Quietschen an die Wand schob, direkt unter eines der Fensterchen.

Dann kletterte er hinauf und wog den seltsamen Stein skeptisch in der Hand.

»Jetzt komm schon her!«, knurrte er in meine Richtung.

Langsam ging ich näher. Fiel mir ja nicht ein, mich von ihm herumkommandieren zu lassen.

Erschrocken zuckte ich zusammen, als ein lauter Schlag ertönte.

Ich blickte zum Fenster. Ein netzartiges Muster zog sich über die Scheibe, ausgehend von dem Punkt, an dem er sie getroffen hatte. Er holte erneut Schwung und schlug mit aller Kraft zu. Ich konnte mir vorstellen, dass es nicht so einfach war, die Scheibe zu zertrümmern, da er sie gerade so erreichen konnte und deshalb umso härter zuschlagen musste.

Die Wucht des Schlages schien außerdem ganz schön im Handgelenk abzufedern, denn er biss die Zähne zusammen.

Beim dritten Schlag zersplitterte die Scheibe endlich.

Ich drehte mich weg, als mir die Scherben um die Ohren flogen.

Böse starrte ich Alexej an und wischte mir über eine Strieme am Arm.

»Pass halt auf«, war sein bissiger Kommentar.

Ich schnaubte nur.

Alexej drehte sich wieder zum Fenster und schlug es mit vorsichtigem Klopfen gänzlich ein. Die Splitter regneten nur so auf den Boden und ich sah, ohne ein schlechtes Gewissen zu haben, dass Alexej ein paar Schnitte an der Hand hatte, die leicht bluteten.

»Bereit da durchzuschlüpfen?«, fragte er schließlich lässig, während er die letzten spitzen Glasränder wegschlug. Sein lockerer Plauderton wollte so gar nicht zu dem fiesen Grinsen passen, das daraufhin folgte.

»Du bist wohl verrückt«, entgegnete ich, noch immer nicht überzeugt von dieser Idee. Es war mir sehr wohl bewusst, dass ich es trotzdem versuchen würde, aber im Moment sah das Fenster noch aus wie der Schlund eines ziemlich zahnbewehrten Hais und ich würde mir daran wohl eher den Bauch aufschlitzen als uns zu retten.

Alexej schien mein Zögern jedoch gänzlich anders zu interpretieren.

»Keine Angst, Barbie, wenn du jetzt noch nicht da durch passt, bist du in spätestens zwei Tagen dünn genug.«

Mein Mund klappte auf und ein ersticktes Geräusch entkam meiner Kehle, als ich mich beinahe an meiner Spucke verschluckte.

Wie konnte dieser Widerling es wagen!

»Arschloch!«, war alles, was ich schließlich zwischen zusammengebissenen Zähnen hervorbrachte. Ich konnte nicht glauben, dass ich vor ein paar Minuten noch gedacht hatte, dass dieser Mensch einen weichen Kern haben könnte.

»Schon klar, Sonnenschein. Ich bin der Böse hier. Aber jetzt beweg deinen Arsch hierher!«

Trotzig blieb ich stehen und verschränkte die Arme vor der Brust. Ich würde mich hier keinen Schritt wegbewegen, wenn er sich nicht bei mir entschuldigte.

Es gab ein Maß an Frechheit, das sich jemand erlauben konnte und auch wenn er sich wohl gewohnt war, mit allem was er sagte davon zu kommen, so galten doch hier und heute in diesem Keller etwas andere Regeln als auf dem Pausenhof, auf dem ich mich niemals getraut hätte, so mit ihm zu reden.

Vermutlich würde alles wieder beim Alten sein, wenn wir erst einmal draußen waren, aber jetzt gerade war er auf meine Hilfe angewiesen und ich würde diese Gelegenheit nicht ungenutzt verstreichen lassen.

»Entschuldige dich!«

Alexejs Blick war so überrascht, dass ich einen Moment lang versucht war zu lachen, wenn ich mich in dem Moment nicht an all die Gemeinheiten erinnert hätte, die er mir bereits an den Kopf geworfen hatte.

Entschlossen hob ich das Kinn. »Ich höre?«

Alexej runzelte die Stirn und schien zu überlegen. Ganz wie ich gedacht hatte, war er es wohl nicht gewohnt, dass jemand ihn dazu aufforderte, Reue zu zeigen. Der einzige Ort, an dem er vermutlich öfters zur Verantwortung gezogen wurde, war das Zimmer des Direktors oder wenn er nachsitzen musste.

Ich wartete noch immer.

Das Rattern in seinem Kopf war ihm unterdessen beinahe anzusehen.

»Entschuldige dich und ich helfe dir«, wiederholte ich, als weitere quälende Sekunden der Stille verstrichen.

Alexejs Kiefer war mittlerweile so angespannt, dass ich glaubte, ihn mit den Zähnen knirschen zu hören und als ich schon dachte, er würde meiner Aufforderung niemals nachkommen und wir wären stattdessen in einem Blickduell gefangen, bis einer von uns nicht mehr konnte – was zweifelsohne ich gewesen wäre – brach er den Blickkontakt ab.

Mit einer fahrigen Geste strich er sich durch die Haare und blieb schließlich so stehen, die Hände im Nacken verschränkt und mit gesenktem Kopf.

Ein paar weitere Sekunden verstrichen, bevor er ruckartig ausatmete und sich wieder aufrichtete. Auf seinem Gesicht lag ein gequälter Ausdruck. Aber schließlich nickte er und nahm die Hände runter.

»Okay«, sagt er und nickte noch einmal.

Es schien ihn Kraft zu kosten, diese Worte heraus zu würgen, und ich fragte mich unwillkürlich, ob Alexej sich überhaupt schon einmal bei jemandem entschuldigt hatte.

»Es tut mir leid.«

Alexejs Stimme klang rau und gepresst, aber die Worte waren deutlich genug und für eine Sekunde glaubte ich sogar, dass es ihm wirklich leidtat.

»Und jetzt komm endlich her!«, schnauzte er jedoch im nächsten Moment und drehte sich zurück zum Fenster, um mit dem Fuß missmutig die letzten Splitter vom Tisch zu fegen. War ja klar gewesen, dass er seine Maskerade nicht lange aufrechterhalten konnte.

Als er die Fläche von den tückischen Scherben befreit hatte, kletterte ich vorsichtig hinauf, wobei ich darauf achtete, genügend Abstand zwischen mir und Alexej zu lassen, und schaute hoch.

Das Fenster war ganz schön weit oben. Aber wenigstens hatte er saubere Arbeit geleistet und wenn alles glatt ginge, dann waren wir bald draußen. Mit etwas Glück würde ich es sogar noch zur Party schaffen, bevor die ersten Gäste gingen. Ich nickte entschlossen. Ich würde ganz einfach da hinausklettern, die Tür von außen öffnen oder jemanden organisieren, der das für mich tun konnte, weil die Schule ganz bestimmt schon abgeschlossen war, und dann hatte der ganze Spuk ein Ende.

Einen Moment lang kam mir sogar der Gedanke, da hinaus zu klettern und einfach nach Hause zu gehen. Alexej einfach hier in diesem Loch verrecken zu lassen. Aber das erschien mir dann doch ein wenig zu drastisch.

»Und los!«

Jäh schrie ich auf und klammerte mich erschrocken in seine Oberarme, als ich plötzlich den Boden unter den Füßen verlor. Der Russe war kurzerhand in die Hocke gegangen und hatte mich an den Oberschenkeln gepackt, um mich hochzuheben.

»Au, verdammt! Lass los du Krallenbiest!«, zischte er, als sich meine Nägel in seine Haut bohrten. »Willst du mich häuten!?«

Er schüttelte mich und ich krallte mich reflexartig noch stärker in seine Arme, woraufhin er laut losfluchte und mich noch stärker schüttelte.

»Hör auf verdammt«, schrie ich, kurz davor ihm mein Knie in den Bauch zu rammen. Stattdessen ließ ich ihn los, packte ihn an den Haaren und riss kräftig daran, was ihn augenblicklich innehalten ließ.

Keuchend blickte ich nach unten in seine vor Wut blitzenden Augen und funkelte nicht minder verärgert zurück. Reine Mordlust stand in seinem Blick. Ein mulmiges Gefühl machte sich in meinem Magen breit, aber ich hielt ihm stand.

Eine Weile starrten wir uns an, dann ließ ich ihn los und er hielt endlich ganz still.

»Also, dann mach schon!«, knurrte ich böse.

»Bin schon dabei!«, knurrte er zurück.

Eine Sekunde später war ich knapp vor dem Fenster und griff vorsichtig nach dem Rand. Er war ein wenig kantig, aber es fühlte sich nicht an, als würde ich mir die Finger daran aufreißen.

»Höher«, kommandierte ich und zu meinem Erstaunen kam er diesem Befehl umgehend nach. Mit beiden Händen tastete ich mich durchs Fenster und zog mich höher. Ein Stöhnen entrang ich mir, als mir der Geruch von verwelkten Blättern entgegen schlug und ich die Spinnweben sah, die hier überall hingen.

»Oh Gott«, jammerte ich angeekelt und schob langsam den Kopf weiter hinein. Ich spürte die Gänsehaut, die sich über meine Arme zog, als ich schließlich über die Kante auf die widerlichen Spinnennester sah.

Doch dann vergaß ich meine Angst auf einmal komplett und anstatt heulend zu verlangen, dass Alexej mich sofort herunter ließe, starrte ich stumm auf die Betonwand vor mir. Als ich meinen Kopf drehte, um nach oben zu spähen, wurde meine letzte Vermutung bestätigt und ich seufzte tief.

Das Fenster führte in einen unterirdischen Schacht, der so klein und eng war, dass ich niemals eine Chance haben würde, mich darin aufzurichten. Selbst wenn das Gitter ganz oben, das sich nun deutlich vom rötlichen Abendhimmel abhob, nicht angeschraubt sein sollte, wäre es unmöglich, hier heraus zu kommen. Einmal abgesehen davon, dass ich mich hier nicht für alles Geld der Welt hineinquetschen würde.

»Hast du es bald?«, hörte ich Alexejs genervte Stimme.

Wie er wohl auf die Nachricht reagieren würde? Nun war es erwiesen, dass wir hier nicht heraus kommen würden. Nicht über das Fenster, nicht durch die Tür und wie es schien auch sonst nirgendwo.

Wir mussten wohl oder übel darauf vertrauen, dass uns irgendwann jemand vermissen würde und auf die Idee käme, hier nachzusehen.

»Ich komm wieder runter«, antwortete ich.

Langsam kletterte ich zurück und Alexej ließ mich erstaunlich sanft runter. Erwartungsvoll schaute er mich an, doch meine niedergeschlagene Miene sprach wohl bereits Bände.

»Verdammte Scheiße!«, brach es aus ihm heraus.

Ich zuckte zusammen, als er den schwarzen Stein mit voller Wucht zu Boden schmiss, sodass dieser ein ganzes Stück davon geschleudert wurde. Alexej sprang vom Tisch und trat noch einmal mit Anlauf danach, worauf dieser laut scheppernd mit einem der Globen kollidierte und in einer Ecke liegen blieb.

Erschrocken starrte ich auf Alexejs Rücken. Seine Schultern waren mit einem Mal nach unten gesunken und den Kopf hatte er in seinen Händen vergraben. Er raufte sich die Haare und murmelte irgendetwas wie ein Mantra vor sich hin.

Unruhig ging er auf und ab und ich verfolgte ihn stumm mit meinen Blicken.

Er erinnert mich an einen gefangenen Löwen, der an den Gitterstäben entlang ging und alles an ihm wirkte angespannt, als wären die schlechten Nachrichten mit körperlichen Schmerzen verbunden. Er schien gänzlich vergessen zu haben, dass ich auch noch da war. Er schüttelte den Kopf und ließ sich schließlich mit einem Ächzen an der Wand auf den Boden sacken. Sein Gesicht sah so erschöpft und bekümmert aus, dass sich Mitleid in mir ausbreitete.

Was war hier los?

Ich konnte mir nicht vorstellen, dass er auf diese Weise reagierte, weil ihn der Mut verlassen hatte. Die Aussicht auf Erfolg war ohnehin sehr gering gewesen und selbst wenn wir die ganze Nacht hier verbringen mussten, am Ende würde jemand kommen und uns raus lassen.

Nur eben nicht jetzt.

Ich dachte an die Panik, die ich am Anfang empfunden hatte, und überlegte mir, ob Alexej vielleicht gerade eine ähnliche Krise durchmachte. Er verhielt sich jedenfalls so und ich fragte mich wirklich, was einen Menschen wie ihn dazu bringen konnte, so verzweifelt zu wirken. Es musste mit der Sache zu tun haben, die er heute Abend erledigen wollte.

Ich hatte das Funkeln in seinen Augen sehr wohl bemerkt, als er darauf zu sprechen gekommen war.

»Alexej«, sagte ich leise.

Ich stieg vom Tisch runter und ging auf ihn zu. Die Scherben knirschten unter meinen Turnschuhen. Er sah mich nicht an, sondern schaute auf den Boden. Als ich vor ihm in die Hocke ging, blickte er jedoch auf.

Erschrocken sog ich die Luft ein, als ich seine Augen sah.

»Alexej?«

Kapitel 4 – Gemeinsam allein

Ich wusste nicht, was ich sagen sollte.

Bis vor ein paar Stunden hatte ich nicht geglaubt, dass ich jemals mehr mit dem Russen zu tun haben würde als sonst irgendein Schüler hier, der klug genug war, ihm aus dem Weg zu gehen. Nun erhaschte ich jedoch einen Blick auf eine Seite an ihm, die meine Meinung über ihn erschütterte und mich unsicher machte.

Alexejs Arme ruhten auf seinen Knien und hielt meinen Blick durch ein paar schwarze Strähnen hindurch. Die Nachtluft wehte zum eingeschlagenen Fenster herein und strich kühl über meine Haut. Ich fröstelte und zog die Schultern hoch.

Eine tiefe Sorgenfalte hatte sich in Alexejs Stirn gegraben und verlieh ihm einen Ausdruck von stiller Verzweiflung und Müdigkeit. Er sah aus, als hätte jemand auf einmal das gesamte Gewicht der Welt auf seinen Schultern abgeladen.

Doch es war nicht sein gequälter Gesichtsausdruck, der mich aus der Bahn warf, sondern seine Augen.

Sie waren rot geädert, glänzten glasig und waren voller Schuldgefühle.

Ich hatte das Gefühl, als müsste ich etwas sagen, doch da schlug er bereits die Augen nieder und wendete den Kopf ab. Mit einem lauten Räuspern erhob er sich und strich sich mit den flachen Händen übers Gesicht, als würde er damit die schlechten Gedanken vertreiben können.

Ich beobachtete ihn angespannt. Noch immer kniete ich auf dem Boden, ließ mich nun aber zur Seite sinken und starrte ihm hinterher, als er wieder ruhelos umherwanderte. Die beginnende Dunkelheit malte tiefe Schatten auf sein Gesicht und hob die markanten Gesichtszüge hervor. Er hatte die Hände tief in den Taschen seiner schwarzen Jeans vergraben und ich sah, dass er sie zu Fäusten ballte, als könnte er sich nur mühsam beherrschen, um nicht erneut gegen eines der Regale zu treten.

»Alles in Ordnung?«, fragte ich vorsichtig in den Raum hinein.

Die Frage hing einen Moment lang in der Luft und ich kam mir augenblicklich dämlich vor.

Alexej schüttelte den Kopf und schnaubte, als er sich mir wieder zuwandte. Seine Miene war undurchschaubar geworden und ich fragte mich, ob ich mir den schmerzlichen Ausdruck gerade nicht einfach nur eingebildet hatte. Als er sprach, klang seine Stimme jedoch belegt.

»Schätzchen, du bist zwar blond, aber ich bin mir sicher, dass du mir sagen kannst, ob das hier in Ordnung ist. Ist es das?«

Herausfordernd sah er mich an. Hätte er es in einem aggressiven Ton gesagt, wäre ich vielleicht wieder verstimmt gewesen, aber er klang nur müde.

»Ich meine ja nur«, entgegnete ich deshalb ruhig. Ich hatte damit ja nur etwas Nettes sagen wollen.

»Was meinst du nur?«

Seine Stimme klang noch immer heiser, aber seine Hände hatten sich wieder entspannt und das brachte auch mich dazu, meine Schultern etwas zu lockern.

»Du sahst nur gerade aus, als ob ... als ob du vielleicht ...«

Gegen Ende des Satzes war meine Stimme immer leiser geworden und als Alexej stehen blieb und seine Augen sich verengten, verstummte ich gänzlich. Sein finsterer Blick verriet mir, dass er ganz genau wusste, was ich eben angedeutet hatte. Eine unausgesprochene Warnung hing in der Luft und ich presste die Lippen zusammen, um nicht noch mehr Blödsinn von mir zu geben.

Bestimmt hatte ich seinen glasigen Blick falsch interpretiert. Am Ende war er high und verpasste gerade ein Treffen mit seinem Dealer. So genau wollte ich darüber gar nicht nachdenken. Er war jedenfalls nicht der Typ dafür, in der Öffentlichkeit Schwäche zu zeigen. Er überlegte sich bestimmt schon, wie er mich zum Schweigen bringen könnte, sollte ich in der Schule herumerzählen, was ich gesehen hatte.

Ich ließ meine Augen über seine Gestalt wandern, die beinahe das ganze Licht abschirmte und mich in den Schatten tauchte.

»Tut mir leid.« Ich räusperte mich, um meine Stimme wieder zu finden. »So habe ich das nicht gemeint.«

Er runzelte die Stirn, fuhr mich zu meiner großen Erleichterung aber nicht an. Stattdessen atmete er geräuschvoll aus, schlenderte zur Wand gegenüber und murmelte: »Schon gut. Aber behalt deine seltsamen Gedanken für dich, Sonnenschein.«

Er lehnte sich an die Wand und ich senkte den Blick.

»Hmm«, gab ich nur von mir, in Ermangelung einer richtigen Antwort.

Eine seltsame Stille legte sich über den Raum.

Als die Minuten eine nach der anderen verstrichen, zog ich die Knie wieder an meine Brust und legte meine Arme darum.

Die Sonne ging langsam unter und wir würden hier bald in gänzlicher Finsternis sitzen. Bereits jetzt legte sich die Dunkelheit wie ein schweres Tuch über uns und drängte sich in jede Nische, um dort zu lauern. Sie kroch über die Möbel und den Boden und verschluckte nach und nach den Raum.

Plötzlich war ich froh, dass ich nicht allein hier unten war.

Es war tröstlich zu wissen, dass ich jemandem zum Reden hatte. Denn selbst wenn wir nur stritten, so lenkt es mich wenigstens ab und ich kam mir nicht so ausgeliefert vor. Im Moment war es sogar beinahe friedlich, gerade so als hätten wir uns darauf geeinigt, uns eine Weile in Ruhe zu lassen, und so schloss ich schließlich die Augen und ließ meine Gedanken treiben.

Erst als Alexej sich mit lautem Geräusch auf dem niedrigen Tisch niederließ, den wir genutzt hatten, um ans Fensterchen zu kommen, schreckte ich wieder auf. Er rutschte nach hinten und machte es sich bequem. Auf dem Boden konnte er schließlich nicht sitzen, da alles voller Splitter war.

Er schaute nicht zu mir, sondern lehnte sich zurück, bis sein Kopf an der Wand ruhte, und starrte ins Leere.

Ein schmales Lächeln bildete sich auf meinen Lippen.

Hätte uns jemand vor ein paar Tagen gesagt, dass wir einmal in friedlicher Eintracht unseren Gedanken nachhängen würden, hätte ich ihm nicht geglaubt. Aber ich wäre auch nie davon ausgegangen, dass ich mich gegen den Russen wehren würde und ich schluckte, als ich darüber nachdachte, wie ich in den letzten Minuten mit ihm geredet hatte.

Meine Augen blieben am offenen Fenster über ihm hängen und ich fragte mich unwillkürlich, ob ihm nicht genauso kalt war wie mir. Mittlerweile bereute ich unseren Ausbruchsversuch beinahe. Hier drin war eindeutig nicht geheizt.

Mit etwas Neid stellte ich aber fest, dass die Kälte Alexej nicht zu kümmern schien, was aber auch kein Wunder war, wenn man bedachte, dass er einen warmen Kapuzenpulli trug. Dieser sah gegen meine leichte Bluse geradezu kuschelig aus.

Ich seufzte ergeben.

Mitten in meinem Gedankengang fiel mir aber wieder ein, dass ich Alexej ja noch gar nicht gesagt hatte, dass es hier Wasser gab, und ich fühlte mich verantwortlich, es zu erwähnen. Könnte ja sein, dass wir das ganze Wochenende hier hockten und früher oder später würden wir Durst bekommen. Sobald das Licht jedoch gänzlich entschwunden wäre, würden wir nicht mehr sehen, ob das Wasser überhaupt genießbar war.

Bevor ich mich versah, hatte ich schon gesprochen. Meine Stimme klang eigentümlich laut in der allgegenwärtigen Stille: »Da hinten ist übrigens ein Waschbecken. «

Ich zeigte in die ungefähre Richtung.

»Ich wollte vorhin ausprobieren, ob es geht, als du reingekommen bist.«

»Ach ja?«

Alexejs neugieriger Blick folgte meinem ausgestreckten Zeigefinger und noch ehe ich etwas hinzufügen konnte, war er schon auf den Füßen und spähte in die Ecke.

»Und läuft das Wasser?«, fragte er, als er an mir vorbei lief, während ich mich zögerlich erhob. »Ich weiß nicht«, murmelte ich, »ich bin noch nicht dazu gekommen es aufzudrehen.«

Mehr sollte ich wohl nicht sagen, dachte ich mir, aber Alexej hörte mir sowieso nicht mehr zu. Er griff nach dem Wasserhahn, wischte das Spinnennetz beiläufig weg und drehte auf. Ein abgehacktes Gluckern erklang, dann lief dunkles schmutziges Wasser ins Becken. Angewidert verzogen wir beide den Mund. Doch das Wasser wurde zusehends klarer und nach einer Weile wirkte es sauber und trinkbar. Alexej drehte den Wasserhahn zu und schaute mich an.

»Na immerhin«, sagte ich und zuckte erneut mit den Schultern. »Damit wäre schon mal das Verdursten ausgeschlossen.«

Er runzelte die Stirn. »Fang bloß nicht an zu hyperventilieren. Ich bin sicher, Mami und Papi kommen dich bald holen.«

Sein Ton war erneut nicht unbedingt aggressiv, aber irgendetwas an dem Satz kränkte mich. Vielleicht weil meine Eltern mich wohl tatsächlich bald finden und bestimmt ein Riesentheater machen würden.

»Wer war denn vorhin fast am Heulen?!«

Der Satz war mir einfach so über die Lippen gerutscht und kaum war er draußen, schlug ich mir erschrocken die Hand vor den Mund.

Alexejs Augen weiteten sich ungläubig und sein Ausdruck wechselte im Bruchteil einer Sekunde von spöttisch, über entgeistert zu tödlich.

Ach du Scheiße!

Ich machte einen Schritt zurück und hob beide Hände. »Das war ... also ich dachte nicht, dass du–«

»Ich schwöre dir, Barbie, wärst du kein Mädchen«, sagte er leise.

Das unausgesprochene Ende des Satzes hing drohend in der Luft und ich spürte, wie mir die Kehle eng wurde.

»Was dann«, entgegnete ich mit rauer Stimme, »wirst du mich verprügeln, wie den kleinen Jungen vor ein paar Tagen?«

Es ging einfach nicht anders. Ich musste aussprechen, was ich dachte.

»Tss.« Alexej hatte sich scheinbar wieder gefangen und zog eine Augenbraue hoch. »Nun, wenigstens wäre dann klar, wer von uns beiden derjenige ist, der heulen wird«, ließ er schließlich verlauten.

Seine Stimme klang beinahe erheitert und er schien kein Interesse daran zu haben, einen erneuten Streit vom Zaun zu brechen.

»Es mag dich überraschen, aber ich heule nicht so oft, wie es vielleicht aussieht«, sagte ich spitz und log damit gerade heraus.

Ich heulte nämlich andauernd. Ich ärgerte mich zwar darüber, aber es ließ sich genauso wenig ändern, wie die Tatsache, dass man mir die Wahrheit darüber vermutlich genauso gut anmerkte, als hätte ich sie offen gestanden.

Auch Alexej schien das zu wissen, denn langsam breitete sich das schon bekannte spöttische Grinsen auf seinem Gesicht aus.

»Ach ja. Wann hast du denn das letzte Mal geweint?«

Ich verschränkte die Arme vor der Brust. »Das weiß ich doch nicht mehr so genau.«

Gestern.

Gestern Abend, um genau zu sein, als in meiner Lieblingsserie wer gestorben war, den ich mochte. Ich war so nahe am Wasser gebaut, dass ich manchmal nicht mal wusste, weshalb ich genau weinte.

Aber das musste ich ihm nun wirklich nicht auf die Nase binden.

»Wenn man so selten flennt, weiß man das aber normalerweise«, bemerkte Alexej trocken und ich ärgerte mich erneut, denn ich sah, wie viel Spaß es ihm machte, dass ich mich immer weiter in meinen Lügen verstrickte.

»Wenn das so ist, Besserwisser«, sagte ich also genervt, »dann kannst du mir bestimmt sagen, wann du das letzte Mal geheult hast?!«

»Als ich zwölf war«, sagte Alexej ungerührt und zuckte mit den Schultern, »und zu meiner Verteidigung muss man sagen, dass ich mir fünf Rippen, das Schlüsselbein und den linken Unterschenkel gebrochen hatte.«

Wieder grinste er und da ich nichts weiter tun konnte, als ihn perplex anzustarren, verpasste ich die Gelegenheit, etwas zu erwidern.

Er schob sich an mir vorbei und ging zu der Nische an der Wand, in der ich zuvor gesessen hatte. Ächzend ließ er sich nieder und ich starrte ihm bedeppert nach.

»Ach«, murmelte ich schließlich lahm, nur um noch etwas zu sagen.

Es lag mir auf der Zunge zu fragen, wie er sich solch eine Ansammlung von Verletzungen hatte zuziehen können, aber ich glaubte nicht, dass er mir darauf eine Antwort geben würde und außerdem fiel mir jetzt erst auf, dass er sich, ohne zu fragen, meinen vor Zugluft geschützten Platz geschnappt hatte.

»Das da ist mein Platz«, sagte ich anklagend.

»Jetzt ist es meiner«, kam es zurück.

Ärgerlich verschränkte ich die Arme und stapfte zu ihm hinüber. Ich würde mich gewiss nicht vertreiben lassen, denn hier war man weit genug vom offenen Fenster entfernt und es war der einzige Ort, der sich an der Wand befand und nicht zugestellt war. Außer natürlich drüben beim Fenster, aber da war es wie gesagt zugig und es lagen Scherben herum.

Ob mein Verhalten kindisch war, interessierte mich zu diesem Zeitpunkt nicht mehr und so ließ ich mich störrisch neben ihn plumpsen und zog die Knie an.

Was sonst sollte ich auch tun?

Dumm rumstehen, bis wir gerettet wurden?

Mich in die Scherben setzen, oder irgendwo zwischen die Regale, wo es krabbelte und fleuchte und noch düsterer war?

Nein, danke.

Ich ließ mich an die Wand sinken und beobachtete Alexej aus dem Augenwinkel. Er schwieg, den Blick auf seine ausgelatschten Turnschuhe gerichtet. Doch als ich schon glaubte, unser Gespräch wäre für ihn beendet, ergriff Alexej doch noch das Wort.

»Es war kein kleiner Junge.«

»Wie?«, fragte ich.

»Der Junge, den ich verprügelt hab. Er ist in unserem Alter und geht in einen meiner Kurse.«

Die Information war neu für mich.

»Ach, wirklich?«

»Wirklich«, bestätigte er.

»Hmm.«

Wieder verfielen wir in ein Schweigen und ich musste laut gähnen. Die Müdigkeit ließ mich noch heftiger frieren, als ich es sowieso schon tat und das wiederum verhinderte, dass ich einfach wegschlummern konnte. Fröstelnd rieb ich meine Hände gegeneinander. Vermutlich würde ich die ganze Nacht kein Auge zu tun können.

Ein tonloses Seufzen entwich mir und ich stützte das Kinn auf meine Knie.

»Meinst du, sie suchen uns schon?«, fragte ich nach einer Weile.

Alexej nickte und ich drehte den Kopf um ihn anzusehen. Er hatte die Augen geschlossen.

»Bestimmt.«

Meine Zähne klapperten. Sie klapperten so laut, dass es mir langsam peinlich wurde. Stunden schienen vergangen zu sein, seit die Nacht hereingebrochen war, und ich zitterte wie Espenlaub.

Zwar glaubte ich, Alexej wäre schon vor einiger Zeit eingeschlafen, aber ich presste trotzdem die Kiefer zusammen und versuchte, das verräterische Geräusch zu unterdrücken. Ich überlegte gerade, ob ich aufstehen und ein wenig herumgehen sollte, um wieder etwas Gefühl in meine tauben Glieder zu kriegen, als ich ein genervtes Stöhnen neben mir vernahm.

Alexej war wach. »Herrgott, Barbie, ich weiß nicht, ob es mir nicht sogar lieber wäre, du würdest schnarchen, anstatt so zu schlottern.«

Er rappelte sich geräuschvoll auf, doch ich konnte ihn in der Dunkelheit nur als schwarzen Schemen ausmachen.

Ein Rascheln erklang und etwas Warmes streifte mich am Arm, sodass ich erschrocken zurückzuckte. Mein Herz setzte einen Schlag aus, nur um dann doppelt so schnell weiterzuschlagen. Ich fühlte meine Ohren rot werden und ein Kribbeln lief durch meinen Körper, als ich spürte, wie Alexej näher rückte, bis er direkt neben mir war. Ich hielt den Atem an, als mich erneut etwas an der Schulter streifte, und dann wurde mir etwas Warmes, Weiches auf die Knie gelegt und ich griff automatisch zu.

»Was?«, flüsterte ich verwirrt und tastete vorsichtig danach, bis mir ein Licht aufging.

Es war Alexejs Pullover. Er hatte ihn ausgezogen und ihn mir in die Hände gedrückt.

Das Gefühl, das mich nun durchströmte, war eine Mischung aus Erleichterung, Freude und einer eigenartigen Empfindung, die ich nicht so ganz einordnen konnte. Unschlüssig hielt ich den Stoff zwischen meinen Fingern.

»Das geht doch nicht«, wisperte ich, meine Stimme leise und belegt.

»Wenn du ihn nicht willst«, entgegnete Alexej aber nur kalt, und seine Stimme schnitt durch die Nacht wie ein eisiger Wind, »dann gib halt wieder her.«

»Nein!«, sagte ich viel zu laut und biss mir auf die Unterlippe. »Danke«, setzte ich leise nach.

Alexej murrte etwas, das ich nicht verstand, und lehnte sich zurück gegen die kalte Wand.

»Dann zieh ihn über, bevor ich ihn dir wieder wegnehme.«

Ich streifte mir das Kleidungsstück über, denn ich hatte keine Zweifel daran, dass er seine Drohung in die Tat umsetzen würde. Ich versank beinahe in dem Stoff und kurz darauf war ich auch schon von einer wohligen Wärme umgeben. Der Pullover war kuschelig und außerdem roch er auch noch recht gut. Ich vergrub meine Nase im Kragen und schlang meine Arme um mich selbst. Sie waren zu kurz für die Ärmel, aber das war mir gerade recht. Meine Augenlider waren schwer und ich blinzelte müde.

Die angenehme Wärme und mein langsamer werdender Herzschlag lullten mich ein und obwohl ich eigentlich wach bleiben wollte, gewann Sekunden später die Erschöpfung des heutigen Tages über meinen Willen und ich dämmerte weg.

Kapitel 5 – Niemand

»Mmmh.«

Ich rümpfte die Nase, als mich etwas kitzelte und langsam aus meinem wirren Traum heraushol te. Ich hob den Arm, um mir über das Gesicht zu reiben, und blinzelte müde gegen das schummrige Licht an. Mein Kopf ruhte auf etwas Hartem und ich kniff die Augen zusammen.

Erst nach und nach gewöhnten sich meine Augen an die Dunkelheit und ich nahm vereinzelte Umrisse wahr, die sich mehr und mehr gegen ihren Hintergrund abhoben.

Ein Gähnen unterbrach mich und ich hielt mir die Hand vor den Mund. Es war eindeutig noch viel zu früh zum Aufstehen. Seufzend entspannte ich mich wieder und ließ mich zurück gegen die Wärmequelle sinken, an der ich bis vorhin gelehnt hatte. Ich kuschelte mich etwas näher und vergrub meine Nase in dem warmen Stoff. Ein wohliges Gefühl der Geborgenheit durchströmte mich.

Ich wollte die Decke etwas höher ziehen, doch meine Finger griffen ins Leere und landeten auf einem kalten, rauen Boden. Irritiert hob ich den Kopf.

Diesmal fiel mein Blick direkt auf ein markantes Kinn.

»Was?«, murmelte ich schlaftrunken und rappelte mich auf. Ein paar verwirrte Sekunden wusste ich nicht, wo ich mich eigentlich befand, aber dann strömten mit einem Mal all die Ereignisse der letzten Stunden zurück in mein Bewusstsein und ich stöhnte frustriert auf.

Ich war nicht zu Hause, sondern noch immer hier im Schulkeller.

»Oh, Mann«, flüsterte ich, als ich vorsichtig etwas zurückrobbte, darauf bedacht, Alexej nicht zu wecken.

Ich hatte keine Lust auf ein Gespräch darüber, weshalb ich mich wie eine Fledermaus an ihn geklammert hatte. Es war schon Strafe genug, dass Simon die Gerüchte ertragen musste, die entstehen würden, wenn irgendjemand herausbekäme, dass ich gewissermaßen die Nacht mit Alexej verbracht hatte. Ich konnte mir bereits vorstellen, was gewisse Schüler über mich erzählen würden. Da brauchte es nicht auch noch einen Alexej, der meinem Freund unter die Nase rieb, wie nahe wir uns gekommen waren.

Das wäre bestimmt ein gefundenes Fressen für den Russen, wenn man bedachte, dass er noch immer der Mensch war, der vor Kurzem versprochen hatte, mich und meinen Freund auseinander zu bringen.

Ich ächzte, als ich mich aufrichtete und meine müden Glieder streckte. Meine Füße waren eingeschlafen und kribbelten, als würden tausend Ameisen darauf herumkriechen. Ich massierte sie mit verzogenem Gesicht und stellte dabei fest, dass ich so gut wie jeden einzelnen Knochen im Leib spüren konnte. Ich war nicht geschaffen, um auf einem solch harten Boden zu schlafen, aber wenigstens war ich nicht komplett durchgefroren.

Ich schaute auf den Pullover hinunter, den Alexej mir gegeben hatte und ich verspürte den Anflug eines schlechten Gewissens. Er trug nur ein Shirt und lehnte zudem auch noch an der bloßen Wand. Wie konnte er nur bei der Kälte schlafen? Ich rückte ein kleines Stück näher.

Im fahlen Mondlicht wirkte er irgendwie abgekämpft. Beinahe so, als hätte er schon viel zu oft und viel zu lange nicht genügend Schlaf bekommen. Sein Kopf war nach vorne gesunken und das halblange Haar hing ihm in Strähnen ins Gesicht. Ich ließ meinen Blick über seine geschlossenen Lider wandern.

Es war befremdlich ihn so zu sehen.

Der kummervolle Ausdruck löste ein seltsames Gefühl in mir aus. Er zeichnete sein Gesicht, grub tiefe Linien um seinen Mund. Er wirkte sonst schon etwas älter als meine Mitschüler, aber ich wusste nicht, ob uns ein oder zwei Jahre trennten. So groß konnte der Unterschied nicht sein. Selbst dann nicht, wenn er schon einmal sitzen geblieben wäre. In seinen Träumen jedoch schienen ihn Dinge zu beschäftigen, die weitreichender wirkten, als die Sorgen eines Teenagers.

Ich wendete den Blick ab. Es fühlte sich irgendwie zu persönlich an, ihn in so anzustarren. Beinahe als würde ich ungebeten in einem fremden Haus herumlaufen und irgendwelche Schubladen im Schlafzimmer öffnen, um darin herumzuwühlen. Bestimmt wäre es ihm nicht recht, dass ihn jemand beim Schlafen betrachtete und so lehnte ich mich wieder zurück und schaute zur Tür.

Es war nervenaufreibend, keine Uhr zu besitzen, denn ich hätte wirklich gerne gewusst, wie spät es mittlerweile war. Es konnte noch vor Mitternacht sein, oder aber schon weit danach. Ich war mir jedoch sicher, dass es noch lange gehen würde, bevor der Morgen anbräche. Wahrscheinlich war die Nacht noch jung, denn wenn meine Eltern erst bemerken würden, dass niemand mich nach Schulschluss gesehen hatte, würden sie Himmel und Hölle in Bewegung setzen, um mich zu finden.

Außerdem waren da ja auch noch Alexejs Eltern, die bestimmt auch gerne wüssten, wo ihr Sohn abgeblieben war. Ich schaute zu den spärlich erleuchteten Fenstern hoch und runzelte die Stirn. Ich empfand eine seltsame Neugierde, was Alexejs Eltern anging.

Waren es beide Russen? Lebten sie schon ihr ganzes Leben hier, oder waren sie eingewandert? Waren sie eher lockere Eltern, die ihrem Sohn all seine Eskapaden durchgehen ließen, oder versuchten sie verzweifelt, ihn in den Griff zu bekommen?

Eines war jedenfalls klar: Sie würden nicht halb so hysterisch reagieren wie meine Mutter. Ich konnte jetzt schon ihre hohe Stimme hören, die mich tadelnd darauf hinwies, dass ich mich eines Tages noch umbringen würde, wenn ich nicht vorsichtiger wäre.

Schon als Kind war da immer diese Furcht in ihren Augen gewesen, wenn ich auf dem Klettergerüst herumturnte oder ihre Hand nicht halten wollte, wenn wir eine Straße überquerten. Als ich älter wurde, hatte ich angenommen, dass sie sich irgendwann entspannen würde, aber so war es nicht gewesen. Sie machte sich ständig Sorgen um mich und ihr fiel gar nicht auf, dass sie mich damit manchmal fast erdrückte.

Meine Mutter hatte vor mir drei Babys verloren, noch bevor diese das Licht der Welt erblicken konnten und ein weiteres wegen des plötzlichen Kindstodes. Sie hatte mir davon erzählt, als wir einmal eine Diskussion über irgendeine ihrer Regeln gehabt hatten. Worum es genau ging, das wusste ich nicht mehr, aber was mir von diesem Abend im Gedächtnis geblieben war, an dem ich mich das erste und auch letzte Mal versucht hatte, gegen sie aufzulehnen, waren ihre traurigen Augen gewesen, als sie mir berichtete, wie sie ihr viertes Kind verloren hatte. Eines Tages war sie an die Wiege getreten, um ihr Kind in den Arm zu nehmen, und dieses hatte nicht mehr geatmet. So plötzlich und so unerwartet, nachdem doch endlich alles gut geendet hatte.

Wie schrecklich das gewesen sein musste, wollte ich mir gar nicht ausmalen. Das war vermutlich auch nicht möglich, wenn man es nicht selbst erlebt hatte.

Nach diesem furchtbaren Ereignis hatte meine Mutter sich in Therapie begeben müssen und als sie nach etlichen Sitzungen und tränenreichen Gesprächen schließlich soweit gewesen war, es noch einmal zu versuchen, wollte es mit der Schwangerschaft einfach nicht klappen. Niemand kannte die Ursache für das Problem, aber als meine Mutter nach einer langen Odyssee der Unfruchtbarkeit dann doch noch schwanger wurde, hatte man es wohl mit Fug und Recht als ein Wunder bezeichnen können.

Ab diesem Zeitpunkt hatten meine Eltern nichts mehr dem Zufall überlassen. Sie hatten jede Behandlung über sich ergehen lassen und jede Untersuchung, die möglich war, ohne das Kind zu gefährden. Nicht einmal auf eine normale Geburt hatten sie sich einlassen wollen, sondern direkt einen Kaiserschnitt geplant.

Für die beiden war es ein sehr emotionales Ereignis gewesen, als ich schließlich den ersten Schrei von mir gegeben hatte, empört von der kalten Luft im OP. Meine Mutter hatte auf der Stelle angefangen zu weinen und damit nicht mehr aufgehört, bis sie mich eine Stunde später endlich in die Arme nehmen konnte.

Manchmal erwischte ich sie dabei, wie sie am Küchentisch saß und durch alte Fotos blätterte, die sie in einen ganzen Stapel an Alben geklebt hatte. Ihr standen noch immer die Tränen in den Augen, wenn sie das tat und so war es nicht verwunderlich, dass ich die ersten Jahre über behandelt worden war wie ein rohes Ei.

Ich wusste nicht, wie ich an der Stelle meiner Eltern gehandelt hätte, aber manchmal wünschte ich mir mehr Freiraum. Ich hatte meine Kindheit schließlich überlebt, auch wenn es jedes Mal ein Riesentheater gab, wenn ich auf dem Spielplatz hinfiel, und war zu einem Teenager geworden, der selbst sehr vorsichtig war. Meine Eltern konnten sich auf mich verlassen, wenn es um Alkohol, Drogen oder Partys ging und das wussten sie auch.

Wenn ich über die Straße ging, dann schaute ich links und rechts und ich hörte noch nicht einmal zu laute Musik, weil ich nicht taub werden wollte. Aber trotzdem musste ich jeden Abend um spätestens halb zehn zu Hause sein und durfte ellenlange Predigten über mich ergehen lassen, wenn ich bei einer Freundin übernachten wollte.

Sara konnte ein Liedchen davon singen und war überzeugt davon, dass meine Eltern einen an der Klatsche hatten. Aber Sara hatte selbst genügend Probleme mit ihren Eltern. Besonders wenn es um ihren Nachbarn ging, einen Jungen, den sie nicht leiden konnte und dem sie in der Vergangenheit schon den einen oder anderen Streich gespielt hatte.

Ich verzog den Mund zu einem schiefen Lächeln, als ich an meine beste Freundin und ihr aufbrausendes Wesen dachte. So hatten wir uns überhaupt kennengelernt. Sie hatte mir im Sandkasten ganz einfach die Schaufel weggenommen und ich hatte laut zu weinen begonnen.

Um nicht ausgeschimpft zu werden, hatte sie mir ihren Hüpfball mit der künstlichen Eidechse geschenkt, den ich fasziniert betrachtete und darüber all mein Leid vergaß.

Seit jenem Tag waren wir unzertrennlich und ich wünschte mir gerade sehnlichst, sie würde ebenfalls hier sein, damit ich mit jemandem reden konnte. Aber dann fiel mir wieder ein, dass Sara große Angst vor der Dunkelheit hatte und hier drin längst durchgedreht wäre.

Ich seufzte und rückte automatisch wieder näher zu Alexej.

Im Gegensatz zu meiner Freundin hatte ich keine Probleme mit der Dunkelheit, aber die Umrisse der verschiedenen Gegenstände und Möbel bildeten gespenstische Schemen. Ich hasste es, wenn Schatten aussahen, als wären es Menschen.

»Du hast es gut«, murmelte ich. »Pennst einfach und ich darf mich hier alleine gruseln.«

Doch anstatt aufzuwachen und mir hier Gesellschaft zu leisten, schlief er einfach weiter. Seine Lider waren entspannter als zuvor und seine Wimpern warfen dunkle Schatten auf seine Wangen. Ich biss mir auf die Unterlippe, als ich mir nun doch erlaubte, etwas genauer hinzuschauen.

Manche Typen hatten richtig lange Wimpern, auf die man als Frau geradezu eifersüchtig sein konnte, mir aber nie besonders gut gefallen hatten.

Alexej hatte völlig normale Wimpern. Überhaupt war sein ganzes Gesicht eher kantig, kein Stück feminin, sondern fast schon zu grob, um schön zu schein.

Dennoch war ich überzeugt, dass er bei den Frauen gut angekommen wäre, wenn er nicht jeder einen bösen Spruch reingewürgt hätte, die es wagte, sich auf zehn Fuß zu nähern. Aber vermutlich war es gut, dass sich keine in seine Nähe traute, denn egal, was die ganze Welt über Bad Boys auch faseln mochte, die Realität war oft geradezu ernüchternd.

In Wirklichkeit bedeuteten solche Typen oft nur eine Menge Ärger. Da war man mit dem durchschnittlichen Möchtegern oder unscheinbaren Brillenträger, der im Grunde zu gut war für diese Welt, weitaus besser beraten. In den meisten Fällen war man damit ohnehin bereits am Ende der Auswahl angetroffen.

Simon hingegen war ein echter Glücksgriff.

Er war anständig und freundlich.

Meine Eltern hatten ihn gleich sehr gemocht, denn er passte in ihr Schema eines guten Jungen. Aber es war auch schwierig, ihn nicht dort einzuordnen, wenn man ihn in seinem hellblauen Poloshirt und seiner teuren Jeans sah, die Haare leicht zur Seite gegelt, während er mit ausgezeichneten Manieren glänzte.

Ganz am Anfang meiner Beziehung hatte ich mir Sorgen gemacht, dass meine Eltern mir verbieten würden einen Freund zu haben, denn als ich eine Andeutung in diese Richtung machte, hatten sich die buschigen Augenbrauen meines Vaters wenig erfreut zusammengezogen. Zum Glück war dann doch alles glimpflich verlaufen.

Mein Vater hatte am Ende sogar die Bemerkung fallen lassen, dass ein Anwaltssohn nicht die schlechteste Wahl für seine Tochter sein könnte, und damit war Simon offiziell aus dem Schneider. Mittlerweile nahm er oft an unseren Familienabenden teil und das war für mich eine große Erleichterung, weil die langweiligen Brettspiele und Gespräche über Fußball auf diese Weise halbwegs erträglich wurden.

Mein Vater schien in Simon den Sohn gefunden zu haben, den er sich immer heimlich gewünscht hatte.

Ich wusste, dass meine Eltern mich liebten, aber es war für sie nicht einfach gewesen, den Traum einer großen Familie aufzugeben. Es traf die beiden hart, als sie erfuhren, dass die Wahrscheinlichkeit, ein weiteres Kind zu kriegen gegen Null tendierte. Ich selbst hatte mir immer eine Schwester gewünscht, aber glücklicherweise gab es da noch Sara.

Ich wusste noch, wie sehr ich mich darüber gefreut hatte zu hören, dass wir gemeinsam auf eine Schule gehen würden, und Sara war es auch gewesen, die mich letztlich auf Simon aufmerksam gemacht hatte.

Sie lud ihn eines Tages ganz einfach an unseren Tisch in der Cafeteria ein und seither saß er bei uns. Ein paar Wochen später hatte er dann auch endlich den Mut gefunden, mir zu gestehen, dass er sich in mich verliebt hatte, und weil ich davon ausgegangen war, dass er meine beste Freundin mochte, war ich völlig überrumpelt gewesen, als er mich bat seine Freundin zu sein.

Ausgerechnet mich. Das schüchterne, brave Mädchen.

Die ersten Tage danach schwebte ich auf Wolke Sieben und obwohl diese Gefühle mittlerweile etwas nachgelassen hatten, war ich gerne mit ihm zusammen. Bis heute hatten wir uns kein einziges Mal in die Haare gekriegt, selbst wenn unsere Meinungen auseinander gingen. Nicht zuletzt deshalb, weil ich der Ansicht war, dass man aus einer Mücke keinen Elefanten machen musste.

Das beste Beispiel dafür war ein Vorfall ganz zu Beginn unserer Beziehung, als Simon mir in einem Laden ein Vanilleeis gekauft hatte. Es war einer dieser furchtbar schicken

Läden gewesen, in denen das Eis von Hand gemacht wurde und man in kleinen Separees saß, während man sich leise unterhielt.

Ich hatte es nicht übers Herz gebracht ihm zu sagen, dass ich Vanilleeis nicht leiden konnte, und das bis heute nicht. Ich hatte den richtigen Moment ganz einfach verpasst. Außerdem fand ich den Gedanken sehr viel schlimmer, ihm eines Tages gestehen zu müssen, dass ich ihn jedes Mal angelogen hatte, wenn wir Eis essen waren. Da aß ich es lieber und hielt die Klappe.

Außerdem wirkte er immer so fröhlich, wenn er mir etwas kaufen konnte, weil er sein Geld selbst verdiente und stolz auf seine Unabhängigkeit war. Das wollte ich ihm auf keinen Fall vermiesen.

Nachdem ich nun aber die letzten Stunden damit verbracht hatte, mich mit Alexej zu streiten, fühlte ich mich eigenartig erleichtert. Ich hatte meiner Wut heute zum ersten Mal seit Langem Luft gemacht und nun fragte ich mich, ob ich das vielleicht öfters tun sollte.

Wegen eines Vanilleeises würde ich keine Staatsaffäre eröffnen, aber das mit dem Händchenhalten in der Öffentlichkeit regte mich manchmal schon ein wenig auf. Es fühlte sich so an, als würde Simon nicht gänzlich zu mir stehen. Ich schüttelte den Kopf, um diese unliebsamen Gedanken loszuwerden. Ich hatte keine Ahnung, weshalb mir diese Dinge gerade jetzt durch den Kopf gingen.

Ich musste daran denken, wie Alexej mich sarkastisch Sonnenschein genannt hatte. Wahrscheinlich weil er davon ausging, dass ich auf der Sonnenseite des Lebens stünde. Aber ich zu sein war nicht immer so einfach, wie es von außen vielleicht aussehen mochte, und manchmal wünschte ich mir, es gäbe da jemanden, der diese Seite an mir verstehen konnte.

Ich liebte Sara, aber sie ging oft mit der Holzhammermethode vor, wenn sie mich aus dem Schneckenhaus locken wollte, und meine Eltern waren zu sehr damit beschäftigt, jede noch so kleine Entscheidung in meinem Leben kritisch zu beäugen.

Das fühlte sich oft so an, als könnte ich es niemandem jemals recht machen. War es da verwunderlich, dass ich bisher versucht hatte, diesen kleinen, unnötigen Konflikten aus dem Weg zu gehen?

Ich seufzte still in mich hinein.

Manchmal fühlte ich diese Sehnsucht in mir, mich irgendwo anzulehnen, tief durchzuatmen und ganz einfach nur okay zu sein, so wie ich war.

Erschrocken zuckte ich zusammen, als Alexej auf einmal etwas grummelte und unterdrückt fluchte. Gebannt hielt ich die Luft an, aber er drehte sich nur etwas zur Seite, murrte noch einmal und war wieder ruhig.

Ich hatte gehofft, dass wir noch einmal miteinander reden könnten, bevor man uns hier fände. Nun, da ich den Entschluss gefasst hatte die eine oder andere Sache anzusprechen, die mich störte, wollte ich es lieber gleich tun.

Wenn zu viel Zeit verstriche, würde ich die Idee sonst nur verwerfen. Dieses Mal wollte ich eine Antwort auf meine Fragen erhalten. Ich wollte von Alexej wissen, wieso er mich nicht mit Simon zusammen sehen wollte. Dann würde ich ihn bitten, damit aufzuhören und uns in Ruhe zu lassen.

Ich nickte bekräftigend und rutschte langsam wieder gegen die Wand.

Ein Geräusch ließ mich innehalten. Gespannt richtete ich mich wieder auf und lehnte mich vor, die Ohren gespitzt. Zunächst geschah nichts weiter, doch nach einer Weile hörte ich erneut etwas, das wie entfernte Stimmen klang.

»Alexej!«, zischte ich und griff nach seiner Schulter, um ihn zu rütteln. »Wach auf!«

Er knurrte und schlug nach meiner Hand.

»Jetzt wach auf, da ist jemand«, rief ich ungeduldig. »Wir müssen uns bemerkbar machen!«

Ich wollte gerade aufstehen und zur Tür gehen, als sich plötzlich eine Hand um meinen Unterarm schloss. Erschrocken keuchte ich auf, als ich mit einem Ruck in seine Richtung gerissen wurde. Sein Arm schlang sich um mich und im nächsten Moment fand ich mich in einem engen Griff gegen seinen Oberkörper gedrückt wieder. Sein Kinn hatte er auf meinem Kopf abgelegt, während ich in halb liegender Pose ein gedrücktes Ächzen von mir ab.

»Alexej!«, krächzte ich, doch dieser brummte nur verstimmt und rollte sich etwas zur Seite, sodass ich nun erst recht unter ihm eingeklemmt wurde.

»Was soll das!«

Ich wand mich und zappelte, bis ich halb auf meinen Knien war. Die Stimmen von draußen wurden immer lauter und mittlerweile konnte ich die hysterische Stimme meiner Mutter heraushören, die schluchzend meinen Namen rief.

Oh Gott, wenn sie mich in dieser Position finden würde, bekäme ich Hausarrest, bis ich meinen Abschluss hinter mir hatte.

»Morosow! Verdammt!«

Ich schlug auf seine Schulter ein, so fest ich konnte, und das schien ihn endlich zu wecken. Irritiert brummte er etwas und blinzelte gegen das fahle Licht an. Sein Griff lockerte sich und ich schob ihn von mir.

»Lana?«, fragte er, als ich mich endlich freigekämpft hatte und erbost auf ihn hinabstarrte.

Mit verschlafener Miene blickte er auf.

Lana?!

Ich geb dir gleich Lana!, dachte ich böse, als ich meine zerzausten Haare richtete, die nun wie elektrisiert in alle Richtungen abstanden, als hätte jemand mit einem Luftballon darüber gerubbelt. Da saßen wir stundenlang hier unten und er wusste nicht einmal, dass ich Dina hieß? Ich runzelte die Stirn. Wahrscheinlich dachte er im Halbschlaf an ein anderes Mädchen oder er hatte ein schlechtes Gedächtnis. Ich schnaubte, doch noch ehe ich ihm die Meinung sagen konnte, ging die Tür zur Bibliothek auf und grelles Licht flutete hinein. Geblendet hielt ich den Arm vor die Augen und auch Alexej wendete das Gesicht ab. Stimmen fluteten herein und eine Taschenlampe streifte über das wilde Durcheinander, bis der Lichtkegel schließlich auf mir landete.

»Dina!«

Die schrille Stimme meiner Mutter klingelte in meinen Ohren. Eilig klackerten ihre Stöckelschuhe über den Boden und im nächsten Moment wurde ich hochgerissen und in eine feste Umarmung geschlossen.

»Mama«, ächzte ich, als ich richtiggehend gequetscht wurde, und sie ließ mich los und hielt mich eine Armeslänge entfernt.

Meine Schultasche baumelte von ihrer Schulter und ihre Kleider sahen aus, als hätte sie sich in aller Eile etwas übergeworfen. Sie sah auch aus, als hätte sie geweint, die Augen rot und das Gesicht verquollen. Ihre blonden Locken, die sie gewöhnlich hochgesteckt hatte, hingen wirr um ihr herzförmiges Gesicht und ihre Unterlippe zitterte gefährlich.

»Gott sein Dank haben wir dich gefunden! Wir sind fast gestorben vor Sorge!«, schluchzte sie und drückte mich wieder an sich.

Vom Gang her hörte ich meinen Vater mit jemandem diskutieren. Seine Stimme klang tief und aufgeregt, als könnte er nicht glauben, dass einem Lehrer ein solcher Fehler hatte unterlaufen können. Ich hörte, wie Herr Maibach sich stammelnd immer wieder entschuldigte und wie eine weitere Stimme beruhigend dazwischen sprach.

Hinter mir erhob sich Alexej und wischte sich die Hände an seiner Jeans ab. Es war mir peinlich dass er mitbekam, wie ich hier betüdelt wurde, und ich schob meine Mutter protestierend weg.

»Es geht mir gut, Mama! Kein Grund zur Panik!«, versuchte ich sie zu beruhigen, aber sie war bereits verstummt, und als ich ihrem Blick folgte, konnte ich sehen, wie sie Alexej ungläubig musterte.

Ihr Gesicht sprach Bände, als sie sich mir wieder zuwendete, und die Art, wie sie ihren Kopf schief gelegt hatte und die Augenbrauen hochzog, gefiel mir ganz und gar nicht. Es wirkte, als wollte sie sagen: »Das ist jetzt aber nicht dein Ernst, Fräulein?«

Als hätte sie mich hier beim Knutschen im Besenschrank erwischt!

Entrüstet hob ich die Hände.

»Er wurde auch hier eingeschlossen.«

In Ermangelung einer besseren Erklärung schaute ich den Russen hilflos an. Schließlich hatte ich eben noch in ewiger Eintönigkeit darauf gewartet, dass endlich etwas passierte, und nun ging mir auf einmal alles ein bisschen zu schnell.

Anstatt mir jedoch zu helfen, hob Alexej nur die Augenbrauen und starrte mich ebenfalls an.

»Das, ähm, das ist Alexej«, murmelte ich, als ich nicht mehr weiter wusste. Der Blick meiner Mutter wanderte besorgt zwischen uns hin und her.

Alexej jedoch schien genug von dem Gegaffe zu haben. Er nickte nur knapp und schob sich dann an uns vorbei, als ginge ihn das alles hier überhaupt nichts an.

»Hat mich gefreut«, brummte er und ging Richtung Ausgang, wo soeben mein Vater, der Geschichtslehrer und der hagere Direktor eingetreten waren. Alle drei sahen aus, als wären sie erst kürzlich aus ihren Betten gefallen, aber an ihren Gesichtern konnte ich dennoch erkennen, dass Alexejs Anblick eine Überraschung darstellte.

Keiner schien damit gerechnet zu haben, außer mir sonst noch jemanden hier vorzufinden.

Verwundert blickten sie ihn an und die Augen des Direktors wurden tellergroß, ehe er den Mund aufmachte und ein hustendes Stottern herauskam. Vermutlich dachte er gerade an die dicke Strafakte, die in seinem Büro lag, und überlegte, ob er dieser vielleicht einen weiteren Eintrag hinzufügen musste.

»Herr Morosow!«, war alles, was er sagte, sein Gesicht teigig und bleich und sein Blick zuckte besorgt zu mir, als wollte er sich vergewissern, dass mir der Russe nichts angetan hatte.

Irgendwie störte mich das und ich verschränkte die Arme vor der Brust. Aber noch ehe ich irgendetwas sagen konnte, war Alexej auch schon halb zur Tür heraus.

Ich schaute ihm nach und mein Herz stockte, als er sich im letzten Augenblick noch einmal umdrehte und seine eisblauen Augen auf meine trafen. Gebannt starrte ich ihn an, weil ich fast nicht glauben konnte, dass jetzt tatsächlich alles zu Ende war. Stunden waren wir hier drin gewesen und nun ging einfach jeder nach Hause.

Ich wollte etwas sagen. So etwas wie »Gute Nacht« oder »Das war's dann wohl«, aber er kam mir zuvor und seine Worte waren wie ein Kübel eisiges Wasser, das man mir über den Kopf kippte.

»Was hast du mit deinen Haaren gemacht, Barbie? Sieht ja schlimm aus.«

Meine Worte blieben mir im Hals stecken und bevor ich mich wieder fassen konnte, hatte er mir auch schon den Rücken zugewendet und war verschwunden.

Ein langer Moment der Stille verging, in dem ich über meine verstrubbelten Haare strich, um sie wieder zu glätten, und mich darüber aufregte, was er gerade gesagt hatte. Dabei war es seine Schuld, dass ich jetzt aussah, als hätte ich in die Steckdose gefasst. Dieser Dummkopf!

Meine Eltern blickten Alexej perplex hinterher, als wüssten sie nicht genau, ob sie eben richtig gehört hatten.

»Komm, Dina!«, meinte mein Vater aber, offensichtlich nicht willens, sich hier die Beine in den Bauch zu stehen. »Wir gehen jetzt!«

Und so verließen wir endlich alle zusammen das dunkle Gewölbe.

Als ich, dicht gefolgt von meinen Eltern, durch die Haupttür auf den Pausenhof hinaus trat, atmete ich erleichtert die kühle Nachtluft ein. Der Wind hatte aufgefrischt und raschelte leise durch die Bäume des angrenzenden Parks. Ich schaute in den sternklaren Nachthimmel und genoss die Geräusche der fernen Straße, auf der vermutlich die ersten Heimkehrer eines feuchtfröhlichen Freitagabends unterwegs waren.

Es tat gut, nicht mehr in diesem Keller zu hocken.

Der Platz wirkte seltsam groß, jetzt, da kein einziger Schüler ihn unsicher machte, und ich schaute neugierig zu der Uhr hinauf, die am Turm der Schule angebracht war. Genau in diesen Moment rückte der Zeiger vor und schlug zwei Uhr nachts. Der Klang der Glocke hallte über den Hof und ließ mich schaudern.

Ich war froh, als wir zum Auto gingen, das als einziges auf dem leeren Parkplatz stand.

Müde öffnete ich die hintere Tür und ließ ich mich auf die Rückbank sinken.

Meine Eltern schienen zu ahnen, dass ich jetzt gerade nichts als meine Ruhe haben wollte, und unterhielten sich auf der Fahrt leise miteinander. Ich ließ ihre Stimmen einfach an mir vorbeiziehen und genoss die Wärme, die mich umfing. Mit halb geschlossenen Augen grübelte ich darüber nach, wohin Alexej nun wohl gegangen war.

Niemand schien ihn vermisst zu haben. Und es wirkte nicht so, als hätte jemand nach ihm gefragt. Selbst Alexej hatte nicht den Eindruck erweckt, als hätte er jemanden erwartet. Bestimmt gab es eine logische Erklärung dafür, aber im Grunde ging mich das sehr wenig an.

Als ich bemerkte, wie meine Mutter mir einen Blick durch den Rückspiegel zuwarf, zwang ich ein Lächeln auf meine Lippen, um ihr zu zeigen, dass es mir gut ging. Sie lächelte zurück, aber als ihre Augen meinen Pullover streiften, runzelte sie missbilligend die Stirn.

Schließlich wandte sie sich aber wieder meinem Vater zu und ich schloss die Augen.

Niemand.

Niemand war gekommen.

Kapitel 6 – Simons Panik

Manche Leute können ihren Kopf nur freibekommen, wenn sie joggen gehen. Sie sagen, dass beim Laufen all ihre Probleme in den Hintergrund rücken und am Ende nur noch der Weg vor ihnen zählt. Es ist ihre Art, sich eine Auszeit zu gönnen und wieder zurück auf den richtigen Kurs zu finden.

Andere wiederum müssen ihre Hände beschäftigen, um eine Ablenkung zu finden oder in Ruhe nachdenken zu können. Sie stricken Socken, backen Muffins, oder falten Origamikraniche.

Ich hingegen war weder besonders geschickt noch sonderlich begeistert von sportlichen Aktivitäten.

Meine Art, die Seele baumeln zu lassen, hatte mit heißem Wasser zu tun und jeder Menge flaumigem, knisterndem Schaum. Im Normalfall war ein langes Bad genau das, was ich brauchte, damit ich anschließend erfrischt und mit neuer Energie aus der Wanne steigen konnte.

Als ich nun jedoch mitten in der Nacht im heißen Wasser saß, dessen Dampf das ganze Bad erfüllte und dem Plätschern lauschte, das mich normalerweise beruhigte, stellte ich schlecht gelaunt fest, dass meine Laune noch immer im Keller war.

Ich versuchte mir einzureden, dass mein Gemütszustand der Nacht auf dem harten Betonboden in einem staubigen Keller zuzuschreiben sei, aber wem wollte ich was vormachen? Klar, ich war mit dem berüchtigten Alexej in einem Raum eingesperrt gewesen, aber er hatte mir nichts getan. Er hatte mich zwar beleidigt und bedroht, aber damit konnte ich umgehen. Er hätte mich in die Ecke drängen oder schlecht über meinen Freund reden können, aber das hatte er nicht. Um genau zu sein hatte er nicht die kleinste Andeutung gemacht, und das verwirrte mich.

Ich war mir ziemlich sicher, dass Alexej keine leeren Drohungen aussprach. Ich wusste nicht, was ich darüber denken sollte, aber all dies musste warten, bis das Wochenende vorüber war.

Im Moment beschäftigten mich andere Probleme und eines davon hatte damit zu tun, dass ich gerade selbst am liebsten schlecht über meinen Freund geredet hätte.

Als ich vor einer halben Stunde nämlich die Auffahrt zu unserem Haus hinauf gelaufen war, galt meine Besorgnis niemand geringerem als Simon. Er hatte mir mehrere Nachrichten hinterlassen und mehrfach versucht mich zu erreichen.

»Schätzchen«, hatte meine Mutter jedoch gesagt, als ich seine Nummer bereits gewählt hatte »wenn du Simon anrufen willst, würde ich das lieber auf morgen verschieben.«

»Wieso?«, hatte ich gefragt in der Annahme, mein Freund müsste auf Nadeln sitzen.

Doch was meine Mutter dann gesagt hatte, ließ mich nun grimmig nach der Shampooflasche greifen und das Doppelte der Menge herausquetschen, die ich sonst eigentlich verwendete.

»Dein Freund schläft bereits, Dina.«

Die Worte hallten in meinem Kopf wider und ich schäumte mir grob die Haare ein. Der leckere Erdbeerduft, der mich sonst immer fröhlich stimmte, trug nichts zu meiner Stimmung bei.

Viel zu verblüfft war ich gewesen, als mir klar geworden war, dass Simon ganz einfach zu Bett gegangen sein musste, nachdem ich nicht bei der Party aufgetaucht war. Ich war so empört gewesen, dass ich das Handy unsanft zurück in die Tasche gestopft hatte, ohne eine einzige Nachricht zu lesen.

»Dina«, hatte meine Mutter mir hinterher gerufen, als ich verstimmt davongestapft war. »Sei ihm nicht böse, ja? Er wusste doch gar nicht, dass du vermisst wirst.«

Und das entsprach zumindest der Wahrheit.

Nachdem ich gestern Abend nicht nach Hause gekommen war, hatten meine Eltern Sara kontaktiert und dabei von der Party bei den Darcys erfahren. Es verstand sich von selbst, dass meine Eltern mich am liebsten gemeuchelt hätten, weil ich ihnen nicht Bescheid gesagt hatte, und sie beschlossen gemeinsam auf mich zu warten, damit sie mir eine Standpauke zum Thema elterlicher Fürsorgepflicht halten konnten, sobald ich nach Hause kam. Ich war froh, dass ich um dieses Gespräch herumgekommen war.

Die beiden hatten bestimmt in der Küche gestanden, beide eine Tasse Kaffee in der Hand und darüber diskutiert, ob ich nun doch in die rebellische Phase der Pubertät gekommen sei. Bestimmt hatten sie sich dabei ausgemalt, wie ich in Zukunft nachts aus dem Fenster klettern würde, um in einer verkifften Absteige literweise Wodka zu trinken. Ich konnte mir vorstellen, wie meine Mutter löffelweise Zucker in ihren Espresso kippte, bis mein Vater ihr schließlich die Tasse weggenommen hatte, um ihre Hände festzuhalten. Trotz dieser Angewohnheit mochte meine Mutter Zucker nämlich gar nicht. Weder im Kaffee noch sonst irgendwo.

Als die Uhr dann irgendwann zwölf geschlagen hatte, ohne dass ich mich blicken ließ, hatten sie das Warten nicht mehr ausgehalten.

Man muss nicht erwähnen, dass meine Mutter aus allen Wolken gefallen war, als Frau Darcy dann – ziemlich unwirsch, weil man sie aus dem Bett geholt hatte – beteuerte, dass die Freundin ihres Sohnes es mitnichten für wert befunden hatte, ihrer Party beizuwohnen. Und zwar genau in diesen Worten.

Ich machte mir eine geistige Notiz, dieser Frau besser nicht so bald unter die Augen zu treten. Es schien nicht so, als hätte ich nach dieser Aktion einen Stein bei ihr im Brett. Ich warf den Waschlappen gegen die geflieste Wand. Er kam mit einem lauten Klatschen auf und plumpste zurück ins Wasser. Grummelnd schnappte ich ihn mir und wrang ihn aus.

Im Grunde war mir ja klar, dass ich mich wieder mit Simon versöhnen würde. Obwohl Versöhnung wohl nicht das richtige Wort war, wenn man bedachte, dass er von meiner Wut noch gar nichts wusste. Einen Moment lang spielte ich mit dem Gedanken, ihm so lange keine Antwort zu geben, bis er sich so richtig Sorgen machte. Als meine Finger jedoch schrumpelig geworden waren und das Wasser langsam kalt wurde, traf ich den Entschluss, ihm eine kurze Nachricht zu hinterlassen. Ich sollte ihm sagen, dass es mir gut ging und wir später reden würden. In den letzten Stunden hatte ich genug Ärger gehabt, da brauchte ich nicht auch noch Beziehungsstress.

Ich wickelte mich in ein Handtuch und trat in den Flur hinaus. Aus dem Wohnzimmer drangen die gedämpften Stimmen meiner Eltern zu mir hoch und ich blieb oben an der Treppe stehen, um zu lauschen. Sie sprachen jedoch viel zu leise und so verzog ich mich in mein Zimmer.

Wahrscheinlich ging es darum, wie sie den Schulleiter am besten verklagen konnten. Ein schmales Lächeln schlich sich auf meine Lippen, denn ich fand es durchaus amüsant, dass die Fürsorglichkeit meiner Eltern nicht nur mir Schwierigkeiten bereiten konnte.

Ich ging nicht davon aus, dass sie tatsächlich einen Anwalt anrufen würden, aber für den Bruchteil einer Sekunde ging mir der Blick durch den Kopf, den der Direktor in Alexejs Richtung geworfen hatte und ich verspürte so etwas wie Genugtuung bei der Vorstellung, wie meine Mutter einen Brief an die Schulkommission schriebe, in dem sie den Direktor zur Schnecke machte.

Ich ging im Halbdunkeln zu meinem Nachttisch hinüber und knipste das Lämpchen an.

Gemächlich zog ich mir ein paar bequeme Klamotten an und band meine Haare zu einem unordentlichen Knoten hoch. Als ich mich schließlich auf mein Bett warf, fühlte ich mich schon sehr viel besser. Behaglich streckte ich mich aus und zog die dünne Decke über meine Beine.

Dann angelte ich nach meiner Tasche und kramte nach meinem Handy. Als ich es gefunden hatte, drehte ich mich auf den Rücken und öffnete Simons Nachrichten, um die ersten Zeilen davon zu überfliegen.

(17:47): Ich hol dich nachher ab, klappt alles wie geplant?
(17:56): Hallo?
(18:09): Dina, du weißt, wie sehr ich es hasse, wenn du keine Antwort gibst!
(18:23): Dina?
(18:29): Wir kommen jetzt bei dir vorbei. Meine Mutter hat extra einen Fahrer organisiert und ich hoffe, du bist fertig, wenn wir ankommen!

Ich verdrehte die Augen. Genau wie ich es mir gedacht hatte! Er konnte nicht mal zehn Minuten warten, bevor er nachhaken musste. Ich spürte den eben erst abgeflauten Ärger erneut in mir aufsteigen.

Wenn ich unzuverlässig gewesen wäre, dann hätte ich vielleicht verstehen können, warum er zu Bett gegangen war, ohne sich Sorgen zu machen. Aber eben wegen dieser Ungeduld, die vermutlich die einzige Charakterschwäche war, die man an meinem Freund finden konnte, musste er doch mittlerweile wissen, dass ich mich gemeldet hätte.

Ich fragte mich, ob Simon das wohl verstehen würde, wenn ich es ihm erklärte. Eigentlich hatte ich überhaupt keine Lust auf ein solches Gespräch und vielleicht wäre es sogar besser, gar nichts zu sagen. Aber im Moment wollte ich diese Entscheidung nicht treffen.

Ich rollte mich auf die Seite und las den Rest.

Als Nächstes hatte er mir eine Sprachnachricht hinterlassen. Zwei verpasste Anrufe waren dieser voraus gegangen und ich nahm an, dass er nicht gerade erbaut darüber gewesen war, auf der Mailbox zu landen. Wie erwartet, klang Simons Stimme sauer, als sie etwas verzerrt an mein Ohr drang.

(18:34): Herrgott, Dina! Jetzt heb endlich ab!
(18:49): Wo bist du? Hier öffnet niemand die Tür! Wir stehen hier wie bestellt und nicht abgeholt. Sag bitte, dass du's nicht vergessen hast!
(19:05): Dina, ich hoffe, du hast eine gute Erklärung.
(19:08): Verdammt! Wir gehen jetzt. Gib Bescheid, wenn du doch noch auftauchen willst.
(19:27): Sind jetzt hier, meine Eltern sind ganz schön enttäuscht von deinem Verhalten.

Empört rollte ich mich auf den Bauch und starrte auf das Display hinunter. Ich war mir plötzlich gar nicht mehr so sicher, ob ich tatsächlich die Klappe halten sollte. Hatte ich mir nicht erst gerade vorgenommen, dass ich mich in dieser Hinsicht bessern wollte?

Hastig scrollte ich nach unten und als mein Blick auf die nächste Zeile fiel, klappte mir der Mund auf.

(19:37): Wo treibst du dich rum? Du triffst dich doch nicht etwa mit einem anderen?!

»Super«, knurrte ich. »Ganz toll.«

Jetzt war ich froh darüber, diese Nachrichten nicht schon in der Auffahrt gelesen zu haben, denn sonst hätte vermutlich nicht ich ein heißes Bad genommen, sondern mein Telefon. Wie konnte er mir so etwas vorwerfen? Immerhin könnte ich gerade in einem Straßengraben liegen oder im Krankenhaus sein.

Am liebsten hätte ich die nachfolgende Sprachnachricht ignoriert, aber dann drückte ich grimmig doch noch auf den Knopf und Simons reuevolle Stimme erklang.

(19:57): Sorry, Dina, das Letzte habe ich nicht sagen wollen. Ruf mich bitte an!

Sein schuldbewusster Tonfall hätte mich beinahe besänftigt, aber die letzte Nachricht klang überhaupt nicht mehr reumütig.

(20:23): Dann lass es eben!

Meine Hand schloss sich wie von selbst um das Gerät, bis meine Knöchel weiß hervorstachen.

Dann lass es eben?! War Simon sich überhaupt bewusst, was er da schrieb? Da antwortete ich ein einziges Mal in unserer Beziehung nicht unmittelbar und er machte ein solches Theater? Wo war sein friedliches Wesen abgeblieben? Konnte er etwa nur höflich sein, wenn es nach seinem Kopf ging? Und war nicht er es, der Geheimnisse vor mir hatte?

In einer Kurzschlussreaktion setzte ich mich auf und begann zu tippen. Es war mein Ärger, der mich antrieb. Ärger, weil mein Freund mir nicht vertraute. Weder, um mir von dem Gespräch mit Alexej zu erzählen, noch um sich sicher zu sein, dass ich ihn nicht betrügen würde.

Als ich fertig war drückte ich auf *Senden* und warf das Gerät auf die andere Seite meines breiten Bettes. Dann zog ich die Decke über den Kopf und vergrub meine Nase in meinem Kissen.

(03:12): Ich war mit Alexej zusammen, wenn du es genau wissen willst!

Ein Klingeln riss mich aus meinem Schlaf und ich war einen Moment lang völlig desorientiert. Ich strampelte die Decke nach unten und angelte nach dem Handy, das auf der Bettkante lag.

Jetzt, da ich ausgeruht war, kam mir meine Racheaktion ganz schön kindisch vor. Was hatte ich mir dabei gedacht so etwas zu schreiben? Simon hatte es bestimmt nicht böse gemeint. Doch jetzt konnte ich wohl nur noch Schadensbegrenzung betreiben.

Ein Blick auf das Display zeigte mir drei Nachrichten von ihm.

(09:17): Mit Alexej??? Sag mir bitte, dass du ihm nicht glaubst! Nichts davon stimmt!

(10:51): Knuffelchen, du musst mir glauben!

(12:42): Egal, was er gesagt hat, es stimmt nicht. Ich schwöre dir, dieser Mensch lügt, wenn er den Mund aufmacht!

Irritiert blinzelte ich.

Diese Nachrichten waren nicht unbedingt das, was ich erwartet hatte. Aus den Texten sprach eine solche Panik, dass mir mulmig wurde. Wovon redete er? Hatte er vielleicht Angst, dass Alexej bereits versucht haben könnte, ihn mir madig zu machen?

Bevor ich mir einen Reim darauf machen konnte, klingelte es jedoch erneut und ich realisierte, dass jemand vor der Haustür stand und läutete.

Ein Blick auf den Wecker zeigte mir, dass es bereits früher Nachmittag war, und meine Augen weiteten sich ungläubig. Eilig stand ich auf, stolperte zum Fenster hinüber und lehnte mich hinaus. Zuerst konnte ich nichts weiter erkennen als einen riesigen Strauß gelber Rosen, doch dann drückte die Person erneut auf die Klingel, diesmal deutlich länger, und ich erkannte, dass es Simon war.

Ich schaute an mir hinunter und verzog das Gesicht. Ich sah aus, als wäre ich direkt aus irgendeiner Höhle gekrochen.

Schnell ging ich zu meinem Schrank und zerrte ein paar Jeans heraus. In Jogginghosen und Schlabbershirt konnte ich mich auf keinen Fall zeigen. Ich wusste noch genau, was für ein Gesicht Simon gezogen hatte, als er mich das erste Mal ungeschminkt und in einem ähnlichen Aufzug gesehen hatte. In seiner Familie gab es so etwas nicht, aber bei uns war es völlig normal, morgens im Pyjama in der Küche zu erscheinen und in Schlabberklamotten vor dem Fernseher zu sitzen. Normalerweise schminkte ich mich nicht, wenn es keinen Anlass dazu gab.

Jetzt hingegen hätte ich schon ein wenig Farbe auf den Wangen vertragen können, wie mir der mannshohe Spiegel in der Ecke verriet. Meine grünblauen Augen wirkten trotz meiner Eile verschlafen und meinen Teint konnte man wohl, ohne beleidigend zu werden, als käsig bezeichnen.

Im Schlaf hatte mein Haargummi sich gelöst und meine Haare standen wieder einmal in alle Richtungen ab. Ich schnappte mir einen Kamm, um die Sache in Ordnung zu bringen, und rannte dann ins Bad, um mir kaltes Wasser ins Gesicht zu klatschen.

Es hatte nicht noch einmal geklingelt und ich hatte Angst, dass Simon gegangen sein könnte.

Meine Eltern mussten beide schon weg sein, denn meine Mutter hatte wieder Spätdienst und mein Vater traf sich samstagnachmittags gewöhnlich mit seinen Freunden. Wahrscheinlich hatte er mir eine Nachricht auf dem Esstisch hinterlassen, wie er das immer tat, wenn er wegging. Irgendwie hatte ich ihm das nie abgewöhnen können.

Als ich die Treppe hinunter kam, sah ich den Zettel schon dort liegen und ich musste schmunzeln. Dann jedoch beeilte ich mich zur Tür zu kommen.

Das Erste was ich wahrnahm, als ich diese aufriss, war der intensive Duft der Rosen, der mir entgegen schlug. Hinter dem großen Strauß stand mein Freund und blickte mich an, als befürchtete er, dass ich jeden Moment in die Luft gehen könnte.

»Dina!«, sagte er auch schon, bevor ich überhaupt zu Wort kommen konnte, und ich ging eilig zur Seite, als er eintrat. »Ich kann alles erklären. Gib mir einfach eine Chance dir zu sagen, warum er solche Dinge erzählt!«

»Ähm«, stotterte ich und schloss die Tür.

Seine Stirn hatte sich in tiefe Sorgenfalten gelegt. Ich hatte ihn noch nie so angespannt und ängstlich erlebt. Er wirkte, als hätte er nicht damit gerechnet, dass ich ihn überhaupt reinlassen würde.

»Glaub mir bitte, dieser verdammte Russe ist ein elender Lügner«, fuhr er fort. »Er macht das nicht zum ersten Mal!«

»Simon!«, rief ich und hob die Hände. »Jetzt komm mal wieder runter! Ich verstehe kein Wort von dem, was du mir hier sagen willst, und um ehrlich zu sein habe ich auch keine Lust das hier im Flur zu besprechen.«

Er klappte den Mund zu und starrte mich an. Dann nickte er bedächtig und schaute hinunter auf das Bouquet.

»Ich hab dir deine Lieblingsblumen mitgebracht.«

Meine Lieblingsblumen waren weiße Tulpen.

Aber die Geste war aufmerksam und man beschwert sich schließlich nicht, wenn man etwas geschenkt bekommt.

Ich nickte langsam und deutete zum Wohnzimmer hinüber.

»Wir stellen sie ein, okay? Und dann reden wir.«

Ich ging voran und er folgte mir. Sein Verhalten brachte mich ganz durcheinander. Normalerweise war er derjenige, der sagte, was wir tun sollten und ich stimmte ihm einfach zu. Jetzt hingegen hatten sich die Rollen vertauscht. Er trottete mir zögerlich hinterher und ich spürte mehr und mehr das Verlangen, endlich zu erfahren, was hier vor sich ging.

Doch ich fürchtete, dass es sich um ein längeres Gespräch handelte, und so suchte ich erst einmal eine Vase für die Blumen. Der Strauß musste ein Vermögen gekostet haben und ich fragte mich unwillkürlich, wie lange Simon dafür hatte arbeiten müssen. Es wäre eine Schande, wenn die Blumen nun anfangen würden, die Köpfe hängen zu lassen.

Ich kramte in dem großen Schrank herum, bis ich ein Gefäß gefunden hatte, das groß genug war. Schweigend füllte ich es mit Wasser und platzierte das Bouquet auf dem Wohnzimmertisch.

»Also«, sagte ich und drehte mich mit entschlossener Miene zu meinem Freund um.

»Ich will jetzt wissen, was hier läuft.«

Kapitel 7 – Es war einmal

»Was hier läuft?«

Simon sah mich an wie der sprichwörtliche Ochse vorm Berg. Er war es nicht gewohnt, dass ich so direkt war.

»Ja, genau«, sagte ich, die Augenbrauen erwartungsvoll hochgezogen.

Simon kam auf mich zu und wollte seine Hand an meine Wange legen, aber ich machte einen Schritt zurück und er ließ die Hand wieder sinken. Seine Brauen zogen sich verstimmt zusammen.

»Er will mich schlecht machen, das verstehst du doch hoffentlich? Aber so wie es aussieht, glaubst du ihm seine Lügenmärchen.«

Sein Ton war vorwurfsvoll. Als wäre er für sich zu dem Entschluss gekommen, dass ich Alexej mehr Glauben schenken würde als ihm, nur weil ich mich nicht mehr mit irgendwelchen Phrasen abspeisen lassen wollte. Dabei wusste er noch gar nicht, dass ich Alexejs Absichten kannte.

»Jetzt mal halblang«, sagte ich deshalb. »Alexej hat mir gar nichts eingeredet. Ich habe nämlich euer Gespräch im Klo gehört.«

Anstatt nun jedoch erleichtert darüber zu sein, dass er mich nicht mehr von Alexejs falschem Spiel überzeugen musste, passierte etwas Seltsames. Kaum waren die Worte aus meinem Mund, zuckte er wie geschlagen zurück und alle Farbe wich aus seinem Gesicht.

»Du ...«, krächzte er. »Du hast es gehört?«

Ich nickte zögerlich.

»Was genau hast du gehört?«, fragte er und sein Blick nahm etwas Lauerndes an. Er wirkte, als wäre er sich nicht ganz sicher, ob nun ich diejenige sein sollte, die auf ihn böse war oder er auf mich.

»Das Gespräch im Klo«, flüsterte ich unsicher. Ich musste mich räuspern, um meine Kehle frei zu bekommen. »Es war ein Zufall«, fügte ich an. »Ich hätte nicht lauschen dürfen, aber ich war mir sicher, dass du es mir sowieso erzählen würdest.«

Ich wollte nicht, dass er mir am Ende vorwarf, ich hätte ihm nachspioniert. Ich hatte es ja nicht absichtlich getan.

Simons Blick blieb skeptisch. »Du hast also alles mitangehört.«

Er legte den Kopf schief und ich fragte mich, was ihm gerade durch den Kopf ging. Ich war schließlich auf seiner Seite, das musste er doch wissen.

»Simon«, sagte ich und trat näher. »Ich hoffe, du weißt, dass ich nichts auf seine Forderung gebe. Sie ist eine bodenlose Frechheit und ich verstehe nicht, wieso du dir solche Sorgen machst. Als ob ich mich von dir trennen würde, nur weil er das verlangt. Hältst du so wenig von mir?«

Simon blinzelte. Es war ein irritiertes Blinzeln, dem ein nachdenkliches Stirnrunzeln folgte. Doch dann erhellte sich seine Miene langsam. Es schien, als hätten meine Worte einen Kippschalter umgelegt und seine Stimme klang erleichtert, als er sprach.

»Es war also keine Absicht, dass du nicht zur Party gekommen bist?«

»Natürlich nicht!«

Was glaubte er denn? Dass mir jemand ein paar Märchen über ihn auftischen konnte und dann drehte ich ihm den Rücken zu, ohne ihm die Chance zu geben, eine Erklärung abzuliefern?

»Und du hast meine Nachrichten heute nicht mit Absicht ignoriert?«

Langsam verstand ich, wieso er so außer sich war.

»Nein«, sagte ich erneut. »Ich habe geschlafen.«

Simon seufzte und schenkte mir ein zittriges Lächeln, bevor er mir sanft mit dem Handrücken über die Wange streichelte.

»Wirklich?«

»Wirklich«, bestätigte ich.

»Gott sei Dank«, murmelte er. »Ich dachte, er hätte dich nach der Schule abgefangen und dir irgendwelchen Mist über mich erzählt.«

»Er hat mir gar nichts erzählt«, versicherte ich. »Wir haben überhaupt nicht über dich geredet.«

Er nahm mein Gesicht zwischen die Hände und ich verzog den Mund, als mich die verschwitzte Haut berührte, bemühte mich aber, es nicht zu zeigen. Er musste große Angst gehabt haben und ich war nur grob zu ihm gewesen. Nun tat es mir leid, dass ich überhaupt mit dem Gedanken gespielt hatte, ihm absichtlich solche Sorgen bereiten zu wollen.

»Siehst du, wie schnell das geht?«, fragte er. »Er hätte beinahe einen Keil zwischen uns getrieben und dazu musste er nicht einmal etwas sagen.«

Natürlich sah ich das. Ein Paar konnte sich über die kleinsten Dinge streiten und dabei völlig aus den Augen verlieren, wie viel sie sich eigentlich bedeuteten. Jemand konnte ein wenig Zweifel säen oder eine Andeutung machen und dann gingen ganze Freundschaften in die Brüche. Wenn man es genau betrachtete, war es in diesem Fall aber Simon selbst, der es mir schwer machte, ihm zu vertrauen.

Alexej hatte mir gegenüber schließlich kein Wort darüber verlauten lassen. Das konnte ich meinem Freund allerdings kaum an den Kopf werfen. Ganz besonders nicht jetzt.

»Nichts treibt einen Keil zwischen uns«, murmelte ich also leise.

Erleichtert atmete er aus und zog mich an seine Brust. Ich lehnte mich in die Umarmung und schloss die Augen.

»Aber wieso warst du mit ihm zusammen?«, grummelte er in meine Haare und ich hätte ihn fast nicht verstanden. Die Eifersucht war deutlich aus seiner Stimme herauszuhören.

Ich schloss meine Arme um ihn und rollte heimlich die Augen, konnte ein Lächeln aber nicht unterdrücken.

»Das wirst du mir niemals glauben.«

Als ich eine Viertelstunde später alles erzählt hatte, was sich am gestrigen Abend zugetragen hatte, fühlte ich mich eigenartig erleichtert. Simon hatte mich kein einziges Mal unterbrochen, sondern aufmerksam zugehört. Wir saßen auf dem Sofa im Schneidersitz und ich friemelte an einem Zierkissen herum, das auf meinem Schoß lag.

»Ich wollte nicht so schnippisch sein«, seufzte ich, als wir auf die Nachrichten zu sprechen kamen, die wir uns geschickt hatten. »Es tut mir leid.«

»Das macht doch nichts«, sagte er und rutschte zu mir rüber. Seine Hand fand wie von selbst den Weg auf meinen Oberschenkel.

Ich rang mir ein Lächeln ab. Es störte mich, dass er nichts zu den Gemeinheiten sagte, die er mir an den Kopf geworfen hatte. Früher wäre mir das nicht aufgefallen, aber jetzt kam mir in den Sinn, wie oft unsere Gespräche schon so abgelaufen waren. Ich hatte zum Beispiel einmal vorgeschlagen, dass wir gemeinsam auf den Flohmarkt gehen könnten. Alle paar Wochen wurde im Stadtkern so ein Markt organisiert. Ich genoss die Atmosphäre, die dort herrschte. Bevor ich mit Simon zusammengekommen war, hatte ich mich regelmäßig dort aufgehalten, war von Stand zu Stand geschlendert und stöberte durch die Auslagen, immer auf der Suche nach vergessenen Schätzen.

Eines Nachmittags, als wir nicht gewusst hatten, was wir unternehmen sollten, hatte ich ihm vorgeschlagen, mit mir dort hin zu gehen. Ich erinnerte mich an sein mitleidiges Lächeln, als wäre es gestern gewesen und ich fand es noch heute daneben, dass er behauptet hatte, diese Märkte seien nur etwas für arme alte Leute.

Ich hatte jedoch nachgegeben, bevor es zu einem Zwist kommen konnte, und auch damals hatte Simon nur seine Grübchen gezeigt und mir über den Arm gestreichelt.

»Schon gut«, hatte er gesagt, als ich mich für einen bösen Blick entschuldigt hatte, »du hättest zwar nicht gleich so reagieren sollen, aber jeder macht mal Fehler.«

Danach hatten wir die Sache nie mehr zur Sprache gebracht. Schließlich war es im Grunde auch eine Nichtigkeit. Aber sein Verhalten heute machte auch die Sache von damals zu einer Angelegenheit, über die ich nachdenken musste. Es brachte mich zu der Frage, ob ich in der Vergangenheit nicht etwas zu nachsichtig gewesen war.

Ich mochte es nicht, wenn Menschen nicht in der Lage waren, für ihre Fehler geradezustehen oder einzusehen, dass sie nicht im Recht waren, und nun musste ich wohl die Entdeckung machen, dass mein Freund solch einen Charakterzug an sich hatte.

Ich stand auf und ging zu den Blumen, um mein enttäuschtes Gesicht darin zu verstecken. Ich brauchte ein wenig Abstand.

Er ist eben nicht so ganz der Prinz auf dem weißen Ross, für den du ihn gehalten hast, höhnte eine leise Stimme in meinem Kopf. Doch ich wollte gar nicht hinhören.

»Die Rosen duften wirklich gut«, sagte ich leise, um mich abzulenken.

Simon schaute über die Lehne und lächelte. Er wirkte glücklich, aber mein eigenes Lächeln fühlte sich gezwungen an, denn die Stimme hörte nicht auf mich zu drangsalieren und das mit dem Nicht-Hinhören wollte nicht so ganz klappen. Ich konnte nicht aufhören daran zu denken, wie schockiert Simon gewesen war, als er erfuhr, dass ich gelauscht hatte. Möglicherweise wurde ich langsam paranoid, aber ich hatte doch gesehen, wie bleich er geworden war, als er vorsichtig gefragt hatte, ob ich alles mitangehört hätte.

Alles.

Das klang verdächtig danach, als würde es ihn in Schwierigkeiten bringen, wenn dem so wäre. Aber ich hatte das Gespräch doch von Anfang bis Ende mit angehört und Simon hatte nichts falsch gemacht. Es interessierte mich allerdings, was er gemeint hatte, als er Alexejs Lügenmärchen ins Spiel brachte.

»Was hast du gemeint, als du von Lügenmärchen geredet hast?«, fragte ich also gerade heraus und lehnte mich an den Küchentisch.

»Was meinst du?«, fragte er, obwohl ich in seinen Augen sehr genau sehen konnte, dass er wusste, wovon ich sprach.

»Das weißt du genau. Was hat es damit auf sich?«

»Dina, ich bitte dich«, begann er, aber ich wischte seinen Protest mit einer Handbewegung fort.

»Ich will wissen, was zwischen euch vorgefallen ist. Wieso seid ihr Feinde und weshalb will Alexej, dass du dich von mir trennst? Und wenn wir schon dabei sind, dann möchte ich auch erfahren, wieso du glaubst, dass er mir Unwahrheiten erzählt, anstatt mir einfach zu drohen.«

Ich holte tief Luft. Ich hatte mich in Rage geredet und spürte, wie meine Ohren heiß wurden. Aber ich würde keine Handbreit nachgeben.

»Okay.«

Was?

»Wie bitte?«, entkam es mir verdattert. Ich konnte nicht glauben, dass es so einfach sein sollte, nachdem er so lange geschwiegen hatte.

»Wenn du das möchtest, erzähl ich es dir«, sagte er und stand ebenfalls auf.

»Aber gehen wir hoch in dein Zimmer, ja?«, fügte er an. »Mir ist nicht wohl bei dem Gedanken, dass dein Vater bald nach Hause kommen könnte. Es ist eine sehr persönliche Angelegenheit.«

Langsam nickte ich.

Ich schnappte mir die Notiz meines Vaters und begann die krakelige Schrift zu entziffern, während ich in Richtung Treppe davonstapfte. Simon folgte mir schweigend und wir waren beinahe oben angekommen, als mir aufging, was mein Vater da geschrieben hatte.

Dina! Ich bin bei Markus, aber du kannst dich jederzeit melden, wenn etwas ist! Deine Mutter und ich wollen heute Abend noch mit dir reden. Du verstehst sicher, dass wir etwas überrascht waren, einen jungen Mann bei dir vorzufinden.

Ach du liebe Zeit! Ich ließ den Zettel sinken.

Natürlich würden meine Glucken von Eltern gleich sonst etwas denken! Besonders nachdem sie mich in Alexejs Pullover gesehen hatten. Am Ende glaubten sie noch, ich hätte mit ihm angebändelt. Ich konnte mir jetzt schon vorstellen, wie dieses Gespräch ablaufen würde.

Doch als ich die Nachricht erneut überflog, fiel mir auf einmal etwas ein und ich riss die Augen auf. Ich stolperte beinahe über meine eigenen Füße.

Alexejs Pullover.

Ach, du Scheiße! Sein Pullover lag noch auf dem Boden neben meinem Bett. Gerade so, als hätte er ihn dort ausgezogen und hingeworfen. Ein Gespräch *darüber* konnte ich gerade echt nicht gebrauchen.

Ich drehte mich um und Simon wäre beinahe in mich hineingeknallt.

»Die Blumen!«, befahl ich, meine Stimme fast zu energisch, um keinen Verdacht zu wecken. »Wir haben sie unten vergessen«, fuhr ich ein wenig sanfter fort, »holst du sie bitte?«

»Ja, äh, klar«, stotterte Simon und machte Kehrtwende. Kaum war er unten, schoss ich wie der Blitz über den Flur und schlitterte um die Ecke in mein Zimmer. Ich packte den Kapuzenpulli und drehte mich herum, auf der Suche nach einem geeigneten Versteck. Alle Regale hier waren offen und mein Schreibtisch hatte keine Schubladen. Mein Kopf ruckte hin und her.

Wohin bloß? In den Schrank? Nein, Simon hatte ein paar Klamotten hier und könnte auf die Idee kommen ihn zu öffnen.

Wäschekorb im Bad? Dazu müsste ich über den Flur und ich konnte bereits Simons Schritte auf der Treppe hören. Er ächzte unter dem Gewicht der Vase.

Die Tür ging auf und ich reagierte, ohne nachzudenken. Ich ließ den Pulli fallen und kickte ihn unters Bett. Hastig drehte ich mich zu Simon um und mein Herz klopfte so laut in meiner Brust, dass ich fürchtete, er könnte es hören. Aber Simon reagierte gar nicht darauf.

Er ging ganz einfach zu meinem Schreibtisch und stellte seine Last dort ab.

»Meine Güte, ist das Ding schwer«, schnaufte er und zupfte an ein paar Blüten herum, um diese wieder zu ordnen.

»Ähm, ja«, gab ich von mir, noch nicht ganz erholt von meiner Kamikazeaktion.

»Es sind ja auch ganz schön viele.« Simon nickte stolz, schlenderte zu meinem Bürostuhl und ließ sich seufzend nieder. »Aber du willst ja gar nicht über die Blumen reden, sondern lieber wissen, was damals passiert ist.«

Ich nickte und ließ mich langsam auf mein Bett sinken. Ich war wahnsinnig aufgeregt und versuchte mir das nicht anmerken zu lassen. *Du willst ja nur mehr über Alexej erfahren*, meldete sich die leise Stimme wieder und ich runzelte die Stirn. Von wegen, mehr über Alexej erfahren. Was ging mich der Typ denn an? Aber ich hielt dennoch die Luft an und wartete gespannt darauf, dass Simon endlich loslegte.

»Hmm«, brummte er. »Es ist schon eine Weile her und um ehrlich zu sein, rede ich nicht gerne darüber.« Er machte eine Pause. Wahrscheinlich dachte er, dass ich einlenken würde, aber ich ließ ihn nicht vom Haken und so fuhr er schließlich notgedrungen fort: »Du wirst es mir vermutlich kaum glauben, denn ich komme heute manchmal selbst zu dem Punkt, an dem es mir surreal erscheint, aber früher waren Alexej und ich einmal Freunde.«

»Wirklich?«

»Wir standen uns nicht sonderlich nahe, aber wir kamen gut miteinander aus. Schließlich kannten wir uns bereits als kleine Kinder, weißt du?«

Nein, das hatte ich nicht gewusst.

»Wir haben oft zusammen gespielt und hatten auch denselben Freundeskreis. Aber als wir älter wurden, begann er sich langsam zu verändern«, seufzte Simon, »und nach ein paar Jahren, war er kaum mehr wieder zu erkennen. Alexej war aggressiv und ständig gereizt und wenn du mich fragst, dann hat es damit zu tun, dass er in die falschen Kreise abgerutscht ist.«

Ich überlegte was er damit meinen könnte, doch bevor ich fragen konnte, sprach Simon schon weiter. Er schien sich jetzt richtig warm geredet zu haben und es sprudelte richtiggehend aus ihm heraus.

»Er hat sich mit seiner Wut keine Freunde gemacht. Die meisten haben sich über kurz oder lang von ihm abgewendet, denn er gab ständig knappe und bösartige Kommentare von sich, die sehr verletzend waren. Aber ich habe zu ihm gehalten, denn er war ja mein Freund! Ehrlich gesagt dachte ich, dass er gar kein so schlechter Kerl wäre, wie alle immer behaupteten, verstehst du?«

Ich nickte.

»Aber dann wurde ich eines Besseren belehrt«, sagte er und lehnte sich vor. Ein seltsames Funkeln hatte sich in seine Augen geschlichen.

»Was ist geschehen?«, fragte ich. Meine Stimme klang heiser.

»Das, was an vielen Orten auf der Welt und immer wieder einmal passiert, und trotzdem hätte ich niemals gedacht, dass mir so etwas einmal zum Verhängnis werden könnte.«

»Was denn?«, drängte ich zu wissen und Simon schürzte ob meiner Ungeduld die Lippen.

»Wir haben uns dummerweise in dasselbe Mädchen verliebt.«

Mein Atem stockte, aber Simon fuhr bereits wieder fort: »Es tut mir leid, dass ich dir auf diese Weise von einer Verflossenen erzählen muss und ich hoffe, du bist nicht böse deswegen. Für seine Gefühle kann man schließlich nichts, oder?«

Zaghaft schüttelte ich den Kopf.

»Am Anfang wusste nicht, dass er ebenfalls auf Vanessa stand und als ich sie fragte, ob sie mit mir zusammen sein wollte, na ja, da erfuhr ich es doch noch.« Er lehnte sich wieder zurück und schnalzte mit der Zunge. »Auf ziemlich unschöne Weise, wenn man das so sagen darf.«

Vanessa also, dachte ich und es kam mir eigenartig vor, wie wenig es mich störte, ihren Namen zu kennen. Aber es war auch schon länger her und was kümmerte es mich, wie sie genau geheißen hatte? Ich war jetzt seine Freundin, und als diese sollte es mich eher kümmern, wie die Geschichte weiter ging.

»Wie hast du es denn erfahren?«, hakte ich also nach.

Er schnaubte und verschränkte die Arme.

»Wie wohl?«, knurrte er. »Alexejs größtes Problem war schon immer seine Eifersucht, und als er uns zusammen gesehen hat, da ist er auf mich losgegangen wie ein Berserker. Er hat auf mich eingeprügelt, als wolle er mich töten und ich schwöre dir, wenn Vanessa nicht so lange geschrien hätte, bis ein paar Passanten auf uns aufmerksam wurden, dann hätte er mich vielleicht sogar umgebracht. «

Ich schaute auf meine Hände hinunter. Auf einmal hatte ich einen eigenartigen Kloß im Hals.

»Er hat mir die Schulter ausgerenkt«, sagte er und in seiner Stimme klang die Bitterkeit mit, die er mit sich herumtrug. »Aber das ist längst nicht das Schlimmste. Der Typ hätte mir fast den Schädel zertrümmert, wenn keiner gekommen wäre, und ich war übersät mit Blutergüssen. Du hättest mich sehen sollen, Dina! Der Typ ist verrückt und er schreckt vor nichts zurück.«

Ungläubig saß ich da. Das, was mir hier offenbart wurde, passte die wie Faust aufs Auge zu dem, was man sonst noch über Alexej behauptete. Aber etwas in mir wehrte sich dagegen, dieses Bild in meinen Gedanken abzuspeichern und damit dasjenige zu überschreiben, das sich gerade erst zu formen begonnen hatte.

»Und Dina?«

Ich hob den Kopf bei Simons fragendem Ton.

»Er hat das damals auch nicht zum ersten Mal gemacht.«

Ich runzelte die Stirn. Die Gedanken kreisten in meinem Kopf und schienen sich an nichts festhalten zu können, um wieder zur Ruhe zu kommen. Was würde mein Freund mir jetzt noch offenbaren?

»Nachdem er mich buchstäblich ins Krankenhaus geprügelt hat, habe ich erfahren, dass ich nicht der Erste war, den er so zugerichtet hat. Er hat die Jungs entweder schikaniert, wenn er erfuhr, dass sie etwas von dem Mädchen wollten, in das er gerade verschossen war, oder aber übel zugerichtet so wie mich. Es hat ihn nicht einmal gekümmert, wenn die beiden bereits ein Paar waren. Meistens hat er zuerst damit begonnen, Gerüchte zu streuen.«

Ich nickte langsam. Irgendwie konnte ich Simon gerade nicht so wirklich in die Augen schauen. Es traf mich eigentümlich tief, diese Dinge über den Russen zu erfahren. Natürlich war das dumm, denn er war niemand, der mir am Herzen lag oder an dem ich auch nur das geringste Interesse gehabt hätte.

Aber das, was ich hier hörte, fühlte sich seltsam an, denn wenn ich ehrlich war, dann hatte ich irgendwo tief in mir angenommen, dass Alexej sich als jemand herausstellen könnte, hinter dem mehr steckte als rohe Gewalt.

»Verstehst du jetzt, wieso ich mir solche Sorgen gemacht habe?«, erklang es wie von weit her.

»Wie meinst du das?«, fragte ich und Simon schaute mich an, als wäre ich geistig umnachtet.

»Was?«, raunzte ich, als er nicht aufhörte, mich ungläubig anzustarren.

»Wie, was!«, schnaufte er und stieß laut die Luft aus. »Sag nicht, dass du es noch nicht geschnallt hast! Ich kann von Glück reden, dass er mir noch nicht die Fresse poliert hat!«

Verwirrt starrte ich Simon an.

»Dina«, knurrte er und schaute mir dabei eindringlich in die Augen, und irgendwie wusste ich plötzlich, was kommen würde.

»Alexej hat sich in dich verknallt.«

Kapitel 8 – Die Saat des Zweifels

Als ich am Montagmorgen auf den Schulhof einbog, klangen Simons Worte noch immer in meinen Ohren nach.

Seine Geschichte wirkte so unglaublich, dass ich bisher gar nicht hatte fassen können, was das alles überhaupt bedeuten sollte. Nur eines wusste ich: Wenn Alexej wirklich in mich verliebt war, dann würden wohl eine Menge Probleme auf mich zukommen.

Nicht zuletzt deshalb, weil Alexejs Versuche, uns zu trennen, eine Saite in mir zum Klingen bringen würde, die so bald einmal nicht verstummen würde. Ich wusste, dass es daneben war, und ich käme auch im Leben nicht auf die Idee, mich mit diesem ungehobelten Typen einzulassen. Einmal abgesehen davon, dass er mir seit unserer Begegnung in der Alten Bibliothek sehr viel weniger furchteinflößend vorkam als zuvor, fand ich es nämlich immer noch nicht sehr prickelnd, wie herablassend er mich behandelt hatte.

Aber die jüngsten Ereignisse hatten mich gelehrt, dass auch Simon nicht perfekt war. Was dies nun genau für unsere Beziehung bedeutete, wusste ich noch nicht. Lediglich, dass sich etwas verändert hatte. Ich war mir nicht sicher, ob Simon sich dessen bewusst war, aber ich vermutete, dass er zumindest etwas ahnte.

Ich hatte den gestrigen Nachmittag mit ihm verbracht. Wir hatten Filme geschaut, was wir schon sehr lange nicht mehr getan hatten. Und wenn Simon meine Stimmung auch für eine kurzfristige Laune hielt, so hatte er doch fast den ganzen Abend nie den Arm von meiner Schulter genommen, gerade so, als fürchtete er, dass ich im nächsten Moment aufstehen und davonlaufen könnte.

So weit daneben läge er mit dieser Vermutung auch nicht. Es war nicht unangenehm gewesen – natürlich nicht –, er war ja mein Freund. Aber ich hatte mich dennoch auf seltsame Weise fehl am Platz gefühlt. Mein Vertrauen zu ihm hatte einen Riss bekommen. Es war mir schwer gefallen, mir das einzugestehen, aber es war so. Und so hatte ich irgendwann gesagt, dass ich jetzt lieber ein wenig Zeit für mich hätte und ihn ziemlich früh nach Hause geschickt.

Simon wirkte zwar perplex, akzeptierte meine Entscheidung aber ohne Widerworte und hatte sich verdrückt.

Einen Moment hatte ich mich deswegen schlecht gefühlt, aber als Sara dann am späteren Abend angerufen hatte, um zu erfahren wie es bei Simons Eltern gewesen war, fand ich ziemlich schnell eine Ablenkung. Etwas überrumpelt von ihrem fröhlichen Ton, hatte ich zuerst nichts weiter herausgebracht als ein wenig intelligentes »Ähm«, was Sara natürlich sofort auf den Plan gerufen hatte, dass es einmal wieder in die Hose gegangen war.

»Dina Drückeberger Warner!«, hatte sie ausgerufen und ich hätte schwören können, dass ich hörte, wie die Ader in ihrer Stirn pochte. »Jetzt sag nicht, dass es schon wieder nicht geklappt hat. Ich werde noch wahnsinnig mit euch beiden! Willst du seine Eltern kennenlernen, wenn ihr fünfzig seid und sieben Kinder habt?«

Sara übertrieb manchmal so fürchterlich.

Als ich ihr den Grund nannte, verschlug es ihr die Sprache. Ich konnte mich nicht daran erinnern, wann ich das bei ihr schon einmal erlebt hatte.

»Bist du okay? Hat Alexej dir was getan?«, brach es schließlich aus ihr heraus.

Die Frage rührte mich, denn im Gegensatz zu einigen anderen Leuten war ich mir bei Sara sicher, dass sie sich wirklich um mich sorgte und nicht einfach nur ihrer abschätzigen Meinung von Alexej Ausdruck verleihen wollte.

Nachdem sie sich versichert hatte, dass mir nichts fehlte, gab es allerdings kein Halten mehr. Sara liebte Klatsch und Tratsch und ganz besonders aufregende Neuigkeiten und deshalb erzählte ich ihr alles bis ins kleinste Detail.

Na ja gut, nicht jedes Detail.

Es war nicht mangelndes Vertrauen, das mich zurückhielt. Sara konnte ein Geheimnis hüten. Aber die gemischten Gefühle, die Alexej in mir ausgelöst hatte, behielt ich lieber für mich.

Ich beschränkte mich darauf, ihr von unserem Ausbruchsversuch zu erzählen, der Sache mit der Spinne, die ich mit ins Grab nehmen würde und natürlich auch, wie sehr ich mich darüber geärgert hatte, dass Simon einfach zu Bett gegangen war. Sara stellte ständig Zwischenfragen, was es mir unmöglich machte, die Ereignisse der Reihe nach zu erzählen, aber am Ende schien sie trotzdem im Bilde über den Abend zu sein. Eine Gabe, um die ich sie beneidete.

Das hielt sie allerdings nicht davon ab, darüber nachzugrübeln und auch jetzt, als sie mir von Weitem winkte und mit schnellen Schritten über den Schulhof auf mich zukam, hatte sie noch dieses Funkeln in den Augen, das ich mittlerweile so gut kannte.

»Hast du es wirklich getan?«, rief sie.

»Was meinst du?«, erwiderte ich.

»Simon die Meinung gegeigt!«

Verwundert hielt ich inne, weil ich mich nicht daran erinnern konnte, ihr davon erzählt zu haben, wie ich Simon dazu gedrängt hatte, mir die Wahrheit über seine Vergangenheit mit Alexej offenzulegen.

»Simon hat das behauptet«, sagte sie. »Ich hab ihn bei den Schließfächern angetroffen und er kommt gleich nach. Er meinte, du seist komisch gewesen, fast schon ruppig und er macht sich Sorgen, dass Alexej einen schlechten Einfluss auf dich genommen haben könnte.«

Verblüfft starrte ich Sara an.

»Hey, das sind nicht meine Worte«, sagte sie und hob die Hände. »Aber war es so?«

»So schlimm war es auch wieder nicht«, sagte ich und Saras Mundwinkel sanken nach unten.

Alexej hatte überhaupt keinen Einfluss auf mich genommen. Er hatte mich zur Weißglut getrieben, und mein Ärger hatte mir möglicherweise die Augen dafür geöffnet, dass man seinen Gefühlen manchmal Luft machen musste, aber mehr war da nicht.

»Ich war vielleicht nicht so nachgiebig wie sonst«, sagte ich also, »aber ruppig ist echt das falsche Wort.«

Sofort hoben sich Saras Mundwinkel wieder und sie gab ein gespieltes Schluchzen von sich. Sie ging sogar so weit, sich imaginäre Tränchen aus den Augen zu wischen. Wie eine Mutter, die sieht, wie ihr Junges flügge wird.

»Meine Kleine wird erwachsen«, schniefte sie und ich gab ihr einen Klaps auf den Hinterkopf. Sie grinste jedoch nur breit.

»Du Irre«, kicherte ich. »Komm endlich. Englisch fängt gleich an.«

»Nein, warte«, rief sie und zog mich am Handgelenk zurück. »Ich muss dir noch etwas Wichtiges erzählen! Ich habe nämlich über das nachgedacht, was du mir erzählt hast.«

Weiter kam sie jedoch nicht, weil in diesem Moment Simon auftauchte.

»Hey, ihr zwei«, lächelte er und legte den Arm um meine Schultern. »Hey«, murmelte ich und rückte etwas von ihm ab. Es gefiel mir nicht, dass er so über mich geredet hatte, und Sara war offensichtlich ebenfalls verstimmt über die Unterbrechung.

Es war nicht zu übersehen, wie viel Mühe es sie kostete, nicht einfach mit dem herauszuplatzen, was ihr auf der

Zunge lag. Sie warf Simon ungeduldige Blicke zu, als hoffte sie, dass er dadurch schneller von dannen zöge und als wir vor dem Klassenzimmer standen, trat sie bereits von einem Fuß auf den anderen.

Ich unterdrückte ein Grinsen, denn Simon schien nichts mitzubekommen. Er grüßte in einer Seelenruhe unsere Englischlehrerin, Frau Hinrich, die bereits vorne an der Tafel stand und nur kurz aufsah und uns zunickte, bevor sie weiter in ihren Unterlagen herumblätterte. Ihr konzentrierter Blick wirkte verkniffen, als wäre sie schlecht gelaunt, doch wer sie kannte wusste, dass sie ihre Brille einmal wieder verlegt haben musste.

Frau Hinrich tat das ständig. Sachen verlegen, meine ich. Die pummelige Frau war jedoch gerade deshalb bei den Schülern ziemlich beliebt. Es war einfach wahnsinnig praktisch, wenn eine Lehrerin die Prüfungstermine vergaß, oder die Fragebögen nicht finden konnte.

»Hast du nicht gleich Mathe?!«, brach es schließlich aus Sara heraus, als Simon keine Anstalten machte zu gehen. Er schaute auf seine Uhr. »Hm, doch«, sagte er, »vielleicht sollte ich los.«

Diese Worte wirkten auf Sara wie ein Startschuss zu einem Rennen.

»Alles klar!«, flötete sie und schob ihn aus dem Raum, »das ist eine gute Idee! Wir wollen ja nicht, dass du zu spät kommst. Bis später, Simon.« Und schon hatte sie ihm die Tür vor der Nase zugeknallt und drehte sich zu mir um.

»Ich weiß etwas«, zischte sie und packte mich an den Handgelenken, um mich in Richtung unserer Sitzplätze zu ziehen. Es waren schon einige Schüler hier, die sich lachend unterhielten, und so fielen wir nicht wirklich auf. Auch wenn Sara für meinen Geschmack etwas zu laut sprach.

»Was denn?«, fragte ich, als ich mich in der hintersten Reihe neben sie plumpsen ließ.

»Etwas über Alexej«, gab sie preis. »Es ist mir eingefallen, als ich über unser Telefonat nachgedacht habe.«

»Und das wäre?«, fragte ich und legte einen bewusst gelangweilten Ton in meine Stimme, denn ich wollte nicht, dass man mir anmerkte, wie jede Zelle meines Körpers plötzlich in gespannte Erwartung verfallen war.

Sara schnalzte mit der Zunge und schüttelte den Kopf. »Tu nicht so, als wärst du nicht neugierig!«

Manchmal war es wirklich anstrengend kein Pokerface zu haben. »Also gut«, maulte ich, »Es interessiert mich. Was ist es?«

Sara lachte. »Alexej hat dich mitnichten dort unten schmoren lassen!« Sie grinste. »Er musste nämlich die ganze letzte Woche nachsitzen, weißt du? Wegen dem kleinen Jungen, den er verprügelt hat.«

Es war kein kleiner Junge, hörte ich Alexejs tiefe Stimme in meinem Kopf. Bevor ich jedoch etwas sagen konnte, fuhr Sara auch schon fort: »Meine Theorie ist, dass er dich mit dem ganzen Kartenzeugs gesehen hat, kurz bevor er nachsitzen musste. Und als er eine Stunde später gehen konnte«, sie machte eine dramatische Pause, »hat er deine Tasche gesehen und sich daran erinnert, wie du bepackt in Richtung Bibliothek davongezottelt bist!«

Ein wissendes Lächeln hatte sich auf ihren Lippen ausgebreitet, doch im nächsten Augenblick ruinierte sie den Moment auch schon, indem sie die Hand theatralisch an die Stirn hob und mit hoher Stimme säuselte: »Und dann eilte er natürlich sofort zu deiner Rettung!«

»Ach, geh!«, grinste ich und schlug ihr die Hand weg. »Du erfindest irgendwelches Zeug!« Tief in meinem Inneren wusste ich jedoch, dass sie recht haben musste.

Es war mir bis jetzt nicht aufgefallen, aber es gab ein paar Unstimmigkeiten in den Ereignissen dieses Abends. Bisher hatte ich angenommen, dass Alexej in der Nähe gewartet hatte und lediglich deshalb in die Bibliothek gerannt war, weil er Schiss gekriegt hatte, als ich schrie. Aber das konnte ja nicht sein, denn dann hätte er die Tür festgehalten. Überhaupt war es lächerlich, so etwas zu denken, denn weshalb sollte Alexej eine ganze Stunde in der Schule sitzen, nur um mir eins auszuwischen?

Vielleicht hat Alexej ja genau das getan, was Sara soeben erwähnt hat, meldete sich leiser Zweifel in mir. *Vielleicht wollte er dir ja als glorreicher Retter erscheinen. Wer weiß schon, wie weit er gehen würde, wenn man bedenkt, dass er diese Eifersuchtsprobleme hat.*

Im Widerspruch dazu hatte Alexej sich mir gegenüber ganz und gar nicht ritterlich verhalten. Die Beleidigungen, die er mir an den Kopf geworfen hatte, klangen mir immer noch im Ohr.

Aber um es endgültig zu erfahren, musste ich ihn natürlich selbst fragen. Am Nachmittag würde ich eine Stunde Physik haben, in der auch Alexej sein würde. Bei der Vorstellung, wie ich ihn abfinge, um mit ihm zu reden, begann mein Herz zu klopfen.

Ich dachte an den Pullover in meiner Tasche und seufzte. Ich wusste einfach nicht, was ich über ihn denken sollte.

Als ich am Nachmittag vor der Tür zu Physik stand, hatte sich mein Herz noch immer nicht richtig beruhigt. In der Mittagspause hatte ich kaum etwas herunter gebracht und schob das Essen mit der Gabel hin und her. Beim Gedanken daran, mit Alexej zu reden, hatte sich meine Kehle zugeschnürt und mein Magen revoltierte. Was würde er tun, wenn wir uns über den Weg liefen? Würde er mich anschauen mit seinen eisblauen Augen? Würde er vielleicht von selbst auf mich zukommen, um seinen Pullover zurück zu fordern?

Das Kleidungsstück wog schwer in meiner Tasche, als wäre diese mit Steinen gefüllt. Ich hatte den Pulli von Hand gewaschen und über der Heizung getrocknet, weil das Gespräch mit meinen Eltern am Samstag nicht sehr glücklich verlaufen war. Mehrfach hatte ich beteuern müssen, dass ich mit dem »Kriminellen« nichts zu schaffen hatte und als die beiden mich endlich aus ihrer Mangel entließen, hatte ich als erstes den Wäschekorb durchwühlt, um den Pullover wieder herauszufischen.

Man musste Eltern wie meine nicht unnötig provozieren. Ich hoffte nur, dass er jetzt nicht seltsam roch. Aber die größere Sorge war vermutlich, wie ich es schaffen sollte, Alexej den Pulli zurück zu geben, ohne dass es jemand mitbekäme. Niemand konnte sehen, wie ich mit ihm sprach, sonst würde Simon unweigerlich Wind davon bekommen.

Erst nach mehreren Anläufen schaffte ich es schließlich, über die Schwelle in den Physikraum zu treten. Sämtliche Tische waren bereits belegt, aber mein Blick fand sofort, was er suchte. Direkt neben dem Fenster, in einer der vordersten Reihen, saß er.

Er hatte sich in seinem Stuhl zurückgelehnt und blickte auf ein paar Blätter auf seinem Tisch hinunter. Er wirkte abwesend und seine Augen waren halb geschlossen. Die Horden an Schülern, die um ihn herum scharwenzelten, lachten und sich gegenseitig Beleidigungen an den Kopf warfen, schienen ihn überhaupt nicht zu interessieren.

Er trug ein weißes Shirt über einer Jeans und er hatte die Füße lässig übereinander geschlagen. Sein einer Arm ruhte in seinem Schoß, der andere auf der Lehne des Stuhles neben ihm, auf dem sein zerschlissener Rucksack lag.

Niemand saß neben ihm und soweit ich wusste, würde auch niemand auf die Idee kommen, dort sitzen zu wollen.

Einen Moment lang starrte ich ihn unschlüssig an, bevor mir klar wurde, dass ich vor der versammelten Klasse stand. Ich schluckte und lief schnell zu meinem Platz. Ich saß etwas weiter hinten, wie in fast jeder meiner Klassen.

Unschlüssig ließ ich meine Tasche zu Boden gleiten und begrüßte Helena neben mir. Sie nickte mir kurz zu, vertiefte sich aber wieder in ihr Buch. Es war irgendein billiger Groschenroman, von deren Sorte sie Unmengen verschlang.

Kaum hatte ich mich gesetzt, begann die Stunde auch schon. Mein Blick schweifte jedoch schon nach kurzer Zeit wieder zu Alexej. Da ich auf der gegenüberliegenden Seite saß, konnte ich ihn mühelos beobachten.

Er hatte sich auf seinem Stuhl aufgerichtet und kritzelte vor sich hin. Früher hätte ich angenommen, dass er gelangweilt auf seinem Block herummalte, aber jetzt, da ich genauer hinschaute, konnte ich sehen, dass er schrieb. Er schrieb, wann immer der Physiklehrer einen Zusammenhang etwas genauer erklärte, und blätterte gelegentlich im Physikbuch mit. Dabei runzelte er konzentriert die Stirn, spielte mit dem Bleistift und machte auch im Buch ein paar Randnotizen.

Alexej zeigte nicht auf, wenn eine Frage gestellt wurde, aber ich konnte sehen, wie er ein paar Mal abschätzig den Mund verzog, wenn ein Schüler eine falsche Antwort gab. Es wirkte verächtlich, als könnte er nicht glauben, dass man so dämlich sein konnte.

Als er am Schluss langsam den Kopf zur Seite drehte, um einen Schüler anzustarren, der gerade eine besonders absurde Behauptung aufstellte, kicherte ich leise. Helena warf mir einen skeptischen Seitenblick zu und ich beeilte mich, den nächsten Abschnitt zu lesen und dem Unterricht zu folgen.

Dennoch blickte ich den Rest der Stunde über unentwegt auf Alexejs breiten Rücken. Ich fragte mich, ob er überhaupt noch daran dachte, was am Freitag passiert war und ob ihm bewusst war, dass ich in seiner Klasse saß.

Ich hatte die leise Hoffnung, dass er irgendwann aufschauen und mich bemerken würde, wie man das manchmal tut, wenn man angestarrt wird. Man bemerkt den bohrenden

Blick, als würde dieser einen tatsächlich auf irgendeiner Ebene berühren.

Aber Alexej schaute kein einziges Mal auf.

Die nächsten Tage verbrachte ich in ähnlicher Weise. Es bot sich einfach nie die passende Gelegenheit, Alexej einmal alleine anzutreffen und mit jedem Tag, der verging, wurden meine Zweifel größer, was Simons Behauptung anging, Alexej würde mich mögen.

In der Mittagspause war der Russe wie vom Erdboden verschluckt und in den wenigen Klassen, die wir zusammen hatten, zeigte er nie auch nur das geringste Anzeichen dafür, dass er mich wahrnehmen würde. Für ihn schien ich genauso Luft zu sein wie jeder andere hier, und als es schließlich Donnerstag wurde, ohne dass ich ihm den Pullover hätte zurückgeben können, ließ ich diesen irgendwann zu Hause.

Allerdings hörte ich nicht damit auf, Alexej anzuschauen. Es begann schleichend und ich wollte es zunächst nicht wahrhaben, aber ich begann nach und nach verschiedene Dinge an ihm zu bemerken, die mir vorher nie aufgefallen wären.

Simon schien davon nichts mitzubekommen und ich war mehr als froh darüber. Er erzählte mir in den Pausen von seinem Tag, während wir von einer Klasse zur nächsten gingen, und ich hörte ihm aufmerksam zu. Doch wenn Alexej den Gang hinunter kam, war ich mir dessen nur allzu deutlich bewusst.

Auch im Unterricht schweifte mein Blick weiterhin in seine Richtung und was ich sah, verblüffte mich. Mir war bereits aufgefallen, dass er den Lehrern zuhörte, aber erst jetzt sackte die Erkenntnis über ihn so richtig ein. Alexej passte auf. In jedem Fach.

Er meldete sich nie, aber wenn er aufgerufen wurde, wusste er die Antwort eigentlich immer. Wenn nicht, zuckte er nur mit den Schultern und wandte sich wieder ab, ohne den Lehrern weitere Beachtung zu schenken.

Er lehnte sich oft auf dem Stuhl zurück, ging seine Notizen durch und schrieb dabei immer mit einem Kugelschreiber, außer wenn er sich Anmerkungen in Büchern machte, dann nahm er einen Bleistift. Ich hatte gelächelt, als ich dies bemerkt hatte, weil ich es nicht mochte, wenn jemand mit Textmarkern oder sonst einem permanenten Stift in Büchern herumkritzelte.

Ab und zu starrte er aber auch gedankenverloren aus dem Fenster auf die Bäume hinaus. Die ersten Blätter begannen sich nun rot zu färben und der Wind tobte um das Gebäude. Alexej wirkte aber so tief in seine Gedanken versunken, dass er gar nichts mehr um sich herum wahrzunehmen schien.

Kaum endete die Stunde jedoch, packte er sein Zeug und war so schnell weg, dass ich mich mittlerweile echt fragte, was er wohl so trieb. Auch heute warf er sich den Träger seines Rucksackes über die Schulter, kaum dass die Glocke verklungen war, die das Ende des Unterrichts verkündete und als ich ihm hinterher starrte, wurde mir klar, dass ich es niemals schaffen würde, ihn in der Schule allein zu erwischen.

Ich stopfte meine Unterlagen in meine Tasche und blickte zur Tür, durch die er eben verschwunden war.

Und dann traf ich eine Entscheidung.

Die meisten Schüler hielten sich in den Pausen beim Eingang auf oder in Grüppchen verteilt über den Hof. Hinten bei den Bäumen herrschte allerdings Ruhe und als ich auf die Typen zuhielt, die dort standen, wurde mir langsam wieder bewusst, weshalb dem so war. Ich wusste nicht, wie sie hießen, nur dass ich Alexej ab und zu dort stehen sah und obwohl keiner von ihnen auch nur annähernd so einen Ruf hatte, wie der Russe, wurden meine Schritte immer langsamer.

Ein kleiner Teil von mir hatte gehofft, dass ich Alexej vielleicht hier antreffen würde. Aber nun, da ich im Begriff war zu fragen, wo ich ihn sonst noch finden könnte, sank mir das Herz in die Hose.

Ich blieb stehen und überlegte, ob ich es nicht doch im Sekretariat versuchen sollte oder einen der Lehrer bitten könnte, mir Alexej Morosows Adresse zu geben. Aber ich war mir ziemlich sicher, dass das nicht erlaubt war, und wer würde mir schon glauben, wenn ich behauptete, ich würde ihm die Hausaufgaben bringen wollen?

Dennoch, das hier war keine gute Idee und als einer der Typen sich zu mir umdrehte, da fiel mir auf, dass ich die Gruppe schon seit geraumer Zeit anstarrte. Das Gespräch erstarb, als die anderen sich ebenfalls zu mir umdrehten.

»Was will die?«, sagte einer, an niemanden bestimmten gerichtet.

Ich schluckte, aber jetzt konnte ich nicht mehr davonrennen.

»Ich, ähm–«, begann ich, wurde aber von den belustigten Bemerkungen unterbrochen, die zwischen den Typen hin und her gingen und als ich nochmals ansetzte, da kam nur ein Stammeln heraus. Ein paar von ihnen hatte sich schon wieder abgewendet und zum Glück erklang in diesem Moment die Pausenglocke und rettete mich aus meiner Misere.

Ich kam mir wie ein Idiot vor, als die Typen abzogen und mir komische Blicke zuwarfen, aber gerade als ich die Schultern hängen ließ und gehen wollte, drehte sich einer von ihnen um und sagte: »Was willst du?«

Ich schaute ihn aus großen Augen an.

»Ich ... also, ich suche Alexej Morosow ...«

Kapitel 9 – Allein zu viert

Wer schon einmal die Erwartung gehegt hat, dass etwas nicht gerade rosig aussehen würde und dann auch noch feststellen musste, dass es sogar noch schlimmer als erwartet ausfiel, weiß, wie ich mich gerade fühlte.

Mit einem mulmigen Gefühl starrte ich den Rücklichtern des Busses hinterher, der gerade um die Ecke bog, und um ehrlich zu sein überlegte ich mir, ob ich nicht lieber umdrehen und wieder zurückfahren sollte.

Die Bushaltestelle sah aus, als hätten ein paar Jugendliche ihre Aggressionen daran ausgelassen. Nebst obszönen Sprüchen, die quer über die verkratzte Scheibe gesprayt waren, konnte ich entdecken, dass jemand die Lampe zerstört hatte, und auch sonst wirkte alles eher heruntergekommen. Nicht nur die Haltestelle.

Die ganze Gegend wirkte trostlos und hatte nichts gemein mit den grünen Vorgärten und gepflegten Auffahrten des Stadtteils, in dem ich lebte. Ich warf einen Blick auf den Zettel, auf dem ich mir hastig notiert hatte, was der Typ mir erzählt hatte. Er gab mir keine genaue Adresse an, nur die Wohngegend. Dabei hatte er mich angeschaut, als wäre ich der einzige Mensch, der nicht wusste, wo das war.

Ein hässlicher Block reihte sich hier an den nächsten, und alles sah in seiner tristen Umgebung aus, als hätte es die besten Jahre schon vor einiger Zeit hinter sich gelassen. Ein paar vereinzelte Bäume, die den Großteil ihrer Blätter bereits verloren hatten, streckten ihre knorrigen Äste in den rötlich schimmernden Abendhimmel.

Hier wohnte Alexej?

Es gab viele Plattenbauten, die etwas weiter draußen angesiedelt waren, aber ich war noch nie wirklich hier gewesen. Vermutlich deswegen, weil ich niemanden gekannt hatte, der hier wohnte. Ich wusste nicht, was ich mir von all dem hier versprach, und ich war mir meiner Sache nicht mehr so sicher gewesen, als ich nach Hause gegangen war, um den Pullover zu holen.

Etwas in mir wollte aber nicht wieder gehen, und auch wenn ich mich selbst nicht verstand, hörte ich auf diese Stimme und lief die Straße hinunter.

Ich klapperte ein Gebäude nach dem nächsten ab, aber viele Klingelschilder waren nicht angeschrieben, sodass ich schon bald nicht mehr wusste, ob sich die Suche überhaupt noch lohnte. Ich war jedoch entschlossen, den richtigen Block zu finden und als ich am Ende der Straße angekommen war, kramte ich den Zettel nochmals hervor und schaute an dem Gebäude hinauf.

Die Fassade des Blocks musste einmal von einem hellen Beige gewesen sein, jetzt doch wirkte sie vergilbt, bräunlich und der Putz bröckelte an verschiedenen Stellen ab und gab das graue Mauerwerk frei. An einer Seite reihte sich ein Balkon an den anderen, deren Sicht jedoch gerade einmal auf das Haus nebenan reichte, das sich in einem ähnlichen Zustand befand.

Auf einem der kleinen Balkone ganz unten konnte ich ein paar Müllsäcke erkennen. Eine ausgeblichene Plastikpflanze hing in einem schmutzigen weißen Topf von der Decke und schaukelte leicht im Wind.

Ich ging langsam die Treppe hinauf und suchte auf den Briefkästen nach Alexejs Nachnamen. Mein Herz machte einen Satz, als ich ihn entdeckte. Ich öffnete meine Tasche und zerrte den Pulli heraus. Unsicher starrte ich auf das Kleidungsstück hinunter und dann wieder zum Briefkasten. Ich hatte mir bis jetzt noch gar nicht überlegt, ob ich bei den

Morosows klingeln sollte, oder ob es vielleicht besser wäre, wenn ich den Pulli einfach hier ließe und wieder ginge.

»Nein«, murmelte ich dann.

Es war nicht richtig, ihn einfach da hinein zu stopfen und zu hoffen, dass ihn niemand klaute, was bei den verbeulten Kästen gar nicht so unwahrscheinlich war. Außerdem wollte ich jetzt keinen Rückzieher machen. Ich trug Fragen mit mir herum, die mich nicht mehr in Ruhe lassen würden und obwohl die Hälfte davon dafür sorgte, dass mein Magen sich zusammenzog, weil ich nicht leugnen konnte, dass ich mehr über Alexej erfahren wollte, würde ich nicht einfach wieder gehen.

Entschlossen stieß ich die Glastür auf und sofort umfing mich die kühle Luft des Treppenhauses. Einen Lift gab es nicht, aber ich würde sowieso die Treppe nehmen müssen. Schließlich wusste ich nicht, in welchen Stock ich musste.

Meine Schritte hallten eigentümlich laut in dem leeren Treppenhaus und ich schaute mir jedes Türschild an, an dem ich vorbei kam. Eines davon war nicht angeschrieben, aber ich ging einfach weiter. Ich würde ja sehen, ob ich Alexejs Haustür nicht etwas weiter oben finden würde.

Als ich bereits so viele Stufen erklommen hatte, dass ich schon völlig außer Puste war und leichtes Seitenstechen meldete, dass ich nicht gerade sportlich war, entdeckte ich endlich, was ich suchte.

Morosow, stand es in ausgeblichenen Lettern auf dem kleinen Schild neben einer dunklen Tür. Ich lächelte. Endlich.

Als ich auf die Klingel drückte, hörte ich, wie es drinnen laut schellte. Ein Hund fing an zu kläffen, aber es hörte sich an, als käme das Bellen von weiter unten.

Jetzt fehlt nur noch das schreiende Baby und ich bin endgültig im Getto gelandet, dachte ich, schämte mich aber im nächsten Moment bereits dafür.

Simon brachte häufig solche Sprüche und ich hasste es, wenn er das tat. Ich war eigentlich diejenige von uns beiden, die ihn gelegentlich auf solche Äußerungen aufmerksam machte und ihn daran erinnerte, dass er sich selbst vor ein paar Monaten einen Job gesucht hatte, um sein eigenes Geld zu verdienen und er gerade deshalb nicht auf Leute herabsehen sollte, die nicht so viel besaßen.

Immer wenn ich eine Andeutung in diese Richtung machte, trat ein schuldbewusster Ausdruck ins Simons Augen und nun fühlte ich diese Scham selbst einmal.

Ich starrte auf die Tür, meine Hand im Träger meiner Tasche verkrallt und spürte, wie mein Herzschlag sich beschleunigte und Nervosität sich in mir auszubreiten begann, wenn ich daran dachte, dass im nächsten Moment Alexej diese Tür aufreißen und mich verdutzt anblinzeln würde. Was sollte ich eigentlich sagen? Ich hatte nicht die geringste Ahnung. Käme ich überhaupt dazu, den Mund zu öffnen, oder würde er mir die Tür gleich wieder vor der Nase zuschlagen?

Als die Klinke schließlich nach unten gedrückt wurde, hielt ich gespannt die Luft an. Doch im nächsten Moment wusch eine Welle der Enttäuschung über mich hinweg, als ich erkannte, dass eine Frau mittleren Alters in der Tür stand.

Das Erste, was mir an ihr auffiel, waren ihre Augen. Es waren dieselben Augen wie die des Russen, wenn auch bar jeglicher Kälte. Stattdessen lag in ihnen eine zurückhaltende Freundlichkeit, mit der sie mich nun begrüßte.

»Hallo? Kann ich dir helfen?«

Sie zog die gelben Gummihandschuhe aus, um sich durch die leicht gewellten, halblangen Haare zu fahren und eine verirrte Locke aus der Stirn zu streichen. Sie war offensichtlich gerade damit beschäftigt gewesen zu putzen.

»Hallo«, erwiderte ich und lächelte scheu zurück. »Sind Sie Frau Morosow?«

Die Frau nickte und musterte mich. »Die bin ich und wer bist du?«

»Dina«, sagte ich. »Ich wollte zu ihrem Sohn, ist er da?«

Alexejs Mutter lächelte plötzlich, wobei sich unzählige kleine Fältchen um ihre Augen legten. Ich wusste nicht, was die Freude hervorgerufen hatte, aber ich vermutete, dass Alexej nicht sehr viele Freunde hatte und dass es seine Mutter fröhlich stimmte, wenn jemand zu Besuch kam. Aber vielleicht war das auch nur arrogant. Ich selbst hatte ja auch nicht viele Freunde.

»Du bist wohl eine Freundin aus Alexejs Schule, ja?«

»Ähm, ja, sozusagen«, erwiderte ich. »Wir kennen uns flüchtig.«

Alexejs Mutter lächelte erneut.

»Und nun bringst du ihm Schulaufgaben vorbei?«

»Nicht so ganz«, sagte ich und schaute auf meine Tasche hinunter. »Ich habe einen Pullover dabei, den ich ihm zurückbringen möchte.«

Ich hoffte, dass meine Stimme keinen Zweifel daran ließ, dass ich den Pullover nicht einfach nur abgeben, sondern mit Alexej sprechen wollte.

»Da hast du ihn wohl gerade verpasst«, sagte seine Mutter nun aber und meine Schultern sackten enttäuscht nach unten. Sie lachte, als sie meinen Gesichtsausdruck sah, und ich fragte mich, ob sie glaubte, dass ich ihren Sohn mochte. Ich wusste nicht, was ich von diesem Gedanken halten sollte, aber ich konnte nicht verhindern, dass mir unter ihrem amüsierten Blick die Röte in die Wangen kroch.

»Keine Sorge«, sagte sie. »Er ist nicht weit weg. Wenn du möchtest, kann ich dir sagen, wo du ihn findest.«

»Das wäre super!«, brach es aus mir heraus und ihre Lippen kräuselten sich erneut in stiller Belustigung.

»Wo ist er denn?«, fragte ich, bemüht darum den drängenden Unterton aus meiner Stimme zu verbannen.

»Draußen.«

»Draußen?«, wiederholte ich.

»Ja«, lächelte sie. »Mit Lana und Katja.«

Lana und Katja.

Diese Worte gingen mir noch mehrmals durch den Kopf, während ich die Treppe wieder hinunter ging und das Haus verließ, um ihrer Wegbeschreibung zu folgen. Laut ihren Worten war es nur wenige Gehminuten entfernt.

»Lana«, murmelte ich vor mich hin.

Wer war Lana?

Ich erinnerte mich, wie Alexej ihren Namen schlaftrunken gemurmelt hatte. Sie musste also jemand sein, bei dem er sich vorstellen könnte, dass sie ihn wecken würde. Vielleicht seine feste Freundin?

Ich verzog grimmig den Mund.

Und dann noch Katja, flüsterte mein Unterbewusstsein. *Lana und Katja.*

Als wäre eine nicht schon genug.

Aber vielleicht wohnten die beiden ja in der Nachbarschaft. Wahrscheinlich waren sie zusammen aufgewachsen und schlugen abends die Zeit tot, indem sie miteinander abhingen, vielleicht sogar etwas tranken, und quatschten.

Ich wäre beinahe in einen Mülleimer hinein gelaufen und wich diesem im letzten Moment aus. Aus meinen Gedanken gerissen, blickte ich mich unwohl um. Alexejs Mutter meinte, dass ich den Spielplatz, auf dem sich die Gruppe aufhalten sollte, nicht verfehlen könne, wenn ich auf die paar Birken dort zuhielte und durch die Gasse zwischen den zwei Blocks dahinter ginge.

Ich straffte die Schultern und wappnete mich dagegen, Alexej mit dem Arm um irgendein Mädchen geschlungen vorzufinden, das ihn betörend anblickte und die Lippen zu einem roten Schmollmund verzogen hatte, während es sich an ihn lehnte.

Doch als ich schließlich um die Ecke bog, erklang ein glockenhelles Lachen, gefolgt von einem fröhlichen Kichern. Wie angewurzelt blieb ich stehen und blickte über die hüfthohe Hecke auf die Szene, die sich mir bot.

Ein kleines, vielleicht fünfjähriges Mädchen rannte lachend über den Spielplatz, der von der tief stehenden Sonne in ein rotgoldenes Licht getaucht wurde, das ihre dunkelbraunen Haare rötlich leuchten ließ. Sie trug ein pinkes Oberteil mit glitzernden Steinchen und ein ebenso pinkes Röckchen mit Strumpfhosen.

»Fang mich doch«, krähte sie, als sie davon stob, und meine Augen zuckten automatisch zu dem Jungen, der ihr hinterher hechtete und mein Herz setzte einen Schlag aus.

Alexejs Haare waren verschwitzt und die ausgeblichenen Jeans saßen tief auf der Hüfte, sodass zwischen seinem schwarzen Shirt und der Hose, der Rand der Boxershorts zu sehen war. Er setzte hinter dem Mädchen her, das im Zickzack zwischen der Schaukel und einem Häuschen, hin und her rannte und dabei lachend seine geringe Größe als Vorteil nutzte.

Ein weiteres Mädchen stand oben auf dem Turm, unter dessen Kletternetz er sich gerade duckte und feuerte ihn an. »Fang sie, Alex!«, rief sie jauchzend, während sie ihre Nase zwischen die Bretter des Geländers drückte und dann aufsprang, um sich mühsam auf den Balken hinauf zu ziehen, damit sie besser hinunterschauen konnte.

Als ich ihr aufgeregtes Gesichtchen sah, runzelte ich die Stirn und meine Augen zuckten ungläubig zwischen den beiden Mädchen hin und her. Aber dann wurde mir klar, dass es sich um Zwillinge handeln musste, denn sie glichen sich wie ein Ei dem anderen.

Nur ihre Frisuren unterschieden sich, denn die Kleine auf dem Turm trug Zöpfchen, während das Mädchen, das rannte, ihre Haare mit einer Schleife zur Seite gebunden hatte.

»Lana!«, rief Alexej und duckte sich erneut unter einem herabhängenden Kletternetz hindurch.

Mein Atem stockte. Ein riesiger Stein fiel mir vom Herzen und ein befreites Gefühl machte sich in mir breit.

Lana! Lana und Katja. War ja logisch. Natürlich waren die beiden seine Schwestern. Die Ähnlichkeit war unübersehbar. Beinahe entfuhr mir ebenfalls ein Kichern, als ich ein irres Grinsen unterdrücken musste, und ich presste meine Lippen zusammen. Ich konnte jedoch nicht verhindern, dass meine Mundwinkel sich wie von Zauberhand hoben.

Und jetzt wurde mir auch plötzlich klar, weshalb Alexej dort im Keller Lanas Namen gemurmelt hatte, als ich ihn schüttelte. Bestimmt weckte ihn die Kleine morgens unsanft aus seinem Schlaf, indem sie auf sein Bett hüpfte und an seinen Haaren zog, bis er grummelnd den Kopf im Kissen vergrub und sie wegschob.

Im Augenblick schien sie ihn jedoch eher zu amüsieren, denn obwohl er dauernd ihren Namen brüllte, sah man deutlich, dass die beiden spielten. Gerade jagte er sie um die Schaukel herum und sie rettete sich zwischen die Stäbe des Klettergerüstes. Doch dann machte sie den Fehler, auf den freien Platz hinaus zu laufen, wo er deutlich im Vorteil war, und im nächsten Moment packte Alexej sie auch schon um die Hüfte.

»Du kleine Kröte!«, rief er und warf sie sich über die Schulter, während sie laut quietschte. »Alex«, bettelte sie und kicherte, als er sie ächzend wieder in die Luft hob und Sekunden später kopfüber nach unten hielt, sodass sie verkehrt herum wie ein Fisch an der Angel baumelte.

Ihre Ärmchen schwebten ein paar Sekunden knapp über dem Boden, doch dann hob er sie weiter hoch, bis sie beinahe auf Augenhöhe waren.

»Ha! Was machst du jetzt?!«, schnaufte er grinsend, unbeeindruckt von ihrem Protestgeschrei.

Katja unterdessen war vom Turm herunter geklettert und lief auf die beiden zu.

»Schwingen!«, rief Lana, »Ich will schwingen!«

»Ich dachte eher an ein paar Schläge«, knurrte Alexej, kam aber ihrem Befehl nach. Langsam schwang er sie im

Kreis herum und sie feuerte ihn an. »Schneller!«, kommandierte sie und Katja hüpfte derweil auf und ab, dass die Zöpfchen nur so flogen. »Ich will auch!«, rief sie. »Alex, ich will auch schwingen!«

Alexej hielt inne und ließ Lana auf den Boden hinunter. Kichernd kam diese auf den Holzspänen zu liegen und rollte sich herum, um zu ihrem Bruder hinauf zu schauen.

Dieser schüttelte den Kopf, ging in die Hocke und zog Katja auf sein Knie, während er Lana durch die Haare wuschelte und ein paar Holzstückchen daraus pflückte.

»Du warst vorher schon dran, Katja.«

»Aber ich will!«, greinte sie und klammerte sich an seine Schulter, während sie ihn aus großen Augen anblickte. Er jedoch verzog keine Miene. Es war bestimmt nicht das erste Mal, dass die beiden ihn zu bestechen versuchten.

»Euch wird noch schlecht«, prophezeite er und hob wissend eine Augenbraue. »Und dann, wenn euch schlecht ist, werde ich wohl euren Pudding essen müssen!« Als er das sagte, zog er eine übertriebene Leidensmiene, als fände er es furchtbar, dass er ihnen das antun müsste, und die Augen der Mädchen weiteten sich ungläubig und ihre kleinen Münder klappten auf.

Die Vorstellung, dass ihr Bruder ihren Pudding wegfuttern würde, schien ein undenkbares Übel zu sein.

»Mir ist nicht schlecht!«, quiekte Lana auch sofort und setzte eine ernste Miene auf. Katja nickte heftig und pflichtete ihrer Schwester bei. »Mir ist auch gar nicht schlecht, gar kein kleines Bisschen!«, rief sie und ihre blauen Kulleraugen fixierten ihren Bruder erwartungsvoll.

Ich konnte mich eines Lachens kaum erwehren, als ich die Szene vor mir betrachtete, und Alexej schien es nicht besser zu gehen, denn ich sah, wie seine Mundwinkel verdächtig zuckten.

»Ist das so?«, sinnierte er und fuhr nachdenklich übers Kinn, aber ich konnte deutlich sehen, dass er mit der Hand sein Grinsen verbarg.

»Ja!«, riefen die beiden unisono.

»Ich bin aber viel größer als ihr und muss viel mehr essen«, gab er zu bedenken. »Da bleibt mir wohl nichts anderes übrig, als den ganzen Pudding alleine zu essen!«

»Nein!«, riefen die beiden bestürzt und Katja krallte sich in seinen Arm. Doch dann warf Alexej auf einmal den Kopf in den Nacken und begann lauthals zu lachen, sodass er nach hinten kippte und die beiden realisierten, dass er sie gerade verarschte.

»Du bist gemein!«, heulte Lana auf und warf sich auf ihren Bruder, der nun Mühe hatte die beiden zu halten, während er weiterlachte und sich nach hinten abstützen musste.

Mit großen Augen starrte ich ihn an. Ich hatte Alexej noch nie lachen gesehen. Schon gar nicht so laut und frei wie jetzt gerade, und ich musste mit klopfendem Herzen feststellen, dass es mir gefiel. Er hatte ein schönes Lachen, das irgendwie ansteckend war. Tief und kehlig und ein klein wenig rau, als würde er es viel zu selten benutzen.

Ein warmes, ziehendes Gefühl sackte in meinen Magen hinunter. Mit brennenden Wangen starrte ich zu Alexej hinüber, der sich jetzt eine verschwitzte Strähne aus der Stirn strich. Das Ziehen in meiner Magengegend wurde stärker.

Ich hätte Alexej nie im Leben für einen großen Bruder gehalten, der sich dazu überreden ließe, mit seinen Schwestern zu spielen. Schon gar nicht irgendwo in der Öffentlichkeit, wo ihn jeder sehen und hören konnte. Es schien ihm egal zu sein, ob man ihn für einen Schwächling halten würde, und genau das machte meiner Meinung nach jemanden aus, der eben kein Schwächling war.

Die Kleinen schienen das ziemlich ähnlich zu sehen, denn in ihren Augen konnte man trotz der Empörung die offene Zuneigung sehen, die sie ihrem Bruder entgegen brachten.

»Okay«, sagte er nun, nachdem er sich etwas beruhigt hatte, und rappelte sich langsam auf. »Ich denke, als Nächstes solltet ihr mich fangen.«

Lauter Protest antwortete ihm und er begann gleich wieder zu lachen. Es war klar, dass die Zwillinge ihn nie erwischen würden, und das wussten sie wohl aus Erfahrung. Dennoch schien es ihm unheimlich Spaß zu machen, die beiden zu ärgern.

»Schon gut, schon gut!«, grinste er und zog die beiden mit hoch. Er klopfte den Dreck und die Späne von ihren Kleidchen und ich musste ebenfalls grinsen.

Doch dann schien auf einmal etwas seine Aufmerksamkeit auf sich zu ziehen und er drehte sich um. Ich trat einen Schritt zurück und im nächsten Augenblick trafen sich auch schon unsere Blicke.

Ein Herzschlag verging. Ein zweiter. Der Wind fuhr rauschend durch die lichten Baumkronen und zerrte an meinem Schal, wehte mir eine blonde Strähne ins Gesicht.

Ich hob die Hand und winkte, den anderen Arm um meinen Bauch geschlungen.

»Äh, hehe … hallo.«

Kapitel 10 – Ein kolossaler Irrtum

Sekunden verstrichen.

Langsam verschwand das Grinsen von Alexejs Gesicht und machte einer ernsten Miene Platz, als er sich aufrichtete. Ich hingegen stand noch immer da, die Hand halb erhoben, als hätte jemand einen unsichtbaren Faden daran befestigt, und die Stille begann sich wie ein zäher Kaugummi in die Länge zu ziehen.

»Hallo, Alexej«, sagte ich, als das Schweigen immer drückender wurde. Es fühlte sich seltsam an, seinen Namen so ruhig auszusprechen, nachdem ich diesen beim letzten Mal nur gereizt oder stotternd von mir gegeben hatte. Eine seltsame Stimmung lag in der Luft, die ich mir dadurch erklärte, dass wir seit dem Abend im Keller nicht mehr aufeinander zugehen konnten, wie wir es getan hätten, wenn wir beispielsweise auf dem Schulhof ineinander gelaufen wären.

Ich war nun nicht mehr das Mädchen, mit dem er noch nie etwas zu tun gehabt hatte, und er war nicht mehr der Typ, um den ich einen Bogen machte. Es schien, als würden wir beide nun ausloten müssen, wie wir miteinander umgehen wollten und dies verursachte bei mir eine seltsame Mischung aus Nervosität und Aufregung.

»Was zur Hölle machst *du* denn hier?«, sagte er verwirrt. Er sprach leise, aber ich hörte ihn trotzdem, obwohl wir noch immer ein ganzes Stück voneinander entfernt waren. Niemand außer uns war hier, und einmal abgesehen vom leisen Rauschen des Windes in den Bäumen war sonst nichts zu hören.

»Ähm, ich hab dich gesucht«, entgegnete ich und trat langsam hinter der Hecke hervor. »Deine Mutter hat mir verraten, dass ich euch hier finden würde.«

Ich schaute zu Katja hinunter, die sich hinter dem Bein ihres Bruders versteckt hatte und nun schüchtern hervorlugte. Ihre Händchen hatte sie in seiner Jeans vergraben und Alexejs Blick wurde für einen Moment weich, als er ihr Köpfchen an sein Bein drückte und über ihre Haare fuhr. Die Geste war so offensichtlich liebevoll, dass sich automatisch ein Lächeln auf meinen Lippen formte. Die Kleine schlang ihre Ärmchen um sein Bein und versteckte ihr Gesicht in der Jeans. Es war süß, wie sie Fremden gegenüber reagierte, und sie erinnerte mich irgendwie an mich selbst, als ich noch klein gewesen war.

Lana hingegen war ganz klar die Mutigere von beiden. Sie musterte mich mit offener Neugierde und zeigte keinerlei Anzeichen von Schüchternheit. Vielmehr grinste sie mich breit an, wobei sie eine Zahnlücke zwischen den Schneidezähnen offenbarte, die sie aussehen ließ, wie das kleine Mädchen im Film »Oben«.

»Hallo!«, krähte sie auch schon, entzückt von meiner Aufmerksamkeit. »Ich bin Lana! Und das da ist Katja! Sie ist meine Schwester! Wir sind nämlich Zwillinge.«

Beim letzten Wort verhaspelte sie sich, sodass es eher klang wie »Silli-linge«. Ich versuchte zu verbergen, wie sehr mich das amüsierte, und sagte bekräftigend: »Das sieht man.«

Lana nickte wissend und kicherte, bevor sie nach dem Saum von Alexejs Shirt griff und kräftig daran zog.

»Kennst du denn Alex?«, plapperte sie weiter und rupfte noch einmal, als würde man nicht sonst nicht begreifen, wen sie meinte. Doch Alexej hatte genug von ihrem Getue und schnippte ihr gegen die Stirn, worauf sie empört quietschte.

»Das reicht jetzt, Zwerg«, knurrte er und ignorierte ihr Gejammer, während sie sich den Kopf rieb. »Du weißt genau, was ich dir darüber gesagt habe, mit Fremden zu sprechen!«, wies er sie zurecht. Lana schmollte nur und Alexej verdrehte erneut die Augen. »Was genau willst du von mir, Dina?«, sagte er, als er sich mir wieder zuwandte. »Das ist nicht unbedingt eine Gegend, in der du dich herumtreiben solltest.«

Ich fühlte eine Welle der Enttäuschung über mich hinwegrollen. Etwas in mir hatte gehofft, dass er wüsste, wieso ich hier war. Aber wieso sollte er auch?

»Ich wollte dir nur was zurückgeben«, erklärte ich und hoffte, dass er von meiner Gefühlsregung nichts mitbekommen hatte. »Den Pullover, den du mir geliehen hast. Du weißt schon.«

»Aha. Ja, klar.«

Alexej schaute mich erwartungsvoll an und ich kramte in meiner Tasche und zog den Pulli heraus. Darauf bedacht, Alexej nicht zu berühren, übergab ich ihn.

»Hier. Ich hab ihn gewaschen.«

Er nickte und warf ihn sich über eine Schulter. Ein unangenehmes Schweigen breitete sich aus, als mir nicht einfallen wollte, was ich jetzt tun sollte. Alexej verschränkte die Arme vor der Brust, als wollte er sagen: »Ist noch was?«

Ich zog die Schultern hoch und musterte ihn unauffällig. An seinen bloßen Armen blieb ich hängen und kaute unschlüssig auf meiner Unterlippe herum. Es musste ganz schön wehtun, von ihm eins verpasst zu bekommen. Kein Wunder, dass es die meisten gar nicht erst darauf ankommen lassen wollten, vor allem wenn man seine Bereitschaft kannte, handgreiflich zu werden.

Unbehaglich räusperte ich mich. »Dann sollte ich wohl langsam gehen. Ihr seid ja sowieso gerade am ... spielen, na ja und da wollte ich nicht unterbrechen.«

Da Alexej keine Anstalten machte, mir eine Antwort zu geben, winkte ich kurz. Doch ich war kaum ein paar Meter weit gekommen, als er mich zurück rief.

»Dina?«

Seine Stimme klang rau und ich drehte mich sofort wieder um.

»Ja?«

»Warst du eigentlich noch auf der Party?«

Ich benötigte einen Moment, um zu realisieren, dass er von der Cocktailparty sprach, an der ich Simons Eltern hätte kennenlernen sollen. Also wusste er davon. Ich runzelte die Stirn und fragte mich, wieso er gerade jetzt auf dieses Thema kam. Aber mein Herz machte einen Hüpfer beim Gedanken, dass er vielleicht nach einer Ausrede suchte, sich mit mir zu unterhalten.

»Wieso willst du das wissen?«, fragte ich zögerlich.

»Nicht so wichtig«, gab er aber zurück, »beantworte einfach meine Frage.«

Ich runzelte die Stirn. Gab es auf diesem Planeten kein menschliches Wesen mehr, das sich normal mit mir unterhalten konnte? Erst Simon mit seiner Geheimniskrämerei und jetzt fing Alexej auch noch damit an.

»Siehst du, genau das ist das Problem und ich begreife nicht, was das soll«, sagte ich schroff. Alexej zog jedoch nur eine Augenbraue hoch, als würde er nicht verstehen, weshalb ich seiner Aufforderung nicht umgehend nachkam. Ich presste die Lippen zusammen, überwand mich dann aber und sagte: »Jeder benimmt sich auf einmal, als müsste ich nicht wissen, was vor sich geht. Du willst eine Antwort?! Die würde ich auch gerne mal bekommen!«

»Wow, da ist aber jemand angepisst«, bemerkte Alexej und hob die Hände, als würde er sich ergeben. Zu meinem Erstaunen zuckte er dann aber mit den Schultern und sagte: »Also gut, was willst du denn wissen, Sonnenschein?«

Das Angebot kam so plötzlich, dass mir erst keine Frage einfallen wollte. Ich wusste nicht einmal genau, was mich so sehr beschäftigte, dass ich nach Antworten suchte. Es war einfach nur ein Gefühl.

Also fragte ich das Erstbeste, das mir in den Sinn kam: »Wo musstest du an dem Abend so dringend hin?«

»*Das* ist deine Frage?«, wollte er ungläubig wissen.

»Das ist meine *erste* Frage«, korrigierte ich ihn. Musste ich mich rechtfertigen? Ganz bestimmt nicht.

»Okay«, lenkte er ein, »aber danach will ich meine Antwort.«

Ich nickte und warte gespannt darauf, was er zu sagen hatte. War an dem Abend vielleicht irgendein Spiel gewesen, das er live hatte sehen wollen oder hatte er etwa Angst im Dunkeln, so wie Sara?

»Ich musste Lana und Katja vom Kindergarten abholen«, lautete seine Antwort und ich schaute ihn überrascht an. Diese Offenbarung warf ein völlig anderes Licht auf seine Reaktion im Keller. Kein Wunder hatte er sich solche Sorgen gemacht. Er musste sich ausgemalt haben, wie die beiden ganz alleine vor dem geschlossenen Kindergarten standen und niemand kam, um sie abzuholen.

»Das tut mir leid«, sagte ich mitfühlend. »Sie haben aber sicher deine Mutter kontaktiert, nicht?«

Alexej brummte: »Jelena arbeitet bis spät in die Nacht und hat die Anrufe nicht bemerkt. Eine Betreuerin hat die beiden zum Glück mit zu sich genommen.«

Ich nickte bedächtig, auch wenn ich mich einen Moment lang wunderte, weshalb er seine Mutter beim Vornamen nannte.

»Ja oder nein?«, sagte er und unterbrach damit meine Gedanken, um auf seine ursprüngliche Frage zurückzukommen.

Ich seufzte und schüttelte den Kopf.

»Nein. Es war eigentlich gar keine Party, sondern eine Abendgala.« Als wir den Keller verlassen hatten, war der Trubel schon vorüber gewesen. Sara hatte wohl recht; ich würde Simons Eltern wirklich erst treffen, wenn wir fünfzig waren und sieben Kinder hatten.

Aber bevor ich richtig in meinen pessimistischen Gedanken versinken konnte, ergriff Alexej erneut das Wort: »Sag mal, weiß dein feiner Freund eigentlich, dass du hier bist?«

Ich wich seinem Blick aus. Natürlich wusste Simon nicht, dass ich hier war, und ich verspürte einen Anflug schlechten Gewissens. Alexej schien mir anzusehen, was mir durch den Kopf ging und hob ungläubig die Augenbrauen. Das hatte er mir offensichtlich nicht zugetraut.

»Was denn?«, sagte ich und hob das Kinn. »Ich muss ihm ja nicht auf Schritt und Tritt sagen, wo ich gerade bin.«

Die Worte hatten einen schalen Beigeschmack. Es gehörte zu meiner Beziehung mit Simon, dass wir uns immer wieder Nachrichten schickten und erzählten, wo wir gerade waren und was wir so taten. Er hatte mir auch in der Schule noch eine Nachricht geschickt, bevor er nach Hause gegangen war, aber ich hatte ihm nicht von meinen Absichten erzählt, hierher zu kommen.

Ich schluckte und fühlte mich auf einmal furchtbar schlecht. Hinterging ich meinen Freund gerade? Tat ich das hier vielleicht, weil ich noch immer verärgert war und diesem seltsamen Gefühl nachgeben wollte, das Alexej in mir auslöste? Oder suchte ich nach Antworten, damit mein angeknackstes Vertrauen in Simon wieder gefestigt wurde? Ich konnte es nicht mit Bestimmtheit sagen.

»Ich kann mir kaum vorstellen, dass er von der Idee begeistert wäre, dass du dich auf einem verlassenen Spielplatz aufhältst und dich mit einem bösartigen Typen triffst«, gab Alexej zu bedenken, als ich nichts weiter sagte.

»Hör zu«, begann ich, aber dann blieb mein Blick an Katja hängen und ich stockte.

Das Mädchen hatte sich hinter Alexejs Bein hervorgetraut und schaute sich mit kraus gezogenem Näschen auf dem Spielplatz um. Lana tat es ihr gleich. Irritiert drehte ich ebenfalls den Kopf, aber niemand war zu sehen. Es vergingen ein paar weitere Sekunden, bis bei mir der Groschen fiel.

Die beiden suchten den »bösartigen Typen«. Wie süß war das denn?

Ich kicherte und zeigte zu den Zwillingen, was Alexej aus dem Konzept brachte.

»Was?«, fragte er und schaute hinunter.

»Sie suchen den bösartigen Typen.«

Alexej stutzte. Doch dann schien er langsam zu begreifen was ich meinte. Er schüttelte den Kopf, als könnte er nicht glauben, dass die beiden so doof waren.

»Das gibt's doch nicht«, sagte er. Er schubste die beiden in Richtung der Schaukel und befahl: »Na los, geht spielen, die komische Tante bleibt noch ein wenig!«

Ich beobachtete ihn fasziniert. Es war so natürlich, wie er mit den Kleinen umging, und es war ganz offensichtlich, wie sehr die beiden ihn mochten. Sie schienen nicht im Traum daran zu denken, dass ihr Bruder etwas auf dem Kerbholz haben könnte.

»Ist das zu fassen?«, brummte er und schaute mich an.

»Ähm, ja, äh ...«, gab ich von mir und dann, nur um mich von weiteren Gedanken abzulenken, die mit Alexejs netter Seite zu tun hatten, schüttelte ich den Kopf und sagte: »Du hast mir immer noch nicht gesagt, wieso du wissen willst, ob ich auf der Party war.«

Alexej öffnete den Mund, schloss ihn aber gleich wieder. Irgendetwas sagte mir, das seine nächsten Worte von großer Bedeutung waren, denn er musste sich überlegen, wie er es sagen sollte. Er kratzte sich unentschlossen im Nacken und musterte mich. Schließlich stieß er geräuschvoll die Luft aus.

»Okay«, war alles was er sagte, als hätte er für sich eine Entscheidung getroffen. Dann drehte er sich um und ich dachte schon, er liefe einfach davon, als ich sah, wie er auf ein Bänkchen zusteuerte.

»Hier«, er klopfte auf die freie Fläche neben sich. »Setz dich.«

Zögernd trat ich näher und ließ mich mit einem Sicherheitsabstand nieder. Alexej hatte die Ellbogen auf die Knie gestützt und schien mit sich zu hadern. Als er sich schließlich aufrichtete und zurück lehnte, sah ich für einen Moment etwas in seinen Augen, das mich beunruhigte.

Schuldgefühle?

Ich fühlte mich, als hätte ich ein Déjà-vu, aber ich konnte es nicht zuordnen. Hatte ich eine ähnliche Situation schon einmal erlebt? War ihm bewusst geworden, wie unhöflich er sich mir gegenüber verhalten hatte?

Als er das Wort ergriff, klang in seiner Stimme ein rauer Unterton mit. »Ich kenne jemanden, der auch auf die Party gehen wollte und ich dachte, dass du mir verraten könntest, ob sie an dem Abend dort war.«

Das kam jetzt unerwartet.

»Ach«, entkam es mir lahm. »Deswegen.«

Mein Magen fühlte sich auf einmal an, als hätte ihn jemand mit Blei gefüllt. Ich schaute über den Spielplatz und stand dann schließlich auf, um Zeit zu gewinnen. Seine Frage löste ein seltsames Unbehagen in mir aus und ich wusste nicht, weshalb. Es ging mich nichts an, was es mit dem Mädchen auf sich hatte, von dem er hier sprach, und ich wollte diesen Gefühlen nicht nachgeben, aber auf einmal hatte ich keine Lust mehr, mich mit ihm zu unterhalten. Die Sonne würde ohnehin bald untergehen und dann musste ich zu Hause sein.

»Ich denke, ich sollte jetzt los«, erklärte ich mich.

Alexejs Augen verengten sich und der Zug um seinen Mund wurde hart.

»Du solltest noch nicht gehen«, sagte er und mir fiel wieder ein, was Simon über Alexejs Eifersuchtsproblem gesagt hatte. Automatisch machte ich einen Schritt zurück, als der Russe aufstand. »Das solltest du wirklich nicht.«

»Ich werde aber erwartet.«

War das meine Stimme, die da auf einmal so piepsig klang? »Meine Eltern warten auf mich.« Entschlossen hob ich mein Handy in die Luft, um zu verdeutlichen, dass man mich bald vermissen würde.

Alexej schüttelte den Kopf und kam auf mich zu und ich trat noch einen weiteren Schritt zurück, die Hände nun in meinem Schal verkrampft. Ich fragte mich, ob ihm klar war, dass er mir gerade Angst einjagte.

»Willst du gar nichts mehr wissen?«, sagte er ruhig. »Bist du nicht eigentlich dafür hierhergekommen? Ich meine es ernst, Dina«, fuhr er fort, »du solltest deine Fragen stellen, solange ich noch gute Laune habe.«

Ich schluckte und schüttelte den Kopf.

»Ich denke, ich weiß alles, was ich wissen muss.«

»Bist du da sicher?«, fragte er. «Nichts, was dich noch interessiert? Ich kann mir vorstellen, dass Simon nicht gerade gesprächig gewesen ist.«

Die Erwähnung von Simons Namen ließ neben meiner Angst noch ein zweites Gefühl aufkommen: Unwillen. Suchte er gerade nach Gründen, um meinen Freund schlecht zu machen? War ihm nicht klar, dass er längst durchschaut war?

»Hör mal«, sagte ich scharf, »wie und worüber ich mit meinem Freund rede, geht dich nichts an. Ich bin nicht hierhergekommen, um mich mit dir über meine Beziehung zu unterhalten.«

»Ouuu ... das wird ja immer besser«, spottete er nun, »jetzt wirst du sogar schon rebellisch. Man will gar nicht wissen, wo das enden wird. Du solltest aufpassen, Barbie, so viele Aggressionen aufzustauen ist ungesund.«

War das sein Ernst? Aus dem Mund von jemandem, der solch ausgeprägte Eifersuchtsprobleme hatte, klang das ganz schön lächerlich.

»Hast nicht *du* von uns beiden ein Problem, das in Therapie gehört?«, gab ich sarkastisch zurück.

Das triumphierende Lächeln auf meinem Gesicht gefror allerdings, als ich erkannte, wie verwundert er aussah.

»Du weißt, dass ich in Therapie war?«

Okay, nein, das hatte ich nicht gewusst. Ich zog unbehaglich die Schultern hoch.

»Sag schon«, knurrte er. »Wer hat dir das erzählt?« Dann legte er den Kopf schief. »Oh, ich weiß schon«, fügte er an, »unser lieber Freund Simon, nicht wahr?«

»Wenn du es genau wissen willst, ja«, erwiderte ich mürrisch, »wir reden offen miteinander!«

»Das ist ja spannend!« Seine Stimme triefte vor Zynismus. »Was hat der liebe Darcy denn sonst noch so erzählt?«

»Außer von deinem Problem?«, gab ich kühl zurück, doch er überging die rhetorische Frage und schob die Hände in die Hosentaschen.

Ich überlegte einen Moment, ob ich ihm wirklich unter die Nase reiben sollte, was ich wusste, aber als ich seinen süffisanten Gesichtsausdruck sah, wurde mir die Entscheidung abgenommen. Forsch sagte ich: »Wenn du es genau wissen willst, alles!«

Alexejs Gesichtszüge entgleisten.

»Alles?«

Er ballte die Hände zu Fäusten und ich konnte sehen, wie die Verwirrung in seinem Gesicht echtem Entsetzen Platz machte. Da war wohl jemand nicht darauf vorbereitet gewesen, dass man sein Spiel kannte. Alexejs Zorn war nun förmlich greifbar und ich schluckte.

»Ich weiß, was damals passiert ist und auch von dem Gespräch, das ihr neulich auf dem Klo geführt habt«, sagte ich und hoffte, dass er das Zittern in meiner Stimme nicht bemerkte. »Und nur damit du es weißt, ich finde es hundsmies, was du da abgezogen hast.«

Alexej starrte mich mit offenem Mund an.

Sollte er nur hören, wie daneben ich seine Drohung fand und was ich über die Sache dachte, die damals zwischen ihm und Simon vorgefallen war. Es wunderte mich gar nicht mehr, dass er deswegen in der Therapie gewesen war. Nur schien es mir, als hätte er dabei nicht besonders viel gelernt.

»Weißt du«, sagte ich in Gedanken daran, wie er meinen Freund ins Krankenhaus geprügelt hatte, »es fällt dir vielleicht schwer das zu glauben, aber man kann sich im Leben nicht aussuchen, in wen man sich verliebt. Aus meiner Sicht könntest du dir gut und gerne eine Scheibe von Simon abschneiden.«

»Ist das dein Ernst?!« Seine Stimme klang schneidend.

»Was glaubst du denn?«, sagte ich. »Ich stehe hinter meinem Freund. Denkst du, nach allem was wir erlebt haben, könnte ein wenig Eifersucht uns auseinander bringen?«

Nach meinen Worten herrschte eine unheimliche Stille. Mein Herz pochte und ich spürte die Aufregung in jeder Faser meines Körpers. Ich konnte meine Augen nicht von ihm abwenden.

Aber dann ging mit einem Mal eine Wandlung durch den Russen.

Seine Augen verengten sich zu Schlitzen und ein Verstehen machte sich in seinem Gesicht breit. Die Augenbrauen zogen sich zornig zusammen und der strenge Zug um den Mund wurde von einem Ausdruck des Ekels abgelöst. Er wirkte, als wäre ihm übel.

Wie geschlagen zuckte ich zurück, als er mit einem mal ausspuckte, und zwar direkt vor meine Füße.

»Du«, gab er von sich, seine Stimme verzerrt von Abscheu, »du widerst mich an!«

»Was?« Es fühlte sich an, als hätte mir jemand direkt in den Bauch getreten. Was sagte er da?

»Ich habe ja gewusst, dass du kein Rückgrat hast, aber das ist wirklich niveaulos! Kaum zu glauben, dass ich für dich fast mein Versprechen gebrochen hätte!«

Meine Kehle war wie zugeschnürt, als er mich von oben bis unten musterte.

»Verschwinde«, sagte er gepresst, kaum lauter als der Wind in den Bäumen.

Mein Herz schlug laut und wild.

»Na los!«, bellte er und ich starrte ihn mit weit aufgerissenen Augen an.

Eine Sekunde verstrich. Eine zweite.

Dann drehte ich mich um und rannte.

Kapitel 11 – Ein verdächtiger Wandel

Ich saß auf dem Boden in meinem Zimmer und weinte.

Die Schluchzer schüttelten mich nur so, obwohl ich ernsthaft versuchte, mich zusammenzureißen. Aber kaum hatte ich die Tür hinter mir ins Schloss gedrückt, brachen auch schon die Dämme und ich wischte mir wütend übers Gesicht.

Meinen Eltern hatte ich nur ein kurzes »Hallo« zugerufen, bevor ich die Treppe hinaufgehastet war. Ich gab mir alle Mühe leise zu sein, damit niemand mich hörte, denn ich wollte auf keinen Fall erklären müssen, wieso ich hier saß und heulte.

Wie könnte ich es auch erklären? Irgendwie klang alles, was mir in den Sinn gekommen wäre lächerlich. Ich fühle mich gedemütigt von Alexejs Worten und es beschäftigte mich, dass sie mich so tief getroffen hatten. Ich hätte niemals gedacht, dass jemand so viel Abscheu in ein paar kurze Sätze legen könnte, und ich konnte den Ausdruck des Ekels in seinen Augen nicht vergessen.

Wie hatte ich nur so dämlich sein können, dahin zu gehen? Die Zornestränen rannen heiß über meine Wangen und ich zog geräuschvoll die Nase hoch.

Ich hätte etwas sagen sollen, ihn in die Schranken weisen müssen, aber ich war einfach zu gelähmt gewesen und zu sehr in diesem Muster, aus dem ich einfach nicht heraus kam. Ich konnte einfach nicht dagegen halten, wenn jemand so mit mir umging, und ich fühlte mich wie ein Idiot, weil ich mich selbst in diese Situation gebracht hatte.

Ich hätte mir am liebsten selbst eine Ohrfeige verpasst.

Ich hatte Simons Warnung einfach in den Wind geschlagen und dachte, ich könnte mir selbst eine Meinung über den Russen bilden. Aber nun lag alles in Scherben. Alexej war kein netter Mensch, weil er mit seinen Schwestern spielte oder ein ansteckendes Lachen besaß. Er war nicht freundlich, nur weil er mir im Keller seinen Pullover in die Hände gedrückt hatte. Eine Geste, der ich im Nachhinein zu viel Gewicht beigemessen hatte. Wahrscheinlich war ihm tatsächlich nur mein Zähneklappern auf die Nerven gegangen.

Es stimmte jedenfalls nicht, dass er mich mochte. Nie und nimmer hätte er sich mir gegenüber so verhalten, wenn es anders gewesen wäre. Oder?

Ich war ihm egal. Und ich schämte mich, weil mir das nicht egal war.

Ich war so ein furchtbarer Mensch. Simon hatte so etwas nicht verdient.

Aber egal, wie sehr ich auch versuchte auf andere Gedanken zu kommen, ich konnte mir nicht helfen. Die Szene auf dem Spielplatz ging mir immer wieder durch den Kopf.

Du widerst mich an!

Ich fuhr mir mit dem Ärmel über die Augen und rappelte mich auf.

Ich wusste, dass du kein Rückgrat hast, aber das ist niveaulos! Und dafür hätte ich fast mein Versprechen gebrochen!

Was hatte ich denn bitte so Schlimmes gesagt? Und von welchem Versprechen redete er?

Verdammt noch mal!

Ich kam einfach nicht dahinter. Gab es überhaupt eine logische Erklärung für sein Verhalten, oder war sein Handeln nur das Werk eines gestörten Menschen? Was, wenn Alexej tatsächlich so kaputt war? Ich schnappte mir eine Taschentuchbox und schnäuzte mich.

Am liebsten hätte ich ins Kissen gebrüllt, bis der Druck auf meinem Herzen nachlassen würde, aber ich ließ mich nur auf mein Bett fallen und starrte an die Decke, bis mein Atem wieder ruhiger ging. Mit einiger Anstrengung zog ich die Decke unter mir hervor und rollte mich mitsamt der Taschentuchbox ein, bis ich bequem lag. Dann knipste ich meine Nachttischlampe an, die ein warmes Licht verströmte, und starrte vor mich hin. Mein Gesicht fühlte sich heiß und geschwollen an und meine Augen schmerzten.

Ganz toll. Wenn ich so weiter machte, dann sah ich morgen aus wie eine Cracksüchtige auf Entzug.

»Schatz?«, ertönte es leise vor meinem Zimmer und ich spähte durch mein Luftloch nach draußen. Ein Schatten, bestimmt die Füße meiner Mutter, war dort zu sehen, wo das Licht vom Flur unter der Tür hindurchschien. Sie klopfte dumpf und drückte die Klinke nach unten.

»Bleib draußen«, rief ich, aber da streckte sie auch schon den Kopf durch die Tür und ich schlug die Decke zurück.

»Mein Gott, Dina, was ist los?«

Na toll.

»Ist etwas mit Simon passiert?«, fragte sie bestürzt und ich tat mich schwer nicht mit den Augen zu rollen.

»Nein.«

Natürlich war nichts mit Simon. In den Monaten, die wir zusammen waren, konnte ich mich an keine einzige Gelegenheit erinnern, bis auf das kürzlich zurückliegende Ereignis natürlich, an der ich wegen ihm so außer mir gewesen wäre.

»Du benimmst dich seltsam. Habt ihr euch gestritten?«

»Nein, haben wir nicht, Mama.«

An Simon wollte ich im Moment gar nicht denken.

»Ist es etwas mit der Schule, hast du etwa eine schlechte Note bekommen? Ich kann dort anrufen, vielleicht kannst du den Test wiederholen! Ich weiß doch, wie fleißig du bist. Deine Lehrer haben am Elternabend nur in den höchsten Tönen von dir gesprochen!«

Ich stöhnte. »Es ist nichts mit der Schule.«

»Ich kann dort anrufen«, versuchte sie es noch einmal.

Ich kannte das bereits zur Genüge. Meine besorgten Eltern, die in der Schule anriefen und mein Leid vor sämtlichen Lehrern breit traten, weil sie dachten, dass sie mir damit helfen würden. Dabei führte es nur dazu, dass ich mich unwohl und bevormundet fühlte, weil man mich nichts selbst lösen ließ.

»Ich bin mir sicher, dass sich dein Problem beseitigen lässt, wenn du mich nur–«

»Verdammt, es ist nichts dergleichen, okay?«

Sie sah mich verdattert an.

Ich seufzte. Nachdem ich sie so angefahren hatte, würde ich sie niemals loswerden, ohne die nächsten Wochen von meinen Eltern argwöhnisch auf jede Gefühlsregung hin beobachtet zu werden. Es gab auf diesem Planeten wirklich keine größeren Glucken als diese beiden.

Schweigend klopfte ich auf mein Bett.

»Ich erzähle es dir, aber keine Anrufe!«

Als ich am nächsten Morgen in die Schule kam, ging es mir ein wenig besser. Ich hatte meiner Mutter mit Ausnahme von Alexejs Vergangenheit und meinen tieferen Gefühlen alles erzählt und es hatte gut getan, mit jemandem darüber zu reden, der nicht direkt beteiligt war.

Am Ende hatte sie mir zwar auch keinen anderen Rat geben können, als mich von dem »jungen Mann« fernzuhalten, aber vielleicht war es genau jener Ratschlag, den ich schon die ganze Zeit hätte beherzigen sollen.

Ich würde einen großen Bogen um diesen Typen machen.

Alexej mochte derjenige sein, der diese Entschlusskraft in mir geweckt hatte. Aber das hieß nicht, dass ich sie nicht gegen ihn verwenden konnte. Im Schulkeller hatte ich dieser Seite in mir das erste Mal so richtig nachgegeben und obwohl sie mir auch ein wenig Angst machte, wollte ich die Zeit nicht zurückdrehen.

Dass ich dabei auch an meine Begegnung mit Alexej dachte und daran, dass ich diese ebenfalls nicht ungeschehen machen wollte, schob ich lieber nach ganz hinten. Ich hatte im Moment ganz andere Probleme. Allen voran meine Beziehung und ich nahm mir vor, die Sache mit dem Gespräch gestern Abend gleich aus der Welt zu schaffen und Simon zu beichten, was passiert war.

Nicht dass Alexej mir am Ende noch zuvorkäme.

Entschlossen marschierte ich also über den Pausenplatz und auf Simon zu. Er war am Handy und unterhielt sich mit jemandem. Seine perfekt gestylten Haare waren zur Seite gekämmt und er trug einen dunkelblauen Pullover mit V-Ausschnitt, den er wie üblich über einen Poloshirt gezogen hatte. Die teure Jacke hatte er nachlässig über einen der Steine gelegt, die überall auf dem Pausenplatz verteilt waren und so eine Art Kunstwerk darstellen sollten, sich aber eher dazu eigneten, um im Sommer darauf zu sitzen.

Als ich näher kam, beendete er den Anruf mit ein paar Abschiedsworten, die ich nicht verstand, weil er die Stimme senkte, aber ich hatte keine Zeit darüber nachzudenken, weil ich bereits damit beschäftigt war nach den richtigen Worten zu suchen.

Ich bedeutete ihm, mir nach drinnen zu folgen, und als wir eine ruhige Ecke gefunden hatten, eröffnete ich ihm, möglichst ohne Umschweife, was ich gestern Abend getan hatte. Als ich fertig war, zog ich den Kopf ein, um das Donnerwetter abzuwarten, und das nicht ohne Grund, denn wie ich mir schon gedacht hatte, reagierte er nicht begeistert.

»Du hast was?!«, brüllte er und ich hatte meine liebe Not dabei, die schrägen Blicke zu ignorieren, die uns zugeworfen wurden.

»Bitte, Simon, könntest du ein wenig leiser sprechen!«, versuchte ich es, stieß damit aber auf taube Ohren, denn er fuhr fort, als hätte er mich gar nicht gehört: »Ist es wirklich zu viel verlangt, dass meine Freundin Abstand von dem Typen hält, der es sich zur Aufgabe gemacht hat, uns zu trennen?«

»Es tut mir ja leid, Simon.«

Aber er hörte wirklich nicht hin und ich seufzte ergeben. Minutenlang hielt er mir vor, wie ich ihn so hatte hintergehen können, wo ich doch gewusst hatte, dass der Russe mir nur Gift ins Ohr träufeln wolle, und ich fühlte mich von Sekunde zu Sekunde mehr wie ein dummes kleines Mädchen, das man keine fünf Minuten aus den Augen lassen durfte, weil es sonst irgendwelchen Blödsinn anstellte.

Im Grunde hatte Simon ja recht. Ich hatte ihn hintergangen und nun bekam ich die Quittung dafür.

»Okay«, schnaufte er, als er endlich am Ende seines Monologs angekommen war, »du hast dich also mit ihm getroffen. Darf man denn erfahren, was ihr so gemacht habt?«

Etwas an seinem Tonfall missfiel mir, aber ich wollte nicht noch mehr Öl ins Feuer gießen und so beschwichtigte ich ihn damit, dass ich ihm jedes Detail unseres Gesprächs wiedergab, über das er Bescheid wissen wollte.

Am Ende verschwand der verletzte Ausdruck endlich von seinem Gesicht und als ich ihm wieder und wieder versicherte, dass Alexejs Eifersucht uns nicht trennen würde und ich kein Wort mehr mit dem Russen sprechen würde, brachte er sogar ein Lächeln zustande.

Und damit war die Sache aus der Welt.

Mehr sogar, als ich das zu hoffen gewagt hatte, denn Simons gute Laune stieg sogar noch an. Besonders als klar wurde, dass Alexej einmal wieder schwänzte und sich heute wohl nicht blicken lassen würde. Ich hingegen war enttäuscht, denn ich hatte die unvermeidliche Begegnung so schnell als möglich hinter mich bringen wollen.

Aber ich bekam die Gelegenheit erst ein paar Tage später, als ich die Englischklasse von Frau Martson betrat. Nichts hatte mich darauf vorbereitet, dass ich ihm heute begegnen würde, und ich blieb wie angewurzelt in der Tür stehen.

Er saß an seinem üblichen Platz und hatte sich lässig zurückgelehnt. Er schaute nicht auf, als ich an ihm vorbei ging und ich erkannte, dass ich nicht die Einzige war, die gewillt war, dem anderen die kalte Schulter zu zeigen. Nur dass ich eine blutige Anfängerin war, während Alexej dies meisterlich beherrschte. Er brauchte dafür noch nicht einmal wegzuschauen, er strahlte es einfach aus.

Er ignorierte mich also. Sollte er doch. Mir doch egal.

Ich ignorierte ihn Ich ließ mich neben Sara auf einen Stuhl plumpsen und begann desinteressiert dem Unterricht zu folgen. Dennoch erwischte ich mich ein paar Mal dabei, wie meine Augen an Alexej hängen blieben. Ich starrte auf seine breiten Schultern, beobachtete, wie sich die Muskeln unter dem Shirt bewegten, wenn er sich nach vorne lehnte oder die Arme verschränkte, und ein seltsames Gefühl überkam mich.

Die Woche verging nur langsam und ich merkte schon bald, dass mein Frust merklich dazu beitrug, dass die Tage sich so schleppend dahinzogen. Es störte mich, dass Alexej so abweisend war.

Er ging an mir vorbei, als würde ich nicht existieren, ließ seinen Blick über die Klasse wandern, ohne auch nur das geringste Anzeichen einer Gefühlsregung zu zeigen, und schon bald gesellte sich zu meinem Frust die Erkenntnis, dass ich zwar versuchen konnte, mich von ihm fernzuhalten, von ihm aber beachtet werden wollte.

Ich wusste nicht, woran es lag, aber ich musste noch einmal mit ihm reden.

Und tatsächlich bot sich kurz darauf die Gelegenheit. Die Stunde war um und er hatte sich seinen zerschlissenen Rucksack geschnappt und lief zwischen den Schulbänken auf die Tür zu. Ich kratzte all meinen Mut zusammen, ging ihm entgegen und blieb direkt vor ihm stehen. Links und rechts von uns nur Tische und keine Möglichkeit auszuweichen.

Meine Hände waren feucht von Nervosität, als seine eisblauen Augen sich in meine bohrten. Ich spürte, wie mein Magen sich zusammenzog, als er mich zum ersten Mal seit einer Woche anschaute. Zuerst überrascht, dann mit einer milden Spur von Anerkennung. Das war es, was ich die ganze Zeit gewollt und gesucht hatte. Dieses Gefühl, das in meinen Magen hinuntersackte und mich kribbelig machte.

Die Schüler verließen einer nach dem anderen den Raum und es wurde still.

Er hätte mich natürlich wegschieben und ebenfalls gehen können, aber dazu hätte er Gewalt anwenden müssen. Als er erkannte, dass ich ihn nicht gehen lassen würde, huschte ein amüsierter Zug über sein Gesicht, gefolgt von einem müden Lächeln.

»Ehrlich, Barbie?«, fragte er rau und seine tiefe Stimme schickte ein Schaudern über meinen Rücken.

Er hatte alles Recht der Welt das zu fragen, denn ich wusste ja selbst nicht, was ich hier tat und obwohl ich mir überlegt hatte, was ich sagen sollte, kam mir nun kein Wort über die Lippen.

Alexej schüttelte den Kopf.

»Okay.«

Dann beugte er sich zu mir hinunter und packte mich unter den Armen. Mit einem Ruck hob er mich hoch und setzte mich auf einen der Tische. Ich starrte ihm mit offenem Mund hinterher, als er sich an mir vorbeischob, zur Tür hinausschlenderte und verschwand.

Dann erst wurde ich mir bewusst, wie ruckartig mein Atem ging.

»Was zum Teufel ...«, flüsterte ich.

Ich erwachte erst aus meiner Trance, als Sara suchend ihren Kopf zur Tür hereinstreckte. Hastig rutschte ich vom Tisch, meine Beine wabbelig wie Pudding.

»Wo bleibst du denn?«, maulte sie. »Simon sucht schon überall nach dir und ich habe keine Lust, deine Klette von Freund auch nur eine Sekunde länger auf mich allein gestellt zu ertragen!«

Ich nickte und beeilte mich ihr zu folgen. Simon war wirklich sehr viel anhänglicher geworden. Seine Hochstimmung hatte angehalten, selbst als Alexej wieder zur Schule gekommen war. Man konnte sogar sagen, dass sie noch zugenommen hatte, und er nahm mich fast rund um die Uhr ein. Am Ende der zweiten Woche hatte ich mich schon richtig daran gewöhnt, dass er den Arm um mich legte, wenn wir am Schließfach standen, oder mich mitten auf dem Flur küsste. Etwas, das er sonst nie getan hatte.

In der Öffentlichkeit hielt er sich zwar immer noch sehr zurück, aber ich würde mich sicherlich nicht beschweren. Die Normalität war in mein Leben zurückgekehrt und ich empfing sie mit offenen Armen.

»Er knutscht nur demonstrativ mit dir, wenn dieser Typ um die Ecke biegt«, gab Sara jedoch eines Morgens von sich und biss in ihr Brötchen. »Ew markmmt schein Revvvr«, fügte sie kauend an, was ich dank langjähriger Erfahrung als »Er markiert sein Revier« identifizierte.

Ich blieb einige Schritte hinter ihr zurück und ließ mir ihre Worte durch den Kopf gehen. Stimmte das etwa? Küsste mein Freund mich absichtlich vor Alexejs Augen?

Eine Hand aus Eis klammerte sich bei dieser Vorstellung um mein Herz.

Seit dem Vorfall im Schulzimmer hatte ich versucht, jeglichen Gedanken an Alexej im Keim zu ersticken, damit ich mich nicht noch einmal zu so einer Dummheit hinreißen lassen würde. Ich konnte froh sein, dass mein Freund nichts davon mitbekommen hatte, und Sara hatte ich es nicht erzählt. Mir war es nämlich sehr peinlich, wie ich mich verhalten hatte.

Was hatte ich mir nur dabei gedacht?

Saras Worte brachten mich dazu, genauer hinzuschauen und als Simon mich das nächste Mal spontan küsste, löste ich mich von ihm und schaute mich um. Und tatsächlich, nicht weit von uns entfernt stand Alexej und unterhielt sich mit einem Schüler, den ich nicht kannte.

Simons Gesicht war undurchdringlich geworden, als ich mich ihm wieder zuwandte. Ob er gemerkt hatte, dass ich ihm auf die Schliche gekommen war? Als er mich wieder an sich zog, ließ ich es zu, aber fortan begann ich ihm auszuweichen, wenn er mich aus heiterem Himmel umarmen wollte, und brachte Abstand zwischen uns, wenn er es übertrieb. Immer häufiger fiel mir dabei auf, dass es nicht nur Alexejs Nähe war, die solch spontane Zuneigungsbekundungen auslösten. Es schienen ihn auch andere Typen zu solchen Aktionen zu verleiten und das führte mir vor Augen, wie groß das Ausmaß seiner Unsicherheit unterdessen geworden war.

Mir fielen Dinge auf, die er früher nicht getan hatte. Oder vielleicht waren sie mir auch einfach entgangen. Scheinbar bedeutungslose Details, die jedoch eine eindeutige Sprache sprachen. Eifersüchtige Seitenblicke, unnötige Bemerkungen und negative Kommentare über das Aussehen von Mitschülern.

Langsam kam ich zu der Erkenntnis, dass der Schuss wohl nach hinten losgegangen war, als ich Simon von dem Abend auf dem Spielplatz erzählt hatte. Anstatt ihn zu beruhigen, musste ich ihn aufgeschreckt haben.

»Simon war ja schon immer sehr besitzergreifend«, nuschelte Sara, als wir ein paar Tage später auf dem Weg in die

Bibliothek waren, und bekräftigte damit ohne es zu wissen meine Bedenken, »aber in letzter Zeit find ich ihn echt gruselig. Hast du gesehen, wie er dich angestarrt hat, als du mit Andreas geredet hast?«

Ich nickte bedächtig. Simon hatte ausgesehen, als würde er mich am liebsten in seinen Keller sperren und den Schlüssel wegwerfen.

»Er übertreibt schon ein wenig«, erwiderte ich und erntete einen überraschten Blick. Aber glücklicherweise ließ sie es auf sich beruhen.

Die Sache gipfelte erst, als ich eines Nachmittags ein weiteres Buch für eine Arbeit ausleihen wollte und Simon mitteilte, dass wir uns im Anschluss vor der Haupttür der Bibliothek treffen würden. Der Band, den ich benötigte, war frei und so schnappte ich ihn mir, ließ ihn eintragen und ging dann noch schnell auf die Toilette.

Als ich zurück kam, stand Simon bereits vor der gläsernen Tür und der Ausdruck auf seinem Gesicht verhieß nichts Gutes.

»Da bist du also!«, begrüßte er mich, als ich in Hörweite war. »Wo warst du?«

»Auf der Toilette, wieso?«

»Bist du sicher?«, fragte er und sein Ton war gallig geworden. Hatte er allen Ernstes vor, mir eine Szene zu machen?

»Natürlich bin ich mir sicher«, gab ich empört zurück.

»Und du hast dich nicht zufällig mit jemandem dort getroffen? Du weißt schon, auf der Toilette.« Dabei machte er Gänsefüßchen mit Zeige- und Mittelfinger, um mir klarzumachen, dass er mir kein Wort glaubte. Das seltsame Funkeln, das ich jetzt schon ein paar Mal beobachtet hatte, war wieder in seine Augen getreten.

»Das ist jetzt wirklich absurd. Ich habe mich mit gar niemandem getroffen«, versuchte ich die Situation zu retten, aber er wischte meine Worte nur mit einer Handbewegung fort.

»*Ich* gehe jetzt arbeiten«, sagte er frostig, »und ich hoffe, *du* gehst direkt nach Hause!«

Du meine Güte.

Als Simon davongestapft war, sackten meine Schultern nach unten. Das war jetzt heftig. War es schon so weit mit ihm, dass ich nicht einmal aufs Klo gehen konnte, ohne dass er Verdacht schöpfte, ich würde heimlich jemanden treffen? Das war ganz schön verdreht und auch beinahe lachhaft, denn es war schließlich Alexej, der hier das Eifersuchtsproblem hatte und nicht Simon. Doch mein Freund benahm sich, als wäre es andersherum.

Irgendetwas musste ich tun. So wie in den letzten Wochen konnte es jedenfalls nicht weitergehen, aber wie sollte ich meinem Freund zeigen, dass sein Verhalten übertrieben war?

Sollte ich mehr Zeit mit ihm verbringen? Ihn womöglich von der Arbeit abholen? Irgendwie fand ich das gar keine so schlechte Idee. Ich hatte ihn schon ein paar Mal hingebracht, aber da er relativ lange arbeitete, lohnte es sich danach nicht mehr, noch etwas zu unternehmen. Meine Eltern wollten nicht, dass ich so spät noch draußen »herumstrolchte«, wie sie es nannten. Nur einmal hatten sie nachgegeben und ich hatte Simon gleich am Morgen fröhlich verkündet, dass ich ihn abholen würde.

Leider hatte ich da noch nicht geahnt, dass ich meine Fahrkarte verloren hatte. Ich war mir sicher gewesen, sie bei der Hinfahrt noch gesehen zu haben, aber so sehr ich meine Tasche am Abend auch durchsuchte, sie war einfach nicht mehr aufzufinden.

Dummerweise hatte Simon am Mittag auch noch mein ganzes Bargeld ausgeliehen, weil er sich etwas in der Mensa hatte kaufen wollen, und das, obwohl ihm die Haushälterin der Darcys jeden Tag etwas Selbstgekochtes mitgab.

In strömendem Regen hatte ich nach Hause laufen müssen und meine Mutter hatte mir eine halbstündige Standpauke gehalten. Die Karte war nie wieder aufgetaucht und ich musste sie von meinem Taschengeld ersetzen. Aber diesmal würde ich achtgeben. Ich würde Simon *überraschen*!

Kapitel 12 – Schmutzige Spielchen

Der Mann im grünen Overall stützte sich auf den Wischmopp und blickte mich erwartungsvoll an. Der spärliche Rest an Haaren, die seinen kahlen Schädel bedeckten, trug nichts dazu bei, ihn freundlicher erscheinen zu lassen und die tiefen Furchen in einer Stirn, zeugten auch nicht unbedingt von einer Frohnatur.

Aber als ich vor ein paar Minuten an die Scheibe des Bürogebäudes geklopft hatte, weil mein Plan sich leider nicht damit befasst hatte, wie ich hier herein kommen sollte, war ich froh gewesen, dass er gerade die Empfangshalle wischte, denn sonst hätte ich meinen Freund in letzter Sekunde doch noch anrufen und die Überraschung ruinieren müssen.

Es war Freitagabend und ich hatte endlich die Gelegenheit, Simon abzuholen. Ich hatte meine Eltern einfach vor vollendete Tatsachen gestellt. Heute würde ich nicht um halb zehn zu Hause sein und lernen, wie ich das sonst tat, sondern mir wieder einmal richtig Zeit für Simon nehmen. In den letzten Wochen hatte ich oft genug das Gefühl gehabt, wir würden uns einander entfremden, vor allem deshalb, weil er einfach nicht damit aufhören wollte, mich zu behandeln, als wäre ich sein Eigentum.

Seit ich versuchte, den Situationen aus dem Weg zu gehen, in denen er Alexej zu triezen versuchte, war es sogar noch schlimmer geworden. Hinter jeder Ecke vermutete er, dass ich ihm Hörner aufsetzen würde und ging mir mittlerweile schon so sehr auf den Keks, dass ich dabei war die Geduld zu verlieren.

Und das ausgerechnet ich. Ich musste mich schwer zusammenreißen, ihn das nicht merken zu lassen.

»Du musst ihn nicht mit Samthandschuhen anfassen!«, hatte Sara bei mehr als einer Gelegenheit gezischt, aber ich widersprach ihr, denn das musste ich sehr wohl. Simon glaubte jetzt schon, dass ich seinen Arm deshalb manchmal abschüttelte oder zurücktrat, wenn er mich küssen wollte, weil Alexej mich gegen ihn aufhetzte und das brachte ihn dazu, seine Bemühungen zu verstärken. Meine ablehnende Haltung schloss also im Prinzip den Teufelskreis und machte alles nur noch schlimmer und während Simon weiterhin den perfekten Gentleman mimte, wenn Alexej in der Nähe war, hatte er oft genug eine spitze Bemerkung für mich übrig, wenn er wieder verschwand.

Aber ich wollte meinem Freund jede Chance geben, die er verdiente. Simon konnte richtig romantisch sein und hörte mir immer zu, auch wenn wir oft nicht die gleiche Ansicht vertraten. Jeden Abend fragte er mich nach meinem Tag und dabei interessierte er sich selbst für die kleinsten Details. Er brachte mir Blumen mit und er war kein solcher Snob, wie alle dachten. Außerdem waren wir schon fast acht Monate zusammen.

Das war der Anker, der meine Beziehung im Moment davon abhielt, flussabwärts zu treiben.

»Ich verstehe ja, dass man eine Beziehung, die so lange andauert, nicht so einfach wegwirft«, gab Sara zu, als ich es ihr erklärte. »Aber wenn du ihn nicht dazu bringst, damit aufzuhören, dann kannst du Simon irgendwann mit einem Schaber vom Boden der Besenkammer kratzen, denn dort wird er sich zweifelsohne verstecken, wenn Alexej der Kragen platzt.«

Ich wusste, wie Recht sie hatte.

Noch immer ertappte ich mich dabei, wie ich Alexej beobachtete und obwohl ich versuchte, mich zusammen zu reißen, wollte es mir einfach nicht gelingen. Immer wenn er den Raum betrat, verfiel ich in eine angespannte, aufgeregte Haltung. Es schien, als wüsste ich immer genau, wo er gerade war, selbst wenn er hinter mir stand. Ich konnte nicht verhindern, dass ich mich öfters nach ihm umsah, ständig darauf hoffend, dass sich unsere Blicke kreuzen würden.

Selbst in der Cafeteria, wenn wir am Tisch saßen und ich eigentlich der Unterhaltung folgen sollte, die Sara, Simon und einige seiner Kumpels führten, behielt ich die Tür im Auge und mir entging nie, wenn er auftauchte oder ob er irgendwo fehlte.

Ja, manchmal ertappte ich mich sogar dabei, wie ich mich darauf freute, in die Deutschstunde zu gehen, weil ich wusste, dass er auch dort war und es ging sogar so weit, dass sich ein Lächeln auf meinen Lippen bildete, wenn ich nur in einiger Entfernung an ihm vorbei ging. Seine Nähe stellte seltsame Dinge mit meinem Magen an, die sich zu gleichen Teilen gut und schrecklich anfühlten.

Ich hatte so etwas noch nie erlebt und langsam fragte ich mich, ob ich wohl verrückt wurde. Alexej besaß eine Anziehungskraft auf mich, die schon fast unheimlich war.

Und so wusste ich natürlich aus erster Hand, wie er auf Simons Provokationen reagierte. Zwar wirkte er nach wie vor desinteressiert und gab nichts auf das Gehabe meines Freundes, aber Simon war für ihn zweifelsohne so etwas wie eine lästige Fliege.

Man ignorierte sie, solange sie in der Ecke saß und schlug halbherzig nach ihr, wenn sie am Tag um einen herumflog. Aber wenn man nachts im Bett lag und versuchte zu lesen, während das Vieh nicht aufhören wollte, gegen die Glühbirne zu klatschen, laut zu brummen und sich auf deiner Nase niederzulassen, dann verwandelte sich ein passives Genervtsein sehr schnell in reine Mordlust.

Und genau das befürchtete ich, würde irgendwann passieren.

Es würde der Tag kommen, an dem Alexej einfach nur seine Ruhe haben wollte und Simon der Tropfen war, der das Fass zum Überlaufen brachte.

Und dann würde ich zweifelsohne an Saras Worte zurückdenken.

Im Moment jedoch musste ich mich noch immer mit dem Mann im Overall herumschlagen, der mich möglichst schnell wieder nach draußen befördern wollte.

»Das Klo ist schon geputzt!«, sagte er mürrisch, offenbar der Ansicht, dass ich es benutzen wollte. »Alles blitzblank!«

»Keine Angst«, beruhigte ich ihn, »ich will Ihre Toilette nicht benutzen.« Die Furchen in seinem Gesicht milderten sich darauf ein wenig. »Mein Freund Simon arbeitet auch hier und ich wollte ihn abholen«, erklärte ich. »Ich bin etwas zu früh dran, aber er ist sicher bald fertig, oder?«

Wenn ich nun erwartet hatte, dass dem Mann ein Licht aufgehen und er mich freundlich bitten würde mich hinzusetzten, um zu warten, dann hatte ich mich gründlich getäuscht.

»Simon?«, grunzte er. »Der arbeitet hier nicht.«

Verdutzt starrte ich ihn an.

Es dauerte einen Moment, bis ich diese Information verarbeitet hatte, und mein verwirrtes Gesicht musste Bände sprechen.

»Sind Sie sicher?«, fragte ich. »Er kommt jeden Mittwoch und Freitag hierher und manchmal auch am Montag oder Samstag. Simon Darcy«, fügte ich an, »etwa einen halben Kopf größer als ich, blond, braune Augen?«

Die buschigen Brauen des Mannes trafen sich fast in der Mitte und ich konnte ihm ansehen, wie es in seinem Kopf ratterte, ob jemand meiner Beschreibung entsprach. Dann zuckte er mit den Schultern und ging um seinen Putzwagen herum, um den Wischmopp wegzustellen.

»Wie ich schon sagte, Fräulein«, brummte er, »so einer arbeitet hier nicht. Hab den Namen nie gehört.«

Als ich wieder draußen war, fühlte ich mich gleichermaßen beunruhigt, wie verunsichert.

Konnte der Mann sich geirrt haben? Oder war ich im falschen Gebäude gelandet?

Nein, bestimmt nicht.

Ratlos musterte ich die Fassade des Hauses, aber ich war mir sicher, dass dieser graue Klotz genau derjenige war, an dem ich meinen Freund schon ein paar Mal abgeliefert hatte. Es war ein hohes Gebäude, bis oben hin gefüllt mit Büroräumen, die am Abend von der Putzequipe gereinigt wurden, zu der eigentlich auch Simon gehören sollte.

Die verglaste Front war unverwechselbar mit ihren dunkelgrünen Fensterrahmen und den mannshohen Lettern auf halber Höhe, die in schwarzer, geschwungener Schrift *Wiedenmann* verkündete, eine namhafte Versicherung, die einen Teil ihrer Räume auch an externe Unternehmen vermietete. Links und rechts des Gebäudes befanden sich Sichtbetonbauten und am Ende der Straße war ein Hundefriseur, der jetzt bereits geschlossen hatte.

Gegenüber gab es ein italienisches Restaurant und ein schickes kleines Café mit einer Bar, in das mich Simon schon ein paar Mal eingeladen hatte und in der wir auch unser Halbjähriges gefeiert hatten.

Ich war zweifelsohne am richtigen Ort.

Ich fischte mein Handy aus der Tasche und wählte Simons Nummer. Das typische Tuten erklang und ich tippte angespannt mit der Schuhspitze auf den Boden. Es sah ganz so aus, als würde ich heute unverrichteter Dinge nach Hause fahren müssen, aber vorher wollte ich doch wissen, wieso zum Henker man meinen Freund an seiner eigenen Arbeitsstelle nicht kannte!

Noch immer erklang nur das Freizeichen, aber ich würde nicht aufgeben, bis ich mit ihm geredet hatte. Schließlich hörte ich doch noch ein Knacken in der Leitung.

»Ja, hallo? Dina?« Simons Stimme klang ein wenig gestresst und ich konnte kurz den Lärm von vorbeifahrenden Autos hören, bevor ein metallisches Klicken, gefolgt von Stimmengewirr, erklang und dann herrschte mit einem Mal Stille. War er eben noch auf der Straße gewesen? Hatte er sich einen ruhigen Raum gesucht?

Mein erster Impuls wäre gewesen ihn halb ernst, halb scherzhaft zu fragen, wo er denn war und dass ich mir hier die Beine in den Bauch stand, aber eine innere Stimme warnte mich davor, ihm zu verraten, dass ich ihn abholen wollte. Ich beschloss, dieser Stimme zu vertrauen. So sagte ich stattdessen: »Hallo, Schatz, entschuldige, dass ich dich störe. Arbeitest du noch?«

Es war merkwürdig, so ein Spielchen zu spielen, und normalerweise war ich nicht ein Mensch, der anderen eine solche Falle stellte. Ein tiefes Unbehagen breitete sich in mir aus. Allerdings hielt das Gefühl nicht lange an.

»Ja, Knuffelchen, leider«, ertönte Simons Stimme und mein wippender Fuß fror mitten in der Bewegung ein.

»Heute ist alles an mir hängen geblieben«, fuhr er fort, als würde es ihm schrecklich leidtun, dass er nicht bei mir sein konnte, »alle sind bereits nach Hause gegangen und leider hat einer dieser blöden Schlipsträger auch noch so ein klebriges Zeug verschüttet, das ich jetzt wegschrubben muss.«

Ich brauchte einen Augenblick, um meine Sprache wieder zu finden.

Wollte er mich verarschen?

»Hör mal, ich muss jetzt weiter arbeiten, können wir uns morgen unterhalten?«, fragte er, als ich keine Antwort gab, aber ich schüttelte den Kopf und hörte mich sagen: »Du Armer, er hat das Zeug doch hoffentlich nicht in der gesamten Eingangshalle verschüttet, du weißt schon, wie damals der Lieferant mit dem chinesischen Essen.«

Ich fragte mich, ob er meinen lauernden Unterton herausgehört hatte, aber wenn dem so war, merkte man jedenfalls nichts.

Simon lachte, offenbar amüsiert, dass ich mich an den Vorfall erinnerte.

»Du kannst wohl hellsehen«, scherzte er und lachte noch einmal, bevor er sich endgültig verabschiedete mit den Worten: »Zeit, zu schrubben!«

Das Tuten an meinem Ohr klang erschreckend endgültig und ich war unfähig mich zu bewegen.

Stumm starrte ich in die hell erleuchtete Eingangshalle von *Wiedenmann*, wo der Typ im Overall gerade damit beschäftigt war, seinen Putzwagen in den Lift zu schieben.

Meine Augen klebten am Boden, als wäre ich hypnotisiert.

»Alles blitzblank«, hörte ich den Mann noch einmal sagen.

Ja, dachte ich.

Alles blitzblank.

»Ich fass es nicht!«, fauchte Sara, kaum dass ich ihr erzählt hatte, was passiert war. Ich saß auf dem Sessel in meinem Zimmer, die Knie angezogen und starrte aus dem Fenster hinaus in den Nachthimmel. Die kühle Luft wehte durch den Spalt herein, den ich es geöffnet hatte, und ließ mich schlottern, aber das störte mich überhaupt nicht.

Wenn ich krank im Bett lag, dann hätte ich wenigstens einen Grund, das Gesicht meines verlogenen Freundes nicht sehen zu müssen!

Wie konnte er nur? Und dann lachte er dabei auch noch, als könnte er kein Wässerchen trüben!

»Dieser miese, kleine ...«, begann Sara zum hundertsten Mal, als ich schwieg und ich lauschte ihren Beleidigungen, ohne diese richtig wahrzunehmen.

Die ganze Zeit dachte ich darüber nach, was für eine Erklärung er bringen würde. Ich hatte auf glühenden Kohlen gesessen, weil ich ihn anrufen wollte, und mein Finger war schon auf dem grünen Knopf gewesen, aber dann hatte ich mein Handy wieder weggelegt. Egal, was Simon auch sagen würde, es änderte nichts an der Tatsache, dass mein Vertrauen zerbrochen war, und wer wusste schon, ob er mir die Wahrheit erzählen würde, wenn ich ihn damit konfrontierte?

Nein, ich konnte ihn nicht anrufen.

Jedenfalls nicht, wenn ich jemals herausfinden wollte, was Simon tat, wenn er eigentlich damit beschäftigt sein sollte, Tische abzuwischen und sich einen dieser tragbaren Staubsauger auf den Rücken zu schnallen, um damit den teuren Teppich im Büro des Chefs von Kekskrümeln zu befreien.

»Wo glaubst du, geht er hin?«, hörte ich Sara laut überlegen, nachdem sie sich etwas beruhigt hatte. »Glaubst du, dass er sich nicht traut dir zu sagen, wo er wirklich arbeitet?«

»Eine Möglichkeit wär's«, gab ich zögernd zu. »Aber wieso sollte er sich mir nicht anvertrauen wollen?«

Sara schnappte nach Luft und sagte dann: »Glaubst du es ist etwas Schlimmes? Etwas Anrüchiges?«

Die Art, wie sie das letzte Wort aussprach, war geradezu komisch und ich konnte nicht ganz ernst nehmen, was sie sagte, aber eines war klar: Was immer es auch war, das Simon an so vielen Tagen spät abends trieb, ich würde es herausfinden. Koste es, was es wolle.

Sara schien dieselben Gedanken zu verfolgen, denn sie rief auf einmal: »Hey, wir verfolgen ihn! Wir schleichen ihm hinterher und finden heraus, was er für ein schmutziges kleines Geheimnis hat!«

Ich musste kichern, als ich ihren Enthusiasmus hörte, denn sie klang wie ein verkappter Hobbydetektiv in einer schlechten Soap und ich spürte, wie meine Anspannung etwas nachließ.

Sara hatte recht, auch wenn wir in ihrer Vorstellung wohl einen Trenchcoat trugen und mit einem Feldstecher durch ein paar Löcher in der neuesten Ausgabe der Times spionierten, während wir den Hut tief ins Gesicht zogen und eine Zigarre rauchten.

Ich musste ihm nachschleichen und dann würde ich es wissen.

Natürlich war mir klar, dass die Wahrheit mir nicht gefallen würde. Egal, was es war; wenn mein Freund lügen musste, um es vor mir geheim zu halten, dann konnte es nichts Gutes sein.

Ich beendete das Gespräch mit Sara und versprach ihr, sie auf dem Laufenden zu halten. Dann öffnete ich Simons letzte Nachricht und begann zu tippen.

(22:57): Hey, Schatz, du arbeitest doch morgen, oder? Können wir uns vorher treffen und vielleicht mal wieder in dieses kleine Café gehen, in dem wir vor Kurzem waren?

Die Antwort ließ eine ganze Weile auf sich warten.

(23:14): Hey, Knuffelchen! So spät noch wach? Bist du zu Hause? Ja, klar können wir vorher noch was machen, aber ich wollte mal in den Starbucks, der neu eröffnet hat.

Ich grinste freudlos. Klar, wollte er nicht in das Café, das ich vorschlug, wenn man bedachte, dass es der Firma Wiedenmann genau gegenüber lag. Aber mein Plan hing nicht davon ab, wo genau wir uns trafen, also stimmte ich ihm zu.

(23:16): Also morgen um 15:00 beim Brunnen davor?

Ich vertippte mich ein paar Mal, aber schließlich drückte ich auf *Senden.*

Simons Antwort kam umgehend:

(23:17): Abgemacht! Bis morgen!

Ich ließ mein Handy neben den Sessel fallen.

»Ja«, sagte ich in mein dunkles Zimmer hinein, »bis morgen.«

Dann ließ ich mich zurücksinken und stieß mit dem Fuß mein Fenster zu.

Ich hatte beschlossen, morgen nicht krank zu sein.

Kapitel 13 – Geister der Vergangenheit

Als ich spät am nächsten Morgen erwachte, fühlte ich mich wie gerädert und ich schwang meine Beine nur mühsam aus dem zerwühlten Bett. Bis tief in die Nacht hatte ich kein Auge zugetan, weil ich nicht aufhören konnte zu überlegen, wie oft Simon mich wohl sonst noch belogen hatte.

All die Mittagspausen, in denen er Anekdoten über seinen Job zum Besten gab und jammerte, wenn ihm etwas weh tat. Ich dachte daran, wie ich seine verspannten Schultern massiert hatte und wie viele Monate er mich nun schon belog. Er hatte so viele Gelegenheiten dazu gehabt, mir die Wahrheit zu sagen. Aber er hatte mein Mitgefühl offensichtlich genossen. Hatte ich die ganze Zeit nur sein Ego gestreichelt, ohne zu wissen, dass ich für dumm verkauft wurde?

Was hatte er in all diesen Stunden wirklich getan? Was, wenn er unehrlichen Geschäften nachginge? Oder einen Job hatte, der moralisch nicht vertretbar war?

Ich zermarterte mir das Gehirn über diese Frage, kam aber auf keinen grünen Zweig.

Gegen Mittag lief ich die Treppe hinunter und in die Küche, um mir einen Tee gegen die Nervosität zu machen, die in mir aufkam, weil ich mir der Tatsache bewusst wurde, dass ich tatsächlich meinen Freund ausspionieren würde. So weit war es schon mit uns gekommen.

Als meine Mutter in die Küche kam und sah, dass ich noch immer meinen Pyjama trug und missmutig in meine Tasse starrte, warf sie mir einen dieser Blicke zu, die sie mir in letzter Zeit häufiger schenkte.

»Wie war's gestern Abend?«, fragte sie beiläufig, aber ich kaufte ihr den gleichgültigen Ton keine Sekunde lang ab.

Ich murmelte etwas Unbestimmtes vor mich hin und nun streckte auch mein Vater seinen Kopf hinter der Zeitung hervor. Sein Gesichtsausdruck sprach davon, dass er sich ebenfalls mehr Informationen erhofft hatte, ganz besonders, weil sie davon ausgehen mussten, dass die Ursache meines geänderten Verhaltens in meiner Beziehung lag.

Ich fragte mich, ob es ein Fehler gewesen war, meiner Mutter von den Problemen zu erzählen, die ich mit Simon hatte. Meine Eltern wussten zwar nicht genau, was da vor sich ging, aber anscheinend genug, um sich Sorgen zu machen. Ganz besonders, weil ich in letzter Zeit auch in der Schule etwas nachgelassen hatten. In meinem Fall bedeutete das jedoch nur, dass ich nicht mehr die volle Punktzahl nach Hause brachte und meine Arbeiten mit lobenden Worten meiner Lehrer versehen waren.

Meine Eltern konnten das nicht nachvollziehen, aber sie wussten gar nicht, wie glücklich sie sich schätzen konnten, dass sie mich zur Tochter hatten und nicht eine meiner Mitschülerinnen. Wahrscheinlich hätten sie mich schon nach einer Woche mit Kusshand zurück genommen und nie wieder ein Wort darüber verloren, dass ich nachlässig geworden war, nur weil ich die Erfahrung gemacht hatte, dass man in der Schulstunde gelegentlich auch träumen konnte, ohne dass gleich die Welt unterging.

Meine Eltern sprachen jedoch alles meinen Beziehungsproblemen zu und sahen sich in ihrer Annahme bestätigt, dass Simons guter Einfluss auf mich nachließe. Sie mochten ihn nämlich unter anderem deshalb so sehr, weil er mich dazu ermunterte in der Schule mein Bestes zu geben und jeden Abend in meinem Zimmer zu sitzen, um die Hausaufgaben zu machen. Das hätte ich zwar auch ohne ihn getan, aber Mütter und Väter auf der ganzen Welt waren sich wohl darin einig, dass ihre Sprösslinge keinen besseren Fang machen konnten als einen, der die Ansichten der Eltern in jeder Hinsicht teilte.

Da die Auseinandersetzungen, die ich mit Simon hatte, mich aber auch aufwühlten, worunter meine Konzentration im Unterricht litt, standen sie vor einem echten Dilemma.

Was sollten sie nun tun? Mich ermahnen, dass ich weniger Zeit mit ihm verbringen sollte, oder mich im Gegenteil ermuntern, ihn öfters zu treffen?

Entsprechend unschlüssig waren ihre Mienen dann auch, als ich erklärte, dass ich ihn heute Nachmittag treffen würde. Stillschweigend nahmen sie es zur Kenntnis und erst als ich mir meine Schuhe überstreifte und nach Handschuhen kramte, sagte meine Mutter: »Du solltest Simon mal wieder mitbringen, wir haben ihn eine Ewigkeit nicht gesehen.«

Ich lächelte knapp, sagte aber nichts dazu. Über Nacht waren die Temperaturen merklich gefallen und die kalte Luft stach in den Lungen, als ich hinaus trat. Aber es tat gut, tief einzuatmen und half mir, meinen Kopf wieder frei zu bekommen. Sara hatte mir ein paar Nachrichten geschickt, die ich mit einem Schmunzeln überflog. Sie brannte geradezu vor Neugierde, konnte mich aber nicht begleiten, weil sie schon so viele andere Termine hatte.

(14:58): Sag mir unbedingt sofort, was du rausgefunden hast!!! Jedes peinliche Detail! Vielleicht arbeitet er in einem Laden für Dessous!

Die vielen Ausrufezeichen brachten mich zum Lachen und ich steckte das Handy amüsiert weg, als ich zum Brunnen schlenderte. Natürlich wollte Sara das wissen, denn es wäre ein gefundenes Fressen für sie. Aber ich hoffte, dass sie sich irrte.

Ich ließ mich auf dem Rand des Brunnens nieder, der eiskalt war und mich beinahe wieder aufspringen ließ, weil es sich anfühlte, als würde mein Hintern auf der Stelle einfrieren. Aber zum Glück kam da schon Simon.

»Hallo, Schatz!«, rief er von Weitem.

Er kam im Laufschritt näher, drückte mir einen Kuss auf die Wange und zog mich hoch.

»Gehn wir gleich rein?«, sagte er. »Es ist schweinekalt!«

Ich folgte ihm nickend. Drinnen umfing uns wohlige Wärme und der starke Geruch nach allen möglichen leckeren Kaffeesorten. Nur wenig später ließen wir uns in einer ruhigen Ecke nieder und ich nippte an meinem Caramel Macchiato, während Simon in seinem Caffe Americano rührte.

»Also«, begann ich nach ein paar Minuten. Ich hatte mich dazu entschlossen, Simon die Chance zu geben, mir die Wahrheit zu gestehen, und wollte ihm deshalb ein paar geschickte Fragen stellen. »Musstest du gestern noch lange schrubben?« Zugegeben, das war nicht die schlaueste Frage, aber irgendwie musste ich ja auf das Thema zu sprechen kommen.

»Hm?«, fragte er und trank einen Schluck.

»Gestern, als du arbeiten warst?«, half ich ihm auf die Sprünge.

»Ach so, ja«, sagte er hastig und fuhr sich lachend durch die Haare. »Ja, es war ganz schön eklig, das klebrige Zeug. Aber ich hab's weggebracht.«

Mein Lächeln verkrampfte sich, als er mir schon wieder so dreist ins Gesicht log. Ganz ruhig, Dina, dachte ich. Vielleicht ist es ja wirklich etwas Megapeinliches und er kann es einfach nicht zugeben. Außerdem konnte ich ihm nicht nachschleichen, wenn er Verdacht schöpfte.

»Und heute müsst ihr schon wieder ran?«

Er nickte auf meine Frage und berichtete mir in ausführlichen Details von seiner erfundenen Arbeit, während ich einfach nur da saß und mir Mühe gab, an den richtigen Stellen zu lächeln.

»Wie heißen eigentlich deine Mitarbeiter?«, fragte ich als Nächstes und nun kam tatsächlich ein kurzes Zögern, aber dann zählte er ein paar Namen auf. Ich lauschte aufmerksam, denn der Mann im Overall hatte ein Schild getragen und ich hatte nicht vergessen, wie sein Vorname lautete.

Giulio.

»... Oliver, Susanne und Leonard«, schloss er.

Aha. Ich presste die Lippen zusammen. Kein Giulio. Da hatte sich wohl jemand schlecht vorbereitet auf sein Schmierentheater.

»Ist etwas?«, fragte Simon plötzlich und ich löste die Hand, die ich unwillkürlich zur Faust geballt hatte. Erst jetzt bemerkte ich den Schmerz in meiner Handfläche, dort wo die Fingernägel sich in die Haut gebohrt hatten.

»Nein, überhaupt nicht, Schatz.«

Das letzte Wort klang beinahe spöttisch und ich erfand kurzerhand einen Geschichtstest, der mir Sorgen bereitete.

Simon nickte und sprach mir Mut zu, aber ich ging nicht wirklich darauf ein, und so ließ ich ihn plappern. Er redete von den nächsten Ferien und davon, dass er mit mir gerne irgendwo hinfahren würde. Als er sich schließlich erhob, um sich zu verabschieden, unterdrückte ich den Impuls zurückzuweichen, als er mir einen Kuss gab.

Kaum war er draußen, schoss ich auf und packte meine Tasche. Ich hastete zum Fenster und spähte hinaus, um zu sehen, in welche Richtung er davon ging. Das brachte mir einige merkwürdige Blicke der anderen Gäste ein, ganz besonders, als ich das Gesicht an die Scheibe drückte, um zu beobachten, wie Simon die Straße hinunter lief. Kaum war er außer Sichtweite, eilte ich zur Tür hinaus und heftete mich an seine Fersen.

Der Gehweg war nicht sonderlich belebt und so blieb ich ziemlich weit zurück, aber Simon schaute ohnehin die ganze Zeit auf das Display seines Handys.

Wenn er wirklich zur Arbeit gehen würde, dann müsste er die nächste Bushaltestelle ansteuern, doch er lief einfach vorbei, ohne auch nur einmal aufzublicken.

An einer Kreuzung hob er den Kopf und schaute erst nach rechts und dann nach links, direkt in meine Richtung. Wie erstarrt blieb ich stehen und glaubte schon, er hätte mich unter den anderen Leuten ausgemacht, aber dann sprang die Ampel auf Grün und er lief schnurstracks weiter. Leider sprang die Ampel gleich wieder um und ich musste zusehen, wie er am Ende der nächsten Straße abbog und verschwand.

»Verfluchter Mist!«, entkam es mir. Als die Ampel auf Grün sprang, rannte ich los. Geschickt wich ich einigen Passanten aus und schaffte es innerhalb kürzester Zeit bis ans Ende der nächsten Straße, wo ich langsamer wurde und im Eilschritt um die Ecke bog. Die Straße, in die ich nun trat, war gesäumt von gediegenen alten Wohnblöcken und ein paar kleinen Läden.

Es dauerte einen Moment, bis ich Simon in der Ferne entdeckte. Er trat eben in einen Hauseingang, der von einer Hecke abgeschirmt wurde. Hastig eilte ich hinterher und blieb vor dem Haus stehen. Es war in einem freundlichen Gelb gestrichen, schon etwas älter, aber keineswegs heruntergekommen. An den schmiedeeisernen Geländern der Balkone waren jede Menge Blumenkisten befestigt und die Fenster waren mit Stuck verziert. Hier wohnten keine armen Leute.

Ratlos blieb ich vor den Klingelschildern stehen, unschlüssig, ob ich einfach überall draufdrücken und Simon nach draußen zitieren sollte. Während ich noch überlegte, klingelte mein Handy und ich wäre beinahe wie eine Katze in die Luft gesprungen vor Schreck.

»Hallooo!«, flötete Sara an meinem Ohr, als ich abhob. »Wenn er vor dir sitzt, dann sag ›Hi Sara, wie geht's?‹«, fügte sie in einem verschwörerischen Flüsterton an.

Ich verdrehte die Augen, musste aber gleichzeitig kichern.

»Er ist nicht hier, und sollte nicht *ich* diejenige sein, die flüstert?«

»Oh, ist er schon unterwegs? Du hast ihn doch nicht aus den Augen verloren?!«

Ich erklärte ihr kurz die Situation und ich konnte förmlich hören, wie sie die Stirn runzelte und nachdachte.

»Meinst du, er besucht vorher wen?«, fragte sie.

»Ich weiß nicht«, murmelte ich, »kann schon sein. Denkst du nicht, dass ich durchklingeln sollte?«

»Nein«, sagte sie in entschiedenem Ton, »überleg doch mal. Wenn er tatsächlich noch jemanden besucht und du ihn dort überraschst, dann wirst du niemals erfahren, wo er arbeitet. Besser, du wartest, bis er wieder geht und folgst ihm weiter!«

Sie hatte recht. Ich hatte mir nicht diese Mühe gemacht, um jetzt vorzeitig alles auffliegen zu lassen. Also beendete ich das Gespräch und zog mich auf die andere Straßenseite zurück. Glücklicherweise gab es dort einen Bücherladen, der geradezu dazu einlud, sich in einen der plüschigen Sessel zu setzen, um zu schmökern.

Ich platzierte mich so, dass ich den Eingang im Auge behalten konnte und war froh, dass ich nicht die Einzige im Laden war, denn sonst wäre sehr bald aufgefallen, dass ich nicht hier war, um etwas zu kaufen. Die Zeit zog sich dahin und ich fand mich bald mit einem Stapel voller Bilderbücher für Kinder wieder, den ich bedächtig durchging. Aber obwohl ich denkbar langsam blätterte und immer wieder aufschaute, um Simon nicht zu verpassen, war schon bald eine Stunde verstrichen.

Als auch die nächsten dreißig Minuten in ähnlicher Weise vergingen, ohne dass er Anstalten machte, das Haus zu verlassen, verlor ich langsam die Geduld. Aber gerade als ich mir ein weiteres Buch schnappen wollte, schwang die Eingangstür plötzlich auf und ich hob beide Augenbrauen.

Wer war das?

Oder besser gesagt, von wem verabschiedete mein Freund sich da? Er gab ihr ganz klar einen Kuss auf die Wange und strich ihr mit vertrauter Geste eine Strähne hinter das Ohr.

Ich sprang auf, stellte die Bücher in einem behelfsmäßigen Stapel zur Seite und eilte zum Ausgang. Simon hatte sich bereits abgewendet und ging davon, doch ich hatte nicht die Absicht ihn aufzuhalten, denn er ging sowieso sehr schnell und bog gerade um die Ecke.

Mein Ziel war das Mädchen, das noch vor der Tür stand und ihm nachschaute. Ihre vollen Lippen hatten sich zu einem Lächeln verzogen und ich konnte nicht umhin, ihr hübsches Gesicht zu bemerken, das von langen, seidig glatten schwarzen Haaren umrahmt war.

»Hey«, rief ich, als sie sich umdrehte, um im Haus zu verschwinden. Ein Auto musste eine Vollbremse hinlegen, als ich über die Straße lief, und ein zorniges Hupen folgte mir.

»Hey du!«, rief ich noch einmal.

Das Mädchen drehte den Kopf, doch da war ich schon bei ihr und blieb keuchend stehen. Sie musterte mich verwundert und ich starrte nicht minder überrascht zurück. Aus der Nähe war sie noch viel hübscher und ich war ein bisschen vor den Kopf gestoßen davon. Die großen dunklen Augen hatte sie sorgsam geschminkt und der Pony stand ihr schon fast unverschämt gut. Ihre leicht gebräunte Haut wirkte, als wäre sie eben erst aus den Ferien in Spanien zurückgekommen. Sie war eines der Mädchen, neben denen man sehr schnell einen Minderwertigkeitskomplex bekommen konnte. Eine der Sorte, die einfach zu perfekt schienen, um real zu sein.

»Ähm, meinst du mich?«

Sogar ihre Stimme hatte einen melodischen Klang.

»Ja, genau«, brachte ich heraus, als ich mich gesammelt hatte. »Du hast dich doch eben gerade von dem Typen verabschiedet, oder nicht? Was hast du mit ihm zu schaffen?« Mir war klar, dass ich mit der Tür ins Haus fiel, aber die Worte waren schon draußen und ich konnte sie nicht mehr zurück nehmen.

Der Blick des Mädchens wurde argwöhnisch. Das freundliche Lächeln war verschwunden, als sie mir antwortete: »Ich wüsste nicht, was dich das anginge. Wer bist du überhaupt?«

»Wer ich bin?«, fragte ich. Sie verschränkte die Arme, als hätte sie nicht eben noch mit meinem Freund geturtelt und starrte mich kühl an. »Sag mir lieber mal, wer du bist!«

Verblüffung malte sich in ihrem Gesicht ob meines unfreundlichen Tonfalls und sie schien sich zu überlegen, ob ich vielleicht nicht ganz dicht war. Eine Verrückte, die sie hier auf der Straße anmachte. Dann besann sie sich jedoch und schob ihre Hände in die Taschen ihres Cardigans.

»Wer ich bin?«, wiederholte sie.

Ich nickte, gespannt auf ihre Antwort.

Herausfordernd sah sie mich an.

»Vanessa.«

Ich wusste nicht, ob eine Minute oder schon mehr Zeit verstrichen war, als ich mich wieder gesammelt hatte. Alles, aber nicht diesen Namen hatte ich vermutet und im ersten Moment war mir glatt der Mund offen stehen geblieben.

Wir haben uns dummerweise in dasselbe Mädchen verliebt, hörte ich Simons Stimme in meinem Kopf und es war mir, als hätte er mir erst gestern von seiner verflossenen Liebe erzählt.

Oh mein Gott!

Konnte das ein Zufall sein?

Angestrengt dachte ich nach, aber ich kam zum Schluss, dass es nur eine Möglichkeit gab, es herauszufinden.

»Kennst du einen Alexej?«, fragte ich gerade heraus, ohne mir die Mühe zu machen, ihr meinen Namen zu nennen. Es war mir egal ob ich unhöflich war, denn ich konnte keine Sekunde länger warten; ich musste es jetzt wissen.

Sie starrte mich aber nur verdattert an.

»Was?«

»Alexej Morosow!« Ich sprach langsam und deutlich, als wäre sie schwer von Begriff.

Ihr hübsches Gesicht verzog sich ungläubig.

»Nicht dein Ernst?«, sagte sie, »Alexej?!«

Also kannte sie ihn, hatte ich es doch gewusst! Vor mir stand tatsächlich die Vanessa von damals! War das zu fassen?!

»Also das steckt hinter dem ganzen Theater hier«, murmelte sie, ungeachtet meiner entgeisterten Miene, »er hat mir doch versprochen, dass er sich nie wieder in meine Beziehungen einmischt!«

Kaum hatte der Satz ihren Mund verlassen, kam mir ein weiterer Erinnerungsfetzen in den Sinn. Diesmal war es Alexejs Stimme, die ich hörte: *Und dafür hätte ich fast mein Versprechen gebrochen.*

Meine Knie wurden weich, als ich langsam begriff, was er mir damals auf dem Spielplatz hatte mitteilen wollen, doch ich kam gar nicht dazu, richtig nachzudenken, denn Vanessa war noch nicht fertig: »Hat er dich angestiftet, Simons Freundin zu spielen?«

»Wovon redest du?«, krächzte ich. Meine Stimme klang überhaupt nicht mehr wie meine eigene. Das alles hier entwickelte sich zu einem wahrgewordenen Albtraum. All die Puzzleteile in meinem Kopf waren durcheinander geraten.

»Von Alexejs Spielchen natürlich«, sagte sie süffisant. »Um ehrlich zu sein hätte ich nicht gedacht, dass er sich dazu herablassen würde, so ein leichtgläubiges Ding wie dich einzuspannen.«

»Ich wurde zu überhaupt nichts angestiftet«, sagte ich, aber meine Stimme klang so schwach wie ich mich fühlte. »Ich *bin* Simons Freundin.«

Wieder schnaubte sie.

»Das kann nicht sein, Schätzchen und jetzt hau ab.«

»Wieso nicht?«, fragte ich, aber ich wusste in meinem Herzen bereits, was jetzt kommen würde, und meine Miene war ausdruckslos geworden.

Wir starrten uns an und dann sagte sie es:

»Weil *ich* seine Freundin bin.«

Kapitel 14 – Bittersüße Übelkeiten

Dieser Mistkerl!

Zu sagen, dass ich kochte vor Wut, wäre die Untertreibung des Jahrhunderts gewesen.

Mit hochrotem Kopf stapfte ich die breite Einfahrt des Anwesens hinauf, die von einer hüfthohen Buchsbaumhecke gesäumt war. Die Kiesel knirschten nur so unter meinen Schuhen. Ich verschwendete keinen zweiten Blick an den kunstvoll gestalteten Garten, der dahinter lag und in der frühwinterlichen Stimmung eine beinahe trotzige Stille ausstrahlte. Stattdessen hielt direkt auf die schwarz lackierte Tür zu, in deren Mitte ein protziger Türklopfer, in Form eines goldenen Löwen prangte. Ich drückte kräftig auf die Klingel.

»Von wegen arbeiten!«, schnaubte ich, als sich die Tür nicht gleich öffnete, und drückte noch einmal. »Warte nur!«

Ich war kurz davor gegen die Tür zu hämmern, als sie sich endlich öffnete und das faltige Gesicht der Haushälterin erschien. Ich erinnerte mich daran, dass die Miranda hieß und schon länger im Dienst der Darcys war. Sie jedoch schien nicht mehr zu wissen, wer ich war, aber das wunderte mich nicht. Ich war nur zweimal hier gewesen und Simon hatte die Frau so beschäftigt, dass ich kein Wort mit ihr hatte wechseln können.

Dabei fiel mir wieder ein, wie befehlsgewohnt Simons Stimme geklungen hatte, wenn er ihr Anweisungen gab und wie fehl am Platz ich mich dabei gefühlt hatte, eine ältere Dame herum zu scheuchen. All diese Monate war ich so blind dafür gewesen, wie er wirklich war! Als würde Simon, der sich sein Zeug hinterher tragen und die Wäsche waschen ließ, tatsächlich selbst irgendwo putzen gehen. Pah!

»Fräulein?«, sagte sie nun.

»Hallo«, quetschte ich zwischen zusammengebissenen Zähnen heraus. Ich wollte nicht unhöflich sein. »Sie werden sich vielleicht nicht erinnern, aber ich bin die Freundin von Simon«, fuhr ich fort und betonte das Wort Freundin, als handelte es sich dabei um die Beulenpest. »Soll heißen«, fügte ich an, »*eine* von seinen Freundinnen, wenn Sie verstehen.«

Es dauerte einen Moment, aber dann dämmerte es Miranda offenbar, wer ich war, und ein merkwürdiger Ausdruck huschte über ihr Gesicht.

Na, super!

Die Frau wusste Bescheid! Wie hätte es auch anders sein können, wo er doch sicher nicht nur mich hierher gebracht hatte. Vermutlich wusste das ganze Personal, was hier lief! Auf einmal war ich sehr dankbar, dass ich damals im Schulkeller eingeschlossen worden war, als die Party hier stattfand, denn ich hätte mich vor allen zum Affen gemacht, wenn ich als Simons Freundin vorgestellt worden wäre. Wahrscheinlich hätte man hinter meinem Rücken getuschelt, während ich ahnungslos an einem Cocktail nippte.

»Lassen Sie mich vorbei«, sagte ich, als die Haushälterin mich anstarrte, als wüsste sie nicht, was sie jetzt tun sollte. Sicherlich war sie es gewohnt, ungebetene Gäste loszuwerden. Aber anstatt nun ihre Pflicht zu tun, trat sie wortlos zur Seite.

»Das musste ja mal kommen«, murmelte sie und machte eine Geste ins Haus. »Aber wenn Sie gefragt werden, war nicht *ich* es, die Sie reingelassen hat. *Sie* haben sich an mir vorbeigedrängt und ich wollte Sie aufhalten.«

Einen Moment war ich so verblüfft, dass ich vergaß, mich zu bewegen, aber dann beteuerte ich eifrig: »Natürlich! Ich hab Sie überrumpelt, Miranda. Vielen Dank!«

Miranda nickte mit verhaltenem Lächeln, als hätte sie eine heimliche Freude an dem, was gleich passieren würde.

»Sie sind im Esszimmer!«, verriet sie mir mit einem Zwinkern.

Ich rannte die Treppe hinauf.

Schon von Weitem konnte ich das Klappern von Geschirr hören und das gekünstelte Lachen einer hohen Frauenstimme. Ohne nachzudenken machte ich die Tür auf und platzte in den Raum hinein. Das Bild, was sich mir bot, hätte nicht klischeehafter sein können. Dort saßen sie, an einem viel zu großen Tisch mit viel zu viel Besteck und übertrieben bestickten Stoffservietten.

»Dina!«, rief Simon verblüfft, als ich in blinder Wut auf ihn zustapfte, und wollte sich den Mund abtupfen, doch ich riss ihm die Serviette weg.

»Was?«, stammelte er, doch da hob ich auch schon seinen Teller und goss den Inhalt über ihm aus.

Die Frau am anderen Ende des Tisches schrie entsetzt auf und schlug sich die Hand vor den Mund: »Um Himmels willen!«

Simon, stand vor Schreck der Mund offen und für ein paar groteske Sekunden hörte man nichts als das Geklimper von Klavier aus der Stereoanlage.

»Du mieser Betrüger! Du triffst dich hinter meinem Rücken mit einer anderen, hast neben mir noch eine zweite Freundin! Und dann besitzt du die Frechheit, mir ins Gesicht zu lügen, du Hund!«

Ich packte sein halb gefülltes Glas und nun kam plötzlich Leben in ihn. Er sprang auf und hielt den Stuhl vor sich, um sich gegen meine nächste Attacke zu schützen.

»Tu doch irgendjemand was!«, zeterte seine Mutter und rüttelte an der Schulter ihres Mannes, der jedoch stocksteif dasaß, als wäre er festgefroren. »Diese Frau greift meinen Sohn an! Richard!«

»Schatz!«, flehte Simon mit erhobenen Händen, als er sich den Tisch hinunter rettete, »lass mich doch erklären!«

»Es hat sich ausgeschatzt!«, schrie ich, stellte das Glas ab und packte den Brotkorb. Simon duckte sich, als ich eine Semmel nach ihm warf, und stolperte um das Tischende herum, dabei blieb er am Tischtuch hängen und das Geschirr kippte mit lautem Scheppern über den Rand. Seine Mutter hechtete über den Tisch, um eine Vase zu retten.

»Mein Geschirr!«, schrie sie, »mein teures Geschirr! Hören Sie auf!«, kreischte sie und fuchtelte mit dem Finger in meine Richtung, doch ich warf nur den Brotkorb zurück auf den Tisch und lehnte mich zu ihr vor:

»Sie haben einen verkommenen Wicht von einem Sohn großgezogen! An Ihrer Stelle würd ich mir über etwas ganz anderes Sorgen machen als das bisschen Meißner Porzellan!« Und dann wandte ich mich an meinen Feigling von Ex-Freund, der es wagte, sich vorsichtig aufzurichten. »Wie konntest du mich so verarschen?!«

Doch bevor er etwas sagen konnte, hob ich drohend eine Gabel, die als letzte auf dem Tisch geblieben war. Sofort duckte er sich aus Angst, ich würde sie ihm in den Kopf rammen. Aber ich schnaubte nur und sie fallen, worauf seine Mutter erleichtert aufatmete.

Ich warf ihr einen verächtlichen Blick zu, froh, dass ich diese Menschen niemals hatte näher kennenlernen müssen. Die Tür krachte hinter mir zu und als ich die Treppe hinunter lief, sah ich schon von Weitem Mirandas zufriedenes Gesicht. Ein Wunder, dass sie nicht direkt vor dem Esszimmer gestanden und gelauscht hatte. Ich konnte nicht umhin, ihr Lächeln zittrig zu erwidern. Als ich hörte, wie oben die Tür aufgerissen wurde, beschleunigte ich meine Schritte.

»Warte doch!«, rief mir Simon hinterher, aber ich warf nur einen kurzen Blick zurück. Die Soße tropfte ihm vom

Kinn und er war voller Krümel und Essensreste, aber das kümmerte mich nicht. Ich sah in ihm nur noch den schmierigen Wurm, der er war, und ich würde den Teufel tun, und ihm auch nur eine Sekunde länger zuhören.

»Du bist diejenige, die ich wirklich liebe! Nur du!«, hörte ich ihn keuchen, als Miranda mir in bühnenreifer Manier die Tür öffnete. Ich schaute nicht mehr zurück, sondern rauschte mit hoch erhobenem Kopf an ihr vorbei und aus dem Haus. Einen Moment später klickte die Tür hinter mir und ich blieb aufgewühlt stehen, um Luft zu holen.

Simon würde mir nicht nach draußen folgen. Sein Image war ihm viel zu wichtig und er wollte bestimmt nicht, dass seine Nachbarn sahen, wie er mit Essensresten besudelt vor einem Mädchen auf den Knien herumrutschte und zu Kreuze kroch. Beherrscht ging ich die Auffahrt hinunter, doch mein Herz klopfte noch immer so schnell und laut, dass ich bald in einen Laufschritt verfiel und als ich das Tor passiert hatte, fing ich schließlich an zu rennen.

Ich wusste nicht, wie lange ich gerannt war, aber irgendwann kam ich im Park an und blieb keuchend und erschöpft unter einer großen Buche stehen. Ich ließ mich auf den hart gefrorenen Boden sinken, um zu verschnaufen. Meine Seiten stachen und der Schweiß stand mir auf der Stirn.

Ich zog den Schal aus und am liebsten hätte ich auch die Jacke von mir geworfen, aber ich besaß genug Verstand, dies nicht zu tun. Ausgelaugt ließ ich mich zurück gegen den Stamm sinken und schaute hinauf in die kahlen Äste. Dann schüttelte mich auf einmal ein Schluchzen und gleichzeitig entkam mir ein ungläubiges Lachen. Halb weinend und halb kichernd saß ich dort, viel zu erstaunt über mich selbst, als dass ich mich fassen konnte.

»Ich bin *verrückt*«, murmelte ich. »Total verrückt.«

Es dauerte lange, bis ich mich wieder beruhigte, und letztlich war es wohl die Kälte, die mich zu mir kommen ließ. Meine Nase war eiskalt und ich spürte meinen Hintern schon fast nicht mehr. Ich stand auf, um mir mit steifen Händen den Schal wieder um den Hals zu schlingen, und klopfte mir den Dreck von der Jeans. Dann starrte ich auf die Rinde des Baumes vor mir und überlegte, ob ich nicht noch ein paar Runden durch den Park gehen sollte.

Doch ich kam gar nicht zu einer Entscheidung, denn in diesem Moment surrte mein Telefon und ich erinnerte mich an meine beste Freundin, die bestimmt auf glühenden Kohlen saß.

Ich wählte ihre Nummer und sie hob beim ersten Klingeln ab.

»Wo hast du gesteckt?!«, fragte sie.

Ich wollte ihr eine beruhigende Antwort geben, aber als ich ihre Stimme hörte, entfuhr mir stattdessen ein gequälter Laut und auf einmal schluchzte ich erneut. Dabei tat es nicht mal weh, dass ich nun getrennt war, oder vielleicht war ich auch noch zu betäubt von den Ereignissen. Aber was ich wirklich spürte, war Scham. Scham und Wut.

Darüber, wie man mich für dumm verkauft hatte und darüber, wie das kleine Mädchen in mir, das sich von klein auf nichts mehr gewünscht hatte, als geliebt zu werden, so hatte betrogen werden können.

Ich war nicht die Prinzessin. Er nicht der Prinz. So viel zum perfekten Paar.

»Ich bring ihn um!«, hörte ich Sara fauchen und ein weiteres Schluchzen bahnte sich den Weg durch meine Kehle. Sara begann mich auszufragen und als ich mich gesammelt hatte, berichtete ich ihr von meiner Entdeckung. Danach fühlte ich mich leer und ausgelaugt, aber auch seltsam zufrieden, und als ich Sara von der Aktion im Esszimmer der Darcys berichtete, quiekte sie vor Lachen so lange, bis auch ich nicht anders konnte, als die komische Seite darin zu sehen, und am Ende hielten wir uns beide die Bäuche und prusteten was das Zeug hielt.

Als ich einige Zeit später aus dem Bus stieg, fühlte ich mich, als hätte man eine schwere Last von meinen Schultern genommen. Es hatte zu nieseln begonnen und die Luft roch rein und war erfrischend.

»Und diese Vanessa ist wirklich so hübsch?«, fragte Sara.

»Ja, ist sie«, murmelte ich. Die Schwarzhaarige war wirklich eine Schönheit, aber das konnte mir egal sein, schließlich konkurrierte ich nicht mit ihr. »Sie kann diesen Idioten haben, denn ich würd ihn für alles Geld der Welt nicht zurücknehmen«, knurrte ich.

»Ich kann mir nicht denken, dass sie ihn noch haben möchte, wenn du ihr erst alles erzählst«, warf Sara ein, »du wirst es ihr doch erzählen, oder?«

»Natürlich! Für wen hältst du mich?« Diese Vanessa konnte hochnäsig sein, so viel sie wollte, ich würde sie sicherlich nicht im Dunkeln lassen, wenn ich es verhindern konnte. Ich hätte mir an ihrer Stelle auch gewünscht, dass mich aufklärte. Egal, wie sie mich angegangen war, sie verdiente es nicht, dass man sie weiter belog.

»Hat dieser Typ eigentlich ernsthaft gedacht, dass es keine von euch es herausfinden würde?«, sinnierte Sara und ich zuckte mit den Schultern und öffnete das Gartentor. Mittlerweile war ich bis nach Hause gelaufen und nun musste ich nur noch an meiner Mutter vorbei kommen. Sie sah mir immer an, wenn ich mich aufgeregt hatte. Das war wohl so etwas wie ein sechster Sinn, den Mütter einfach besaßen.

»Wahrscheinlich ist ihm bisher einfach niemand auf die Schliche gekommen, weil er seine Lügen so geschickt gesponnen hat. Jetzt wird mir jedenfalls klar, wieso er in der Öffentlichkeit so zurückhaltend war, wenn's drum ging, meine Hand zu halten.«

Ich öffnete die Tür und streifte meine Sachen ab.

Sara schnaubte: »Wenn du mich fragst, hätte er sich überhaupt keine Mühe geben müssen, er hat so einen aalglatten Charakter und ist für alle nur der perfekte Anwaltssohn. Wer käme da schon auf die Idee, er könnte so ein gemeiner Hund sein? Sogar ich dachte, er wäre einfach nur ein Schleimbeutel!«

Ich seufzte leise, als ich die Treppe hinauf in mein Zimmer schlich. Die Regentropfen trommelten mittlerweile an die Scheibe und ich schloss das gekippte Fenster. Was Sara sagte, stimmte. Wer hatte sich bisher auch nicht von seiner Fassade blenden lassen, so wie ich und der Rest der Schule?

Für einen Moment legte ich das Telefon ab und schnappte mir einen Cardigan, um mich damit auf meinen Sessel zu werfen. Doch plötzlich durchfuhr mich ein Gedanke, der mich erstarren ließ.

Ich kannte jemanden, der sich nicht hatte blenden lassen. Der Simon scheinbar besser kannte als irgendjemand sonst, weil er mit ihm in seiner Kindheit befreundet gewesen war.

Alexej.

Und dann kam mir etwas in den Sinn, über das ich bisher nie mehr nachgedacht hatte. Ich dachte zurück an jenen Tag vor vielen Wochen, als ich in einer Pause nach meinem Freund gesucht hatte und zufällig im Jungenklo gelandet war.

An diesem Tag, an dem alles ins Rollen gekommen war, weil ich ein Gespräch belauscht hatte, das nicht für meine Ohren bestimmt gewesen war.

Oh mein Gott!

Du wirst dich von ihr fernhalten.

Ich vernahm die Worte so deutlich in meinem Gedächtnis, als hätte ich sie eben erst gehört. Alexej, der meinem Freund drohte.

»Hallo?«, hörte ich Saras verzerrte Stimme durch mein Handy und ich stützte mich auf meinem Sessel ab, als mir das Ausmaß der Katastrophe langsam bewusst wurde und sich ein Gedanke an den nächsten reihte.

Alexej hatte es gewusst.

Wie sonst konnte es sein? Wie passte sonst alles zusammen?

Ich war davon ausgegangen, dass er beim belauschten Gespräch im Klo von mir gesprochen hatte. Aber wer wäre auch auf die Idee gekommen, dass jemand anderes gemeint sein könnte?! Ich hatte angenommen, der Russe wollte meine Beziehung zerstören. Jetzt wurde mir alles klar.

Ich verstand, wieso Alexej keinen Versuch unternommen hatte, mich für sich zu gewinnen oder schlecht über Simon zu reden. Er hatte keine einzige Gelegenheit wahrgenommen, seine Drohung umzusetzen, weil sie gar nicht gegen mich gerichtet gewesen war.

Er wollte damit ganz einfach nur Vanessa schützen.

Ein fieses Stechen machte sich in meinem Magen breit und ich bemerkte, dass es Eifersucht war, die mich überkam. Ich biss mir auf die Unterlippe. Der Tag kann mir in den Sinn, an dem Simon mit Rosen vor meiner Tür gestanden hatte und wie er im Gespräch dann auf einmal leichenblass wurde.

Er musste geglaubt haben, dass ich sein Geheimnis gelüftet hätte. Aber dann war das Gespräch in eine völlig andere Richtung verlaufen und ich konnte mich nicht erinnern, wieso.

Was um alles in der Welt hatte ich damals nur gesagt, um diese Wendung herbeizuführen?

Ich zerbrach mir den Kopf, aber es fiel mir einfach nicht mehr ein.

Stattdessen wanderten meine Gedanken wieder zurück zu Alexej. Ich dachte an den Abend auf dem Spielplatz und an seinen Versuch, mich zum Bleiben zu bewegen. Ich Trottel hatte tatsächlich angenommen, er wollte mehr Zeit mit mir verbringen. Hatte er versucht, es mir zu sagen? Wollte er dem Spiel ein Ende setzen und mich aufklären? Hatte er etwa Mitleid mit dem Mädchen gehabt, das sich von ihrem Freund nach Strich und Faden verarschen ließ?!

Hatte er vielleicht schon länger mit dem Gedanken gespielt und mich möglicherweise deswegen in der Schule gemieden, weil er sich nicht einmischen wollte? Und wenn er mich absichtlich ignoriert hatte, waren ihm vielleicht auch meine heimlichen Blicke aufgefallen?

Ich schlug die Hände vors Gesicht, denn das Grauen nahm einfach kein Ende. Anstatt ihn ausreden zu lassen, hatte ich ihm an den Kopf geworfen, dass ich bereits alles wisse.

»Oh nein.« Ich ließ mich auf das Polster sinken. Ich hatte ihm erklärt, dass man sich nicht aussuchen könne, in wen man sich verliebe. Er musste angenommen haben, dass ich von der Dreiecksbeziehung wusste und Simons zweite Freundin akzeptierte, damit er mich nicht verließe.

Bei dem Gedanken wurde mir schlecht.

»Verdammt, Dina!«

Sara kreischte so laut, dass ich zusammenzuckte.

Mit wackeligen Beinen stand ich auf und angelte nach dem Telefon.

»Sara!«, flüsterte ich ins Handy, als ich es an mein Ohr hielt.

»Was zum Kuckuck ist bei dir los?!«, fragte sie außer sich, »hast du in der Zwischenzeit noch eine dritte Freundin entdeckt?!«

Sie klang halb wütend, halb belustigt, aber mir war das Lachen gründlich vergangen.

»Was ist? «, sagte sie alarmiert, als ich nicht reagierte. »Ist dir nicht gut?«

Nein, dachte ich. Überhaupt nicht.

Mir war übel.

Kotzübel.

Kapitel 15 – Wer nicht mehr irrt

Ich benötigte Zeit, viel Zeit, um nachzudenken.

Der Mond schien hell durchs Fenster auf mein Bett und verschwand im nächsten Moment wieder hinter einer Wolkendecke, denn der Wind hatte aufgefrischt und heulte ums Haus.

Ich lauschte dem Toben für eine Weile, doch es schien, als könnte nichts meine innere Unruhe übertönen und mich endlich dazu bringen, einzuschlafen. Im Haus war es längst ruhig geworden und wenn ich angestrengt lauschte, dann konnte ich sogar das Schnarchen meines Vaters hören.

Auf einmal wünschte ich mir, meine Eltern wären noch wach, sodass ich in die Küche laufen und mir einen Tee machen könnte. Dann würde meine Mutter fragen, wie mein Tag gewesen sei und ich könnte ihr mein Herz ausschütten. Beim Abendessen hatte ich das nicht geschafft und das, obwohl ich noch Minuten zuvor gequasselt hatte wie ein Wasserfall, sodass Sara überhaupt nichts verstanden hatte. Als dann meine Mutter mahnend an die Zimmertür klopfte und rief, dass ich endlich essen kommen sollte, hatte sie mir eilig versprochen, am nächsten Morgen vorbei zu kommen, damit ich ihr erklären konnte, wovon ich eigentlich redete.

Nun, da ich mit mir selbst allein war, wünschte ich mir, ich hätte meine Eltern eingeweiht. Stattdessen hatte ich ihre bedeutungsvollen Seitenblicke ignoriert und wortlos in meinen Erbsen gestochert. Dabei wünschte ich mir, jemand könnte mir helfen, meine Gedanken zu ordnen.

Aber vielleicht war es besser so, wie es jetzt war.

Ein Teil von mir fürchtete sich nämlich vor ihrer Reaktion. Nicht, dass ich Angst hatte, sie würden bei den Darcys anrufen und eine Szene machen – obwohl das durchaus im Bereich des Möglichen lag –, sondern weil ich wusste, dass es sie kalt erwischen würde. Und dabei machte ich mir am ehesten um meinen Vater Sorgen. Sportbegeistert, wie er war, hatte er in mir nie jemanden gehabt, der mit ihm einen ganzen Nachmittag vor dem Fernseher saß und sich mit ihm aufregte und mit Simon hatte er jemanden gewonnen, der sich Ewigkeiten mit ihm unterhalten konnte. Ich musste zugeben, so selbstsüchtig Simon auch war, ich hatte nie daran gezweifelt, dass seine freundschaftliche Haltung gegenüber meinen Eltern aufrichtig war.

Aber wenn ich ehrlich sein sollte, dann war dies nur ein kleiner Teil dessen, was mich zurückhielt. Sie würden überrascht und enttäuscht sein, aber die Sache war schon aus den Fugen geraten und nun war eh nichts mehr zu retten. Das weitaus größere Problem war das Stechen in meinem Herzen, das nicht nachlassen wollte und mich fertig machte. Wie sollte ich mein Innerstes preisgeben, wenn ich Angst davor hatte, was herauskommen würde?

Ja, ich schämte mich. Ich schämte mich, weil ich das Ende meiner Beziehung etwas zu gut aufnahm für jemanden, dem eigentlich gerade das Herz gebrochen worden war. Nachdem meine erste Wut verraucht war, fühlte sich die Gewissheit, dass ich nie wieder mit Simon zusammen sein wollte, nämlich nur ernüchternd an und überhaupt nicht so, als würde die Welt untergehen.

Anstatt mich unter meiner Decke zu verkriechen und haufenweise Schokolade in mich reinzustopfen, während ich alte Fotos durchschaute und alle paar Minuten in hysterische Heulanfälle ausbrach, fühlte ich nur Frust darüber, dass ich dieses miese Spiel nicht schon früher aufgedeckt hatte.

Frust und auch Verlegenheit, weil ich neben meinem ganzen Ärger über Simon auch ständig daran denken musste, dass Alexej bei unserem Gespräch etwas völlig anderes verstanden hatte, als ich eigentlich sagen wollte. Und das löste eine Unruhe in mir aus, die mich nicht mehr losließ. Es war ein Gefühl, das jedes andere übertünchte und keine Rücksicht auf Schamgefühle oder den Anstand nahm, dass man als frisch getrenntes Mädchen nicht über einen anderen Typen nachdenken sollte.

Ich war nur froh, dass Sara nicht begriffen hatte, was wirklich mit mir los war. Ich befürchtete nämlich, dass sie nachgehakt hätte, bis ich am Ende mit der Sprache herausrückte und es war schon schlimm genug, dass ich nicht einmal in Gedanken ordentlich um meine zerstörte Beziehung trauerte.

Aber ich konnte die Gedanken einfach nicht abschalten. Ich wollte Alexej so gerne erklären, was ich in Wirklichkeit gemeint hatte und ich überlegte mir, wie ich auf ihn zugehen sollte. Am liebsten hätte ich mir mein Telefon geschnappt und bei ihm angerufen, aber ich hatte seine Nummer nicht. Und selbst wenn ich sie gehabt hätte wusste ich, dass er nur fragen würde, was zur Hölle ich morgens um zwei Uhr von ihm wollte.

Die Vorstellung, wie er verschlafen aus dem Bett kroch und ans Handy ging, um den Anrufer anzuschnauzen und schließlich wieder aufzulegen, machte mich verlegen. Ich stellte mir vor, wie er mit zerwühlten Haaren und verknittertem Shirt einen tödlichen Blick auf das Display warf und knurrte. Vielleicht trug er ja nicht mal ein Shirt. Vielleicht ...

Oh Gott, das war nicht gut für meine Nerven!

Wie seine Stimme wohl klang, wenn er gerade aufgewacht war?

Ich versuchte, die Bilder zu vertreiben, aber es ging nicht. Ständig sah ich sein breites Grinsen vor mir und als ich daran dachte, wie er mich neulich gepackt und auf einen der Tische gesetzt hatte, begann mein Gesicht förmlich zu glühen. Es war mir fast, als würde ich seine Hände wieder an meinem Körper spüren und ich zog die Decke über meinen Kopf.

Aber bald bekam ich in meinem Kokon keine Luft mehr und so seufzte ich tief und schwang mich aus meinem Bett. Ich schnappte mir zuerst ein Buch, doch auch das lenkte mich nicht ab und so setzte ich mich am Ende an meinen Schreibtisch und begann Hausaufgaben zu machen.

Mitten in der Nacht.

Ich erwachte, als ich gedämpfte Stimmen hörte.

Mit einem Ächzen hob ich meinen Kopf und stellte fest, dass ich am Schreibtisch eingenickt war. Ein Post-it klebte an meiner Wange und ich spürte, dass mein Gesicht zerknautscht war. Grummelnd rieb ich meine Augen, unter denen sich bestimmt dunkle Ringe abzeichneten, als meine Zimmertür aufging und Sara herein kam.

»Oh«, sagte sie und blieb stehen, sodass der Stapel an DVDs in ihren Armen gefährlich schwankte. »Du siehst ja grauenvoll aus.«

»Na, vielen Dank«, krächzte ich.

»Hast du überhaupt geschlafen?«, fragte sie.

»Ein bisschen.«

»Das tut mir wahnsinnig leid. Du weißt, er und ich waren nie wirklich Freunde, aber Scheiße ist es trotzdem.«

Sie musterte mich mitfühlend, doch unter ihrem Blick wurde ich wieder knallrot, weil ich an gestern Abend dachte, und ich war mir sicher, dass es mir ins Gesicht geschrieben stand, was der wirkliche Grund für meine Schlaflosigkeit war.

»Was?«, fragte Sara.

»Gar nichts!«, wiegelte ich ab.

»Von wegen gar nichts. Du schaust so komisch! Habe ich etwas Falsches gesagt?«

»Nein, hast du nicht«, versicherte ich.

»Aber irgendetwas ist doch! Hat es etwas mit deinem Gefasel gestern zu tun?«

Ertappt zuckte ich zusammen und schlug die Augen nieder.

»Wieso wirst du so rot?«, bohrte sie weiter.

»Ich werde überhaupt nicht rot!«, log ich.

»Dina, wenn ich es nicht besser wüsste, würde ich sagen, dass dir etwas peinlich ist! Also raus mit der Sprache! Wovon hast du gestern geredet und wieso machst du gerade einer Ampel Konkurrenz?«

Und dann drückte sie mich nieder und zog einen anderen Stuhl heran, während sie mich fixierte, sodass ich mich unter ihrem Blick wand, weil ich wusste, dass sie mich ausquetschen würde wie eine reife Zitrone. Also gab ich nach und erzählte ihr, was ich ihr bisher verschwiegen hatte. Als ich ihr am Ende davon berichtete, wie mein Besuch bei Alexej zu Hause verlaufen war, lehnte sie sich ungläubig zurück.

»Und jetzt hasst er mich«, schloss ich. Ich ließ die Schultern hängen und erwartete ihr Urteil, doch dieses kam nicht. Ganz entgegen meiner Erwartung schwieg Sara für eine ganze Weile. Sie hatte einen merkwürdigen Ausdruck im Gesicht. »Das ist ja mal ne schöne Scheiße.«

Ich seufzte und dann schwiegen wir beide und hingen unseren Gedanken nach.

»Bin ich ein schlechter Mensch?«, fragte ich irgendwann leise.

Sara schenkte mir einen langen Blick, dann sagte sie: »Nein.«

»Sicher?«, hakte ich nach, »es fühlt sich nämlich so an.«

Sara schüttelte den Kopf.

»Ich schätze, du musst einfach klären, was du fühlst. Versteh mich nicht falsch«, fügte sie an, »ich bin die Erste, die dich beglückwünscht, wenn du sämtliche Gedanken an diesen Simpelton von Simon hinter dir lässt, aber ich mache mir auch so meine Gedanken.«

»Was für welche?«

»Na ja«, druckste sie herum. »Ich meine, Alexej? Unruhestifter und Schulschläger Alexej? Ist es nicht seltsam, dass seine Meinung hier überhaupt zur Sprache kommt?«

Diesmal war es an mir, den Kopf zu schütteln. Ich fand zwar keine rechten Worte dafür, aber Sara kannte ihn noch weniger als ich. Alles, was sie über ihn wusste, war der schlechte Ruf, der ihm vorauseilte, seine wortkarge Art im Unterricht und wie die Schüler Platz machten, wenn er auf sie zukam. Und nun natürlich noch das, was ich ihr erzählt hatte.

Zugegeben, diese beiden Porträts malten ein völlig unterschiedliches Bild, aber Alexej war nicht nur das eine oder andere. Er war beides. Ich wusste, dass ich damals falsch gelegen hatte, als ich mir einbildete, ich hätte einen Einblick in seine Welt erhalten und würde ihn etwas besser kennen. Alexej schien nicht der Typ Mensch zu sein, den man kennenlernen konnte, wenn man nicht zu dem kleinen Kreis an Leuten gehörte, die er in sein Leben ließ. Oder hatte man ihn je frei heraus lachen sehen, wenn er in der Schule war? Nein.

Dort zeigte er jedem die kalte Schulter. Aber was, wenn man zu den Leuten gehörte, die er mochte? Ich ertappte mich dabei, wie ich mir wünschte, er würde mich zu dieser Gruppe zählen, denn dann könnte ich ihn dazu bringen, mir von seiner Welt zu erzählen und ich könnte ohne Risiko und so oft ich wollte dieses Lachen provozieren.

Wieder tauchte vor meinem inneren Auge das Bild von Alexej auf, wie er auf den Holzspänen saß und seine Schwestern nach Strich und Faden verarschte.

»Oh mein Gott«, hörte ich Sara plötzlich sagen, wobei sie jedes Wort einzeln betonte.

»Was?«, fragte ich, noch nicht ganz zurück in der Realität, doch da hatte Sara schon den Spiegel von meiner Kommode geschnappt und hielt ihn mir ins Gesicht.

»Hier!«

Verwundert blickte ich hinein und betrachtet mich selbst. Meine Wangen waren vor Aufregung gerötet, und ein Funkeln hatte sich in meine Augen geschlichen, sodass diese geradezu leuchteten. Auf meinen Lippen lag ein seltsam verträumtes Lächeln, das nur langsam von einem unsicheren Zug abgelöst wurde.

Und in diesem Moment erkannte ich, was ich bisher nicht wahrhaben wollte.

Ich, Dina Warner, war rettungslos und bis über beide Ohren verliebt.

Und ich, Dina Warner, war ja so was von erledigt.

Kapitel 16 – Eine klatschnasse Rettungsaktion

Ich war nie jemand gewesen, der den Montagmorgen in einem besonderen Maß hasste. Auch wenn ich es furchtbar fand, mich aus dem Bett zu quälen und vom Wochenende zu verabschieden. Aber heute hatte ich wirklich jeden Grund, diesen Tag zu verfluchen.

Heute musste ich mich nicht nur meiner ersten Begegnung mit Simon nach dem großen Krach stellen, sondern auch der Tatsache, dass ich verliebt war in jemanden, der mich nicht mochte und dem ich zweifelsohne über den Weg laufen würde. Wie sollte ich nur reagieren, wenn er den Blick auf mich richtete? Zur Salzsäule erstarren und etwas stammeln?

Er dachte eh schon, dass ich nicht alle Tassen im Schrank hatte. Ich hoffte nur so sehr, dass ich mich nicht blamieren würde. Sara hingegen schien da anderer Meinung zu sein. Sie hatte wohl das Gefühl, ich könnte in dieser Angelegenheit nur verlieren. Entweder Alexej würde mir das Herz brechen, wenn er mich ignorierte, oder er würde meinen Ruf ruinieren, wenn wir uns tatsächlich näher kämen.

Als würde er sich jemals für mich interessieren. Ich wusste ja noch nicht mal, ob ich bereit für dieses Gefühlschaos war. So etwas hatte ich bei Simon nie erlebt.

»Weißt du noch, wie Simon damals an unseren Tisch gekommen ist und mit uns essen wollte?«, kam mir Saras gestrige Frage in den Sinn.

Natürlich wusste ich es noch.

»Und weißt du auch noch, wie du mit ihm zusammengekommen bist?«

Auch das bejahte ich. »Worauf willst du hinaus?«

»Du hast ihn angehimmelt«, sagte sie, was mich nachdenklich stimmte. »Weißt du, ehrlich gesagt denke ich, dass du eher geschmeichelt warst als verliebt. Es war einer der Gründe, weshalb ich ihn von Anfang an nicht Recht leiden konnte. Du hattest weder Schmetterlinge im Bauch noch hast du von ihm geschwärmt, du warst einfach gebauchpinselt, dass jemand dir so den Hof gemacht hat.«

Ich seufzte. Das war auch so etwas, worüber ich mir den Kopf zermartern konnte. Wieder mal hatte ich nicht viel geschlafen und entsprechend sah ich aus. Ich trottete über den Flur, überhaupt nicht in Stimmung, zur Schule zu gehen, und so trödelte ich schließlich im Bad herum und aß mein Frühstück so langsam, dass ich mir damit selbst auf die Nerven ging.

Meine Mutter kam ins Wohnzimmer und schaute auf die Uhr an der Wand.

»Liebling, es ist schon nach acht!«

Verdutzt blickte ich auf und musste ihr Recht geben. Ich hatte nicht nur den Bus verpasst, sondern mittlerweile auch den Beginn des Unterrichts.

»Du bist zu spät!«, eröffnete sie mir das Offensichtliche.

»Ja«, verteidigte ich mich. »Ich weiß, aber ich hab Kopfschmerzen und na ja, ich dachte …«

»Du dachtest?«, sagte sie stemmte eine Hand in die Hüfte.

»Vielleicht bleib ich heute einmal hier«, fuhr ich fort, bevor sie einen Einwand erheben konnte, »und falle somit das erste Mal in drei Jahren im Unterricht aus.«

Dieser Einwand schien sie nicht damit zu versöhnen, dass ich schwänzte, aber es reichte aus, um sie milder zu stimmen. Sie nickte und packte ihre Tasche und verschwand in der Küche, wo sie den Wasserkocher einschaltete.

»Von mir aus«, rief sie, »aber ich hoffe, dass du triftige Gründe hast und morgen wieder auf dem Damm bist!«

»Werde ich«, sagte ich lahm.

Dann trottete ich zurück in mein Zimmer und legte unterwegs den Hörer unseres Haustelefons zurück auf die Gabel. Ich hatte ihn gestern daneben gelegt, weil ich befürchtete, Simon könnte anrufen. Auch mein Handy hatte ich die ganze Nacht ausgeschaltet gelassen. Nun holte ich es aus der Nachttischschublade, während ich mich ungeschickt in meine Tagesdecke wickelte. Als ich es einschaltete, zuckte ich erschrocken zusammen, denn es begann gleich zu klingeln.

Als ich sah, dass es Sara war, rang ich mit mir, ob ich abheben sollte, weil sie mich sicher dafür schelten wollte, dass ich nicht in die Schule gekommen war. Sie hatte mir mehrfach eingebläut, dass ich mich ja nicht drücken sollte, sondern auf das Problem zugehen und mich ihm stellen musste. Zähneknirschend hob ich ab.

»Dina! Gott sei Dank!« Ihre Stimme klang verstört und ich setzte mich sofort aufrecht hin.

»Du musst sofort in die Schule kommen! Die werfen Alexej raus!«

Wie bitte?! Mein Herz begann zu klopfen.

»Was, Sara?! Wovon redest du?«

»Ich weiß nicht, was genau passiert ist, aber Simon hat etwas geschrien von wegen Alexej hätte dich gegen ihn aufgehetzt! Die ganze Schule redet davon!«

»Waaas?«, schrie ich. Ich war schon halb aufgestanden und verhedderte mich prompt, sodass ich bäuchlings vom Bett fiel. Hastig befreite ich mich und drückte auf Lautsprecher, während ich nach Klamotten suchte.

»Ich hab's gesehen, dieser miese Kerl hat etwas in den Brunnen geworfen und dann ist Alexej total ausgerastet! Aber Simon erzählt hier was völlig anderes, und ich weiß nicht, wieso Alexej ihm nicht widerspricht!«

»In den Brunnen geworfen?«, wiederholte ich, auf einem Fuß hüpfend, als ich in die erstbeste Hose schlüpfte, die ich in die Finger bekam.

»Ja«, bestätigte sie. »ich weiß aber nicht was. Ich bin jetzt im Wartezimmer, weil ich zurück in die Klasse soll, aber ich lausch hier wie verrückt an der Tür und die Sekretärin guckt schon ganz komisch. Bitte komm schnell!«

Ich schnappte mir meine Tasche und warf sie mir über die Schultern.

»Bin gleich da!«, rief ich, bevor ich auflegte und die Treppe hinunter stürmte. Mein ganzes Selbstmitleid war verschwunden und ich wurde von einem zentralen Gedanken beherrscht: Alexej durfte kein Schaden zugefügt werden!

»Dina? Wo willst du hin? Geht es dir besser?!«, rief meine Mutter mir hinterher. Ich streifte mir so schnell wie möglich meine Schuhe über und lief dann zurück ins Wohnzimmer, wo sie gerade das Bügelbrett aufstellte.

»Was ist los?«, fragte sie halb lachend, halb stirnrunzelnd. »Du hat zwei verschiedene Schuhe an!«

Oh, tatsächlich.

»Kannst du mich zur Schule fahren?«, fragte ich und machte schon wieder Kehrtwende, blieb aber im Türrahmen stehen, weil sie keine Antwort gab. Als ich mich umdrehte, fiel mir auf, dass sie nicht begeistert wirkte.

»Bitte, Mama!«, sagte ich, »ich muss da sofort hin!«

Noch immer schaute sie skeptisch und ich hielt es nicht länger aus.

»Dann nehme ich eben den Bus!«

Und schon war ich wieder im Flur. Aber bevor ich die Tür öffnete, hörte ich Schritte hinter mir und das Klimpern des Schlüssels.

»Ich fahr dich«, sagte meine Mutter, »aber erst kämmst du dir die Haare und ziehst deine Jacke richtig rum an.« Und mit einem Blick an mir hinunter fügte sie an: »Vielleicht überdenkst du deine gesamte Garderobe noch mal.«

Die ganze Fahrt über hibbelte ich auf meinem Sitz herum. Meine Mutter musterte mich aus dem Augenwinkel.

»Hör auf zu zappeln, du raubst mir den letzten Nerv!«

Ich riss mich zusammen, aber das Gedankenkarussell in meinem Kopf konnte ich nicht stoppen. War das Simons Rachefeldzug für die Trennung? Wie konnte er nach allem, was er getan hatte, noch so viel Niedertracht zeigen?

Dass Simon Alexej körperlichen Schaden zufügen könnte, hielt ich für ausgeschlossen. Aber die Darcys hatten Geld wie Heu und mir grauste davor, was passieren würde, wenn sie es gegen die Morosows einsetzten. Wenn Alexej von der Schule flog, dann würde er mit seiner Vorgeschichte an keinem anderen Ort mehr aufgenommen.

Und wenn ich daran dachte, wie die Schule sein würde, wenn er weg wäre ...

Nein, Alexej durfte nicht weggehen. Wie sollte ich je alles klären, wenn er weg war?

»Ich gehe nicht davon aus, dass es dein Pflichtgefühl ist, das dich nun doch noch in die Schule treibt?«, fragte meine Mutter, als wir schon fast dort waren.

Ich schüttelte nur den Kopf und biss mir auf die Lippe. Nicht mein Pflichtgefühl, eher mein schlechtes Gewissen, dass Alexej für etwas büßen sollte, an dem er keine Schuld trug. Er hatte mich nicht aufgehetzt, er hatte mir letztlich nicht mal mehr als einen Wink in die richtige Richtung gegeben und selbst das war schief gegangen.

Dachte Simon wirklich, *Alexej* hätte hier den Fehler gemacht?

Zum Glück ließ meine Mutter das Thema fallen. »Wenn ich irgendwie helfen kann, dann ruf mich an, okay?« Ich wusste, wie viel Kraft sie dieser Satz kostete, es war schwierig für sie, mich in einer Situation allein zu lassen, in der sie fürchten musste, dass ich unter die Räder käme.

Seit langer Zeit war dies der erste Vertrauensbeweis, den sie mir gegenüber erbrachte. Das erste Mal, dass sie glaubte, ich könnte mit einer Situation allein fertig werden und einschätzen, ob ich Hilfe bräuchte. Das rührte mich.

Ich öffnete die Tür, als sie auf dem Parkplatz hielt und stieg aus. Bevor ich sie wieder zuknallte, streckte ich den Kopf noch einmal in den Wagen.

»Danke«, sagte ich und meine Mutter lächelte.

Wenig später lief ich eilends die Treppe zur Schule hinauf und rannte über den Pausenplatz. Der Schulbrunnen war ziemlich groß und etwa einen Meter tief.

Es würde nicht mehr lange dauern, bis das Wasser abgedreht und das Becken für den Winter geleert werden würde, damit nicht alles zufror. Jetzt hingegen kräuselte sich die Oberfläche im leichten Wind und ich sah bereits von Weitem, dass etwas auf der Oberfläche schwamm, das aussah wie ein schwarzes Buch.

Ohne nachzudenken kniete ich mich auf den Rand und angelte danach, aber das Ding war zu weit weg. Ich drehte meinen Kopf und blickte an der Fensterfront der Schule hinauf. Dort oben saß Alexej jetzt beim Direktor und wenn ich etwas tun könnte, um ihm zu helfen, dann würde ich garantiert nicht zögern. Ich kickte meine Schuhe weg und zog die Socken aus. Ich wappnete mich innerlich gegen den Schock, aber nichts konnte mich auf die Eiseskälte vorbereiten, die mich erwartete, als ich über den Rand kletterte und ins Wasser stieg. Heilige Scheiße! Binnen Sekunden hatten sich meine Jeans vollgesogen und ich fing an zu bibbern. Aber ich watete tapfer bis zur Mitte und packte das Buch mit spitzen Fingern. Die Seiten wellten sich und ich gab Acht, es nicht noch weiter zu beschädigen. Wasser floss in Rinnsalen zurück in den Brunnen, als ich es vorsichtig zum Rand trug.

Aus dem Brunnen zu steigen, war fast noch schlimmer, als reinzugehen und als ich draußen war, zog ich mir schlotternd die Schuhe über. Es war Eile geboten, wenn ich Alexej helfen wollte. Aber als ich das Buch in meiner Hand so betrachtete, überkam mich mit einem Mal eine unsägliche Neugierde und nach ein paar Sekunden, in denen ich mit mir gehadert hatte, fasste ich mir ein Herz und öffnete es.

Ich musste aufpassen, weil die Seiten zusammenklebten, aber der Buchdeckel ließ sich relativ problemlos aufschlagen. Erstaunt blickte ich auf ein Foto hinunter, das auf der Innenseite festgeklebt war. Es war in eine Folie eingeschweißt, doch die Hülle war vom Alter porös geworden und das Wasser war eingedrungen. Eine Person war darauf abgebildet, aber das Bild war zerlaufen und ich konnte lediglich erkennen, dass es sich um eine Frau handeln musste.

Ich kniff die Augen zusammen. Sie hatte dunkle Augen und Haare. Ihr Lächeln war das Einzige, das nicht gänzlich verschwommen war. Es wirkte frech und kam mir seltsam vertraut vor, doch bevor ich genauer hinschauen konnte, kam auf einmal ein frischer Wind auf und meine Zähne begannen zu klappern.

Ich schlug das Buch zu und konnte plötzlich gar nicht schnell genug ins warme Gebäude kommen. Sofort machte ich mich auf den Weg zum Lehrertrakt und hinterließ dabei Wasserlachen auf den Fluren.

Beim Sekretariat angekommen, klopfte ich kurz an die Tür. Als ich eintrat, kam gerade eine Frau in ihren Mittvierzigern durch eine Seitentür in den Raum.

Sie hatte das dunkle Haar zu einem ordentlichen Dutt hochgesteckt und über ihrer blassgrauen Bluse, deren Knöpf sich über ihrem mächtigen Busen spannten, hing eine eckige Brille an einem violetten Perlenband. Sie rümpfte missbilligend die Nase über meine triefende Hose, setzte sich dann aber hinter den massiven Eichentisch und schnarrte: »Ja, bitte?«

Ich fasste mir ein Herz und hob das Kinn. Wollte mal sehen, ob mein Ruf als fleißige Schülerin nicht doch zu etwas anderem nütze war, als Karten in den Keller zu schleppen.

»Ich bin Dina Warner«, flötete ich in meinem besten Streberton. »Könnte ich wohl den Direktor sprechen? Es geht um eine dringliche Angelegenheit, die keinen Aufschub duldet.«

Meine gestelzte Rede unterstrich ich mit einem professionellen Lächeln.

Einen Moment schien sie irritiert, aber als sie mit ihren langen Fingernägeln auf der Tastatur ihres PCs herumgetippt hatte, erhellte sich ihr Gesicht. Bestimmt hatte sie meine Zensuren vor sich und überflog gerade den Vermerk meines Klassenlehrers, dass ich eine aufmerksame und intelligente Schülerin sei, die Freude am Lernen habe und eine Bereicherung für die Klasse sei.

Ja, ich weiß. So etwas ist grundsätzlich peinlich, aber eben auch ein wahrer Türöffner.

»Dina Warner«, sagte sie und lächelte, »leider ist der Direktor gerade sehr beschäftigt.«

»Es geht dabei um die Angelegenheit, die seine Zeit im Moment in Anspruch nimmt«, sagte ich mit fester, aber freundlicher Stimme. Ich wusste, dass sie den Direktor nie und nimmer unterbrechen würde, wenn ich nicht überzeugend wäre. Sie würde mich hier warten lassen, bis die Sache vorüber wäre und dann würde an seinen Entschluss nichts mehr zu rütteln sein.

Nein, ich musste ihm jetzt das Buch zeigen. Sara war mittlerweile zurück in ihre Klasse gegangen, aber sie hatte mir noch geschrieben, dass sie nichts von dem »Ding« gesagt hätte, das Simon in den Brunnen geworfen hatte, als sie befragt wurde.

Alexej hat mich angeschaut, als würde er mir den Hals umdrehen.

Für einen Moment hatte ich über diese Nachricht kichern müssen. Ausgerechnet die toughe Sara hatte sich einschüchtern lassen, aber man konnte es ihr nicht übel nehmen. Alexej hatte ein paar echt mörderische Blicke drauf und sie hatte noch nie seine andere Seite zu Gesicht bekommen. Mein Herz sank bei dem Gedanken, dass ich vermutlich selbst nicht mehr viel Zeit hatte, um mehr davon zu sehen.

Was hier passierte, war einfach nur schäbig.

»Nun«, sagte die Sekretärin, »ich will sehen, was sich tun lässt.«

Damit erhob sie sich und verschwand wieder durch die Seitentür.

Nervenzerreibende Minuten vergingen, bis sie wieder erschien und mir bedeutete, hineinzugehen. Mit wackeligen Beinen stand ich auf und trat in den Nebenraum.

Was ich sah, bereitete mir Magenschmerzen.

Alexej saß mit stoischer Miene auf einem Stuhl, direkt vor dem mächtigen Eichenpult des Direktors, der mich durch seine schmalen Brillengläser aufmerksam anblickte.

Direktor Perkins war ein älterer Mann mit grauen Haaren und faltigem Gesicht, aber seine hellen Augen blickten scharf in meine. Sein Anzug war sorgfältig gebügelt und die Krawatte passte zum Hemd, das darunter hervorschaute. Ein ernster Zug lag um seinen Mund.

»Dina Warner?«, fragte er, »was veranlasst Sie, diese Besprechung zu stören?«

Sein Tonfall war streng und meine Finger verkrampften sich.

»Ich dachte, ich könnte vielleicht helfen etwas Licht in die Sache zu bringen. Ich weiß ja nicht, was Simon Darcy Ihnen erzählt hat, aber vermutlich nicht ganz die Wahrheit.«

Nun schaute Alexej das erste Mal seit meinem Eintreten auf und sein Blick ging mir durch Mark und Bein. Er war verblüfft, als hätte er erwartet, ich hätte eine Schippe unter meiner Bluse versteckt, um ihm endgültig sein Grab zu schaufeln. Er hatte wirklich eine schlechte Meinung von mir, hielt mich vielleicht sogar für eine Mittäterin in dem, was hier passierte.

»Hallo«, murmelte ich, aber er antwortete nicht. Sein Blick war auf meine Hose gefallen und als er das Buch in meiner Hand sah, wandelte sich sein Ausdruck in puren Zorn.

Er sprang auf, wurde aber sofort von Herr Perkins gestoppt.

»Herr Morosow! Setzen Sie sich sofort wieder hin!« Dann wandte er sich wieder zu mir, nun einen besorgten Ausdruck auf dem Gesicht: »Sie überraschen mich, Dina, Sie sind doch hoffentlich nicht in den Brunnen gefallen?«

»Nein«, sagte ich und hob das Buch, »aber ich habe das hier aus dem Wasser gefischt.«

Ich wagte es nicht, in Alexejs Richtung zu blicken. Ich hörte, wie er schnaubte und schließlich knurrte: »Das geht dich nichts an, Barbie. Hör auf, dich einzumischen.«

Nun fuhr ich doch noch zu ihm herum und holte empört Luft.

»Es geht mich sehr wohl etwas an, denn Simon ist mein Ex-Freund und es ist meine Schuld, dass er sich so verhält.«

Meine Aussage traf ihn offensichtlich unvorbereitet, denn er schaute so verwirrt, als hätte man ihm gerade erklärt, dass die Erde eben doch eine Scheibe sei. Und ich konnte nicht umhin zu bemerken, dass ein unsicherer Alexej verdammt süß war.

»Ex-Freund?«, sagte er mit rauer Stimme.

Direktor Perkins Blick wanderte zwischen uns hin und her und dann schnalzte er mit der Zunge, sodass unsere Köpfe zu ihm ruckten. Neugierig hob er die Augenbrauen und klopfte mit dem Kugelschreiber in seiner Hand ein paar Mal auf den Schreibblock, der vor ihm lag. Dann sagte er: »Alexej, bitte warten Sie einen Moment draußen.«

Alexej erhob sich mit ausdrucksloser Miene.

Kaum war er draußen, erhob der Direktor wieder das Wort: »Sie wissen also, was vorgefallen ist?«

Er deutete auf den Stuhl, der nun frei geworden war. Zögerlich ließ ich mich hineinsinken.

»Herr Morosow hat bis jetzt kaum etwas gesagt«, eröffnete mir Herr Perkins. Diese Tatsache erstaunte mich nicht wirklich, erschien mir aber denkbar ungünstig in der aktuellen Lage.

»Was hat er denn gesagt?«, fragte ich vorsichtig, nicht sicher, ob er mir eine Auskunft darüber geben wollte oder durfte, aber er fuhr ohne Umschweife fort: »Er gab zu, dass er Simon Darcy tätlich angegriffen hat und dass er der erste war, der handgreiflich wurde.«

Das klang nicht gut.

»Also«, sagte er dann aber und lehnte sich vor. »Ich glaube, Sie wollten mir etwas geben? Um was handelt es sich?«

»Um das hier«, sagte ich und übergab ihm das Buch, das noch immer tropfte. »Meine Freundin Sara hat gesehen, wie Simon es aus Alexejs Rucksack genommen hat.«

Er schlug es stirnrunzelnd auf. Sein Blick blieb zunächst ebenfalls am Foto haften und seine Augenbrauen schossen in die Höhe. Ich beobachtete ihn, wie er darauf hinunter starrte und sein Mund sich langsam zu einer harten Linie formte. Als er blätterte, trat plötzlich Mitleid in seine Augen und er schüttelte den Kopf, als müsste er einem unaussprechlichen Seufzen einen Ausdruck verleihen. Als er schließlich fertig war, rief er nach der Sekretärin und übergab ihr das Buch.

»Schauen Sie, ob man es irgendwie noch retten kann«, wies er sie an, »aber seien Sie um Himmels willen vorsichtig damit!«

Es lag ein solch ernster Ton in seinen Worten, dass sie nach dem schwarzen Buch griff, als handelte es sich um ein unersetzbares Artefakt. Als die Tür hinter der Dame ins

Schloss fiel, schob er seine Brille nach unten, um mit Zeigefinger und Daumen die Stelle mit den roten Abdrücken zu massieren. Er wirkte, als hätte er plötzlich Kopfschmerzen bekommen.

»Ähm«, räusperte ich mich und sein Blick schnellte zu mir. »Werden Sie ihn rauswerfen?«, fragte ich leise, »Alexej, meine ich.«

Der Direktor schaute mich an.

»Nein, Dina«, sagte er nur erschöpft. »Nein.«

Ein Stein fiel mir vom Herzen, als ich damit entlassen wurde, dass ich mir baldmöglichst etwas Trockenes anziehen sollte. Aber daran konnte ich im Moment gar nicht denken. Ich war einfach nur froh, dass Alexej nicht der Schule verwiesen wurde.

Herr Perkins hatte nach Simon schicken lassen, als ich ging. Hoffentlich würde er diesem die Leviten lesen. Das war so niederträchtig gewesen! Meine Schuhe machten knatschende Geräusche, als ich durchs Wartezimmer ging und ich zog sie aus. Vorsichtig huschte ich durch die Tür und zog diese hinter mir zu.

Als ich mich umdrehte, erschrak ich mich fast zu Tode. Alexej stand mit verschränkten Armen an die Wand gelehnt keine drei Meter von mir entfernt und schaute mich an.

Wir waren allein, weit und breit kein anderer Schüler zu sehen und es herrschte Totenstille.

Alexej stieß sich ab und kam mir entgegen, die Hände tief in den Taschen vergraben. Wieder einmal fiel mir auf, wie groß er war und wie einschüchternd er wirken konnte, wenn er so ernst schaute. Direkt vor mir blieb er stehen.

Wir schauten uns an. Er schien in meinem Gesicht nach irgendetwas zu suchen, das er nicht fand.

»Wo ist mein Buch?«, sagte er dann ruhig.

»Der Direktor hat es«, gab ich kleinlaut zu.

Alexej nickte und presste die Kiefer aufeinander.

»Es tut mir leid«, brach es aus mir heraus, »ich wollte das alles hier nicht und ich hätte im Leben nicht vermutet, dass Simon so gemein sein würde.«

Er runzelte die Stirn und wollte etwas sagen, aber ich war so nervös, meine Gedanken fuhren Achterbahn und es gab kein Halten mehr. Die Sätze sprudelten nur so aus mir heraus: »Ich wollte heute eigentlich die Schule schwänzen, aber dann hat Sara angerufen, und sie hat gesagt, dass Simon etwas in den Brunnen geworfen hat und dann war meine Mutter wütend, weil sie eigentlich bügeln wollte, und als ich dann hier war, habe ich das Buch gesehen.«

»Dina!«

»Der Direktor hat einfach reingeschaut und da ist dieses Bild. Also ich hab auch reingeschaut, aber nur ganz kurz! Ich habe ... ich ... das Buch sieht furchtbar aus, es ist ganz aufgequollen.«

Ich hielt inne, um Luft zu holen. Mein Gesicht fühlte sich ganz warm an und ich schämte mich für meine unzusammenhängende Erklärung. Oh Mann, es gab keinen Zweifel mehr daran, dass ich in Alexej verliebt war. Wie hatte nur so blind sein können?

Ich mochte ihn und ich konnte nicht damit leben, dass er schlecht von mir dachte.

»Ich weiß, du wolltest ihm das Buch nicht geben«, setzte ich an, aber er unterbrach mich.

»Das ist jetzt auch egal.«

Dann hob er plötzlich die Hand und legte sie auf meine Schulter.

Kapitel 17 – Wer im Glashaus sitzt

»Danke.«

Das Wort hallte laut in der Stille des Ganges.

»Du bist nicht böse?«, stammelte ich. Seine Hand fühlte sich warm an und ich konnte mich kaum konzentrieren, denn in seinen Augen lag ernste Dankbarkeit. Ich brachte ein verlegenes Lächeln zustande und senkte den Blick, weil ich es nicht aushielt, ihn länger anzusehen. Dieser Alexej hier war mir nicht ganz geheuer, noch viel weniger als sonst. Aber zu denken, er wäre berechenbar, das hatte ich mittlerweile begriffen, war Unsinn. Ich hatte noch nicht mal die Spitze des Eisberges gesehen.

Als ich wieder nach oben blinzelte, zog er seine Hand weg. Sofort fühlte sich meine Schulter an, als würde etwas fehlen.

»Du hast mir geholfen, oder nicht?« Alexej sprach leise, aber es reichte, um ihn zu verstehen.

Noch gestern glaubte ich, er würde nie mehr ein Wort mit mir wechseln und überlegte, wie ich es nur anstellen sollte, auf ihn zuzugehen.

Ich musterte ihn. Seine Haare waren verwuschelt, als wäre er gerade erst aus dem Bett gestiegen. Und es stand ihm extrem gut. Wie hatte ich nur je in seiner Nähe sein können, ohne zu bemerken, wie heftig sein Blick mein Herz zum Schlagen bringen konnte. Wie hatte ich mit ihm streiten und neben ihm einschlafen können? Mein Gehirn war total beduselt von seiner Gegenwart.

Meine Augen wanderten zu seinem Mund, als er weiter sprach. »Wieso hast du das für mich getan?«

Die Worte holten mich zurück in die Realität.

Oh, das Gespräch ging in keine gute Richtung! Ich durfte mir hier keine Blöße geben. Ich riss mich zusammen und sagte das Erstbeste, was mir einfiel: »Ich hatte ein schlechtes Gewissen.«

Alexej legte den Kopf schief. »Dass ich wegen deinem Ex-Freund rausgeworfen werde?«

Er hatte verstanden, dass ich mich von Simon getrennt hatte. Ein Glücksgefühl breitete sich in mir aus und ein schüchternes Lächeln legte sich auf meine Lippen, als ich nickte.

»Und werde ich denn rausgeworfen?«, fragte Alexej mit einem missglückten Grinsen. Da fiel mir ein, dass ich ihm die gute Nachricht gar noch nicht überbracht hatte. Heftig schüttelte ich den Kopf, mein Lächeln wurde breiter. Der Tag hatte so schlecht begonnen und nun hatte er eine solch gute Wendung genommen. Ich fühlte mich fast, als wäre ich selbst gerade noch mit heiler Haut davongekommen und nicht jemand anderes.

»Nein, du fliegst nicht raus.«

Alexejs Schultern sackten in Erleichterung nach unten, die Anspannung wich sichtbar aus seinem Körper. Aber dafür trat ein besorgter Ausdruck in sein Gesicht, als er sagte: »Der Direx hat reingeschaut, oder? Konnte man es denn überhaupt noch lesen?«

Seine Worte dämpften meine Freude. Das Buch war offensichtlich wichtig und ich war diejenige gewesen, die es in fremde Hände gegeben und damit zugelassen hatte, dass nun jeder beliebige Lehrer in Alexejs Privatleben herumschnüffeln konnte. Ich wusste nicht, was ich sagen sollte.

»Schon gut«, entband mich Alexej von einer Antwort. Selbst ihm musste klar sein, dass Herr Perkins nur deshalb Gnade walten ließ, weil er den Inhalt des Buches kannte.

»Ich hab nicht darin gelesen«, sagte ich und in einem plötzlichen Anfall von Mut. »Ich weiß nicht mal, was es für ein Buch ist.«

Der fragende Unterton war stark herauszuhören und ich sah, wie Alexej mit sich rang. Für einen Moment glaubte ich einen feindseligen Funken in seinen Augen zu sehen, als hätte ich ihn gerade in eine Ecke gedrängt und würde ihn dazu zwingen, etwas zu sagen, das seinen Zorn entfachte. Aber dann gab er sich einen Ruck.

»Ein Tagebuch.«

»Du schreibst Tagebuch?«, platzte es aus mir heraus. Alexej stieß abschätzig die Luft aus: »Nicht meins, Sonnenschein.«

»Wem gehört es denn?«

Ich wusste, ich sollte besser die Klappe halten, denn die Stimmung war am Kippen und ich konnte auf keinen Fall zulassen, dass wir schon wieder getrennte Wege gingen, ohne vorher die Wogen zu glätten.

Alexejs nächste Worte fühlten sich allerdings an wie eine kalte Dusche: »Ganz ehrlich Dina, ich glaube, du wärst die Letzte, der ich das sagen würde. Ich habe nicht vergessen, wie du über meine Therapie geredet hast.«

Ich stutzte.

Was hatte dieses Buch mit seinen Eifersuchtsproblemen zu tun? Ich hielt mich im letzten Moment zurück, ihn zu fragen, denn die unsichtbare Mauer zwischen uns schien sich Stein um Stein wieder aufzubauen. Fieberhaft suchte ich nach beschwichtigenden Worten, irgendetwas, das ihn dazu bringen würde, zu bleiben. Doch mein Gehirn war wie leer gefegt und schließlich sah ich mit Bestürzung, wie er sich tatsächlich abwendete.

Nein.

Er konnte nicht gehen!

»Nein!«

Alexej blieb stehen.

Mein Herz klopfte bis zum Hals. Das Echo meiner eigenen Stimme klang mir in den Ohren.

Seine Augen fanden meine und ich hielt die Luft an. Ich suchte nach dem wütenden Funken, doch ich fand ihn nicht, stattdessen begegnete ich einem anderen Gefühl in seinem Blick. Erst glaubte ich, er wäre nur irritiert, aber dann erkannte ich, was es wirklich war.

Neugierde.

»Nein?«

Es war mir, als würde ich schrumpfen, als er mich ins Visier nahm, aber ich zuckte nicht zurück. Auch nicht, als er langsam zu mir schlenderte und sein brennender Blick sich in meinen bohrte.

»Nein?«, fragte er erneut.

Ich schüttelte den Kopf. Meine Stimme war ein raues Wispern: »Ja.«

Eine Stille entstand, in der er auf eine Erklärung wartete, die ich ihm aber nicht geben konnte. Doch dann lenkte ihn offenbar ein Gedanke ab, denn seine Stirn runzelte sich und er schaute an mir hinunter, auf meine vollgesogene Hose und blieb an meinen Socken hängen. Ich zog unwohl meinen rechten Fuß zurück und schob ihn hinter den anderen.

»Ich, ähm.«

Alexej schaute wieder hoch und ich verstummte, er nickte und ruckte dann mit dem Kopf zur Seite, um anzudeuten, dass ich ihm folgen sollte.

»Ich hatte nicht vor, dich hier stehen zu lassen, wenn du das denkst«, sagte er und drehte sich wieder um, »du bist meinetwegen in den Brunnen gestiegen, auch wenn ich noch nicht verstehe, wieso du ein schlechtes Gewissen hast. Du kannst nichts dafür, dass Darcy sich so verhält. Aber jetzt schulde ich dir offensichtlich was, also komm mit.«

Was? Wohin? Ich brauchte einen Moment, um zu schalten, aber dann beeilte ich mich, hinterher zu kommen. Mein Herz klopfte laut, als ich zu ihm aufgeholt hatte und wir nebeneinander her gingen. Er steuerte auf die Schließfächer zu und blieb vor der Nummer 34 stehen, einem der wenigen Spinde, die ramponiert aussahen. In der Mitte prangten mehrere Dellen, als hätte jemand mit aller Wucht hineingeschlagen, aber es fehlten die üblichen Kritzeleien und das brachte mich zum Schluss, dass er die Tür selbst so eingeschlagen hatte.

Ich grinste. Verwunderlich war das nicht. Wer wollte schon von Alexej erwischt werden, wie er seinen Spind beschmierte? Ich jedenfalls nicht.

Ich fragte mich, was wohl für Geschichten hinter den einzelnen Dellen stecken mochten. Alexej tat selten etwas, ohne einen Grund dafür zu haben. Eigentlich komisch, dass die meisten Leute hier annahmen, er würde aus Lust und Laune Schlägereien beginnen oder Schuleigentum zerstören. Dass ich selbst vor einer Weile noch zu diesen Leuten gehört hatte, erschien mir geradezu unwirklich.

Alexej drehte kurz am Schloss mit der Zahlenkombination und kramte dann im Inneren herum. Einen Augenblick später drückte er mir eine schwere Tasche in die Hand.

»Was ist das?«, fragte ich doof und ich hätte schwören können, dass sein Mundwinkel zuckte.

»Meine Sportsachen«, erwiderte er, »du hast nichts zum Wechseln hier, oder?«

Das stimmte, ich hatte heute nur Bio, Physik und Deutsch, auch wenn ich mich fragte, woher er das wusste. Aber seine Sachen anziehen? Wieder spürte ich, wie mir warm wurde. Ich konnte doch nicht schon wieder etwas von ihm anziehen!

»Was schaust du so?«, sagte er, »sind doch nur Jogginghosen und es ist auch nicht das erste Mal, dass du meine Klamotten trägst.«

Wie konnte er nur so direkt sein? Das klang ja, als würde ich mich regelmäßig an seiner Kleidung bedienen.

»D-danke«, murmelte ich.

Nun grinste er plötzlich und diesmal war ich mir sicher, dass er nicht mehr böse war, was auch immer ihn vorher gereizt hatte. »Eigentlich ein Wunder, dass du nur eine Hose brauchst«, fuhr er ungerührt fort, »du bist so ein Zwerg, man könnte meinen, du hättest schwimmen müssen, um das Buch zu erreichen.«

»Von wegen schwimmen«, grummelte ich, »ich bin übers Wasser gelaufen, aber dann hat mich ein Hai angegriffen.«

Die Worte entschlüpften mir einfach so und ich spürte, wie mir die Hitze ins Gesicht kroch. Mein Humor war grauenvoll, aber Alexej schien das nicht zu stören. Er fing an zu lachen und ein Gefühl von Erleichterung und Freude flutete durch meinen Körper. Alexej lachte wegen mir und das nicht spöttisch oder herablassend.

Er schnappte mir die Tasche aus der Hand und schwang sie sich über die Schulter.

»Ich habe gehört, die Brunnenhaie sollen besonders aggressiv sein«, grinste er zwinkernd, bevor er Richtung Klo davonging und mich staunend zurückließ.

»Kommst du, oder willst du dich hier auf dem Gang umziehen?«

Ich stand in der Kabine des Mädchenklos und hatte den Schock zu verarbeiten, dass Alexej gleich mit reingekommen war. Zum Glück war noch nicht Pause, sonst hätte die eine oder andere Schülerin einen Herzinfarkt erlitten.

Er hatte mich ganz einfach hier hineinbugsiert und wenn ich nicht schon überfordert damit gewesen wäre, dass er überhaupt mit mir sprach und mir die Hand in den Rücken gelegt hatte, um mich vorwärts zu schieben, so war ich spätestens jetzt mit den Nerven am Ende. Ich konnte doch nicht meine Hose ausziehen, wo er nur ein paar Schritte entfernt stand! Klar, da war die Kabinentür und ich hatte auch sichergestellt, dass die abgeschlossen war. Zweimal. Und Alexej hatte darüber gelacht.

Ich stieg aus den Schuhen und klaubte die feuchten Socken von meinen Füßen. Ich war nur froh, dass meine Schuhe weitestgehend verschont geblieben waren, und begann umständlich damit, mich aus meiner Hose zu schälen, die mir wie eine zweite Haut an den Beinen klebte.

»Soso, die Schule schwänzen«, sagte Alexej, als ich die zweite Socke auszog. Seine Stimme war direkt neben meinem Ohr und vor Schreck verlor ich das Gleichgewicht und knallte in die Wand. Fast wäre ich auf der Kloschüssel gelandet. Heilige Scheiße! Lehnte Alexej gegen meine Kabine?!

»Machst du da drin Aufwärmübungen?«, spottete er. »Klingt ja gefährlich.«

Sehr witzig! Gefährlich war wohl eher, dass er nicht wie jeder zivilisierte Mensch draußen warten konnte!

»Aber mal ehrlich, wolltest du echt die Schule schwänzen?«, fuhr er fort, »das kann ich mir bei dir gar nicht vorstellen.«

Ich rappelte mich auf und wurstelte mich mit zittrigen Fingern aus meiner Hose. »Ja, wollte ich«, gab ich zu. Wenn er mich nicht gerade erschreckte, fiel es mir deutlich leichter mit ihm zu reden, wenn er mich nicht ansah. »Nachdem ich erfahren habe, was Simon hinter meinem Rücken getrieben hat, hab ich ihm den Laufpass gegeben, und ob du es glaubst oder nicht, ich hatte nicht wirklich Lust, ihm heute zu begegnen.«

Alexej brummte, sagte aber nichts weiter.

Schnell zog ich den Zipper der Tasche auf und begann darin herumzuwühlen. Als ich die Hose gefunden hatte, schlüpfte ich so schnell es nur ging hinein.

Sie war natürlich viel zu groß, aber es tat gut, in etwas Trockenes zu steigen. Ich kämpfte einen Moment mit den Bändeln, wollte mich aber nicht einschnüren, damit ich nicht aussah wie ein zugeknoteter Kartoffelsack, und so krempelte ich den Rand ein paar Mal um, ebenso wie den Saum der Beine, bis die Hose an meinen Knöcheln endete. Dennoch war ich mir sicher, dass ich lächerlich aussah.

Aber ich stieg tapfer in meine Schuhe und öffnete die Kabinentür, die Socken in der einen Hand, die Tasche in der anderen. Wie ich vermutet hatte, stand Alexej direkt vor der Tür und als er mich sah, huschte ein belustigter Ausdruck über sein Gesicht. Meine Schultern sackten nach unten. Mir blieb auch nichts erspart.

Um von meinem peinlichen Aufzug abzulenken, sagte ich: »Was machst du jetzt eigentlich, du hast doch heute Sport?«

Alexej zuckte mit den Schultern.

»Ich geh sowieso nicht hin.«

Ich fragte mich, ob er wegen der Sache mit dem Buch schwänzen wollte. Ich runzelte die Stirn bei dem Gedanken. Es war schon merkwürdig, dass er das Tagebuch eines anderen mit sich herumtrug. Wer gab so etwas Persönliches in fremde Hände? Immerhin schüttete man darin sein ganzes Herz aus.

Ich fragte mich überdies, was Simon damit zu tun hatte. Er hatte es ganz gezielt aus Alexejs Rucksack geholt und in den Brunnen geworfen. Er musste also davon gewusst haben und das sagte mir, dass Alexej das Buch generell mit sich herumtrug. Doch obwohl mir all diese Fragen auf der Zunge lagen, stellte ich keine davon. Der heutige Tag hatte genug Aufregung mit sich gebracht und ich wollte die lockere Stimmung zwischen uns nicht zerstören.

»Du solltest heute nicht schwänzen«, sagte ich also stattdessen. »Es würde keinen guten Eindruck machen, jetzt, wo du um Haaresbreite an der Suspendierung vorbeigeschrammt bist. Am Ende handelst du dir damit mehr Ärger ein, als in deiner Situation gut ist.«

Erstaunt blickte Alexej mich an. Die Pausenglocke erklang in dem Moment, aber wir schenkten ihr beide keine Beachtung. Stattdessen runzelte er die Stirn und schulterte seine Tasche. »Kann es sein, dass du mir helfen willst?«

Meine Kehle wurde eng und ich nickte. Natürlich wollte ich das. Seit Wochen drehten sich meine Gedanken um ihn und mir war längst klar geworden, dass niemand hier wusste oder wissen wollte, wer Alexej Morosow in Wirklichkeit war. Aber ich wollte jemand sein, dem er sich öffnete. Jemand, den er mit diesem Grinsen anschaute, das so unverschämt und voller Schalk war.

»Wäre das denn so schlimm?«, fragte ich.

Er hob skeptisch eine Augenbraue.

Ich fuhr fort: »Was Simon getan hat, war einfach nur schrecklich und ich weiß mit Sicherheit, dass er sich nicht bei dir entschuldigen wird. Deshalb möchte ich das tun, denn es ist gewissermaßen auch meine Schuld.«

Alexej schüttelte den Kopf. Er hatte ja schon deutlich gemacht, dass er da anderer Ansicht war, aber mein schlechtes Gewissen plagte mich noch immer und außerdem war es eine gute Erklärung für meinen Wunsch, ihm helfen zu wollen.

»Weißt du, Simon hat mir ziemlich viel von dir erzählt«, sagte ich, »und das meiste davon hat sich als falsch erwiesen, was mich zu der Frage bringt, ob überhaupt etwas davon der Wahrheit entspricht.« Ich lächelte unsicher. »Ich glaube, du bist nicht so, wie die Leute denken, aber ich kann auch nicht behaupten, dass ich weiß, wie du wirklich bist.« Ob er hörte, wie frustriert meine Stimme klang, als ich zugab, dass ich ihn nicht richtig kannte?

Verlegen senkte ich den Blick und hob ihn erst wieder, als Alexej zu sprechen begann.

»Versuchst du mir gerade zu sagen, dass du mich kennenlernen willst?« Er trat näher an mich heran, als wäre er wirklich interessiert an meiner Antwort.

In diesem Moment ging die Tür auf und ein Mädchen stöckelte hinein. Als sie uns sah, blieb sie wie angewurzelt stehen und riss die Augen auf. Ihr Blick zuckte zwischen uns hin und her.

»Raus«, knurrte Alexej und ihre Augen wurden noch größer, bevor sie rückwärts wieder rausstolperte und die Tür hinter sich zuschlug.

Alexejs Blick wurde wieder sanfter. »Was?«, fragte er, als ich den Mund verzog.

»Musstest du so gemein sein? Könntest du nicht manchmal ein bisschen freundlicher sein?«

Er hob die Augenbrauen. Vor der Tür hörte ich ein lautes Stimmengewirr, die Klinke wurde noch mal gedrückt, aber niemand kam herein, gerade so, als hätten die dort draußen ein weiteres ahnungsloses Mädchen in letzter Sekunde zurückhalten können. Ein Kreischen und Kichern war zu hören und dann wurde es wieder ruhiger.

Ich räusperte mich. »Ich meine, was wenn das Mädchen ganz dringend aufs Klo musste?«

Alexejs Augen wurden schmal. Er kam auf mich zu und ich trat ein paar Schritte zurück, als er seine Tasche von den Schultern schwang und schließlich dicht vor mir stehen blieb. Ich schluckte, aber ich verspürte nichts, als Nervosität. Mein Magen zog sich zusammen, aber Angst? So wie das Mädchen eben? Ganz bestimmt nicht. Der Gedanke kam so unvermittelt, dass ich gar nicht wusste, wann er sich eigentlich in meinem Hinterkopf festgesetzt hatte, aber er war so unumstößlich, als wäre diese Überzeugung schon immer da gewesen.

Nicht in hundert Jahren würde Alexej mir etwas tun.

Leise sagte er: »Sagst du gerade, dass du wissen willst, wie ich bin, im selben Atemzug, indem du behauptest, dass ich mich ändern soll?«

»Ähm, n-nein«, stotterte ich, »ich denke nur, dass du manchmal grob wirst, um dich durchzusetzen.« Gegen Ende sprach ich so leise, dass ich meine Worte selbst kaum verstand. Er schnaubte jedoch nur.

»Glaubst du, ich weiß nicht, dass ich da ein Problem habe?«

Seine Offenheit überraschte mich, aber er grinste nur schwach.

»Du hast mir gesagt, was du über die Sache mit der Therapie denkst«, fuhr er fort und für den Bruchteil einer Sekunde huschte ein verletzter Ausdruck über sein Gesicht. »Du bist wie alle anderen der Ansicht, dass ich nach all diesen Jahren darüber hinwegkommen sollte, nicht wahr? Du bist der Überzeugung, dass es Zeit wird, dass ich loslasse.«

Okay, spätestens jetzt war ich mir sicher, dass wir nicht von seiner Eifersucht sprachen.

»Vielleicht hast du recht«, sagte er und diesmal war es wirklich Schmerz, den ich in seinem Gesicht las, »aber auch du hast Dinge in deinem Leben, an denen du arbeiten solltest. «

Getroffen senkte ich den Blick, aber Alexej war noch nicht fertig.

»Du hast keinen Mumm in den Knochen. Die Lehrer schnippen und du wischst Wandtafeln, räumst das Chemielabor auf und verteilst Aufgabenblätter. Ich könnte schwören, du würdest den Leuten ihren Hintern hinterher tragen, wenn das möglich wäre. Es stimmt, Barbie, ich habe meine Aggressionen nicht immer im Griff, aber ich habe Selbstvertrauen, ohne dass ich wütend werde. Mich muss man nicht erst monatelang betrügen, damit ich mich wehre.«

Nachdem er gesprochen hatte, herrschte eine angespannte Stille. Seine Augen wanderten über mein Gesicht, als würde er sich fragen, was in diesem Moment in mir vor sich ginge. Ich war kurz davor Ausflüchte zu bringen und ihm an den Kopf zu werfen, weshalb er im Unrecht sei und ich nicht, aber es kam mir kein Wort über die Lippen.

Es stimmte, dass er mit einem Selbstvertrauen umherging, von dem ich nur träumen konnte. Ihm schien es egal zu sein, was andere über ihn dachten und er hatte auch keine Angst davor, sich zu blamieren.

Mich hingegen musste man zur Weißglut treiben, damit ich den Mund aufmachte. Ich sprach erst dann für mich selbst, wenn ich in die Ecke getrieben wurde, Angst hatte oder das Unrecht nicht länger ertragen konnte.

»Es ist nicht immer leicht, ich selbst zu sein«, sprach ich schließlich das aus, was meine Gedanken ergeben hatten. »Ich wäre manchmal gern mutiger, das gebe ich zu.« Aber erst als die Worte meinen Mund verließen, wurde mir klar, wie sehr sie der Wahrheit entsprachen.

Ich wäre gerne mutiger. Alexej war gut darin, mutig zu sein.

Er sollte lernen sich zurückzuhalten. Ich war gut darin, mich zurückzuhalten.

Wahrscheinlich konnten wir beide etwas voneinander lernen.

Alexej steckte die Hände in die Hosentaschen und begann plötzlich breit zu grinsen. Ich wusste mittlerweile, dass das nichts Gutes zu bedeuten hatte und hob abwehrend die Hände.

Er griff nach meinen Handgelenken und zog mich mit einem Ruck heran. Mir blieb vor Schreck die Luft weg. Mit geweiteten Augen starrte ich ihn an, wie ein Reh im Scheinwerferlicht.

»Du willst mutiger werden?«, fragte er und in seiner Stimme lag ein Unterton, der mir nicht gefiel.

Das war nicht gut. *Das war gar nicht gut!*

»Wie wär's denn, wenn du gleich damit anfängst?«

Oh oh!

Er zog mich hinter sich her und riss die Tür auf. Ein paar Mädchen schrien auf und taumelten zurück, ganz klar beim Lauschen ertappt. Nun richteten sich die Augen eines ganzen Pulks auf mich. Als sie meine Hand in Alexejs Umklammerung sahen, ging ein lautes Raunen durch die Gruppe. »Oh mein Gott«, hörte ich eine von ihnen zischen, »guck!«

Ich wollte meine Hand wegziehen, doch Alexej ließ nicht los. Laut sagte er: »Das mit deiner Hose tut mir leid, Babe. Ich werd das nächste Mal besser aufpassen.«

Oh mein Gott. Das hatte er gerade *nicht* getan?!

Alexej beugte sich zu mir hinunter. Dicht an meinem Ohr verharrte er und sein Atem kitzelte mich, als er leise lachte. Ein warmer Schauer durchlief mich. Dann wisperte er, sodass nur ich es hören konnte: »Lektion Nummer eins; Kinn nach oben, Augen geradeaus und Schultern zurück.«

Dann schubste er mich nach vorn in die Menge.

Kapitel 18 – Böse Blicke

Erschrocken taumelte ich ein paar Schritte und dann schnellte ich herum, doch Alexej war bereits verschwunden. Anders als bei mir teilten sich solche Ansammlungen wie das rote Meer vor ihm.

Ich sah mich vor einer Schar an Mädchen, die mich mit offenen Mündern anstarrten. Aus ihren ungläubigen Gesichtern sprach, was ich selbst innerlich fühlte. Ich schlang die Arme um meinen Bauch und suchte die Menge unwillkürlich nach Alexej oder sonst einem bekannten Gesicht ab. Aber es war niemand zu sehen und Alexej hatte mich tatsächlich alleine gelassen.

»Ich muss dann mal gehen«, begann ich und schob mich durch die Ansammlung. Doch kaum hatte ich mich an ein paar von ihnen vorbeigedrängt, hörte ich schon, wie das Tuscheln begann und ich spürte ihre Blicke wie spitze Pfeile in meinem Rücken. Sie steckten die Köpfe zusammen und ich hörte, wie eine sagte:

»Ist das nicht die Freundin von Simon Darcy?«

»Echt?«, fragte eine andere ungläubig. »Ist Simon nicht der blonde Typ, der neben Gina in Mathe sitzt?«

»Doch, genau der.«

»Habt ihr nicht gehört, was passiert ist?«, zischte eine weitere und ich zog eine Grimasse und drängelte mich eilig durch den Rest der Mädchen.

»Nicht wahr?!«, rief eine von ihnen, »Glaubst du, Alexej hat Simon wegen ihr verprügelt?«

Sie gackerten, als wäre das die lächerlichste Sache, von der sie je gehört hatten.

»Alexej?«, sagte eine herablassend und ich war mir sicher, dass sie extra laut sprach, damit ich sie hörte, »doch nicht wegen *der*!«

»Ich hab gehört, Simon hat sie heute Morgen eiskalt abserviert!«

»Kein Wunder, guck dir die Streberin doch an.«

»Was glaubst du, wollte Alexej von ihr?«, fragte jemand.

»Von der bestimmt nichts!«, spottete eine andere und maß mich mit einem abfälligen Blick von Kopf bis Fuß, wobei sie ihre Oberlippe missbilligend schürzte. Ihr Kommentar brachte ihr beifälliges Gelächter ein und mein Magen zog sich zusammen.

Sie machte noch ein paar spitze Bemerkungen und die anderen prusteten wieder los.

Ich spürte, wie mir Tränen in die Augen stiegen, aber ich schluckte sie mühsam hinunter und drehte ihr absichtlich den Rücken zu. Am liebsten hätte ich etwas gesagt, aber dann wären sie alle erst recht über mich hergezogen.

»Die Schnepfe traut sich vielleicht was!«, hörte ich zuletzt noch eine sagen, »glaubt wohl, die kann eins auf unschuldig machen, um bei Alexej zu landen! Bestimmt hat sie sich ihm da drin an den Hals geworfen!«

Der blanke Neid sprach aus ihren gehässigen Worten und mir fiel ein, dass nicht wenige der Mädchen in der Vergangenheit versucht hatten, mit ihm anzubandeln. Das heißt, bevor sie entdeckt hatten, dass sie lieber das Weite suchten, wenn er sie ins Visier nahm.

Ich bekam nicht mehr mit, was die anderen darauf sagten, weil ich meine Schritte beschleunigte. Ich hastete den Gang hinunter, gerade noch so, dass man hinterher nicht sagen könnte, ich sei gerannt.

In meinem Kopf hörte ich Alexejs Wort wie ein Mantra. Kinn nach oben, Augen geradeaus, Schultern zurück. Aber wie machte man das, wenn man sich einfach nur wegducken und unsichtbar sein wollte? Ich hasste es, so im Zentrum der Aufmerksamkeit zu stehen, und als ich um die Ecke bog, lehnte ich mich gegen die Wand, um mich zu sammeln. Meine zittrigen Hände schob ich in meine Achselhöhlen, als könnte ich damit weitere Blicke abschirmen. Ich hoffte nur, dass sie nicht gleich alle hier langkommen würden, und sahen, wie ihre Worte mich getroffen hatten.

»Dina!«, rief Sara da plötzlich und ich hatte nicht mal Zeit mich umzudrehen, da flog sie mir schon um den Hals.

»Gott sei Dank bist du da! Ich hab dich überall gesucht! Wie ist es gelaufen?«

Sie bemerkte mein verstörtes Gesicht und löste sich von mir.

»Was ist passiert?«

»Gar nichts«, sagte ich und schüttelte den Kopf.

»Du siehst aber nicht gut aus. Alles in Ordnung?«

Ich nickte und schenkte ihr ein schmales Lächeln und erzählte ihr, was passiert war, nachdem ich das Buch aus dem Wasser gefischt hatte. Als auf die Sache mit Alexejs Klamotten zu sprechen kam, hob sie beide Augenbrauen und musterte mich mit einem breiten Grinsen. »Das ist mir gar nicht aufgefallen, schicke Hose!«

Ich verdrehte die Augen, sagte jedoch nichts dazu, denn meine Gedanken kehrten zu Alexejs Worten über meinen fehlenden Mumm zurück.

»Sara?«, fragte ich, als sie mich mit sich zog.

»Ja?«

Ich druckste ein wenig herum, aber dann überwand ich mich: »Findest du, dass ich kein Rückgrat habe und mich von den Leuten herumschubsen lasse, wie es ihnen passt?«

Sara blieb stehen und schaute mich an.

»Ich meine, du hast mir schon viele Predigten über das Thema gehalten, aber ist es wirklich so schlimm?«

Sie musterte mich. »Hat Alexej das zu dir gesagt?«

Ich nickte.

Sie sog die Unterlippe in ihren Mund und schaute mir kurz in die Augen, bevor sie meinem Blick auswich. »Weißt du«, sagte sie gedehnt. »Manchmal übertreibst du es einfach damit, den Leuten nach dem Mund zu reden. Ich finde nicht, dass du kein Rückgrat hast.« Sie hob die Stimme, als ich ihr ins Wort fallen wollte. »Aber du könntest schon etwas mehr Einsatz zeigen und deine Meinung sagen.« Sie setzte einen gespielt verletzten Gesichtsausdruck auf. »Aber schon krass, dass du auf Alexejs Meinung mehr gibst als auf das jahrelange gute Zureden deiner allerbesten, allerklügsten, allernettesten Freundin.«

Ich musste grinsen, auch wenn ich den Wahrheitsgehalt in ihren Worten nicht ganz wegstreichen konnte.

»Du magst ihn wirklich, oder?«, fragte sie dann.

»Ähm«, druckste ich.

Aber Sara erwartete gar keine Antwort, sondern hakte sich bei mir unter und zog mich weiter. »Weißt du«, trällerte sie fröhlich, »ich weiß gar nicht mehr, ob ich mir solche Sorgen machen sollte, weil du ihn magst. Vielleicht ist es ja sogar das Beste, was dir passieren konnte.«

Ich starrte sie mit offenem Mund an.

»Überleg doch mal, seit du in dieses ganze Drama verwickelt bist, bist du förmlich aufgeblüht. Echt, was soll ich da noch sagen? Ich hab so lange versucht, dich aus der Reserve zu locken, aber dann kommt der große böse Wolf und Rotkäppchen kann auf einmal die Zähne zeigen.«

Ach du Schreck, das konnte ich gerade gebrauchen! Sara und Alexej, die sich gegen mich verbündeten.

Sara lachte. »Du musst definitiv auch mal mutig sein, wenn ich in der Nähe bin. Oh, was hätte ich für einen Eimer Popcorn und einen Sitz in der ersten Reihe in Darcys Esszimmer gegeben.«

»Du bist blöd!« Ich schlug nach ihr, aber sie fuhr unbekümmert fort:

»Aber im Moment gebe ich mich mit Simons ramponiertem Anblick zufrieden, ich schwöre dir, nie hat mir eine Begegnung mit ihm mehr Freude bereitet!«

Daran hatte ich noch gar nicht gedacht! »Ramponiert? Von was für Dimensionen reden wir hier?«

»Ach, er ist nur ein klitzekleines bisschen blau. Und grün.«

Sie zuckte mit den Schultern als könne sie sich nicht entscheiden. »Blaugrün.«

Das klang nicht sehr gut. »Wo denn?«

Sara grinste von einem Ohr zum anderen. »Frag mich lieber, wo *nicht.*«

Ich verzog das Gesicht, denn ich war unsicher, wie es sich mit meinen Gefühlen verhielt. Immerhin war ich lange mit ihm zusammen gewesen. Aber ich hatte meine Gedanken noch nicht ganz sortiert, als ich auf einmal eine aufgeregte Stimme am Ende des Ganges hörte.

»Dina! Schatz!«

Wenn man vom Teufel spricht.

Ich drehte mich um und zog eine Grimasse. Sara hatte nicht übertrieben. Sein Auge war von einem tiefblauen Veilchen geziert, die Lippe war aufgeplatzt und geschwollen. Zweifelsohne ein paar kräftige Schläge ins Gesicht.

»Dina!«, rief er noch einmal und neugierige Blicke trafen uns. Super! Da war ich gerade diesen Biestern entkommen und nun waren schon wieder alle Augen auf mich gerichtet. Ich kam sprichwörtlich vom Regen in die Traufe.

Einen Moment überlegte ich, ob ich einfach abhauen sollte, aber da war Simon schon bei uns und blieb keuchend stehen.

»Gott sein Dank hab ich dich noch erwischt«, sagte er, aber bevor er fortfahren konnte, schnaubte Sara neben mir so laut, dass sein Kopf zu ihr schnellte.

»Was verdammt noch mal willst du hier, Simon!«, zischte sie, »zieh gefälligst Leine und lass uns in Ruhe! Du solltest dich schämen! Dass du es überhaupt wagst, sie anzusprechen!«

Simon schenkte ihr einen giftigen Blick. »Hab ich mit dir geredet, Sara?! Halt dich gefälligst raus! Du warst mir von Anfang an ein Dorn im Auge mit deinen blöden Sprüchen!«

Entsetzt starrte ich ihn an. »Sag mal, wie redest du mit ihr? Es ist ja wohl nicht sie, die hier einen Fehler gemacht hat!«

Simon riss sich sichtlich zusammen. Eindringlich sagte er: »Du weißt, sie hat immer etwas gegen mich gehabt! Aber wir beide sind ein tolles Paar und ich habe es satt, dass sich immer jemand zwischen uns drängen will!« Ich glaubte erst, ich hätte mich verhört, aber er fuhr ohne Umschweife fort: »Ich denke, wir sollten noch mal in Ruhe über alles reden. Sicher willst du nicht an einer Entscheidung festhalten, die du getroffen hat, als du dich wie eine Furie aufgeführt hast.«

Sara keuchte ungläubig: »Furie?!«

»Hör mal, Simon«, entgegnete ich mit zusammengebissenen Zähnen und legte Sara eine Hand auf die Schulter. »Du hast mich mit einer anderen betrogen und mich nach Strich und Faden belogen, um es zu verheimlichen!«

»Aber das habe ich doch alles nur für uns getan!«, rief Simon und warf die Hände in die Luft, als könnte er nicht verstehen, wie ich das nicht sehen konnte, »die ganzen Lügen und das mit der Fahrkarte, alles nur, damit wir zusammenbleiben können! Und ich wollte diesen Bastard von Russen doch nur von dir fernhalten, damit er nicht das Gleiche tut, wie damals mit–« er unterbrach sich, weil ihm wohl klar wurde, dass es nicht günstig sein konnte, Vanessas Namen jetzt ins Spiel zu bringen.

Doch ich achtete nicht darauf, denn meine Aufmerksamkeit war an einem Teil seines Satzes hängen geblieben.

Ich trat auf ihn zu und sagte gefährlich leise: »Fahrkarte?«

Simon machte eine beschwichtigende Geste. »Ich schwöre, ich wollte nur, dass wir zusammenbleiben können!«

Meine Augen wurden immer größer, als mir klar wurde, was er mir hier erzählte. Simon hatte meine Fahrkarte also damals gestohlen und nun wurde mir auch klar, weshalb er zu Mittag all mein Bargeld ausgeliehen hatte. Er wollte von Anfang an verhindern, dass ich ihn abholte, und er hatte mich in strömendem Regen nach Hause laufen lassen, wohlwissend, dass ich bis auf die Haut durchnässt sein würde und Ärger von meiner Mutter mich erwartete.

Mein entsetztes Gesicht bewegte Simon dazu, erneut zu erklären: »Du hättest alles herausgefunden! Ich musste doch irgendetwas tun, damit wir zusammenbleiben konnten! Ich liebe dich doch!«

»Was zum Geier«, zischte Sara neben mir, »Bist du krank im Kopf!?«

»Misch dich nicht ein! Du hast sie schon immer gegen mich aufgehetzt!«, zischte er zurück, bevor er sich wieder an mich wandte. »Du wolltest ja unbedingt vorbeikommen! Wieso konntest du es denn nicht einfach lassen?!«

Nun platzte mir der Kragen: »Willst du etwa behaupten, dass ich dran schuld bin, dass du mich belügen und bestehlen musstest?!«

»Dina, Schatz«, unternahm er den Versuch, die Sache zu retten. Er streckte die Hand nach mir aus, doch ich wich zurück und er bemerkte seinen Fehler. Er zog die Hand zurück und ballte sie zur Faust.

»Und alles was du sonst noch so getan hast«, fuhr ich mit zittriger Stimme fort, »die ganzen Lügen über Alexej und das, was du ihm heute Morgen Schreckliches angetan hast, das war wohl auch nur alles, um unsere Beziehung zu retten, was?!«

Simon blinzelte irritiert, doch dann breitete sich langsam ein unverhohlener Ärger auf seinen Zügen aus. »Dina, sag mir bitte, dass du dich nicht auf die Seite von diesem Irren stellst!«

Mit offenem Mund starrte ich ihn an. »Du hast ihn zum Sündenbock für deine Spielchen gemacht und ihn jetzt auch noch angegriffen! Ist dir überhaupt klar, was du getan hast?!«, rief ich.

Simons Gesicht verhärtete sich bei meinen Worten und er lachte höhnisch auf: »Das gibt's doch nicht! Über diesen Untermenschen kann man doch behaupten, was man will und liegt damit nicht daneben! Siehst du nicht, wie dieser Wahnsinnige mich zugerichtet hat?!«

Simon zeterte so laut, dass die Schüler im Gang stehen blieben und das Geschehen verfolgten. Keuchend starrte er mir in die Augen und ich konnte nur voller Entsetzen den Kopf schütteln. Das war auf keinen Fall der Simon, den ich gemocht hatte. Ich spürte, wie die Tränen wieder in meine Augen traten, und auf einmal wollte ich nur noch weg von hier. Ich packte Sara am Ärmel und zog.

»Gehen wir!«, sagte ich rau, »ich habe genug gehört.«

Simons Gesicht war noch immer eine wütende Fratze, doch als er erkannte, dass ich gehen wollte, packte er mich am Arm. Nah an meinem Gesicht zischte er: »Wohin glaubst du, das du gehst! Du bist *meine* Freundin!«

Er drückte zu und es tat weh. Ich musste ein paar Mal zerren, bevor sich mich losreißen konnte. Eine Träne lief mir über die Wange und ich wusste nicht, ob aus Wut oder Mitleid mit diesem erbärmlichen Menschen.

»Weg von dir«, würgte ich hinaus.

Und dann ging ich.

Simon unternahm keinen zweiten Versuch, mich aufzuhalten, doch ich hörte ihn fluchen und als wir schon fast außer Hörweite waren, schrie er uns hinterher: »Dann geh doch zu deinem beschissenen neuen Macker, du untreue Schlampe! Geh doch!«

»Du hättest ihn mit einem Stuhl verdreschen sollen«, knurrte Sara voller Wut, kaum dass wir auf dem Pausenplatz waren. »Diese Made! Wie kann er es wagen! Alexej hätte ihm sämtliche Gliedmaßen ausreißen sollen!«

Die neue Stunde würde in wenigen Minuten beginnen, aber ich saß einfach nur da und Sara ging in ihrer Wut auf und ab. Ihre Hasstirade erinnerte mich das letzte Mal, als sie bei mir übernachtet hatte, weil sie mit ihren Eltern aneinander geraten war. Ich war froh, dass wir einander hatten. Sara dachte oft nicht nach, bevor sie handelte, aber sie war die loyalste Freundin, die man sich nur wünschen konnte.

Ich zog die Nase hoch, als ich sie betrachtete.

In meinem Kopf herrschte ein Durcheinander und meine kreisenden Gedanken wollten nicht aufhören mir weiszumachen, dass ich selbst ein furchtbarer Mensch sein musste, wenn ich so jemanden wie Simon einmal gemocht hatte. Als Sara innehielt und nur mein leises Schluchzen im Gang zu hören war, setzte sie sich neben mich.

»Ach, Dina«, seufzte sie und legte mir den Arm um die Schultern. »Nimm es dir nicht so zu Herzen. Menschen ändern sich und manche sind auch einfach gut darin, ihren wahren Charakter zu verbergen.«

»Ja«, schniefte ich, »aber so lange?«

Saras Gesicht wurde weich. »Du siehst in den Menschen halt einfach das Gute.« Sie überlegte einen Moment und dann brachte sie tatsächlich ein schwaches Lächeln zustande. »Sogar in Alexej Morosow.«

Bei der Erwähnung seines Namens schüttelte ich den Kopf. »Wenn du ihn erst ein wenig kennengelernt hast, wirst du begreifen, dass es nicht schwierig ist, in ihm das Gute zu sehen«, sagte ich. »Er ist sicherlich nicht der netteste Mensch auf diesem Planeten, aber er tut wenigstens nicht so, als wäre er es.«

Sara schwieg. Selbst dann, als ich ihr erzählte, was Alexej getan hatte, als wir aus dem Klo gekommen waren. Zu einem anderen Zeitpunkt hätte sie mich damit aufgezogen, aber als ich geendet hatte, versanken wir beide in einträchtigem Schweigen.

»Bis Mittag wird die ganze Schule darüber reden«, sprach sie aus, was wir beide dachten.

Ich ließ die Schultern hängen.

»Und nach Simons Ausbruch erst recht«, meinte sie tonlos.

Wir schauten uns resigniert an. Die Schulglocke erklang und verkündete damit das Ende der Pause.

»Bereit?«, fragte Sara sarkastisch.

Ich vergrub stöhnend den Kopf in den Händen.

Leider behielt wir mit dieser Vermutung recht, denn schon bald waren die wildesten Gerüchte im Umlauf. Wo ich hinging schienen Leute sich das Maul darüber zu zerreißen, was am Morgen vorgefallen war, und ich erntete schiefe Blicke. Und langsam begann ich zu begreifen, weshalb Alexej das getan hatte.

Es benötigte wirklich eine ganz schöne Portion Mut, all diesen Leuten zu begegnen, und Simon hatte Alexej mit seinem Geschrei nur in die Hände gespielt. Ich hörte sie hinter meinem Rücken alles Mögliche erzählen, was nicht wahr war. Wenn ich über den Flur lief, glotzen mir alle hinterher.

Ob Alexej sich jedes Mal so fühlte, wenn er in der Schule war? Ich erinnerte mich daran, dass ich früher selbst eine dieser Jugendlichen gewesen war, die in Grüppchen zusammen standen und einen scheelen Blick auf diesen Typen geworfen hatten, der schon wieder wegen irgendeiner Schlägerei in aller Munde war.

Ob er es genauso hasste wie ich, wenn die Leute ohne Scham irgendein Märchen wiederholten, das gar nicht stimmen konnte?

Am Mittag vermied ich es, in die Cafeteria zu gehen, und zog mich stattdessen mit Sara, die ihr Bestes gab, um mich abzulenken und die meisten Leute mit einem bösen Blick zum Schweigen brachte, in eine ruhige Ecke des Pausenplatzes zurück. Auch den Nachmittag über hielt ich mich möglichst von den anderen fern und als ich mich in einer Klasse neben Michelle setzte, die ich zwar nicht besonders gut kannte, mit der ich aber ab und zu ein paar Worte wechselte, spürte ich die ganze Zeit ihre verstohlenen Seitenblicke.

Alexej ließ sich nicht mehr blicken und ich wusste nicht, ob ich mich darüber freuen sollte oder nicht. Es war wohl eine Mischung aus beidem.

Später am Tag erfuhr ich, dass er für zwei Tage suspendiert worden war, weil Simons Eltern ein Theater gemacht hatten. Das einzig Gute an der Sache war, dass sie auch gleich ihren Sohn mit nach Hause genommen hatten. Und so sehr ich mich auch darüber ärgerte, dass Simon ohne Strafe davonkam, war ich doch froh, dass Alexej nicht der Schule verwiesen wurde. Streng genommen war er sogar glimpflich davon gekommen.

»Meinst du wirklich, glimpflich ist das richtige Wort?«, meinte Sara, als wir uns am Abend verabschiedeten. »Hast du seine Akte gesehen? Ich will ja nicht sarkastisch sein, aber die ist so dick wie ein Gesetzbuch.«

Ich nickte düster. Alexejs Zukunft hing am seidenen Faden.

»Glaubst du, es gibt etwas, das ich für ihn tun kann?«, fragte ich hoffnungsvoll.

Sara kaute auf ihrer Wange herum. »Als ich dich heute Morgen gesucht habe, bin ich zuerst beim Büro des Direktors vorbei, weil ich dachte, du wärest vielleicht noch dort. Er war am Telefon und ich erinnere mich, dass er etwas zu Frau Morosow gesagt hat. Er meinte, dass etwas wahnsinnig wichtig sei für Alexej, damit er an der Schule bleiben könne.«

Ich spitzte die Ohren und Sara lachte. »Mehr weiß ich nicht!«, winkte sie ab. »Ich hab nur diesen Fetzen mitbekommen und dann bin ich gegangen. Es ist mir gerade wieder eingefallen. «

Ich seufzte tief und Sara schaute mich unschlüssig an.

»Wenn du ihm aber wirklich helfen willst ...«

»Ja?«, hakte ich nach.

Sie zuckte mit den Schultern. »Dann solltest du wohl seine Mutter fragen, was der Direktor zu ihr gesagt hat.«

Ich runzelte die Stirn, doch dann fiel mein Blick hinunter auf die Jogginghose.

»Ja. Das muss ich wohl.«

Es freute mich, dass Sara keinerlei Bedenken mehr äußerte, was meine Gefühle für Alexej angingen. Es wäre schwierig für mich gewesen, wenn sie gegen ihn gewesen wäre.

Aber im Moment lag nur ein breites Grinsen auf ihrem Gesicht. »Wenn du ihn mal eine Woche lang besuchen willst, dann musst du wohl vorher wohl bei ihm einbrechen und seinen Kleiderschrank leerräumen!«

Trotz meiner aufgewühlten Gefühle ob des heutigen Tages oder gerade deswegen, stimmte ich in ihr Kichern mit ein. Ich konnte es kaum erwarten, Alexej wieder zu sehen. Diesmal würde ich mich nicht davonjagen lassen.

Ich würde ihm helfen. Koste es was es wolle.

Kapitel 19 – Das letzte Teil des Puzzles

Ich hätte nicht gedacht, dass ich so schnell wieder vor dieser Tür stehen würde. Ich drückte auf die Klingel und ein schrilles Geräusch erklang. Doch anders als beim letzten Mal hoffte ich nicht, dass Alexej mir die Tür aufmachen würde, sondern dass es wieder seine Mutter wäre.

Wie sollte ich ihm erklären, dass ich lieber mit Frau Morosow sprechen wollte als mit ihm? Er würde gleich wissen, dass da was im Busch wäre. In der Hand hielt ich seine Hose, die ich zu Hause gegen eine Jeans getauscht hatte. Meine Mutter war ziemlich verstimmt gewesen, als ich beim Abendessen in aller Eile den Inhalt meines Tellers in mich hineingeschaufelt hatte und sagte, ich würde noch weggehen. Ich war mir sicher, dass meine Eltern kurz davor waren, mir Hausarrest zu erteilen, so häufig, wie ich das in letzter Zeit tat.

Ich verlagerte mein Gewicht von einem Fuß auf den anderen und drückte noch mal auf die Klingel. In diesem Moment ging die Tür auf. Zu meiner Erleichterung war es tatsächlich Alexejs Mutter.

»Oh«, sagte sie, als sie mich erkannte. »Hallo, Dina!«

Erfreut darüber, dass sie sich meinen Namen gemerkt hatte, lächelte ich.

»Hallo, Frau Morosow, entschuldigen Sie bitte die Störung.«

»Du störst doch nicht, möchtest du wieder zu Alexej?« Ihr Blick fiel auf die Hose in meinen Händen und sie legte den

Kopf schief. Ich wurde rot. Ich sah ihr an, dass sie genau wusste, wem diese Hose gehörte und dass sie sich ihre eigenen Gedanken dazu machte.

»Alexejs?«, fragte sie trotzdem. Sie streckte die Hand aus und ich gab sie ihr.

»Ja«, sagte ich, »ist eine längere Geschichte.«

Frau Morosow nickte und erst dachte ich, sie wollte das Thema fallen lassen, aber dann sagte sie: »Es hat mit dem Vorfall an der Schule zu tun, nicht wahr?«

Ich spielte am Saum meiner Jacke, denn ich wusste nicht recht, was ich sagen sollte. Sicherlich war sie über jedes Detail informiert worden, aber der Direktor hatte mich bestimmt nicht erwähnt.

Also nickte ich nur und sagte: »Ich bin eigentlich nicht wegen Ihrem Sohn hier, sondern weil ich mit Ihnen reden wollte. Es geht tatsächlich um das, was heute passiert ist.«

Sie runzelte die Stirn und wirkte mit einem Mal recht zurückhaltend. Ob sie wohl dachte, dass ich ebenfalls eine Beschwerde hätte? Davon hatte sie für heute bestimmt genug. Aber dann trat sie zur Seite und machte eine einladende Geste. »Komm doch erst mal rein.«

Ich folgte ihr durch die Diele in die Küche, wobei ich mich neugierig umblickte. Alles sah sauber und aufgeräumt aus und auf dem Küchentisch stapelte sich ordentlich gefaltete Wäsche.

»Alexej ist wieder mit den Kleinen draußen«, sagte seine Mutter und warf mir einen Blick über die Schulter zu, als sie mit dem Wasserkocher zu hantieren begann. »Er geht fast jeden Abend mit ihnen raus, damit ich eine Weile meine Ruhe habe.«

Ich erinnerte mich, dass Alexej erzählt hatte, seine Mutter würde sonst bis spät am Abend und manchmal auch in die Nacht hinein arbeiten und ich konnte mir vorstellen, dass es anstrengend sein musste, nebenbei noch auf zwei kleine

Mädchen aufzupassen. Es schien, als nutzte sie den Rest der Zeit dazu, den Haushalt zu machen.

»Ich hoffe, ich störe Sie nicht zu sehr«, sagte ich und sie schaute verwundert über ihre Schulter und schenkte mir dann ein warmes Lächeln.

»Ganz und gar nicht!«

Sie schnappte sich zwei Tassen aus dem Regal und schob mit der Hüfte das Bügelbrett beiseite. Ich folgte ihr ins Wohnzimmer, wo sie mir bedeutete, mich zu setzen.

Mein Blick schweifte über das abgenutzte, aber gemütlich aussehende Sofa. Ich ließ mich auf der Kante nieder und schaute mich um. Die Regale mit den vielen Büchern bedeckten den größten Teil der Wände und auf beinahe jeder freien Fläche standen gerahmte Bilder oder gebastelte Kunstwerke, die bestimmt von den Zwillingen stammten. Der Raum strahlte Gemütlichkeit aus und war nicht zu vergleichen mit dem übergroßen Esszimmer der Darcys, in dem alles geschniegelt aussah und man aufpassen musste, keine Fingerabdrücke auf der Vitrine zu hinterlassen. Überall auf dem Boden lag Spielzeug herum und ich unterdrückte ein Grinsen, als mein Blick auf ein rosarotes Plastikpferd fiel, das zwischen ein paar Barbiepuppen lag. Ich konnte mir vorstellen, wie Alexej auf den Knien herumrutschte und von den Mädchen gedrängt wurde, Ken zu spielen.

Alexejs Mutter kam wenige Minuten später zurück und schenkte uns beiden ein. Dann ließ sie sich mir gegenüber auf einen Sessel fallen und blickte mich aufmerksam an.

»Du möchtest also mit mir reden?«

Ich lächelte scheu. Es war seltsam, die Mutter eines Mitschülers zu besuchen, das wusste ich wohl, und Frau Morosow schien mein Unbehagen zu bemerken.

»Hier«, sagte sie und schob die bunt bemalte Tasse in meine Richtung, »ich hoffe, du magst Früchtetee.«

Ich nickte dankbar und schnupperte, als mir der leckere Duft in die Nase stieg. Nach einer Weile rang ich mich dazu durch, das Wort zu ergreifen: »Ich wollte Sie etwas fragen, wegen Alexej.«

»Was denn?«

»Es geht um das Telefongespräch, das Sie heute mit dem Direktor hatten. Eine Freundin von mir hat einen Teil davon mitangehört. Es ging scheinbar darum, wie man Alexej helfen könnte, damit er an der Schule bleiben kann. Ich würde gerne wissen, was er gesagt hat.«

Alexejs Mutter sah mich verwundert an. Dann nahm sie einen Schluck von ihrem Tee, als müsste sie sich meine Worte durch den Kopf gehen lassen. Wahrscheinlich fragte sie sich, weshalb ich meine Hilfe so offen anbot und ich war mir ziemlich sicher, dass sie unterdessen keinen Zweifel mehr daran hegte, dass ich Gefühle für ihren Sohn hatte.

»Ich verstehe«, sagte sie jedoch nur. »Du willst ihm helfen.«

Ich nickte. Frau Morosow rührte eine Weile in ihrer Tasse und seufzte. »Ich weiß nicht genau, wie dein Verhältnis zu meinem Sohn aussieht und wie viel er dir möglicherweise erzählt hat, aber es scheint dir wichtig zu sein.« Sie hielt einen Moment inne. »Er scheint dir wichtig zu sein.«

Ich schluckte und spürte, wie mein Gesicht warm wurde. »Ich bin nicht direkt eine Freundin von ihm, aber ich weiß vom Tagebuch und von seiner Therapie–«

»Er hat dir davon erzählt?«, unterbrach sie mich erstaunt.

»Na ja, nicht direkt«, gab ich zu, »ich habe es durch Zufall herausgefunden.«

Ich versuchte in ihrem Gesicht einen Hinweis darauf zu finden, ob sie mich für jemanden hielt, der seine Nase in fremde Angelegenheiten steckte, aber ich konnte nichts dergleichen finden. Stattdessen schüttelte sie wehmütig den Kopf und dann sagte sie zu meiner Überraschung: »Du bist seit langer Zeit der erste Mensch, der von der ganzen Sache weiß. Alexej erzählt niemandem davon und wenn man ihn danach fragt, gibt er normalerweise keine Antwort oder wechselt das Thema.«

»Er redet nicht darüber?«, fragte ich verwundert.

»Nein, nie«, bestätigte sie, »nicht mehr, seit er damals diesen furchtbaren Streit mit seinen Freunden hatte, weshalb die Therapie überhaupt erst verordnet wurde.«

Ich benötigte einen Moment um zu begreifen, dass sie von der gleichen Geschichte sprach, die Simon mir vor ein paar Wochen erzählt hatte. Doch ich traute mich nicht, zu sehr darauf einzugehen, denn mit einem Mal war ihr Gesicht gezeichnet von Kummer, als hätten Jahre von sorgenvollen Gedanken es verhärmt.

»Ich weiß, dass er damals mit jemandem aneinandergeraten ist.« Ich ließ den Satz in der Luft hängen und suchte fieberhaft nach einem anderen Thema, das ich anschneiden könnte, aber sie nickte nur und sagte:

»Ja, es war eine schreckliche Angelegenheit. Dieser Junge hat Alexej angegriffen, weil er dachte, seine Freundin würde ihn betrügen. Wenn du mich fragst, dann ist dieser Kerl ganz einfach nur krankhaft eifersüchtig. Richtig krank.«

Mit großen Augen schaute ich sie an und meine Kehle war wie zugeschnürt.

»Wie hieß dieser Freund?«, fragte ich heiser, obwohl ich es schon wusste.

»Simon«, sagte sie, »Simon Darcy.«

Obwohl ich es erwartet hatte, zuckte ich zusammen und heißer Tee schwappte mir über die Hand. Ich zischte und stellte sie Tasse hin, um über die verbrannte Stelle zu reiben. Mit großen Augen schaute ich Alexejs Mutter an. Ich konnte es nicht fassen. Es war genau anders herum! Dieser intrigante Lügner!

»Stimmt etwas nicht?«, fragte Alexejs Mutter und ich lächelte verkrampft.

»Nein, alles in Ordnung.«

Du mieser Hund.

Jetzt wünschte ich, ich hätte ihn mit der verdammten Gabel kastriert!

»Tut mir leid, Dina«, sagte Frau Morosow, »ich rede hier über die Vergangenheit, dabei bist du ja eigentlich gar nicht deswegen hier. Euer Direktor hat mir vorgeschlagen, dass Alexej seine Therapie wieder aufnimmt, denn er hat diese vorzeitig abgebrochen und ich konnte ihn seither nicht mehr dazu bewegen, das Büro des Psychologen zu betreten.« Sie seufzte.

»Es ist schon schwierig genug, Alexej die Stirn zu bieten, wenn man ihn nicht dazu bringen möchte, etwas gegen seinen Willen zu tun. Diesen elenden Sturkopf hat er von Yuri geerbt.« Sie lächelte in sich hinein.

In meinem Kopf herrschte ein einziges Durcheinander. Alexej hatte ohne Umschweife zugegeben, dass er sich einmal in Therapie befunden hatte. Aber weshalb war er in Behandlung gewesen? Wenn er doch gar kein Eifersuchtsproblem hatte? *Sondern mein elender Ex-Freund.* Und wer war Yuri?

Waren Alexejs Eltern getrennt?

»Frau Morosow?«

»Ach, nenn mich doch Jelena«, bot sie an und lehnte sich wieder zurück, »ich fühle mich furchtbar alt, wenn du ständig Frau Morosow sagst.«

Ich erwiderte ihr Grinsen scheu. Es war mir schon immer unangenehm gewesen, wenn Leute mir einfach ihren Vornamen anboten, sodass ich nicht wusste, ob ich sie weiterhin siezen sollte oder ob es auch okay wäre, sie zu duzen, und ich wollte gerade bei Alexejs Mutter nichts falsch machen.

Aber die Neugierde war zu groß und so entschloss ich mich, mit der einfachsten Frage anzufangen: »Wer ist denn Yuri? Ich habe den Namen nie gehört.«

Jelena runzelte die Stirn. »Entschuldige, ich dachte, das wüsstest du. Nachdem dir bekannt ist, wem das Tagebuch gehört hat.«

Okay, ich verstand gerade nur Bahnhof. Das Buch und die Therapie hingen direkt zusammen? Wie funktionierte das jetzt schon wieder?

»Jelena, ich weiß das klingt jetzt komisch. Es gab Leute, die mir Lügen über deinen Sohn aufgetischt haben und ich will sicher gehen, dass ich nicht irgendeinen Unsinn glaube. Davon habe ich nämlich wirklich genug gehabt.«

Aufmerksam schaute sie mich an.

»Weshalb *genau* war Alexej in psychologischer Behandlung?«

Jelenas Blick wurde skeptisch.

»Bitte«, flehte ich, »ich glaube, ich habe da etwas missverstanden.«

Ich wusste einfach, dass alles erst dann einen Sinn ergeben würde, wenn ich diese Frage klärte.

Ich hatte auf dem Spielplatz darüber gespottet, dass sein Problem behandlungsbedürftig sei, doch ich schien keine Ahnung zu haben, worüber ich da eigentlich geredet hatte. Dieser Gedanke erschreckte mich zutiefst. Was, wenn es etwas richtig Tragisches wäre?

Jelena rang sichtbar mit sich, bevor sie sich mit der flachen Hand übers Gesicht fuhr, als sei sie plötzlich sehr, sehr müde. Ihr Griff um die Tasse war fest, als müsse sie sich an irgendetwas festhalten.

»Wegen des Tods seiner Eltern.«

Kapitel 20 – Es war einmal die Wahrheit

Ich saß auf dem Klodeckel und starrte in die Luft. Keine Sekunde länger hatte ich im selben Raum mit Jelena bleiben können, deren Schmerz ihr so deutlich ins Gesicht gezeichnet war. Und ich konnte auch nicht in den Spiegel schauen, der über dem Waschbecken hing, denn mein eigenes Gesicht wollte ich noch viel weniger sehen.

Ich stützte meinen Kopf in die Hände und starrte auf die Fliesen hinunter. Nie im Leben wäre ich auf die Idee gekommen, dass Alexej eine Waise sein könnte, nicht einmal als er Jelena beim Vornamen genannt hatte.

Ich hatte den Tod seiner Eltern als ein »Problem« bezeichnet.

Ich hörte die Verachtung in meiner Stimme, wie ein Echo in meinem Kopf.

Ein Problem, das in Therapie gehört.

Kein Wunder, dass Alexej vor mir ausgespuckt hatte. Und das Schlimme war ja, dass er noch nicht einmal richtig wütend geworden war, sondern erst, als er angenommen hatte, ich würde eine Dreiecksbeziehung führen. Als hätte er längst gelernt, mit spöttischen Kommentaren über seine Eltern umzugehen.

Ein harter Klumpen formte sich in meiner Magengegend und ich stellte fest, dass es Furcht war. Furcht davor, dass ich etwas unwiederbringlich zerstört hatte, wie ein filigranes Gebilde aus Glas, das in viele Stücke zersplittert war. Ich hatte mich mit meinem Kommentar bei Personen eingereiht, mit denen ich niemals etwas zu tun haben wollte. Dieser Gedanke bewegte in meinem Inneren etwas, das Gerechtigkeit forderte.

Und da ich weder Simon noch sonst irgendjemanden für seine Boshaftigkeit zur Rechenschaft ziehen konnte, wollte ich wenigstens tun, was in meiner Macht stand, um mein eigenes Benehmen wieder gut zu machen.

Ich spülte und ging zurück ins Wohnzimmer. Draußen wurde es langsam dunkel und warmes Licht schien mir entgegen. Jelena stand vor einem Regal und hielt etwas in den Händen, auf das sie mit einem liebevollen Blick hinunter schaute. Als sie mich sah, wollte sie es zunächst wegstellen, aber dann schien sie es sich anders zu überlegen und streckte es mir entgegen. Es war eines der gerahmten Bilder und sah aus, als wäre es schon oft zur Hand genommen worden, denn der Rand war abgegriffen und als das Licht schräg aufs Glas fiel, sah ich Fingerabdrücke.

»Hier«, sagte sie, »das sind die beiden.«

Vorsichtig nahm ich das Foto entgegen und ließ mich damit auf die Couch zurück sinken. Jelena setzte sich neben mich.

»Das ist Yuri, mein Bruder«, sagte sie und deutete auf den Mann, von dem Alexej zweifelsohne die Größe und Statur geerbt hatte. Er trug einen ernsten Ausdruck im Gesicht, doch in seinen Augen konnte man die Zuneigung für die zierliche Frau erkennen, die sich vertrauensvoll an ihn gelehnt hatte.

»Das ist Felina.«

Ich ließ meine Augen über das Gesicht der Frau wandern und dachte an das zerlaufene Foto im Tagebuch. Es war Felinas Lächeln, das mir da entgegen geblickt hatte. Tiefes Mitgefühl erfasste mich, als mir klar wurde, dass Alexej das Buch als ein Andenken mit sich herumtrug, Erinnerungen an Tage, als alles noch in Ordnung gewesen war. Er musste Rot gesehen haben, als es im Brunnen gelandet war, die Gedanken seiner Mutter unwiederbringlich zerstört.

Ich ballte eine Faust. »Wie ist es passiert?«, fragte ich.

Sie räusperte sich und strich mit den Fingerspitzen über das Foto.

»Ein Autounfall«, sagte sie, »vor etwa fünf Jahren. Kurz nachdem Katja und Lana auf die Welt gekommen sind. Sie waren mitten in der Nacht noch unterwegs. Es hat fürchterlich geregnet und es gab eine Kollision mit einem Lastwagen.« Sie holte zittrig Luft. »Sie sind von der Straße abgekommen und das Auto ist eine Böschung hinuntergestürzt.«

»Das tut mir sehr leid«, sagte ich leise.

Sie schüttelte den Kopf, doch als sie weitersprach, huschte ein schmerzvoller Ausdruck über ihre Züge.

»Gott sei Dank waren die Zwillinge damals bei mir, aber Alexej saß hinten im Wagen.«

Mein Herzschlag setzte für einen Moment aus.

»Er war erst zwölf«, sagte sie leise, »beim Aufprall wurde er schwer verletzt.«

Mir fiel ein, was Alexej zu mir sagte, als ich ihn fragte, wann er das letzte Mal geweint hatte. »Als ich zwölf war«, hörte ich ihn sagen, und wie er dann so völlig emotionslos seine Verletzungen runtergerattert hatte, beinahe, als ginge ihn der Junge von damals nichts mehr an, als wären sie zwei verschiedene Personen.

»Nach dem Unfall kam Alexej zu mir und man sprach mir auch seine Schwestern zu, denn sie hatten sonst niemanden. Nur ein paar entfernte Verwandte, aber die leben in Russland«, sagte Jelena und grinste mit einem Mal wehmütig.

»Du hättest Alexej vor dem Unfall sehen sollen, er war so ein aufgeweckter Junge, der ständig nur Blödsinn im Kopf hatte. Aber er hatte ein einnehmendes Wesen und ehrlich gesagt, konnte ihm niemand lange böse sein.«

Ich versuchte mir eine jüngere Version von Alexej vorzustellen, aber es gelang mir nicht ganz. Sein Gesicht war immer so verschlossen, und nur selten hatte ich ihn ohne diesen wachsamen Ausdruck in den Augen gesehen. Es war wie eine Mauer aus Selbstsicherheit, hinter der er sein Leben führte. Was wohl passieren würde, wenn ich eine Lücke darin fände, und versuchen würde, sie aufzubrechen?

»Es muss sehr schwierig für ihn gewesen sein«, murmelte ich.

Jelena nickte. »Am Anfang war ich vollkommen überfordert. Er wollte mit niemandem reden und ich hatte wahnsinnige Mühe, ihn zum Essen zu bewegen. Seine Freunde hat er nach und nach vergrault, denn er zog sich immer mehr zurück, und als die Zeit verstrich, ist mir aufgefallen, dass er sehr impulsiv auf Annäherungsversuche reagierte. Wann immer ihn jemand fragte, wie es ihm gehe, wurde er böse und immer häufiger hat er sich mit seinen Mitschülern angelegt. Ich dachte, er benötigte einfach Zeit, aber es wurde nur schlimmer und schlimmer. Besonders, als wir dann auch noch hierher ziehen mussten.«

Sie machte eine Pause und ich wartete taktvoll, bis sie das Wort wieder aufnahm.

»Ich war gesundheitlich sehr angeschlagen und Yuri hat mich unterstützt, da es sehr teuer ist, sich behandeln zu lassen. Ich hatte Krebs«, sie winkte ab, als mir ein *Oh* entfuhr, »der Tumor ist zurückgegangen und bis jetzt gibt es keinen Grund, sich Sorgen zu machen, dass er rezidiv sein könnte. Ich bin zuversichtlich, dass es so bleibt.« Sie schenkte mir ein Lächeln. »Als mein Bruder starb, hatte ich mich gerade erst erholt und benötigte noch immer Medikamente. Das war finanziell nicht sehr einfach.«

Deswegen hatten sie dann wohl umziehen müssen.

»Leider hat Alexej dann auch noch seine letzten beiden Freunde verloren. Vorher haben sie in derselben Straße gewohnt, aber Simon ist immer seltener auf Besuch gekommen und schließlich überhaupt nicht mehr.«

Alexej hatte mal in diesem geschniegelten Viertel gewohnt? Das hätte ich jetzt wirklich nicht gedacht, doch als

Jelena weiter sprach, fügte sich so einiges zusammen, das bisher nicht klar gewesen war.

»Ich sage es zwar nicht gerne, aber ich glaube, dass Simon ein Problem mit unseren neuen Lebensumständen hatte.«

Sie sprach weiter, aber ich hörte ihr gar nicht mehr richtig zu. Mit einem Mal war ich mir absolut sicher, dass Simons Rückzug nicht halb so viel mit Alexejs Unnahbarkeit zu tun hatte, wie mit der Tatsache, dass dieser plötzlich keine reichen Eltern mehr hatte. Und das war so verabscheuungswürdig, dass mir fast die Tränen kamen.

Als Jelena schließlich schwieg, trat eine lange Pause ein. Ich warf einen Blick durchs Fenster in die hereinbrechende Nacht und mir wurde bewusst, dass ich bald aufbrechen musste. Es war zwar Winter und wurde früh dunkel, aber das kümmerte meine Eltern nicht. Dunkel war in ihren Augen einfach nur eines, nämlich *dunkel* und dann hatte ich zu Hause zu sein. Aber mir brannte noch eine Frage auf der Zunge und so sagte ich: »Du hast doch gesagt, die beiden hätten sich geprügelt. Das war wegen Vanessa, oder?«

Sie sah mich erstaunt an und erklärte: »Ich wusste nicht, dass du Vanessa kennst. Aber ja, Simon war wohl in Vanessa verliebt und hat es in den falschen Hals bekommen, dass sie so viel Zeit mit Alexej verbracht hat. Sie hat ihm nach dem Unfall sehr geholfen, weißt du?«

Nun wollte ich plötzlich doch nicht so viel hören, denn die Eifersucht stach in meinem Herzen, aber Jelena merkte nichts davon. »Wäre sie nicht gewesen, weiß ich auch nicht, wie es gekommen wäre. Die Lehrer zeigten viel Nachsicht mit ihm, aber irgendwann war auch deren Geduld erschöpft.«

»Und von Vanessa ließ er sich was sagen?«, fragte ich verdrossen.

»Nein.«

Ein absurdes Gefühl der Erleichterung durchflutete mich und ich schämte mich.

»Aber sie hat ihm wohl ein paar Mal aus dem Schlamassel geholfen, bis es Simon zu bunt wurde.«

»Und dann ist er auf Alexej losgegangen?«

»Nicht direkt. Wenn man es genau nimmt, dann war es Alexej, der zuerst zugeschlagen hat. Simon hat etwas zu ihm gesagt, um ihn zu provozieren, aber das hat im Nachhinein niemanden mehr interessiert.«

Ich biss mir auf die Unterlippe.

»Was hat Simon denn zu ihm gesagt?«

Jelena schüttelte den Kopf.

»Das weiß ich leider nicht.« Sie erhob sich und stellte das Foto zurück an seinen Platz. »Niemand weiß es, um ehrlich zu sein. Alex hat nie darüber geredet.«

Mit niemandem? In diesem Moment erklang ein Geräusch von der Eingangstür her und im nächsten Moment hörte man im Flur laute Geräusche, das Rascheln von Jacken und die Zwillinge, die lachten und plapperten.

Ich saß sofort stocksteif. Ich wollte lieber nicht so genau wissen, was Alexej davon dachte, dass ich mit seiner Tante über ihn geredet hatte. Sicherlich wäre er sehr begeistert. So begeistert, dass er ein Fenster öffnen und mich in hohem Bogen hinausbefördern würde.

»Halt still«, knurrte es da auch schon im Flur und eines der Mädchen kicherte. Mein Herzschlag beschleunigte sich. »Deine Nase ist eiskalt, ich hab dir gesagt, dass du dir noch einen Schnupfen holst, wenn du ohne Jacke rumrennst!«

»Gar nich!«, maulte Lana, oder zumindest nahm ich an, dass es Lana war.

»Willst du frech werden?« Seine Stimme klang zwar böse, aber es war wie in diesen Momenten, wenn man am Telefon merkt, dass der andere lächelte, während er spricht. Man hörte es aus seiner Stimme heraus und genau so war es auch bei Alexej, nur dass sein gewöhnlich harscher Ton einen sehr leicht täuschen konnte. Ein zufriedenes Gefühl breitete sich in mir aus, als ich ihrem Gerangel lauschte.

»Alex?«, rief Jelena, »kommt ihr mal bitte? Wir haben Besuch.«

Als er durch die Tür trat, hielt er erstaunt inne. Sein Blick kreuzte meinen und enthielt für eine Sekunde reine Sprachlosigkeit, bevor sich seine Stirn umwölkte. Ich erwartete ein genervtes Augenrollen, ein Zähneknirschen oder eine fiese Bemerkung, die kurz darauf dazu führen würde, dass ich das Weite suchte, aber ich bekam nichts von alledem.

Meine Augen weiteten sich, als er mir ein knappes Nicken schenkte.

»Schön, dass ihr zurück seid«, sagte Jelena, »wie war's?«

Die Zwillinge begannen sofort zu erzählen, dass sie auf der Eisbahn gewesen waren und welche Süßigkeiten sie gegessen hatten. Offenbar war Katja ganz oft hingefallen und Alexej hatte sie schließlich huckepack genommen. Ihr Gesicht strahlte und sie kicherte, als sie erzählte, dass *Alex* ganz schnell gefahren sei.

Ich saß etwas deplatziert auf dem Sofa, nicht sicher, ob ich unterbrechen und behaupten sollte, ich müsste langsam gehen. Alexej nahm nicht am Gespräch teil, er brummte nur ab und zu und als ich unschlüssig nach meiner kalt gewordenen Tasse griff, bemerkte ich nervös, dass er mich aus dem Augenwinkel musterte.

Unruhig rutschte ich hin und her, was auch Jelena auffiel. Ihr Blick ging zu Alexej und blieb dann an mir hängen. Ein aufmunterndes Lächeln formte sich auf ihren Lippen und in ihren Augen lag eine unausgesprochene Wärme.

Sie wusste, dass ich mit Alexej reden wollte. Dass ich ihn *mochte.*

Natürlich wusste sie das.

Sie ging zu ihm, drückte ihm einen Kuss auf die Wange und scheuchte die Mädchen davon. »Ab in die Wanne ihr zwei, ihr seid ja richtig durchgefroren.«

Und dann waren wir alleine. Aber es war nicht wie sonst. Er stand ganz einfach nur da und schaute mich an. Und wie er mich anschaute! Noch nie hatte ich diesen Ausdruck auf seinem Gesicht gesehen. Als wäre ich ein kompliziertes Rätsel, dass er nicht ergründen konnte.

Bitte schau genauer hin.

Er runzelte die Stirn, als wäre die Bitte in mein Gesicht geschrieben und wahrscheinlich war es auch so. Er kam näher, bis er vor dem Couchtisch stand und dann beugte er sich nach vorne und stützte sich darauf ab.

»Hallo, Sonnenschein.«

Kapitel 21 – Hinter der Fassade

Alexej lief voraus.

Er hatte kaum einen Blick auf die halb leer getrunkenen Tassen geworfen, obwohl ihm klar sein musste, dass Jelena und ich kein anderes Gesprächsthema haben konnten als ihn. Es kümmerte ihn offenbar nicht. Stattdessen hatte er mit dem Kopf Richtung Tür geruckt und bedeutete mir, ihm zu folgen.

Als er nun den Flur entlang lief und am Ende des Ganges eine Tür aufstieß, packte mich rege Neugierde. Nie im Leben hätte ich gedacht, dass ich sein Zimmer einmal zu Gesicht bekäme und so blieb ich im Flur stehen. Würde ich gleich auf Berge an Klamotten und ein ungemachtes Bett treffen? War er jemand, dessen Schreibtisch im Chaos versank? Egal was mich erwartete, ich war mir ziemlich sicher, dass es Alexej nicht kümmerte, was ein Gast über ihn dachte.

Zögerlich trat ich ein. Der Raum war klein und es passte nicht sehr viel mehr hinein, als ein Bett in der Ecke, ein schmaler Schrank und ein Regal an der Wand gegenüber sowie ein kleiner Schreibtisch, auf dem sich ein paar Zettel neben einem aufgeklappten Laptop stapelten. Es war alles recht ordentlich. Das Bett war zerwühlt, doch auf dem dunkelblauen Teppichboden lagen nur sein Rucksack und ein paar Schulbücher.

Das Fenster war gekippt und ich sah auf die Balkone der angrenzenden Blocks. Ich entdeckte nirgendwo Bilder oder Hinweise auf Hobbys und dergleichen. Es wirkte alles recht unbewohnt.

Nachdem ich auf dem Schreibtischstuhl Platz genommen hatte, entdeckte ich, wonach ich unwillkürlich gesucht hatte. Hinter dem Schrank hingen viele krakelige Kinderzeichnungen von Blumen, Vögeln und anderen Tieren. Auf einem entdeckte ich sogar eine Familie, die sich an den Händen hielt. Es waren vier Personen; Jelena, Alexej und die beiden Mädchen. Unten in der Ecke stand in krakeligen, großen Buchstaben »Katharina«. Das H war nachträglich reingeflickt worden, was mich schmunzeln ließ. Katja war also nur ein Kosename.

Mein Blick fiel auf ein geschnitztes Holzkästchen im Regal, neben dem eine ziemlich alt aussehende Spieluhr stand. Beides sah aus, als wäre es erst kürzlich vom Staub befreit worden. Auf dem Kästchen waren Initialen eingeritzt.

Y. M.

Ich dachte an Jelenas Worte. Es musste Alexejs Vater gehört haben.

Aufmerksam ließ ich meinen Blick schweifen und dabei stachen diverse Kleinigkeiten ins Auge, die mir vorher nicht aufgefallen waren.

Der ausgeblichene Basketball hinter dem Rucksack und der halb vertrockneten Zimmerpflanze, der helle Fleck an der Wand, wo einmal ein Poster gehangen haben musste und weiter hinten auf dem Schreibtisch viele kleine Bastelarbeiten, die ihm sicher die Zwillinge aus dem Kindergarten mitgebracht hatten.

Das Zimmer war überhaupt nicht so kahl wie angenommen. Es enthielt Leben und Vergangenheit; nur eben nicht auf den ersten Blick. *Es ist wie Alexej*, schoss es mir durch den Kopf. Unpersönlich, doch wenn man genauer hinschaute, voller unerwarteter Details.

Ein Räuspern riss mich aus meinen Betrachtungen. Alexej saß breitbeinig auf dem Bett, die Unterarme auf den Oberschenkeln. Ich wandte mich ihm zu, zog aus Gewohnheit meine Beine auf den Stuhl und umschlang diese mit den Armen. Doch kaum hatte ich es mir bequem gemacht, entdeckte ich noch etwas anderes.

»Ist das …?«

Alexej griff nach dem Buch neben sich und nickte.

»Ich konnte es heute abholen. Wie man sieht, ist es getrocknet.«

»Gut«, sagte ich, in Ermangelung einer besseren Antwort. »Kann man es denn noch lesen?«

Er zuckte mit den Schultern. »Das meiste, ja.«

»Aber nicht alles«, sprach ich aus, was wir wohl beide dachten. Ich verspürte die Trauer über die verlorenen Aufzeichnungen dieses Buches, als wären es meine eigenen Erinnerungen, die weggewaschen worden waren.

»Es tut mir so wahnsinnig leid«, sagte ich leise.

Eine lange Stille folgte und ich fragte mich schon, wieso er überhaupt mit mir hatte reden wollen, wenn wir nur hier saßen und uns anschwiegen, als er doch noch das Wort ergriff.

»Wie war's eigentlich noch in der Schule?« Die Belustigung in seiner Stimme schuf sofort eine lockere Atmosphäre und ich holte empört Luft.

»Das kannst du dir denken! Alle haben mich angestarrt, als hätte ich drei Augen.« Die Röte kroch in meine Wangen, als ich mich erinnerte, was er mir ins Ohr gemurmelt hatte, sein Mund so dicht an meinem Hals, bevor er mich den Wölfen zum Fraß vorgeworfen hatte.

Er grinste und lehnte sich zurück. »Das war sicher sehr interessant.«

Ich schnaubte. »Und wie. Man könnte meinen, du hättest dir das Schauspiel nicht entgehen lassen wollen, aber du warst ja nicht da.«

Natürlich wusste ich, dass er sich nicht absichtlich gedrückt hatte, denn ihm hätte es nichts ausgemacht, angegafft zu werden, aber als ich meine eigenen Worte hörte, konnte ich nicht umhin, den leisen Vorwurf zu bemerken, der sich eingeschlichen hatte.

»Ich war suspendiert«, bestätigte er, höflich genug, dies zu übersehen.

Ich schlang die Arme enger um meine Beine und sagte: »Das habe ich mir gedacht. Ich habe deine Akte gesehen und ehrlich gesagt, bin ich erstaunt, dass du überhaupt noch an der Schule bist.«

Etwas an der Art, wie er so ruhig über seinen zweitägigen Schulverweis redete, reizte mich, und obwohl in mir das Verlangen brannte, mich ihm endlich zu erklären, konnte das hier nicht warten. War ihm nicht bewusst, an was für einem dünnen Faden seine Zukunft hing?

Er presste die Lippen zusammen, als ich weiter sprach. »Dir ist doch klar, dass du fliegst, wenn du dir noch einen einzigen Fehltritt erlaubst?«

Ich wollte keinen Streit provozieren, aber er verspannte sich merklich.

»Davon hab ich möglicherweise schon gehört«, sagte er spöttisch.

»Und du solltest es ernst nehmen«, gab ich zurück. »Hier steht mehr auf dem Spiel, als die Mühe, eine Schule zu finden, die dich wieder aufnimmt. Du könntest damit deine ganze Zukunft in den Sand setzen.«

»Darf ich fragen, wieso dich das kümmern sollte?«

»Ich meine doch nur«, sagte ich und dachte an Jelenas trauriges Gesicht. »das hier ist kein Spiel, es geht hier um dein Leben.« Ich gab mir große Mühe, ein bisschen zurück zu rudern, aber es war schon zu spät. Alexej rutschte nach vorne, nun deutlich missgestimmt.

»Und das geht dich etwas an, weil …?«

»Dein Leben geht mich natürlich nichts an.« Auch wenn ich wünschte es wäre anders. »Aber es gibt Menschen, denen du wichtig bist.« Ich rang meine Hände, als ich nicht mehr weiter wusste und presste dann die Lippen zusammen. »Es ist eine Schande, dass Simon ungeschoren davongekommen ist. Aber während er bei einem nächsten Streit nur ein paar Stunden nachsitzen wird, bedeutet es für dich den Rausschmiss.«

Ich lehnte mich nach vorne und krallte die Hände in die Sitzfläche. Alexej schwieg unheilverkündend, aber ich sprach einfach weiter: »Ich will doch nur nicht, dass du dir ins eigene Fleisch schneidest. Ich habe gesehen, wie du im Unterricht aufpasst, und deine Noten sind sicher nicht schlecht!« Sollte er ruhig wissen, dass ich ihn beobachtet hatte, hier ging es um wichtigere Dinge als meinen Stolz. »Deine Mutter–«, doch weiter kam ich nicht. Mit einem Schritt war er bei mir, packte mich an den Knien und zog mich zu sich.

»Was ist mit meiner Mutter?«, donnerte er. Ich zog den Kopf ein.

»Jelena«, piepste ich.

»Ist *nicht* meine Mutter!«

Die Stille, die folgte, war schwer. Atemlos schauten wir uns an. Seine Augen waren noch nie so leuchtend hell und scharf gewesen, wie jetzt.

»Ich weiß«, flüsterte ich, als der Druck in meiner Brust zu groß wurde.

Er schnaubte und erhob sich. Als er zur Tür ging, kam ich auf die Füße und setzte ihm nach. Ich erwischte ihn am Arm und er drehte sich zu mir um. Eingeschüchtert zuckte ich zurück, aber ich gab nicht auf. Meine Finger gruben sich in seinen Unterarm, weigerten sich, ihn loszulassen.

»Ich weiß!«, stieß ich hervor. »Ich weiß, dass sie nicht deine Mutter ist, aber auch erst seit heute!«

Er schaute mich perplex an. Wahrscheinlich wog er ab, ob ich ihn gerade anlog. Er schlug die Tür zu und schob mich zurück, sodass ich rückwärts stolperte. Sein Blick bohrte sich in meinen. Aber entgegen seiner groben Handlung, sprach er erstaunlich sanft.

»Ich verstehe nicht.«

Mit zugeschnürter Kehle starrte ich hoch in seine Augen und begegnete dort einem Ausdruck, den ich vorher noch nie gesehen hatte. Alexej war verwirrt. Sehr verwirrt und eine Welle der Zuneigung spülte über mich hinweg. Hätte er meine Gedanken in diesem Moment auch nur erahnt, wäre das bestimmt unangenehm für mich geworden, aber ich wünschte mir trotzdem, dass er mich öfters so ansehen würde.

Nicht, weil es mir gefiel, dass zur Abwechslung einmal er derjenige war, der auf dem Schlauch stand, sondern weil er für einen Moment den Schutzwall sinken ließ, auf den ich sonst immer stieß.

»Ich zuerst auch nicht«, sagte ich leise.

»Aber?«

Er wartete gespannt auf meine Antwort.

»Das ist eine längere Geschichte«, sagte ich, aber er zuckte nur mit den Schultern, in einer Geste die mir bedeutete, dass ich fortfahren sollte.

Also fing ich ganz am Anfang an und bald sprudelte es nur so aus mir heraus. Ich erzählte von dem Tag im Jungenklo, was mir eine hochgezogene Augenbraue einbrachte, doch ich redete einfach weiter und ging zu der Sache mit der Kellertür über. Ich berichtete, wie geschockt ich gewesen war, als ich am Knauf zog und von Simon, der an dem Abend einfach zu Bett gegangen war.

»Er war wütend auf *mich*, weil ich mich nicht gemeldet hatte! Und ich hätte ihn erwürgen können!«

Ich schüttelte heftig den Kopf, als ich von seinem merkwürdigen Verhalten berichtete, seinen Anschuldigungen gegen Alexej und wie ich schließlich auf die Idee gekommen war, ihn von der Arbeit abzuholen.

»Die sagten, da würde kein Simon arbeiten.« Ein bitteres Lachen kam mir über die Lippen. »Und als ich ihm nachgeschlichen bin, habe ich ihn dann mit ihr gesehen.«

Ich durchlebte noch einmal den Moment, als Vanessa mir erklärt hatte, sie sei Simons Freundin. Je mehr ich erzählte, desto weiter verfinsterte sich Alexejs Gesicht. Erst als ich zu der Stelle kam, als ich wutentbrannt zu Simon nach Hause gegangen war, zuckte zum ersten Mal so etwas wie Belustigung über seine Züge.

»Du hast Brot nach ihm geworfen?«

»Und fast noch mit einer Gabel.«

»Mit einer Gabel?!«

»Es war das erste, was ich in die Finger bekommen habe«, verteidigte ich mich, aber Alexej grinste nur breit.

»Von der Gabel zum Messer ist's nicht weit. Wo wird das mit dir enden? Muss ich dich demnächst aus einer Messerstecherei rausholen?«

Die Erwähnung, dass er mich herausholen würde, durchflutete mich warm und als ich ihn dann auch noch grummeln hörte: »Aber mich nennt man gewalttätig«, musste ich kichern.

»Alexej?«, sagte ich, als wir wieder ernst wurden.

»Ja?«

»Wenn ich gewusst hätte, wieso du in Therapie gewesen bist, dann hätte ich das auf dem Spielplatz niemals gesagt.«

Ein Schatten huschte über seine Züge und gab für eine Sekunde den Schmerz preis, den ich ihm zugefügt hatte. Ich verspürte eine Reue, wie ich sie selten zuvor erlebt hatte, aber ich empfand auch Erleichterung, weil ich endlich die Gelegenheit gefunden hatte, ihm zu sagen, was ich schon so lange hätte richtigstellen sollen.

»Es mir wirklich sehr leid«, sagte ich.

Er schaute mich lange an. »Du hast offensichtlich nicht von meinen Eltern geredet. Es war ein Missverständnis.«

Und in diesem Moment begriff ich etwas, dem ich bisher keine große Beachtung geschenkt hatte. Alexej hielt nicht an seinem Zorn fest, nur um Recht zu behalten. Er hörte sich an, was andere zu sagen hatten und wenn er sich irrte, war er schnell dabei, sie wieder vom Haken zu lassen. Es war wie mit dem Tagebuch. Er wusste, dass es nicht meine Schuld war und obwohl es einfacher gewesen wäre, mir meine Fehler vor Augen zu führen und mit seinen Anschuldigungen jemanden zu finden, an dem er seinen Frust auslassen konnte, er tat es nicht. Er hatte nicht einmal versucht, mir ein schlechtes Gewissen zu machen und darin unterschied er sich so stark von Simon wie kaum ein anderer Mensch, den ich kannte.

Es passte in das Bild von dem Jungen, der offen zu seinem aufbrausenden Wesen stand und niemanden sonst für seine Fehltritte verantwortlich machte. Obwohl er die Mitleidskarte hätte spielen können. Obwohl er die Schuld bei seinen Mitmenschen hätte suchen können. Er tat nichts dergleichen. Er gab ohne Ausflüchte zu, dass er ein Gewaltproblem hatte.

Alexej war ehrlich.

Vielleicht der ehrlichste Mensch, dem ich je begegnet war. Nachdem ich mein Leben lang von Menschen umgeben gewesen war, die mich beschützen wollten, indem sie mir etwas verboten, mich mit Samthandschuhen anfassten, um mich nicht zu verletzen oder mir direkt ins Gesicht logen, um mich zu hintergehen, tat es eigenartig gut, in seine Augen zu schauen und seine aufrichtige Meinung zu hören.

Ich lächelte.

»Danke.«

Aber da runzelte er die Stirn und sagte: »Etwas verstehe ich aber nicht ganz. Wenn du nicht wusstest, wieso ich in Therapie war, was hast du dann vermutet?«

Oh nein. Ich hatte das Thema Eifersucht tunlichst vermeiden wollen und gedacht, ich wäre aus dem Schneider. Rache wäre immerhin ein gutes Motiv gewesen, um eine Beziehung zu zerstören. Alexej hätte niemals von Simons Behauptung erfahren müssen, er sei in mich verliebt und ich hätte mir die peinliche Angelegenheit sparen können, es ihm ins Gesicht sagen zu müssen.

Ihm in die Augen zu schauen und zu gestehen, dass ich bis heute gedacht hatte, er würde auf mich stehen.

Ich räusperte mich und sagte zögerlich: »Weißt du noch, dass ich gesagt habe, ein bisschen Eifersucht könne Simon und mich nicht trennen?«

Alexej nickte zuerst, aber dann kniff er die Augen zusammen, als müsste er nachdenken.

Oh bitte! Ich wollte vor Scham im Boden versinken, als die Erkenntnis langsam in sein Gesicht trat.

Meine Wangen brannten.

»Du dachtest, ich wäre eifersüchtig. Auf Simon.«

Der Unglaube in seiner Stimme versetzte mir einen tiefen Stich, der meinen Magen zusammenzog. Das Blut rauschte in meinen Ohren.

»Du dachtest, ich ...« Sprich es nicht noch aus! »... sei eifersüchtig auf ihn, weil ich mich in dich verliebt habe.«

Mein Herz pochte, so laut und wild, dass ich mir sicher war, er hörte es.

»Jetzt weiß ich, wie dumm das ist!«, sagte ich hastig.

Er legte den Kopf schief und schaute mich merkwürdig an. Ich senkte meine Augen und starrte auf seine Brust. Wir waren uns so nahe, dass ich mich nur noch hätte vorzulehnen brauchen, um mein Gesicht in seinem Shirt zu vergraben.

Alexej wich langsam von mir zurück. Sofort fühlte sich alles um mich herum kälter an.

»Dina, weshalb bist du hier?«, fragte er.

Ich grub meine Finger in meine Jeans.

»Jelena macht sich Sorgen um dich«, würgte ich heraus, aber er schüttelte nur den Kopf. Er griff nach meinem Kinn, sanft aber bestimmt und hob meinen Kopf, bis unsere Augen sich begegneten.

»Du willst etwas von mir.«

Kapitel 22 – Steine und Wege

Mein Herz setzte einen Schlag aus.

Doch dann sagte er: »Ist doch so? Du willst etwas, was ist es?«

Erleichterung sackte in meinen Magen hinunter, aber ich wagte noch nicht aufzuatmen. Alexej mochte annehmen, dass ich hergekommen war, um einen Gefallen zu erbitten, aber er war nicht dumm. Er musste zumindest ahnen, dass er mir nicht gleichgültig war.

Mein Verhalten sprach eine zu deutliche Sprache. Aber seine Augen waren eisig, wie ein zugefrorener Bergsee und obwohl ich wusste, dass hinter der Eisschicht eine Wärme lag, doch ich hatte gerade keinen Zugang dazu. Ich prallte an der Mauer ab, die er wieder errichtet hatte und selbst mein pochendes Herz fand keine Tür, an die es klopfen konnte.

Nervosität packte mich. Mit plötzlicher Bestimmtheit wusste ich, dass es nicht gut wäre, es ihm jetzt zu sagen. Zwar wollte ich ihm gestehen, wie groß meine Angst um ihn war und wie sehr ich mir wünschte, in seiner Nähe bleiben zu dürfen, aber das wären wohl genau die Worte, die mich von ihm wegstoßen würden.

Ich würde unsere beginnende Freundschaft nur im Keim ersticken. Wir konnten endlich miteinander reden und das wollte ich auf keinen Fall zerstören. Mit seinen Worten bot er mir jedoch unabsichtlich den perfekten Ausweg aus der Misere. Mir musste nur eine passende Ausrede einfallen.

Aber was könnte ich von ihm wollen?

Fieberhaft kramte ich in meinem Gedächtnis nach einem Grund für mein Hiersein und als die Stille schon fast peinlich wurde, erfasste mein Verstand endlich einen rettenden Gedanken.

»Bring mir bei, wie man mutig ist«, stieß ich hervor.

Alexejs Augen weiteten sich.

»Du hast es selbst gesagt«, fügte ich an. »Ich habe keinen Mumm und lasse mich von anderen herumschubsen. Ich will mutiger werden und du hast gesagt, dass du mir damit helfen kannst.« Ich zwang ein Lächeln auf meine Lippen. »Deshalb bin ich hier.«

Alexejs Mundwinkel zuckten und die angespannte Stimmung löste sich auf.

»Was?«, fragte ich irritiert.

Er grinste, breit und unverschämt. »Ist das so?«, spottete er. »Ich fürchte, bei dir bin selbst ich überfragt. Du brauchst nicht nur ein bisschen Mut, Barbie, sondern eine Generalüberholung. Ehrlich, du hast kein Rückgrat, aber dafür einen gewaltigen Stock im Hintern.«

Die Kinnlade klappte mir herunter, aber mir wollte auf die Schnelle keine Erwiderung einfallen. Alexej hatte sein Handy herausgeholt und begann zu tippen, während ich ihn anstarrte und spürte, wie mein linkes Auge zu zucken begann. »Was machst du da?«

»Ich rufe bei Joe's Kleinteillager an, um zu sehen, ob die noch ein Rückgrat an Lager haben.«

Meine Gesichtszüge entgleisten mir und er begann zu lachen. Meine Augen wurden groß vor Erstaunen. Es war dasselbe Lachen, dass ich auf den Spielplatz gehört hatte. Laut, frei und so verdammt anziehend.

Alexej verarschte mich.

Ich senkte den Kopf, um mir die Haare ins Gesicht fallen zu lassen und mein Lächeln zu verbergen.

Da klopfte es plötzlich an der Tür und einen Moment später steckte Jelena den Kopf ins Zimmer.

»Alles gut bei euch?« Sie klang alarmiert.

Ihr Blick blieb an Alexej haften, der sich gerade halbwegs eingekriegt hatte, und ein erstaunlicher Wandel ging in ihr vor. Ihre besorgten Gesichtszüge wurden mit einem Mal weich und ein liebevoller Ausdruck trat in ihre Augen. Als sie meinen Blick bemerkte, räusperte sie sich und sagte: »Ich dachte nur... also, ich ... lasst euch nicht stören. Ich schau noch mal nach den Mädchen.«

In ihrer Verwirrung griff sie bei der Klinke daneben und als sie aus dem Zimmer hastete, drehte sie sich noch einmal um und schenkte mir ein sonderbares Lächeln.

Ich lächelte zaghaft zurück, aber da war sie schon weg.

Als wir Minuten später im Flur standen und ich mich in meine Schuhe zwängte, lehnte sich Alexej gegen die Wand und hielt sein Handy noch mal hoch.

»Gibst du mir jetzt deine Nummer?«

Erstaunt blickte ich auf. Ach, das hatte er gewollt. Nun kam ich mir gleich doppelt dumm vor. Ich versuchte, nicht allzu sehr zu zeigen, wie glücklich seine Frage mich machte, sondern kramte stattdessen nach meinem Telefon und diktierte ihm die Zahlen.

Kurz darauf surrte mein Handy und seine Nummer erschien auf dem Display.

Ich grinste in mich hinein. Bestimmt gab es nur sehr wenige Leute, die ihn unter seinen Kontakten abgespeichert hatten. In der Schule gab es bestimmt kein einziges Mädchen, das sich zu dieser Gruppe zählen durfte. Eilig bückte ich mich wieder über meine Schuhe und band diese, aber ich konnte nicht aufhören zu lächeln. Nun konnte ich ihn jederzeit erreichen oder ihm schreiben.

Selbstverständlich müsste ich dazu einen guten Grund haben. Ich wollte nicht wirken, als wäre ich eine Klette, aber ich konnte nicht umhin bereits zu überlegen, aus welchem Anlass es legitim wäre, ihm eine Nachricht zu schicken.

Ich bekam fast nicht mit, dass mein Handy erneut surrte und erst als Alexej sagte »Willst du nicht rangehen?«, kam ich zu mir. Es war meine Mutter, die es nun schon seit geraumer Zeit klingeln ließ und ich hob so schnell wie möglich ab.

»Dina!«, erklang ihre ungehaltene Stimme, kaum dass ich den Knopf gedrückt hatte, »wo um Himmels willen bist du? Hatten wir nicht ausgemacht, dass du bei Einbruch der Dunkelheit hier bist?«

»Hallo«, murmelte ich. »Ich weiß, aber ich bin noch bei jemandem auf Besuch.«

»Auf Besuch? Bei wem denn? Ich habe Sara angerufen und da warst du nicht.«

»Nicht bei Sara«, grummelte ich. Ich schaute auf und begegnete Alexejs erheitertem Grinsen. Ich verdrehte die Augen.

»Deine Mutter?«, formte er mit dem Mund und ich nickte.

Kurz kam mir der Gedanke, dass es respektlos auf ihn wirken könnte, wie ich meine Mutter gerade behandelte, doch ein scheuer Seitenblick zeigte mir, dass er kein Problem damit zu haben schien. Er stand einfach nur da und wartete geduldig.

»Bei wem?« Für einen Moment hatte ich völlig vergessen, dass ich noch am Telefon war, und hielt dieses nun ein Stück von meinem Ohr weg.

»Bitte, Mama, schrei doch nicht so.«

»Ich rede, so laut ich will«, gab sie zurück. »Ich will wissen, wo du bist!«

»Bei Alexej«, murmelte ich kleinlaut. »Ich bin schon auf dem Sprung, die Bushaltestelle ist nicht weit und um diese Zeit dürfte es nicht lange dauern, bis einer fährt.«

Das schien sie ein wenig zu beruhigen, aber nur für ein paar Sekunden.

»Wohnt dieser Junge nicht–«, sie unterbrach sich selbst, um nichts Unangemessenes zu sagen. Natürlich wusste sie, wo er wohnte, denn nichts Geringeres hatte ich von meinen Eltern erwartet, nachdem sie mich mit einem unbekannten Jungen aus einem dunklen Kellergeschoss geholt hatten.

»Ja«, sagte ich zögerlich, »aber du brauchst dir keine Sorgen zu machen.«

»Du bist nachts allein in diesem Getto unterwegs?!«

Ich schrak zusammen, weil man ihre schrille Stimme laut und deutlich im Flur hörte.

Alexej zog eine Grimasse.

»Mama, das ist doch alles nicht so schlimm.«

»Um Gottes willen, ich komme dich abholen!«

»Nein, das brauchst du nicht!«

Alles, nur das nicht.

»Mir passiert schon nichts«, beruhigte ich sie, doch nun hörte sie im Hintergrund mit den Schlüsseln klimpern. Mein Blick wanderte hilfesuchend zu Alexej und obwohl ich nicht damit rechnete, von seiner Seite Hilfe zu erfahren, stieß er sich von der Wand ab und trat neben mich. Er schnappte sich seine Turnschuhe und streifte diese über.

»Ich bring dich nach Hause.«

Ich musterte Alexej aus dem Augenwinkel, als wir die Straße entlang liefen. Mehrere Minuten hatte ich noch mit meiner Mutter debattiert, peinlich berührt von ihren Bedenken, ob Alexejs Begleitung besser wäre als gar keine, wenn nicht sogar gefährlicher.

Alexej hatte mit stoischer Miene gewartet und so getan, als würde er nicht jedes einzelne hysterische Wort mithören. Ich rechnete es ihm hoch an, dass er nicht einfach die Schuhe wieder weggekickt hatte und in seinem Zimmer verschwunden war. Als er nun neben mir dahin schlenderte, sagte er noch immer nichts, doch die Stille war angenehm.

Überall in den Häusern brannte nun Licht und während in unserem Quartier zu Hause eine einträchtige Ruhe eintrat, wenn die Kinder von ihren Spielen auf der Straße zum Abendessen gerufen wurden und man höchstens ein paar Hunde bellen hörte, schien hier an jeder Ecke jemand auf der Straße herumzulungern.

Oben auf einem der Balkone hörte ich eine Frau etwas schreien und ein Mann brüllte mindestens ebenso laut zurück. Eine Tür wurde klirrend zugeschlagen. Ich schluckte und starrte in die dunklen Hauseingänge. Die Müllsäcke stapelten sich hier, wo die Tonnen bereits überfüllt waren, und ich erkannte den Weg nicht. Es musste sich um eine Abkürzung handeln, denn kurz darauf kamen wir über einen größeren Platz, den ich auf meinem Weg hierher gesehen hatte.

Wir kamen an einer Gruppe Jugendlicher vorbei, die laut pöbelten und auf steinernen Bänken saßen, die auf dem Asphalt verteilt waren. Ein paar von ihnen hielten Bierflaschen in den Händen und grölten Obszönitäten über die Köpfe der anderen. Ich erntete ein paar neugierige Blicke, aber niemand sagte etwas, obwohl ich selbst neben Alexej, der nicht halb so kaputt aussah wie einige der Gestalten hier, fehl am Platz wirken musste.

Zwei von den Typen lösten sich aus einer Gruppe und kamen auf uns zu. Sie schlugen bei Alexej ein und wechselten ein paar Worte. Einer von ihnen hatte fettige Haare, die er zurückgekämmt hatte, und seine Arme waren von oben bis unten mit bunten Tattoos bedeckt. Der andere war deutlich kleiner, dürr und hager mit einem Lippenpiercing in der geschwollenen Unterlippe, die aussah, als hätte ihn jemand übel erwischt. Sein Gesicht erinnerte mich an eine Ratte. Er zog an seiner Zigarette und blies mir den Rauch ins Gesicht.

Ich begann zu husten und die beiden lachten.

»Was für ne Süße hastn da angeschleppt?«, grölte der schmierige Typ und pfiff durch die Zähne. Er zwinkerte mir lüstern zu und sein abstoßendes Grinsen ließ mich zurückweichen. »Komm mal her«, sagte er und beugte sich zu mir vor, aber Alexejs Hand stoppte ihn. Er schob ihn zurück und zischte etwas, worauf dieser die Hände hob.

»Wow, ganz ruhig Alter«, sagte er und ging auf Abstand.

Auch der rattengesichtige Typ wollte keinen Ärger, denn er zog noch einmal an der Zigarette und kehrte zu einer Bierflasche zurück. Der schmierige Typ schnalzte nur mit der Zunge und sagte: »Kein Stress zwischen uns, Alter?«

Alexej nickte und schob sich an ihm vorbei. Ich folgte ihm auf dem Fuß, nicht willens, allein mit dem Kerl zurückzubleiben.

»Sind das deine Freunde?«, fragte ich zögerlich und warf einen letzten Blick zurück auf die Gruppe.

Alexej brummte nur. »Nein.«

Wir liefen ein paar Sekunden schweigend, dann sagte ich: »Was hast du zu ihm gesagt?«

»Wem?«, tat Alexej, als wüsste er nicht, wen ich meinte.

»Dem mit der schmierigen Locke und den Tattoos.«

Alexej schaute auf mich hinunter, runzelte die Stirn und blickte dann wieder nach vorne. »Hast du etwas gegen Tattoos?«

Die Art, wie ich es gesagt hatte, musste ihn stören. Früher hätte ich gedacht, er würde sich nur über meine Engstirnigkeit ärgern, aber mittlerweile kannte ich ihn schon genug um zu wissen, dass eine Spur Neugierde in seiner Stimme lag.

»Nein«, sagte ich, denn ich hatte wirklich nichts dagegen. Tattoos konnten so schön wie hässlich sein, es kam ganz darauf an. »Wieso«, fragte ich dann, »hast du etwa welche?«

Ich ließ meine Augen über ihn gleiten, versuchte mich zu erinnern, ob ich irgendwann einmal etwas gesehen hatte. Doch alles, was mir in den Sinn kam, waren seine muskulösen, gebräunten Unterarme, die breiten Schultern, die ihn noch größer erscheinen ließen, als er war, der kantige Kiefer und diese unglaublichen Augen.

»Ja«, sagte er mit rauer Stimme.

»Wo denn?«, fragte ich.

Er deutete nach hinten.

Auf seinem Rücken.

Ohne nachzudenken fragte ich: »Was sind es denn für welche? Auch so bunt wie von diesem Typen?«

»Nein«, sagte er, »und der Typ heißt Danny.«

Ich nickte. Also schwarz-weiß.

»Ich habe mir nicht das Todesdatum meiner Eltern stechen lassen, falls du solch einen sentimentalen Scheiß annimmst«, knurrte er dann.

»Habe ich nicht«, gab ich beleidigt zurück, aber natürlich hatte ich genau das gedacht. Dass er sich ihre Namen oder sonst etwas in der Art hatte auf den Rücken stechen lassen und diese Vorstellung betrübte mich sehr. Wahrscheinlich, weil ich wusste, dass er die Last ihres Todes und all dessen, was sie in dieser Welt zurückgelassen hatten, ohnehin auf den Schultern trug. Wenn dem aber nicht so war, was war es dann? Es musste etwas mit seiner Vergangenheit zu tun haben, denn ich schätzte ihn nicht wie jemanden ein, der sich bedeutungsloses Zeug tätowieren ließ. Ich traute mich fast nicht, noch mal zu fragen, aber ich tat es trotzdem.

Alexejs Antwort kam mit einem Schnauben, das mir die Röte ins Gesicht trieb.

»Kannst ja nachsehn.«

Wir mussten nicht lange an der schäbigen Bushaltestelle warten und als der Bus kam, stiegen wir ganz hinten ein.

Ich schaute zum Fenster hinaus, auf die Straßenlaternen, die vorbeizogen, denn ich wusste nicht, worüber wir reden sollten. Sein Arm streifte meinen und sämtliche Härchen stellten sich bei mir auf. Es war, als wäre seine Berührung heiß, als würde sie mich verbrennen, selbst durch die Jacke hindurch.

Wir waren die einzigen Fahrgäste und ich war dankbar für das Brummen des Motors und die Straßengeräusche, die die Stille erträglicher machten. Als meine Haltestelle schließlich in Sicht kam, tippte ich ihn vorsichtig an und er stand auf, um mir Platz zu machen. Der Bus ruckelte und ich stolperte einen Schritt nach vorne. Sofort schloss sich eine Hand um meinen Oberarm und ich fand wieder Halt.

»Danke«, murmelte ich und schaute zu ihm auf, aber er ließ mich gleich wieder los und ich beeilte mich, aus dem Bus zu kommen. Nun war ich auf einmal dankbar für die Dunkelheit, denn sie verbarg meine wahren Gefühle weitaus besser, als ich es selbst konnte. Ein Park lag vor uns, den ich in der nächtlichen Stimmung normalerweise im Laufschritt durchquert hätte, aber nun schlenderte ich langsam neben Alexej her. Die Kiesel knirschen laut unter unseren Füßen.

»Wie kommt es eigentlich, dass deine Eltern solche Angst um dich haben? Hast du mal etwas angestellt?«, fragte er. Er klang nicht so, als würde er das tatsächlich glauben. Das war jedoch nichts Neues für mich. Niemand ging davon aus, ich könne auch nur ein Wässerchen trüben.

Also machte ich mir nicht die Mühe zu verneinen. Ich sagte ganz einfach: »Sie machen sich ständig Sorgen, mir könnte etwas zustoßen. Wahrscheinlich, weil es für sie ein Wunder ist, dass ich überhaupt geboren wurde.«

Einen Moment fragte ich mich, ob ich zu viel erzählt hatte, ob es zu vertraut war, ihm so etwas zu offenbaren, aber wir hatten schon über ganz andere Dinge gesprochen und Alexej musterte mich nur schweigend, offenes Interesse in seinem Blick. Im warmen Licht der Parklaternen wirkten seine Züge weicher als sonst.

»Ein Wunder?«

Ich nickte zaghaft und begann langsam zu erzählen, wie es meinen Eltern ergangen war, als sie noch kinderlos gewesen waren und welche Tragödien sie auf dem steinigen Weg erlebt hatten, bis sicher war, dass sie doch noch ein gesundes Kind bekommen würden. Ich erzählte, dass meine Eltern mich oft wie ein rohes Ei behandelten und ich selten etwas außerhalb der Schule unternahm, weil sie es für Unfug hielten, wegzugehen, um Spaß zu haben. Ich erzählte ihm sogar, wie meine Eltern mir in der 4. Klasse für eine Wanderung einen zweiten Rucksack gepackt hatten, bis oben hin vollgestopft mit Insektensprays, Zeckenmittel, Sonnenmilch und Wasser. Dabei war ich aus keinem anderen Grund am Verdursten, als wir oben auf dem Hügel ankamen, als wegen des schweren Gewichts auf meinem Rücken. Und weder Sonne noch Zecken oder Bienen ließen sich den ganzen Tag über blicken.

»Sie sagen mir oft, wie stolz sie auf mich sind, weil ich so fleißig bin, und sie und lassen schon Broschüren von irgendwelchen Universitäten wie *zufällig* herumliegen. Das ist manchmal ganz schön erdrückend.«

Alexej wirkte nachdenklich. »Und deshalb lernst du die ganze Zeit über nur?«

»Manchmal gucke ich auch Serien«, verriet ich. Meine Mutter mochte es nicht, wenn ich zu viel Zeit auf diese Weise vergeudete, aber solange ich Spitzennoten nach Hause brachte, sagte sie nichts, selbst wenn ich gelegentlich einen ganzen Nachmittag vor dem Fernseher verbrachte.

»Serien«, murmelte Alexej und grinste. »Du bist ja ne richtige Draufgängerin.«

Ich grinste zurück. »Hör auf, dich über mich lustig zu machen, kann ja nicht jeder ein Schulschläger sein, der nichts auf die Meinung von anderen gibt.«

Er legte die Hand aufs Herz, als wäre er schwer getroffen. »So etwas sagt man über mich?«

Ich lachte. Es war schön, mit Alexej durch die Nacht zu laufen und Witze zu reißen. »Alexej?« Ich hatte seinen Namen gesagt, bevor ich nachdenken konnte und als er mich anschaute, fehlten mir die Worte. »Was ist morgen?«, brachte ich jedoch nach ein paar Sekunden heraus und hoffte, dass er in der Dunkelheit nicht sehen konnte, wie schwer es mir fiel, diese Frage zu stellen. »Wirst du mich wieder ignorieren?«

Unter seinem brennenden Blick senkte ich die Augen. »Wolltest du nicht mutiger werden?«, fragte er.

Mein Kopf ruckte nach oben und ich fand ein leicht spöttisches, aber warmes Lächeln auf seinem Mund. Ich nickte zögerlich. Das wollte ich. Aber vor allem wollte ich Zeit mit ihm verbringen und nun, da wir vor meinem Haus angekommen waren, öffnete ich die Gartentür und blieb erwartungsvoll stehen.

»Gut«, sagte er und steckte die Hände in die Jeans. »Kannst du Eislaufen?«

Die Frage traf mich aus heiterem Himmel.

Eislaufen? Ich? Auf Kufen? Das hielt ich für keine besonders gute Idee. Ich war mir ziemlich sicher, dass ich schon nach wenigen Minuten auf dem Eis herumrutschen würde, unfähig wieder aufzustehen, nachdem es mich erst einmal auf die Fresse gehauen hätte. Ich konnte das Szenario schon vor mir sehen, wie ein kleines Kind mit einem der Eislaufhilfen in Pinguinform an mir vorbeizog und seine Mami fragte: »Wieso kriecht die Frau denn auf dem Bauch?«

Oh Gott. Der Horror schien mir ins Gesicht geschrieben, denn Alexej begann wieder leise zu lachen und sagte zu meinem Entsetzten: »Samstag um drei vor der Eishalle.«

»Moment mal!«, rief ich, »warst du nicht erst heute mit den Zwillingen dort?«

Er schnaubte.

»Glaub mir, die Zwerge werden keine Ruhe geben, bis ich nicht mindestens dreimal mit ihnen dort war und mir das verdammte Eis zum Hals raushängt.«

Als ich nichts weiter sagte, brummt er: »Also dann«, und wandte sich ab.

»Hey!«, rief ich, »warte mal! Ich kann das aber nicht!«

»Umso besser«, rief er zurück.

»Damit du mich auslachen kannst?!«

»Oh, nicht nur ich, Barbie, nicht nur ich. Ich bin mir sicher, dein Publikum wird große Freude an dir haben.«

»Alexej!«

Doch er hob nur die Hand, ohne sich noch einmal umzudrehen. Ich biss mir auf die Unterlippe und lächelte in mich hinein, während ich Alexejs schwarzer Gestalt nachschaute, wie sie in der Nacht verschwand.

Zum Henker mit meiner Unfähigkeit, auf Kufen zu stehen!

Ich war mit Alexej verabredet!

Als ich die Haustür aufschloss und im dunklen Flur meine Schuhe abstreifte, bekam ich fast einen Herzinfarkt, als das Licht anging. Meine Eltern standen vor der Treppe und ihre Mienen verkündeten nichts Gutes.

»Junge Dame«, presste meine Mutter hervor. »Du hast Hausarrest!«

Kapitel 23 – Auf dünnem Eis

Einen Monat. Ich durfte einen ganzen Monat lang abends nicht mehr weg und musste direkt von der Schule nach Hause kommen, ohne Ausnahme.

»Ist das euer Ernst?«

Ich war so vor den Kopf gestoßen, dass ich nicht auf meinen Tonfall achtete.

»Und ob das unser Ernst ist, Dina!« Meine Mutter umrundete das Sofa, auf das ich meine Tasche geworfen hatte, und stützte sich auf der Lehne ab. »Dein Vater und ich haben dir in letzter Zeit sehr viel durchgehen lassen und wir sind uns einig geworden, dass es so nicht weitergehen kann.«

Ich stöhnte, was mir einen scharfen Blick einbrachte.

»Du gehst abends weg, ohne vorher Bescheid zu geben, stürmst einfach nach draußen ohne Erklärung und tauchst dann irgendwann wieder auf. Du vernachlässigst deine Hausaufgaben und wir bekommen Anrufe, dass du in ein Gewaltdelikt verwickelt warst!«

Na super. Herr Perkins hatte das mit dem Buch also gepetzt. Das war ja klar gewesen. Nach dem Tumult, den der letzte Vorfall ausgelöst hatte, konnte er es sich bestimmt nicht leisten, eine solche Information für sich zu behalten. Aber wie es aussah, hatte er ihnen nichts von den Hintergründen erzählt.

»Glaubst du, ich hätte nicht gesehen, wie klitschnass die Hose war, die du in die Wäsche geworfen hast? Du hättest dir eine Lungenentzündung holen können«, fuhr sie fort.

»Wie kommst du auf die Idee, mitten im Winter in einen Brunnen zu steigen?«

»Ich habe die Hose vorher aufgehängt und sie war schon fast trocken«, verteidigte ich mich und ignorierte damit ihre letzte Frage. »Außerdem habt ihr das vollkommen falsch verstanden. Alexej hat mir seine Hose geliehen.«

Die Augenbrauen meines Vaters zogen sich zusammen, doch es war meine Mutter, deren schrille Stimme erklang: »Seine Hose? Um Gottes willen!«

»Jogginghose!«, rief ich. »Die vom Sportunterricht, nicht seine eigene.«

Doch die beiden gingen über alles hinweg, was ich sagte.

»Wir erkennen dich nicht wieder, Liebling. Und heute erfahren wir dann auch noch, dass du dich nachts in diesem ... in dieser Gegend herumtreibst. Glaubst du, wir wissen nicht, was das für ein Junge ist, bei dem du warst?«

Die Wut kam so plötzlich in mir auf, dass ich ungestüm aufsprang. »Ihr wisst doch gar nichts über ihn!«

Die Augen meines Vaters blitzten. »Wir wissen genug, um dir einen Umgang mit ihm zu verbieten. Dieser Mensch ist nicht–«

»Ist nicht was?«, fiel ich ihm ins Wort. »So anständig wie Simon? So ein nettes Muttersöhnchen mit einer vielversprechenden Zukunft? Jemand, den ihr am liebsten mehrfach klonen möchtet, damit ich eine Schar netter Freunde habe?«

»Dina!«, rief meine Mutter entsetzt. »Was fällt dir ein?!«

»Was *mir* einfällt?«

»Das reicht!«, donnerte mein Vater und schlug auf den Tisch. »So haben wir dich nicht erzogen! Du gehst in dein Zimmer und dort bleibst du, bis deine Mutter und ich entschieden haben, ob Hausarrest alleine reicht, um dir den Kopf zurechtzurücken.«

Ich ballte die Hände zu Fäusten und schaute erst meine Mutter, dann meinen Vater an. Meine Lippen waren fest aufeinander gepresst, in meinem Kopf ein heilloses Durcheinander. Schon wollte ich die Treppe hochstapfen, als meine Mutter sagte: »Denkst du bei all dem denn gar nicht an Simon?«

Ich fuhr zu ihr herum.

»Der kann mir gestohlen bleiben!«

Mein Vater schoss auf. »Was soll das heißen?«

Eine unheilschwangere Stille legte sich über den Raum. Ich hatte völlig ausgeblendet, dass die beiden noch nichts von der Trennung wussten. Alles wäre mir lieber gewesen, als es ihnen im Streit sagen zu müssen. Ich konnte meinem Vater nicht in die Augen schauen, als ich die nächsten Worte murmelte.

»Wir sind getrennt.«

Meine Mutter holte entsetzt Luft und mein Vater ließ sich wortlos auf den Sessel sinken. Sein erschüttertes Gesicht sprach Bände. Aus war der Traum vom perfekten Schwiegersohn. Jemand, der mit ihm fischen ging und Fußball schaute.

Ich wollte etwas sagen, doch da schaltete sich meine Mutter wieder ein: »Der arme Junge. Du hast ihm den Laufpass gegeben?«

»Arm?« Ein kaltes Lachen entkam mir, »Simon ist vieles, aber mit Sicherheit ist er nicht arm.« Die Doppeldeutigkeit dieser Worte stach wie pure Ironie heraus. »Wenn ihr mir auch nur einen Moment zuhören würdet, dann wüsstet ihr auch, wieso es vorbei ist.«

»Wir haben immer ein offenes Ohr für dich, aber du entgleitest uns.«

»Das stimmt doch gar nicht. Ihr wisst ja überhaupt nicht, was in letzter Zeit alles passiert ist!«

»Sag uns einfach, dass du Simon nicht wegen diesem Jungen verlassen hast.« Meine Mutter sah aus, als ob sie noch etwas hinzufügen wollte, schaute jedoch nur zu meinem Vater und die beiden tauschten einen bedeutsamen Blick aus.

»Wisst ihr was?«, rief ich, «ja, ich mag Alexej! Das ist es doch, was ihr eigentlich wissen wollt.«

Meine Mutter gab ein ersticktes Geräusch von sich und mein Vater vergrub stöhnend den Kopf in den Händen.

»Aber das, was zwischen Simon und mir gelaufen ist, hat damit überhaupt nichts zu tun und wenn es nach mir geht, dann setzt dieser verdammte Lügner nie wieder einen Fuß in dieses Haus. Wenn ihr ihn einladen wollt, dann werde ich seinen beschissenen Arsch persönlich vom Wohnzimmer zurück in den Flur treten und zur Tür hinaus befördern.«

»In diesem Haus wird nicht geflucht!« Mein Vater und ich starrten uns in die Augen. Zornestränen liefen mir hinunter und sein verurteilender Blick traf mich tief. Bisher waren meine Eltern immer auf meiner Seite gewesen, ihre entrüsteten Mienen hatten noch nie mir gegolten. Doch nun schauten sie mich an, als hätte ich ihnen ihr kleines Mädchen weggenommen und durch einen pubertierenden Alien ersetzt.

»Du gehst jetzt augenblicklich in dein Zimmer«, presste mein Vater zwischen den Kiefern hervor, »und dort bleibst du.«

»Mit dem größten Vergnügen!«, zischte ich. Ich stapfte die Treppe hinauf und knallte die Tür hinter mir zu. Dann warf ich mich aufs Bett und stieß einen frustrierten Schrei aus.

Samstag um drei Uhr. Ich zog das Kissen über meinen Kopf und schleuderte es davon. Keuchend wälzte ich mich herum und starrte an die Decke hoch.

Ich würde Alexej absagen müssen.

Das würde ich doch, oder?

»Ein Date?!«, kreischte Sara. »Ihr habt ein Date und du erzählst mir erst jetzt davon?«

Sie wühlte in meinem Schrank, auf der Suche nach dem perfekten Outfit für »Holiday on Ice«.

»Shhh! Halt die Klappe!«, zischte ich. »Du lässt uns noch auffliegen.«

Es war Samstagnachmittag und ich hatte die ganze Zeit mit mir gerungen, ob ich das hier durchziehen sollte, aber letztlich wollte ich nicht kneifen. Nicht, nachdem Alexej mit mir einen Nachmittag verbringen wollte. Wenn ich nicht käme, würde er nie wieder anbieten, mit mir Eislaufen zu gehen.

Ich schaute zum Fenster hinaus. Zum Glück war direkt darunter das Dach der Veranda, die von der Vorderfront um die Ecke verlief und bis in den Garten führte. Sonst würde ich mir den Hals brechen, so ungeübt wie ich war. Ich konnte nur hoffen, dass meine Mutter mich nicht durchs Küchenfenster sähe. Bei dem Gedanken daran bekam ich fast schon kalte Füße.

Sara unterbrach ihr Wühlen, als ich mich aufs Bett sinken ließ, und musterte mich mit undeutbarer Miene. »Ich kann nicht glauben, dass wir das tatsächlich tun! Deine Eltern werden ausrasten, wenn sie es herausfinden!« Und dann besorgt: »Ist dir nicht mulmig, dich allein mit ihm zu treffen? Was, wenn etwas passiert?«

Verwundert blinzelte ich sie an.

»Hast du nicht erst noch gesagt, du fändest seinen Einfluss auf mich super?«

Sie verdrehte nur die Augen.

»Er tut mir nichts, okay?«, sagte ich. »Weshalb macht nur jeder so ein Theater!?«

»Weil man ihn so kennt, Dina. Das, was du über ihn sagst, klingt für alle anderen wie ein schlechter Witz. Alexej soll 'ne nette Seite haben? Pfffff.«

Ich seufzte und rieb mir über die Stirn, aber Sara fuhr ungerührt fort: »Ganz im Ernst, biete doch mal einem unserer Jungs an der Schule an, sich für hundert Kröten öffentlich über Alexej lustig zu machen. Den siehst du nie wieder. Entweder weil er es getan hat oder weil er es nicht tun will.«

Musste Sara immer so melodramatisch sein? Ich schnaubte belustigt.

»Ich könnte mich ja mal öffentlich über ihn lustig machen«, sagte ich probeweise und Sara schnappte nach Luft. Aber wir beide wussten, dass ich das nie tun würde. »Außerdem ist deine Sorge so was von unbegründet«, fügte ich leichthin an. »Wir treffen uns in der Eishalle und die Mädchen sind dabei.«

»Die Zwillinge?«, fragte Sara und grinste plötzlich. »Zwei Anstandsdamen, das gefällt mir. Nicht, dass der böse Wolf dich am Ende noch vernascht.«

Ich packte ein Kissen und warf es nach ihr.

»Still«, kicherte sie, »nachher kommen deine Eltern noch hoch!«

»Tzzz«, sagte ich, musste ihr aber Recht geben.

Seit dem Streit mit meinen Eltern hatten wir uns entweder angeschwiegen oder nur die nötigsten Worte gewechselt. Aber ich bemerkte ihre Blicke, wenn sie glaubten, ich würde es nicht merken. Bestimmt hätten sie mich gerne in einen Turm gesperrt wie Rapunzel und erst wieder rausgelassen, wenn ich mir diese Bedrohung von einem Typen aus dem Kopf geschlagen hatte. Oder dieser im Jugendstrafvollzug saß, was in ihren Augen wahrscheinlicher war.

Und so war es nicht verwunderlich, dass die einzigen Worte, die wir in den letzten Tagen gewechselt hatten, so etwas waren wie »Wie war es in der Schule, hast du nett mit deinen Freunden Mittag gegessen?« und »Hast du noch jemanden getroffen, du bist etwas später nach Hause gekommen als gestern.«

Was nichts anderes bedeutete, als dass sie wissen wollten, ob Alexej sich in meiner Nähe herumdrückte. Oder ich in seiner.

Sehr zu ihrer Freude und meinem Unglück hatten wir nichts mehr miteinander zu tun gehabt. Aber ich freute mich, dass Alexej in die Schule kam, was nach den Worten des Direktors zwar nur vernünftig war, aber dennoch nicht unbedingt von ihm zu erwarten. Es war erstaunlich, wie wenig ihm an seiner Zukunft lag.

Gestern Morgen war mir fast das Herz stehen geblieben, als ich auf dem Pausenplatz Getuschel hörte, Alexej sei mit Donnie aus der elften aneinander geraten. Laut Gina in der Parallelklasse hatte sich bereits ein Kreis um die beiden gebildet, aber dann war die Angelegenheit geregelt worden, ohne dass ein Lehrer davon Wind bekam.

Noch mal Glück gehabt.

»Aha!«, rief Sara auf einmal und tauchte aus dem Schrank auf. Sie präsentierte mir ihren Fund, einen breiten Gürtel, den man mit einer dekorativen großen Schnalle schloss. »Den hast du mal zu diesem todschicken schwarzen Kleid getragen, weißt du noch?«, schwärmte sie und ich ließ mich ergeben nach hinten sinken. Gegen Sara würde ich in Sachen Mode nicht ankommen.

»Das war auf 'ner Beerdigung«, stöhnte ich, »von irgendeinem Cousin eines Cousins dritten Grades und du hast mich damals gezwungen, das anzuziehen.«

»Hab ich?«, fragte sie unschuldig, obwohl es nicht mal zwei Jahre her war. »Es stand dir jedenfalls *tödlich* gut.«

»Könntest du aufhören, Anspielungen auf den Tod zu machen? Ich fühle mich schon jetzt, als würdest du mir mein Grab schaufeln wollen.«

Sara kicherte und ich stimmte mit ein. Ich war so aufgeregt, weil ich gleich los musste.

»Hier«, rief sie und beförderte ein dunkelblaues Kleid zum Vorschein, »und darunter ziehst du schön brav warme Strümpfe an, das sieht super aus!«

»Geht das denn bei der Kälte?«

»Natürlich«, sagte sie, »du ziehst den Mantel drüber an. Alexej wird tot umfallen, wenn er dich sieht!«

Sie grinste über beide Backen und ich stöhnte wieder. Versteh einer ihre Logik.

»Sicher?«

Sie zwinkerte.

»Todsicher.«

Alexej fiel nicht tot um, als er mich sah.

Genau genommen war sogar ich es, die ihn zuerst sichtete. Die Eishalle war ein riesiges Gebäude und die Fläche, auf der sich all die Todesmutigen tummelten, um bei Saras Worten zu bleiben, war daher nicht gerade klein. Dennoch sah ich Alexej sofort. Aber ich hätte ihn mittlerweile auch unter hunderten von Leuten erkannt.

Er fuhr über die spiegelglatte Oberfläche, als wäre es ein Klacks, und als er mich entdeckte, hielt er mit scharfem Schwung und einem Sprühregen aus Eis direkt vor der Absperrung. Er sah unverschämt gut aus, in dem dicken Kapuzenpulli und dem schiefen Grinsen auf dem Gesicht.

Oh Gott! Ich konnte das nicht! Ich musste hier weg. Ich konnte mir doch nicht diese wackeligen Stahlkufen unter die Füße schnallen und mich zum Affen machen! Doch meine Beine hörten nicht auf mich und führten mich unweigerlich immer näher an die Eisbahn heran.

»Wo sind denn Lana und Katja?«, fragte ich, um ein unverfängliches Thema zu beginnen.

»Nicht hier.«

Was?!

»Lana hat sich erkältet, was kein Wunder ist, wenn sie ohne Jacke rumrennt. Jelena hat angeboten, mit ihr Plätzchen zu backen, um sie zu trösten, und als Katja das gehört hat ...«, er zuckte mit den Schultern, »... gegen Plätzchen komm ich nicht an.«

Oh, gegen Plätzchen kommst du auf jeden Fall an, dachte ich. Ich konnte spüren, wie mir das Blut in die Wangen schoss, und biss mir auf die Unterlippe, um nichts Ungehöriges zu sagen. Was war nur los mit mir?

»Kann schon sein«, gab ich von mir, als er zu einem der Eingänge in der Bande glitt. Die Bande, die schon bald mein bester Freund sein würde. Er kam nach draußen und lief auf mich zu, was bei ihm wahnsinnig cool aussah. Besonders deshalb, weil er mit den schwarzen Hockeyschlittschuhen noch größer war als sonst schon.

Ich schluckte.

»Da drüben«, sagt er und nickte zur Ausgabe der Schlittschuhe. »Zeit, dass die Leute hier was zum Gucken bekommen.«

Oh super.

Ich ging zur Ausgabe und holte mir auf Empfehlung der Dame dort eine Nummer größer, als ich sonst trug. Doch als ich mich gesetzt und in die Schuhe gezwängt hatte, fühlte sich das Ganze derart wackelig an, dass ich schon auf dem Gummiboden größte Mühe hatte, das Gleichgewicht zu halten. Und damit sollte ich aufs Eis?

»Was ist?«, fragte Alexej.

Ich deutete nach unten. »Muss das so sein?«, murmelte ich und knickte hin und her. Er bedeutete mir, mich wieder hinzusetzen, und ging in die Hocke. Mir blieb fast das Herz stehen, als er sich vor mich kniete, wie der sprichwörtliche Prinz, der Aschenputtel den Schuh zurückgab.

»Du musst fester anziehen«, tadelte er mich und rüttelte am Schuh. Ich hielt die Luft an und schaute nach unten, wo er konzentriert die Bändel enger zog und durch die Häkchen führte. Seine Hand an meiner Wade schickte ein Kribbeln durch meinen Körper und als er die Schnürsenkel mit einem letzten Ruck anzog und sich meinem anderen Schlittschuh zuwendete, wünschte ich mir, dass der Erste auf unerklärliche Weise wieder aufginge und er es noch einmal tun müsste.

Ich lehnte mich nach vorne und war versucht, an seinen Haaren zu schnuppern. Er roch so gut, dass einem davon schwindelig werden sollte. Unauffällig lehnte ich mich etwas vor. Alexej hob den Kopf. Sofort richtete ich mich auf und tat so, als wäre ich interessiert am Geschehen auf dem Eisfeld.

»Hier«, sagte er und stand auf.

Ich folgte seinem Beispiel und fühlte mich tatsächlich stabiler als vorher. Der Schuh umschloss meine Knöchel nun eng und das Leder gab mir Halt.

»Ja?«, fragte er.

Ich nickte. »Ja.«

»Na dann!« Er lief voraus und ich stakste hinterher wie ein Storch im Salat. Trotz meiner neugewonnenen Stabilität war ich alles andere als ein anmutiger Anblick.

Als ich den ersten Fuß auf die glatte Fläche setzte, dachte ich im ersten Moment, ich hätte mir umsonst Sorgen gemacht. Aber kaum stand ich ganz auf dem Eis, krallte ich mich reflexartig an den Rand. Scheiße, das war noch rutschiger, als es aussah! Wie konnte nur irgendein Mensch auf dieser Welt auf so etwas *fahren*! Meine Achtung vor Eiskunstläufern stieg sofort ins Unermessliche. Das war doch verrückt!

»Du musst loslassen, Barbie.«

Ich klebte an der Bande, unfähig zu einer Bewegung.

Alexej fuhr rückwärts im Slalom und kam wieder näher.

»Na los!«, forderte er mich noch mal auf.

»Nein.«

»Wie willst du sonst eislaufen?«

»Vielleicht will ich das ja gar nicht?«, jammerte ich.

»Du hast gesagt, du willst.«

Wann bitte hatte ich das gesagt?

»Sieh es als Metapher«, lachte er. »Das Eis ist der harte Boden der Tatsachen, aber auch der Ort, an dem man am meisten erleben kann. Solange du Angst davor hast, dich hinzulegen, kannst du dich nicht frei bewegen. Du bist zwar sicher, dort wo du stehst, aber macht's Spaß?«

»Irre viel Spaß«, knurrte ich.

Er lachte erneut. »Jetzt lass schon los und komm her.«

Ein paar Sekunden starrte ich ihn wie hypnotisiert an, ehe ich mich zusammen riss. Ich sollte mich an ihm festhalten? Allein der Gedanke ließ Schmetterlinge in meinem Magen aufflattern.

»Ich falle hin«, murmelte ich.

»Das weißt du doch gar nicht.«

»Aber es besteht die Möglichkeit!«

Alexej nickte. »Die besteht immer. Deshalb braucht man ja auch Mut im Leben. Man weiß nicht, ob etwas klappt, bevor man das Risiko eingeht.« Oh, jetzt verstand ich, wieso er sich hier mit mir treffen wollte.

»Aber was wenn ich Mut aufbringe und trotzdem gleich hinfalle?«

»Dann stehst du eben wieder auf.« Er streckte mir seine Hand hin. »Komm schon, lass los, Dina.«

Meine Augen fanden seine, als er meinen Namen sagte. Es klang schön aus seinem Mund. Tatsächlich ließ ich langsam los und lehnte mich ihm entgegen. Aber durch die Bewegung standen auch meine Füße nicht mehr still und als die Schlittschuhe wegrutschten, stieß ich einen erschrockenen Laut aus und ruderte mit den Armen. Mit einem Satz, der mehr einem Stolpern glich, stürzte ich vorwärts, erwischte Alexejs Hand und knallte mit einem »Uff!« gegen ihn.

Ich spürte, wie seine Schultern bebten, als er über mich lachte. Ich musste ausgesehen haben, wie eine fluglahme Ente und wollte gar nicht wissen, wer meinen peinlichen Start sonst noch mitverfolgt hatte.

Aber dann war da plötzlich warmer Atem an meinen Ohr, der ein Kribbeln durch mich schickte.

»Gar nicht mal so schlecht.«

Und da war es mir auf einmal egal, wer sonst noch zuschaute. Ich war hier mit Alexej und er half mir nun wieder zurück zum Rand, wo ich anfing, seine Bewegungen zu imitieren. Ich begann, erste Schritte zu machen und nach einer Weile konnte ich sogar ein wenig fahren. Immer in der Nähe vom Rand und noch ganz schön wackelig, aber es fing tatsächlich an, mir Spaß zu machen. Als ich eine ganze Weile später das erste Mal aus freien Stücken auf das Eis hinaus fuhr, fühlte ich mich großartig. Ich lachte und drehte mich vorsichtig zu Alexej um, der nicht weit entfernt meine Bemühungen beobachtete. Ich breitete die Arme aus.

»Ich bin ein Naturtalent!«

Alexej blinzelte, aber dann schüttelte er ungläubig den Kopf, als ein schmales, aber ehrliches Lächeln sich auf seinem Gesicht formte. Er schaute nach unten auf seine Fußspitzen, um es zu verbergen, aber ich sah es. »Du bist auf dem Eis tatsächlich gar nicht schlecht«, sagte er. »Zumindest, solange du alleine herumtapsen kannst.«

Was sollte das denn bitte bedeuten?

»Stehst du denn auch sicher?«, fragte er und das verwunderte mich. Aber nur so lange, bis ich dieses eigenartige Funkeln in seinen Augen entdeckte, dass ich mittlerweile kannte.

Oh.

Oh-oh.

»Was meinst du?« Ich klang schriller als geplant.

»Ich weiß nicht«, mimte er und fuhr etwas näher, dann ein Stück um mich herum. »Im Leben läuft es nicht immer wie geplant. Es gibt auch Menschen, die einen herumschubsen. Denen man vertraut und die einen dann plötzlich hintergehen.«

Etwas in seinem hart gewordenen Blick warnte mich, aber da war es bereits zu spät.

Kapitel 24 – Eiskalt erwischt

Ein Stoß traf mich an der Schulter und ich stolperte zur Seite, konnte kaum mein Gleichgewicht auf den Kufen halten. Der nächste Stoß beförderte mich weg von der Bande, an der ich mich festkrallen wollte, und ein raubtierhaftes Grinsen huschte über das Gesicht des Russen.

»Was?!«, rief ich, aber da schubste er mich erneut und ich taumelte rückwärts. Die Kufen rutschten unter mir weg und mit einem Schrei stürzte ich und knallte auf den Hintern.

Mit schockgeweiteten Augen starrte ich nach oben.

Alexej hatte beide Augenbrauen gehoben. »Was ist?«, sagte er ruhig, »steh auf.«

»Ich verstehe nicht?«, keuchte ich verwirrt. Ich wollte mich hochrappeln, aber das Eis unter meinen Fingern war hart, nass und glitschig und ich fand keinen Halt.

Alexej reichte mir die Hand. Ich starrte zweifelnd darauf, aber er nickte ungeduldig und so griff ich danach und er zog mich hoch. Doch kaum stand ich, schüttelte er den Kopf und schubste mich erneut an beiden Schultern nach hinten. Ich fing mich ab, stolperte und fand gerade noch mein Gleichgewicht. Hastig versuchte ich, aus seiner Reichweite zu fliehen, aber er schnappte mich am Kragen und zog mich zurück.

»Aua, was tust du!«, schrie ich entsetzt, als er mich zu sich umdrehte.

Ich verstummte, als ich sein Gesicht sah, seine Nasenspitze direkt vor meiner. Wir atmeten beide schnell und ich schluckte trocken. Doch dann war der Moment vorüber und er stieß mich wieder von sich.

Diesmal stolperte ich über meine eigenen Füße und fiel schmerzhaft auf die Knie. Ich wich Alexej aus, robbte auf allen Vieren ein Stück zur Schranke und zog mich schwankend hoch.

»Was soll das? Wieso tust du das?!«

Meine Stimme kam schwächer heraus, als ich wollte. Es klang wie ein atemloses Flehen und Alexej schüttelte nur den Kopf und beugte sich zu mir hinunter. »Nicht gut genug.«

Und bevor ich mich aufrichten konnte, beförderte er mich erneut zu Boden. Der Stoß war nicht hart, hinderte mich aber am Aufstehen. Ich war kurz davor in Tränen auszubrechen. Was meinte er mit »Nicht gut genug«? Gerade stand ich wieder halbwegs stabil, aber er ließ mich nicht in Ruhe. Immer wieder brachte er mich aus dem Gleichgewicht und als er sich hinunter beugte, bereit mich erneut umzuwerfen, da machte es in meinem Kopf plötzlich Klick.

Jetzt reichte es!

»Verdammt, hör auf mit der Scheiße!«

Ich holte aus und trat mit voller Wucht gegen seinen Schlittschuh. Der Aufprall war so hart, dass sein Schuh übers Eis kratzte. Alexejs Augen bohrten sich in meine. Keuchend starrte ich zurück, die Haare klebten mir vor Anstrengung im Gesicht. »Noch ein einziges Mal und ich trete dir in die Fresse!«, zischte ich. Ich würde ihm die verdammte Kufe zwischen die Augen rammen.

Mordlustig funkelte ich ihn an.

Die Wärme in seinen Augen traf mich unvorbereitet.

»Genau so«, raunte er. »Ganz genau so.«

Glühend heiß raste die Erkenntnis durch meine Eingeweide, dass er mich nur getestet hatte. Er wollte sehen, wie viel es brauchte, bis ich zurückschlug und mich wehrte.

Mein Magen drehte sich um, aber da war Alexej schon über mir.

Er packte mich unter den Schultern und stellte mich zurück auf die Kufen.

»Wenn du etwas nicht willst«, raunte er dicht bei mir, »dann wehr dich.« Er wischte mir eine feuchte Strähne aus der Stirn. »Und das nächste Mal«, murmelte er, »ziel nicht auf den Schuh, sondern aufs Schienbein.«

Ein paar Umstehende hatten alles beobachtet, wohl nicht sicher, ob sie eingreifen sollten. Jetzt entspannte sich die Situation, aber ich hatte keine Augen für die Gaffer. Ich konnte nur Alexej anschauen, einen eigentümlichen Kloß im Hals. Für den Bruchteil einer Sekunde hatte ich tatsächlich geglaubt, er hätte mich hierherbestellt, um seine Wut an mir auszulassen. Um mir zu zeigen, dass jeder jeden hintergehen konnte und dass ich mich irrte, wenn ich das nicht so sähe.

Aber dem war nicht so.

Der Schock saß mir jedoch tief in den Knochen und ich spürte der Angst nach, die sich wie eine Faust um mein Herz gelegt hatte. Nicht vor Alexej, sondern vor dem grauenvollen Gedanken, dass er mich hintergangen hatte. Dass ich ihm im Grunde nicht wichtig war und er nur mit mir spielte.

Ein trockenes Schluchzen kam über meine Lippen, gefolgt von einem seltsamen Lachen.

In meinem ganzen Leben hatte mich noch nie jemand gezwungen, mich zu wehren. Normalerweise lief ich davon und drückte mich vor Herausforderungen. Aber dieses Mal war mir keine andere Wahl geblieben und ich fragte mich, ob es seltsam war, dass ich ihn dafür noch viel mehr mochte.

Ich spürte, wie mir die Tränen über die Wangen liefen, und ein erneutes Schluchzen entkam mir. Alexej schaute mich prüfend an. Ich hätte ihm eine kräftige Ohrfeige verpassen sollen, aber meine Gefühle gingen in eine ganz andere Richtung.

»Du bist ein Arschloch«, entkam es mir. »Und ich ... ich ... «

Alexejs Augen wurden groß, als ich den Abstand zwischen uns überbrückte. Ich schlang meine Arme um ihn und vergrub mein Gesicht an seinem Hals.

Er hatte die Hände erhoben, stand stocksteif da, als wüsste er nicht, wohin damit.

Ich spürte, wie er auf mich hinunter starrte, aber ich wollte ihn nicht loslassen. Das hier war Alexej Morosow. Der wohl ungehobeltste Typ, den ich kannte und der Junge, in den ich mich Hals über Kopf verliebt hatte. Ich hörte sein Herz schlagen, kräftig und schnell und grub meine Hände in seinen Rücken. Er ließ es schweigend zu.

Als meine Schuhe unter mir wegrutschten, bewegte sich Alexej. Sein Arm schlang sich um mich und ich schloss die Augen, als er mich festhielt. Ich wusste nicht, wie lange wir am Ende so da standen. Mein Atem beruhigte sich nach und nach und irgendwann drückte er mich fester an sich und ich spürte, wie er mich rückwärts schob, rückwärts übers Eis. Er brachte mich zurück an den Rand und dann griff er zu, hob mich ein Stück hoch und über die Schwelle, runter von der glatten Fläche.

Als meine Füße auf dem Gummiboden aufkamen, weigerte ich mich, ihn loszulassen. Erst als ich die Kante eines niedrigen Bänkchens in den Kniekehlen spürte und sanft hinunter gedrückt wurde, löste ich widerwillig meine Finger. Er blieb nahe bei mir, seine Hände links und rechts meiner Hüfte und als ich aufschaute, war sein Gesicht direkt vor meinem.

Das machte mich so nervös, dass ich erschrocken die Luft einsog und prompt Schluckauf bekam.

Alexej hob eine Augenbraue.

Ich zog die Nase hoch und hickste wieder.

»Es ist nicht wegen dir«, murmelte ich.

Ich wusste mit Bestimmtheit, dass er mir nicht hatte wehtun wollen und im Nachhinein war ich auch ein wenig beschämt darüber, wie lange es gedauert hatte, bis ich dagegenhielt.

Ein paar mitleidige Blicke der Leute um uns herum trafen mich und ich wischte schnell über meine Augen. Die verlaufene Mascara hinterließ schwarze Schlieren auf meinen Fingern.

Eine Mutter sagte zu einer anderen: »Sieh dir nur an, was er getan hat, bringt das arme Mädel zum Weinen, dieser Grobian.«

Ich wollte aufbegehren und ihr sagen, dass sie den Rand halten sollte, aber ich brachte nur ein Schnauben und einen bösen Blick zustande und hickste erneut, was dem ganzen alle Würde nahm.

Aber als ich zurück zu Alexej schaute, erwischte ich ihn dabei, wie er mich verwundert anstarrte.

»Was denn?«, schniefte ich trotzig. »Die hat doch keine Ahnung.«

Ich wischte mir noch einmal mit dem Ärmel quer über die Augen, was sicher alles nur noch schlimmer machte, und nickte dann entschlossen.

»Danke.«

Alexej runzelte die Stirn, aber er wusste, was ich meinte. Er schaute mich eine ganze Weile regungslos an, aber dann nickte er. Er stand auf und streckte mir die Hand entgegen, die ich ohne Zögern ergriff. Als er mich auf die Füße zog und wie selbstverständlich mein ungeschicktes Stolpern abfing, blinzelte ich schräg zu ihm hoch und spürte erneut dieses Kribbeln im Bauch.

Nein, niemand hier würde verstehen weshalb das Mädchen, das der Junge gerade noch herumgeschubst hatte, mit einem zufriedenen Grinsen neben ihm her ging. Denn es hatte tatsächlich keiner eine Ahnung hier. Und wenn ich erklären wollte, wieso es so war, dann müsste ich eine ganze Geschichte erzählen.

Aber wer würde die schon hören wollen?

Alexejs markantes Kinn wirkte angespannt und auf seinem Gesicht lag wieder dieser Ausdruck, mit dem er jedem begegnete, der ihm egal war. Aber mich durchströmte bei seinem Anblick nur ein warmes Glücksgefühl. Denn ich gehörte zu den wenigen Menschen, die wussten, was dahinter lag.

Der Rest des Nachmittags verlief deutlich besser. Ich hatte mich tatsächlich noch mal aufs Eis gewagt, was Alexej mit einem anerkennenden Blick quittierte. Zwar ertönte immer wieder lautes Gelächter hinter mir, wenn ich mich ungeschickt anstellte, aber es lag kein Spott darin.

Und schließlich ertappte ich mich dabei, wie ich selbst lachen musste. Das war eine völlig neue Erfahrung für mich, die ich normalerweise im Boden versinken wollte, wenn ich mich öffentlich blamierte und noch Jahre voller Scham daran denken musste.

Doch als wir die Schlittschuhe abgaben und aus der Halle traten, war ich so entspannt wie lange nicht mehr.

Jetzt liefen wir nebeneinander her, am Waldrand entlang und ein angenehmes Schweigen herrschte zwischen uns. Für nichts auf der Welt wäre ich gerade an einem anderen Ort gewesen.

»Sag mal«, begann ich nach einer Weile und stellte eine Frage, die mich schon länger beschäftigte, »wie hast du eigentlich herausgefunden, dass Simon und Vanessa zusammen sind?«

Irgendein Ereignis musste schließlich dafür gesorgt haben, dass es überhaupt zu der Auseinandersetzung kam, der ich unfreiwillig beigewohnt hatte.

Alexej zuckte mit den Schultern und brummte: »Ich bin an ihm vorbei gelaufen, als er mit ihr telefoniert hat. Er wollte sie dazu überreden, auf einer Cocktailparty aufzukreuzen, und er sagte immer wieder Knuffelchen, Knuffelchen.«

Ich musste kichern, denn wenn er das sagte, klang es extrem komisch. Alexej würde niemals zu jemandem »Knuffelchen« sagen und Hundeaugen machen. Die Vorstellung allein war absurd. Doch dann sickerte zu mir durch, was er eben über die Party gesagt hatte und eine bittere Erkenntnis traf mich. Ich war der Notnagel gewesen.

Simon hatte mich eingeladen, weil Vanessa nicht konnte.

»Erst dachte ich, dass er mit dir redet«, sagte er. »Ich wusste, dass er eine Freundin hatte und habe mir nichts weiter dabei gedacht, bis er ihren Namen gesagt hat.«

So war das also. Ich war nichts weiter als ein billiger Ersatz gewesen.

»Hast du versucht, mit ihr Kontakt aufzunehmen?«

Alexej wusste natürlich, wen ich meinte, und es versetzte mir einen Stich, als er erneut nickte.

»Ihre Nummer war dieselbe wie damals, aber sie hat nicht abgehoben. Also hab ich sie nach der Schule abgefangen.«

»Sie geht an unsere Schule?« Entsetzt starrte ich ihn an, aber er verneinte sofort.

»Nein, aufs Nachbargymnasium.« Ich wusste, wo das lag. Am anderen Stadtende. Alexej war dort hingefahren, um sie wieder zu sehen? Nach all der Zeit, die vergangen war?

Er zuckte mit den Schultern. »Ich bin nicht weit gekommen. Darcy hat ihr schon wieder irgendeinen Scheiß erzählt, genau wie damals, und sie wollte nicht mit mir reden.«

Das musste bitter gewesen sein.

Ich wunderte mich, warum Vanessa nicht hinterfragte, was Simon ihr erzählte. Aber ich hatte ihm seine Märchen auch geglaubt und mich verband keine lebenslange Freundschaft mit ihm. Sie war mit Alexej und Simon aufgewachsen und es gab für sie keinen Grund, den Worten ihres Freundes zu misstrauen. Schon gar nicht, wenn sie noch die Lüge von damals glaubte und all die Ausbrüche und Eskapaden von Alexej miterlebt hatte, die in ihren Augen schwer ins Gewicht fallen mussten.

Wenn ich richtig informiert war, dann hatte Vanessa gesehen, wie Alexej auf Simon eingeschlagen hatte und die einzige Erklärung, die man ihr je geliefert hatte, war, dass Alexej in seiner Eifersucht verhindern wollte, dass man ihm die einzige Person auf der Welt wegnahm, die ihn noch freundlich behandelte.

Und dabei war es gar nicht so.

Simon hat etwas zu ihm gesagt, hörte ich Jelenas Stimme in meinem Kopf.

Ich hielt an und Alexej drehte sich zu mir um.

»Was ist?«

Ich strich mir unwohl über die Unterarme, unentschlossen, ob ich fragen sollte. Aber dann gab ich mir einen Ruck. »Es gab einen Grund dafür, nicht?«

»Wofür?«

»Dass eure Freundschaft kaputt gegangen ist.«

Er schnaubte. »Ja, ich hab ihm den Kiefer gebrochen.«

»Nein.« Ich schüttelte den Kopf. »Das meine ich nicht. Jelena hat mir erzählt, wie schwierig es damals war und ich weiß, dass ich keinen Schimmer habe, wie schlimm es wirklich gewesen ist, aber sie waren deine Freunde, oder nicht? Sie hätten zu dir halten müssen, anstatt dich wegen Neid und Lügen im Stich zu lassen!«

Alexej wirkte überrascht und als er sich wieder gefasst hatte, lag ein Ausdruck in seinem Gesicht, der mir fast körperlich wehtat. Erst recht, als er auch noch andeutungsweise den Kopf schüttelte.

Alexej glaubte nicht, dass seine Freunde für ihn hätten da sein müssen.

Er *glaubte* nicht, dass er es verdient hatte.

»Alexej«, sagte ich und trat näher heran, aber sein Gesicht hatte sich verschlossen.

»Nachdem meine Eltern gestorben sind, habe ich oft in der Schule gefehlt, habe mich nicht um Hausaufgaben geschert oder um irgendwelche Regeln. Vanessa hat mich gedeckt, hat sich Ausreden einfallen lassen und Jelena beruhigt, wenn ich abends weg blieb. Sie wusste selbst nicht, wo ich war, aber sie behauptete, ich sei mit ihr zusammen gewesen, damit niemand Fragen stellte. Ich wollte alleine sein und sie hat das verstanden.«

»Aber Simon nicht?«, fragte ich.

»Nein. Eines Tages kam es dann zum Streit. Vanessa hatte mir am Tag zuvor die Hausaufgaben gebracht, aber ich war nicht zu Hause und am nächsten Morgen in der Schule hat sie mich darauf angesprochen. Sie sagte, dass meine Tante sich Sorgen mache, wenn ich so häufig nicht zu Hause schlafe. Simon hat das gehört und mal wieder die falschen Schlüsse gezogen. In einer Pause kam er zu mir und beschuldigte mich, Vanessa für mich haben zu wollen. Ich war nicht gut drauf an dem Tag, um es vorsichtig auszudrücken.«

Oh, das konnte ich mir lebhaft vorstellen. »Und dann?«

Er hat nie darüber geredet.

Alexej stieß ergeben die Luft aus und ich schaute ihn gebannt an.

Er würde es mir sagen.

»Barbie.«

»Alexej.«

Ich schaute ihm gerade in die Augen und er stöhnte schließlich und sagte: »Er sagte ›Deine Eltern hätten schon vor Jahren verrecken sollen! Dann wärst du endlich drüber weg und die beiden Bälger wären nie geboren. Wäre das nicht toll? Dann hätten du und dein Sozialfall von einer Tante ein Problem weniger.‹«

Alexejs Worte lagen mir schwer im Magen, als ich die Straße zu unserem Haus hinunter ging. Ich war so in Gedanken darüber, dass ich die zwei Gestalten auf der Veranda erst sah, als ich schon auf dem Treppenabsatz war. Die Hand meiner Mutter ruhte wie eine Schraubzwinge auf der Schulter meiner besten Freundin. Sara schaute mich zerknirscht an.

Scheiße.

Kapitel 25 – Auf den zweiten Blick

Ich war am Arsch.

Anders konnte man es nicht sagen.

Aber in Gegenwart meiner Eltern Kraftausdrücke zu benutzen, wäre in nächster Zeit nicht die klügste Idee gewesen und so behielt ich diese Gedanken für mich.

Sara war mit der Drohung nach Hause geschickt worden, dass man ihre Eltern anrufen würde. Und ja, das hatten sie dann auch getan. Nun musste meine beste Freundin eine Woche lang den Abwasch übernehmen und weil sie schon wieder irgendwelchen Ärger mit dem Nachbarn angezettelt hatte, würde es dabei nicht bleiben. Ich hatte mich am Telefon schon hundertmal bei ihr entschuldigt, aber sie winkte nur ein ums andere Mal ab.

»Für den Ausdruck auf dem Gesicht deiner Eltern, als sie bemerkt haben, dass du weg bist, würde ich noch ganz andere Sachen tun. Du hättest deinen Vater sehen sollen. Ich dachte, er kriegt gleich einen Herzinfarkt«, kicherte sie. »Und deine Mutter hat allen Ernstes in jedes Zimmer geschaut und sogar den Garten abgesucht. Sie hat mich echt ganz schön in die Mangel genommen, aber ich habe geschwiegen wie ein Grab!«

»Danke«, flüsterte ich, »sie haben mich vorhin auch ausgequetscht.«

In Wirklichkeit hatten sie mich angeschrien und mein Vater hatte am Ende seiner Kräfte gebrüllt: »Man kann dich offensichtlich nicht mehr alleine lassen! Kaum dreht man dir den Rücken zu, ruft nachher jemand an und beschwert sich!«

Aber es war meine Mutter, die mich schließlich zum Reden brachte. Sie besaß eine Art an sich, die es mir unmöglich machte, Geheimnisse vor ihr zu haben, und schließlich gab ich zu, dass ich mich mit Alexej getroffen hatte. Ich ärgerte mich nur, dass meine Eltern nun davon überzeugt waren, Alexej hätte mich dazu angestiftet. Dabei wusste er nicht einmal von meinem Hausarrest.

»Seit du diesen Rüpel kennst, bist du nicht wiederzuerkennen!« Die Ader auf der Stirn meines Vaters hatte gefährlich gepocht, als er die Worte zwischen den Zähnen hervorquetschte. »Ab heute werden wir dich jeden Tag zur Schule bringen und auch wieder abholen. Und wenn du zu Hause bist, dann lernst du hier im Wohnzimmer, wo wir dich sehen können!«

Ich hätte am liebsten zurückgebrüllt, aber ich verkniff es mir, weil ich ihnen damit nur die Bestätigung geliefert hätte, dass Alexej einen schlechten Einfluss auf mich nähme. So viel also dazu, mich zu wehren.

Hatte ich mich früher aus Schüchternheit zurückgehalten, tat ich es nun, weil ich jemanden beschützen wollte. Der Käfig schien von außen derselbe zu sein, aber es gab da einen Unterschied, der entscheidend war. In den ersten war ich eingesperrt worden. In den zweiten hatte ich mich selbst geschlossen.

Also hatte ich die Strafe ohne Weiteres akzeptiert und den Protest hinunter geschluckt. Ich konnte die beiden immer noch in der Küche miteinander reden hören, aber ich ignorierte die lauten Stimmen und lauschte stattdessen Sara, die mir von ihrem Tag erzählte und dann irgendwann dazu überging, mehr über mein Date mit Alexej aus mir herauszupressen. Sie wollte natürlich jedes Detail hören, aber ich gab nur zurückhaltend Antwort.

Manche Dinge konnte ich auch ihr nicht erzählten. Ganz besonders nicht das, was Simon damals zu Alexej gesagt hatte.

Wie konnte ihm sein bester Freund nur so in den Rücken fallen? Das hätte ich Sara niemals angetan. Ihr ins Gesicht gesagt, dass ihre Eltern besser schon vor langer Zeit verreckt wären, damit sie aufhörte zu flennen. Damit sie aufhörte, andere mit ihrer Trauer zu belasten und mir damit die Aufmerksamkeit zu rauben, die ich für mich selbst haben wollte.

Wer tat so etwas?!

Noch lange, nachdem ich das Telefongespräch mit ihr beendet hatte, grübelte ich vor mich hin.

Am Montagmorgen setzte meine Mutter mich vor der Schule ab und ich huschte so schnell wie möglich vom Parkplatz. Wer wurde schon gerne gesehen, wie er von Mami und Papi zur Schule chauffiert wurde? Gab es etwas Demütigenderes für einen Teenager?

»Hab einen schönen Tag, Schätzchen!«

Die Stimme meiner Mutter klang laut über den Platz und etliche Köpfe drehten sich zu uns um. Ich sah, wie sie winkte und tat so, als würde ich diese Frau nicht kennen, während ich im Laufschritt weiter ging. Sara, die mich rennen sah, amüsierte sich natürlich köstlich darüber.

»Schätzchen«, trällerte sie. »Ach, Schätzchen, warte, du hast dein Pausenbrötchen vergessen.«

»Sara!«, zischte ich und rammte ihr den Ellbogen in die Seite.

Sie quiekte und rieb sich die Seite, aber ich beachtete sie gar nicht mehr. Der Gang war erfüllt von lautem Stimmengewirr und wir drängten uns durch die Schüler. Auf dem Weg in die erste Stunde schaute ich mich mehrmals um, aber Alexej war nirgendwo zu sehen.

Während des ganzen Morgens liefen wir uns nicht über den Weg. Nur einmal sah ich ihn, als sich eine Gruppe Jungs auf den Weg zum Sport machte und ich wollte automatisch die Hand heben, doch ich tat es nicht. Was, wenn er mich gar nicht sähe oder schlimmer, nicht zurück grüßte und ich wie ein Idiot dastände? Außerdem würden mich alle anschauen.

Ich senkte den Blick, als sie an mir vorbeiliefen. Erst als sie schon fast um die Ecke waren, hob ich den Kopf. Ich erspähte Alexejs Rücken und wollte schon die Schultern hängen lassen, als er mit einem Mal stehen blieb und sich umdrehte. Sein Blick schweifte über den Hof und dann schien er gefunden zu haben, was er suchte.

Seine Augen blieben an mir hängen und ich starrte zurück. Doch dann lief eine Horde an anderen Schülern an mir vorbei und versperrte mir die Sicht und als ich mich an ihnen vorbei drängte, war Alexej weg.

Erst dachte ich, ich hätte mir das alles nur eingebildet und er hätte mich gar nicht wirklich angeschaut, aber als ich in der Mittagspause durch die große Eingangshalle ging, erwischte ich ihn erneut dabei, wie er in meine Richtung blickte. Er lehnte lässig an der Wand und ich lächelte scheu, doch er erwiderte es nicht.

Er runzelte nur die Stirn und das änderte sich auch in den nächsten Tagen nicht.

Alexejs Augen ruhten so offensichtlich auf mir, dass es irgendwann sogar Sara auffiel, und ich wollte gar nicht wissen wem noch. Man tuschelte immer noch über uns und da ich es selbst nicht lassen konnte, begegneten sich unsere Blicke den ganzen Tag über immer wieder. Quer über den Flur, oder wenn ich ein Schulzimmer betrat, in dem er saß. Sogar jetzt gerade, als wir draußen saßen, spürte ich eine brennende Berührung im Nacken und als ich mich umdrehte, stand er dort, an einen Baum gelehnt, umgeben von ein paar Typen.

Irgendjemand erzählte ihm etwas, aber er hörte gar nicht zu. Er hatte den Kopf leicht schräg gelegt und wirkte abwesend, die Augen schmal und nachdenklich. Hastig schaute ich wieder weg.

»Mal ehrlich, was habt ihr auf eurem Date gemacht?«, grinste Sara.

»Gar nichts«, zischte ich zum wiederholten Male. »Wir haben nichts gemacht!«

»Ja, genau, deshalb schaut er dich auch die ganze Zeit an!«

Sara zog die Augenbrauen hoch und ich errötete heftig. Ich dachte daran, wie sich Alexejs Oberkörper unter meinen Händen angefühlt hatte und mein Gesicht glühte förmlich.

»Hör auf, mich zu ärgern«, grummelte ich. »Es war nicht so, wie du denkst.«

Ich konnte jedoch nicht leugnen, dass mir Alexejs Direktheit gefiel. Jeder andere Mensch hätte weggeschaut, nachdem er ertappt wurde, aber er hatte in dieser Hinsicht nicht den geringsten Anstand.

Sein Verhalten schürte die Gerüchte und je mehr Zeit verstrich, desto lauter wurde das Gemurmel. Erst viel später begriff ich, dass die Leute am Anfang nur deswegen so leise lästerten, weil sie dachten, Alexej würde es hören und ihnen einen Besuch abstatten. Doch je mehr Zeit verstrich, desto offensichtlicher wurde die Tatsache, dass er keine Partei für mich ergriff. Alexej kam nie auf mich zu und sagte kein Wort zu meiner Verteidigung.

Das Tuscheln wurde zu niederträchtigen Kommentaren und sogar Simon traute sich wieder aus der Versenkung. Seine Lippe war gerade erst verheilt, aber wenn ich an ihm und seiner Gruppe vorbei ging, hörte ich sie blöde Witze reißen. Einer von ihnen grölte sogar: »Wo ist denn dein Stecher, hä?«

Als ich am Donnerstagnachmittag meine Bücher für die letzte Stunde aus meinem Schließfach holte, hörte ich ein

Räuspern hinter mir und im nächsten Moment wurde mir die Spindtür vor der Nase zugeschlagen. Ich hatte gerade noch Zeit, meine Finger zurück zu ziehen.

»Na, Dina, wie läuft's denn so?«

Melanie Higgins lehnte sich gegen die Wand und klimperte mit ihren falschen Wimpern. Sie hatte nie einen Hehl daraus gemacht, dass sie mich für eine graue Maus hielt, die Alexejs Aufmerksamkeit nicht verdient hätte. Ich tat jedoch so, als wäre ich mir dessen nicht bewusst.

»Ganz gut, aber ich muss gleich wieder los.«

Melanies Lächeln verschwand. »Du denkst wohl, du kannst mich einfach abwürgen?«

Ich schüttelte den Kopf und zog den Reißverschluss zu. Melanie gehörte zu der Sorte Mensch, der man sagen konnte, was man wollte, sie würde ja doch nur glauben, wovon sie überzeugt war. Ich schulterte meine Tasche und sagte: »Nein, aber meine Stunde fängt gleich an, wenn du mich also entschuldigen würdest.«

»Das tue ich aber nicht«, zischte sie und stellte sich mir in den Weg.

»Was soll das?«, fragte ich. »Lass mich durch!«

Mein Herz klopfte aufgeregt, als sie näher trat und ich den wütenden Ausdruck auf ihrem Gesicht sah. Ihr Atem roch nach Erdbeerkaugummi. »Du glaubst wohl, weil du Alexej schöne Augen machst, kannst du dir jetzt alles erlauben.« Sie griff nach dem Träger meiner Tasche und riss daran. »Aber da hast du dich gewaltig getäuscht, du Flittchen!«

Mit offenem Mund starrte ich sie an.

Sie lächelte falsch, ließ dann aber los und flötete »Bis dann, Dina«, bevor sie mit einem übertriebenen Hüftschwung davonstolzierte.

Ich wünschte ihr, dass sie auf ihren Zwölf-Zentimeter-Absätzen umknickte und die Treppe runter fiele. Aber natürlich tat sie das nicht. Stattdessen wurde sie von ein paar

Mädchen begrüßt und ich hörte sie laut und deutlich über mich herziehen.

Ich zitterte vor Wut, als ich mich abwendete und zu meiner letzten Klasse stiefelte. Doch obwohl neben mir mal wieder Iris saß, die schon seit der 6. Klasse von mir abschrieb, sagte ich kein Wort. Ich presste meine Lippen zusammen und legte meinen Arm über die Ergebnisse, die ich erarbeitete. Gab es an dieser Schule kein interessanteres Thema als mich? Und konnten mich nicht einfach alle in Ruhe lassen?!

Meine Laune wurde noch schlechter, als die Schule schließlich aus war. Ein weiterer Tag, an dem ich nicht den Mut aufgebracht hatte, Alexej anzusprechen. Stattdessen stand mal wieder meine Mutter am Eingangstor und rief laut: »Dina! Spätzchen, beeil dich bitte ein bisschen, dein Vater ist unter der Dusche und die Lasagne im Ofen!«

Ich ließ den Kopf hängen.

Gab es gegen so etwas keine Gesetze?!

Ich flüchtete vor dem Gekicher und riss die Autotür auf.

Bloß weg hier, bevor sie noch mal etwas über mein Vater und die Dusche sagen würde. Verloren Eltern all ihr Gefühl für Schicklichkeit, wenn es darum ging, peinliche Dinge über den Pausenplatz ihrer Kinder zu brüllen, während sich die gesamte Schule zur Tür hinaus drängte?!

»Können wir los?«, rief ich meiner Mutter zu, die noch neben dem Wagen stand und wollte gerade die Tür zuschlagen, als ich eine laute Stimme hörte.

»Sonnenschein!«

Meine Mutter schenkte mir einen verwirrten Blick, als ich den Gurt wieder löste und hastig ausstieg. Alexej?! Als ich ihn sah, zog sich mein Herz vor Freude zusammen. Er lief mit großen Schritten über den Platz. Die Gruppen teilten sich vor ihm und ein paar Leute blieben stehen, doch er achtete gar nicht darauf. Ob er sich eigentlich *bewusst* war, dass man ihm auswich? Mein Herz hämmerte vor Nervosität, als er vor mir stehen blieb. Von allen Momenten, die er sich hätte aussuchen können, war das der denkbar Ungünstigste, aber das war jetzt auch egal.

»Sonnenschein«, sagte er noch mal und die Augen meiner Mutter wurden kugelrund, als sie begriff, wer er war. Ich konnte die Rädchen in ihrem Kopf förmlich rattern sehen, als sie seine große Statur musterte, den zerschlissenen Rucksack beäugte und dann sichtlich unwohl zu mir blinzelte.

Ja, dachte ich, sie würde ihre Tochter garantiert niemals mit dem alleine lassen.

»Hey«, sagte ich.

»Hey«, raunte er.

Ich lächelte und er erwiderte es.

»Nun«, sagte meine Mutter und riss mich aus der Trance. Ihre Stimme klang gekünstelt freundlich, ihre Augenbrauen waren irgendwo in ihrem Haaransatz verschwunden, so weit hatte sie sie hochgezogen, »du bist dann wohl Alexej.«

Wir drehten uns beide zu ihr um.

»Äh, Mama, das ist Alexej Morosow und Alexej ... *das ist meine Mutter.*« Die letzten Worte quetschte ich zwischen zusammengebissenen Zähnen heraus und ich hoffte, dass er die Warnung verstehen würde. Das Blitzen in ihren Augen bereitete mir Sorgen. Und als mit einem Mal eine Wandlung in ihr vorging und ein gewinnendes Lächeln auf ihre Lippen trat, war ich mir sicher; meine Mutter hatte einen Plan. Einen, den sie in die Tat umsetzen würde. Ich fürchtete nur, dass er mir nicht gefallen würde.

»Nun, schön, dass ich dich auch einmal kennenlerne«, sagte sie und reichte ihm die Hand. Als er diese ergriff, blinzelte sie zu mir hinüber und noch ehe ich einen Einspruch erheben konnte, deutete sie aufs Auto.

»Ich hole Dina gerade ab. Du hast nicht zufällig heute Abend schon etwas vor?«

Kapitel 26 – Der Deal

Wir saßen am Tisch und ich stocherte in meiner Lasagne. Ich traute mich nicht nach links zu schauen, wo Alexej saß, und schwieg. Im Auto hatte er ruhig auf alle Fragen meiner Mutter geantwortet und mir war jedes Mal das Herz in die Hose gerutscht, wenn sie den Mund auftat. Sie hatten glücklicherweise nur übers Wetter und die Schule geredet. Nichts Tiefergehendes und auch keine peinlichen Fragen. Aber kaum waren wir hier angekommen, schien alles nur noch schief zu gehen.

Noch nie war ich so nervös gewesen, jemandem mein Zuhause zu zeigen. Alexej hatte alles eingehend gemustert. Den Flur, in dem sich die Jacken auf dem Ständer türmten, die Küche mit den vielen Fotos, auf denen wir im Familienurlaub zu sehen waren, den großen Fernseher und den Kamin im Wohnzimmer, für den meine Mutter so viele Doppelschichten geschoben hatte. Ob er wohl dachte, wir wären Bonzen? Ich hätte zu gerne seine Gedanken gekannt.

Aber selbst jetzt, da meine Mutter immer wieder Fragen über die Schule einstreute, gab er sich keine Blöße. Dennoch lag eine Anspannung in der Luft, die mich unruhig auf dem Stuhl hin und her rutschen ließ. Nicht nur, weil meine Mutter ihn unangenehm ausfragte, sondern auch, weil mein Vater seit dem Moment, in dem wir zur Tür hereingekommen waren, eine grimmige Miene gezogen hatte.

Vielleicht sollte ich sogar dankbar sein, dass meine Mutter es ihm nicht gleichtat. Sonst würde hier eine Grabesstille herrschen.

»Wir haben schon so viel von dir gehört«, sagte sie dann aber und tat sich Salat auf. Meine Augen weiteten sich graduell zum Horror, der sich in mir ausbreitete. »Dina redet sonst eigentlich nicht so viel von Mitschülern, aber von dir redet sie außergewöhnlich häuf–«

»Mama!«, zischte ich.

Sie schaute mich an. »Was denn, Spätzchen?«

Das tat sie doch absichtlich!

»Nun, auf jeden Fall«, fuhr sie fort, »waren wir damals wirklich außer uns vor Sorge, als Dina nicht nach Hause gekommen ist. Es ist ungeheuerlich, dass so etwas überhaupt passieren konnte, allerdings war unsere Überraschung noch größer, als sich herausstellte, dass sie sich gar nicht alleine dort eingesperrt hatte.« Wollte sie wissen, ob da etwas zwischen uns vorgefallen war?

»Ja, das kann ich mir denken«, sagte Alexej.

»Nicht einmal Herr Perkins wusste, dass du auch verschwunden warst.«

Ihre Frage hing in der Luft wie ein Damoklesschwert und ich war mir nicht sicher, über wem von uns es schwebte.

»Ja«, murmelte Alexej neben mir.

Mit einem Mal hatte ich das unglaubliche Bedürfnis näher zu rücken und ihm meine Hand auf den Arm zu legen.

Doch so taktlos meine Mutter auch sein mochte, diesmal schien sie zu spüren, dass sie sich auf einem Minenfeld befand, und ruderte zurück: »Sicherlich dachten deine Eltern, du wärst bei Freunden?«

Ich legte meine Gabel geräuschvoll auf den Teller. »Findet ihr nicht, dass wir superschönes Wetter haben? So schön war es schon lange nicht mehr.«

Wir alle wendeten die Köpfe und schauten zum Fenster raus. Ein widerlicher Nieselregen hatte eingesetzt. Wir schauten wieder auf unsere Teller.

»Nun«, räusperte sich meine Mutter, »hast du denn schon Pläne für nach der Schule?«

Obwohl die Frage so klischeehaft war, wie man sich das nur vorstellen konnte, war ich dankbar, dass wir vom Thema Familie wegkamen.

»Ich wollte eine Weile nach Russland.«

Ich schaute ihn an. »Nach Russland?«

Er zuckte mit den Schultern. »Nicht für lange. Ich möchte nur ein paar Verwandte besuchen.«

Natürlich, er hatte dort Verwandtschaft. Für einen Moment hatte ich tatsächlich geglaubt, er würde auswandern wollen. In welchem Teil von Russland seine Verwandten wohl wohnten? Noch bevor ich nachhaken konnte, regte sich aber plötzlich mein Vater und als hätte es das ganze Gespräch davor nicht gegeben, griff er nach seinem Glas, lehnte sich zurück, und fragte laut und deutlich: »Nun, Alexej, hast du Absichten meiner Tochter gegenüber?«

Prompt verschluckte ich mich. »Na na na«, sagte meine Mutter und klopfte mir auf den Rücken, während ich unattraktiv röchelte.

»Papa«, würgte ich heraus, als ich wieder Luft bekam und warf ihm einen Blick zu, der nichts Geringeres schrie als: »Hör sofort damit auf, mich zu blamieren!«

Aber er überging mich einfach.

Ich griff nach dem Salzstreuer, dass meine Knöchel weiß hervortraten, nicht sicher, ob ich meinem Vater diesen an den Kopf werfen oder ihn lieber unter dem Tisch treten sollte. Aber stattdessen begann ich die Lasagne zu salzen, während ich ihn niederstarrte. Zwischen ihm und Alexej hatte sich so etwas wie ein Blickduell ergeben, doch anstatt scharf zurück zu starren, wie mein Vater das tat, schluckte Alexej lediglich hinunter und sagte: »Hm?«

Mein Vater hob beide Augenbrauen. In diesem Haus wurde »Wie bitte?« gesagt, wenn man etwas nicht verstanden hatte. »Ob du Absichten hast«, wiederholte mein Vater, völlig ungeachtet meines flehenden Blickes.

Alexej schwieg und mir wurde fast schlecht dabei. Ich schämte mich so wahnsinnig für meine Familie, dass ich glaubte, ich müsste sterben.

Aber da schaltete sich auf einmal meine Mutter ein.

»Spatz?!«

»Hä?«

Der vernichtende Blick meines Vaters traf mich.

»Wie bitte?«, setzte ich nach.

Sie deutete auf meinen Teller, wo gerade das letzte Salzkörnchen aus dem Streuer auf dem weißen Berg landete, der sich gebildet hatte.

»Nun?«, brummte mein Vater aber kaum, dass sich die Aufmerksamkeit wieder von mir löste. »Man wird doch noch wissen dürfen, für wen meine Tochter während ihres Hausarrests aus dem Fenster im zweiten Stock klettert!«

Ich erstarrte mitten in der Bewegung.

Alexej runzelte die Stirn. »Aus dem zweiten Stock?«

Oh, um Himmels willen!

»Äh, gar nichts! Gar nichts!«, haspelte ich und stellte den Streuer mit solcher Gewalt auf den Tisch, dass meine Mutter zusammenzuckte.

»Bist du fertig, Alexej?!« Ich schob den Stuhl zurück und schenkte meinen Eltern einen bösen Blick. »Wir gehen hoch!«

Ohne abzuwarten, warf ich die Serviette auf den Tisch und drehte mich um. Mein Gesicht glühte vor Scham und ich brauchte dringend einen Moment, um mich zu sammeln.

»Es war sehr nett von Ihnen, mich einzuladen«, hörte ich Alexej hinter mir sagen. »Sie kochen sehr gut.«

Verwundert drehte ich mich um. Meine Mutter blinzelte, scheinbar ebenso aus dem Konzept gebracht wie ich und sagte: »Nun, gern geschehen.«

Dann lief er mir hinterher.

»Es tut mir leid, dass sie dich so ausgequetscht haben«, sagte ich mit einem Blick über meine Schulter.

Alexej lachte leise. »Wenn ich eine Tochter hätte, würde ich einen Typen wie mich an den Stuhl ketten und verhören.«

Ich unterdrückte ein Schmunzeln. Ich konnte mir lebhaft vorstellen, wie das ablaufen würde. Er war bestimmt kein Vater, der seine Tochter mit einem Jungen ausgehen ließ, ohne diesen wissen zu lassen, was ihm blühte, sollte er auf die Idee kommen, sich daneben zu benehmen. Als meine Hand auf der Klinge lag, hielt ich inne und blickte ihn befangen an.

»Ähm, es ist etwas unordentlich«, bereitete ich ihn auf mein Zimmer vor. Mit Schrecken dachte ich an das Pferdeposter, das so ziemlich jedes Klischee erfüllte, und ich wollte gar nicht wissen, was er über die Plüschtierarmee dachte, die sich das Regal mit jeder Menge peinlicher Mädchenbücher teilte.

Er verdrehte aber nur die Augen und ging an mir vorbei. »So schlimm kann es nicht sein.« Er betrat den Raum und ich folgte ihm nervös. Als er stehen blieb, lief ich fast in ihn hinein.

»Scheiße«, murmelte er, »ich nehme alles wieder zurück.«

Meine Augen weiteten sich und ich drängte mich an ihm vorbei. Eilig suchte ich den Raum nach peinlichen Gegenständen ab. Hatte ich ein Fotoalbum offen liegen lassen, das Bilder von mir in der Badewanne zeigte? Hing die Feen-Glitzergirlande noch über dem Fenster?

Alexej lachte. Empört schnaufte ich und schlug ihm mit der Faust gegen den Oberarm. »Aber sonst geht's noch?!«

Er grinste, wurde aber schnell wieder ernst. »Nein, wirklich, dein Zimmer ist für ein Mädchen ganz okay.« Was sollte das jetzt wieder bedeuten? Doch bevor ich aufbegehren konnte, fügte er grinsend an: »Ich sehe keine pinken Einhornfiguren.«

»Sehr witzig, Morosow!«

Die befanden sich in einer Schachtel unter meinem Bett. Na ja, keine pinken Einhörner, aber sämtlicher Kitsch, aus dem ich herausgewachsen war, den ich aber nicht wegwerfen konnte. Das Einzige, wofür ich mich nicht schämte, war das Sammelsurium an kleinen Antiquitäten und Plunder, den ich über die Jahre hinweg auf Trödelmärkten gefunden und mit nach Hause genommen hatte. Die Gegenstände wirkten deplatziert zwischen dem modernen Kitsch, aber das schien Alexej nicht zu stören. Er betrachtete meine Regale mit Interesse.

Ich schlang die Arme um mich selbst und folgte ihm durch das Zimmer. Alexejs Blick fiel auf den Sessel unter meinem Fenster und als er sich wie selbstverständlich darauf fallen ließ und die Augen schloss, bildete sich ein warmes Gefühl in meinem Bauch. Ihn dort zu sehen, war irgendwie speziell. Er hatte direkt meinen Lieblingsplatz gefunden und schien ihn zu mögen.

Simon hatte immer die Nase über den Stuhl gerümpft, den ich für zehn Euro in einem Garagenflohmarkt erstanden hatte. Aber er war irre gemütlich und der Ort, an dem ich am meisten saß und nachdachte.

Lächelnd ließ ich mich auf mein Bett sinken. Es würde bestimmt nicht lange dauern, bis meine Eltern den Kopf zur Tür hineinstreckten und irgendwelche Kekse anboten. Natürlich nur, um sicher zu gehen, dass wir nichts Unanständiges taten.

»Gehst du wirklich nach Russland?«, fragte ich.

Alexej öffnete die Augen. »Vielleicht.«

Ich zog die Beine aufs Bett und setzte mich in den Schneidersitz. »Kannst du denn überhaupt Russisch?«

Das löste ein breites Grinsen bei ihm aus. Er stand auf und ließ sich neben mich fallen. Ich spürte seine Nähe förmlich auf der Haut und spannte mich an, als jedes Härchen auf meinen Armen sich aufstellte. Mit seiner tiefen Stimme murmelte er mir Worte ins Ohr, die mir Schauder über den Rücken jagten, obwohl ich keine Ahnung hatte, was er sagte.

Verlegen biss ich auf meiner Unterlippe herum.

»Das klingt sehr ... russisch«, sagte ich leise, obwohl ich völlig andere Beschreibungen im Sinn hatte.

Alexej lachte. »Es ist schon sehr eingerostet.«

»Was hast du gesagt?«

»Nur, dass ich es kann.«

Wir schauten uns an.

Lange Augenblicke verstrichen und ich glaubte schon, dass ich gleich irgendetwas Dummes sagen würde, das ich später bereute. Dass seine Augen die Schönsten waren, die ich je gesehen hatte, oder dass mir schwindelig wurde, wenn er mir so nahe war. Aber dann murmelte er: »Ich habe dich in der Schule beobachtet.«

Mein Herz blieb stehen. Saßen wir schon die ganze Zeit so nah zusammen, oder waren wir näher gerückt? Ich spürte seinen Atem auf meiner Haut, sein Knie an meinem. Ich konnte plötzlich nicht mehr richtig folgen, obwohl er noch etwas sagte, und war völlig gebannt von seiner Nähe, seinem Geruch.

Die Tür klackte.

»Dina, Schätzchen?«

Ich fuhr herum und Alexej rückte weg. Die Realität holte mich so plötzlich wieder ein, als hätte man mich unter eine kalte Dusche geschubst.

Meine Mutter balancierte einen Teller mit Kuchen ins Zimmer. »Ich dachte, ihr wollt vielleicht etwas Süßes?« Ihr Blick wanderte über uns, als schätzte sie den Abstand zwischen uns ein.

Ich starrte auf den Kuchen und dann in ihr Gesicht.

Ich wollte sie anschnauzen, ihr den Teller aus der Hand reißen und sie raus schicken. Aber dann sah ich das nervöse Zucken in ihren Augen und die Besorgnis auf ihrer Stirn und mir entkam ein tiefes Seufzen. Sanft nahm ich ihr den Teller ab. »Danke.«

Als sie weg war, hatte sich die Atmosphäre geändert. Alexej wirkte plötzlich viel distanzierter und ich spielte nervös mit meinen Fingern. »Ich sollte wohl besser gehen«, sagte Alexej und ich sprang auf. Er lief Richtung Tür und ich suchte verzweifelt nach einer Frage, die ihn aufhalten würde.

»Du hast mich beobachtet, hast du gesagt.« Meine Stimme war nur ein Krächzen, das peinlicherweise verriet, wie aufgeregt ich war. Ich hatte nicht geplant, ihn das zu fragen, aber jetzt realisierte ich, dass ich es wissen musste. Sonst würde ich die ganze Nacht wach liegen.

»Ja, das habe ich«, brummte er.

»Ist mir aufgefallen«, würgte ich heraus. »Dass du mich angeschaut hast, meine ich.« Und wie mir das aufgefallen war.

»Gut«, brummte er und der wenig sanfte Ton hätte mir eine Warnung sein müssen, aber ich war noch viel zu umnebelt von Glücksgefühlen und so traf es mich völlig unvorbereitet:

»Du solltest häufiger eislaufen gehen, weißt du? Wenn du in der Schule nämlich so weiter machst wie bisher, dann drehst du verdammte Pirouetten, bevor du auch nur einem der Arschlöcher die Meinung gesagt hast.«

Die Kinnlade klappte mir entgeistert hinunter.

Dann machte es Klick.

Deshalb hatte er mich angestarrt!

Er hatte mich beobachtet, um zu erfahren, ob ich endlich damit anfangen würde, mich zu wehren. Er wollte sehen, ob ich mir seine Worte zu Herzen genommen hatte, dass ich aufhören musste, mich herumschubsen zu lassen. Die Scham überwältigte mich.

War das wirklich alles, was dahinter steckte?!

Ich Idiotin hatte gedacht, er würde auch Gefühle für mich entwickeln!

Meine Sicht verschwamm, als sich Tränen in meinen Augen sammelten, doch um keinen Preis der Welt hätte ich jetzt vor ihm losgeheult. Ich drehte mich abrupt um und knurrte: »Ich bin vielleicht noch nicht so weit, aber du lieferst ja auch kein Musterbeispiel dafür, was du eigentlich tun solltest.«

Er schnaubte und kam zurück, legte mir die Hand auf die Schulter und wollte mich umdrehen, aber ich schüttelte ihn ab. »Du solltest dich lieber um dein eigenes Zeug kümmern!«, presste ich heraus. »Ich weiß, dass ich an mir arbeiten muss, aber du drückst dich ja auch vor der Therapie!«

Seine Hand verkrampfte sich.

»Wir sind beide nicht besser als der andere!«, brachte ich stockend hervor.

Und dann, obwohl ich mich mit aller Macht dagegen wehrte, entkam mir ein Schluchzen. Mein Herz fühlte sich so gebrochen an, als könnte ich tatsächlich spüren, wie es nur noch kläglich schlug, in seine Einzelteile zerlegt.

»Sonnenschein?«

Dieses eine Wort trug so viel Wärme in sich, wie ich das noch nie gehört hatte. Alexej klang ungläubig, verwirrt und unsicher, alles zur selben Zeit. Er zog noch einmal, sanfter diesmal und ich ließ zu, dass er mich zu sich drehte.

Er schaute mich an und dann lag auf einmal seine Hand an meiner Wange und ich hielt die Luft an. Das Schluchzen blieb mir im Hals stecken.

»Ich weiß nicht genau, was ich getan habe, aber es tut mir leid.«

Ich blinzelte die Tränen weg und war versucht, mein Gesicht in seine Hand zu schmiegen. Nur einen Moment, nur ein paar Sekunden, ohne mir Gedanken darüber zu machen, was er denken würde, ob es ihm etwas ausmachen würde und ob ich mich damit verletzlich machen würde. Aber dann nahm er die Hand wieder weg und ich seufzte still.

Ich war so erbärmlich. Hier stand er, in meinem Zimmer und entschuldigte sich bei mir. Dabei konnte er nichts dafür, dass ich mich in ihn verliebt hatte und nicht damit umgehen konnte, dass er mich vielleicht nicht auf dieselbe Weise mochte.

Oder irrte ich mich am Ende doch noch? Er war mit mir Eislaufen gegangen. Er redete freundlich mit mir, zog mich auf und während er andere mit Blicken erdolchte, nannte er mich Sonnenschein und begleitete mich nach Hause. Er lieh mir sein Zeug und war so unglaublich sanft, in Momenten wie diesen.

Und er hatte meinem Vater keine Antwort gegeben.

Er hatte nicht Ja gesagt.

Aber auch nicht Nein.

»Tut mir leid«, sagte ich und wischte meine Augen trocken. »Der heutige Tag ist einfach etwas zu viel gewesen und ich habe das nicht eben nicht so gemeint.«

Er legte den Kopf schief. »Du findest also nicht, dass ich wieder zum Seelenklempner sollte?«

Ich senkte den Blick. »Ehrlich gesagt schon. Du würdest damit allen zeigen, dass du Fortschritte machst und wenn noch einmal etwas vorfallen sollte, dann würde Herr Perkins das sicher zählen lassen.«

Alexej nickte.

»Jelena macht sich außerdem große Sorgen, weißt du«, versuchte ich einen erneuten Vorstoß. Die Stimmung war lockerer geworden, wie nach einem heftigen Sommergewitter, wenn die Luft rein und frisch war und alles klarer und heller wirkte.

»Und ich auch.«

Ich war selbst erstaunt über mein Geständnis.

»Du machst dir Sorgen?«

Unsicher zuckte ich mit den Schultern. War er wirklich so blind dafür, wie viel er mir bereits bedeutete?

Alexej schwieg lange und ich glaubte schon, dass er mir eine Antwort schuldig bleiben würde, als er schließlich doch noch die kleinste Andeutung eines Nickens zeigte.

»Okay«, sagte er. »Aber nur unter einer Bedingung.«

»Bedingung?«

»Ja«, sagte er und grinste schwach.

»Und die wäre?«, fragte ich misstrauisch.

»Du stellst dich deinem Problem, ich meinem. Wenn du es schaffst, etwas so Mutiges zu tun, dass selbst ich nicht glauben kann, dass du den Mumm dazu hattest, dann geh ich hin.«

»Etwas Mutiges also«, sagte ich leise und nickte.

»Nicht nur irgendetwas. Das absolut Mutigste, das dir einfällt. Und nicht irgendwo heimlich in 'ner Ecke, wo dich keiner sieht, sondern vor der ganzen Schule.«

Sprachlos schaute ich ihn an. Er streckte mir die Hand entgegen.

»Deal?«

Mein Herz klopfte, als wollte es mir aus der Brust springen. Alexej wollte nicht in die Therapie.

Er glaubte, dass ich an dieser Aufgabe scheitern würde. Er glaubte damit die ultimative Herausforderung geschaffen zu haben und dass das Thema sich damit von alleine erledigen würde.

Oh, er wusste definitiv nicht, wie viel er mir bedeutete.

Ich grinste und Alexejs Augen wurden schmal.

»Ich habe auch eine Bedingung«, sagte ich und verschränkte die Arme.

»Lass hören.«

»Solange ich mir Mühe gebe, mutig zu sein, wirst du dir Mühe geben, freundlich zu sein.«

Alexej verzog das Gesicht.

»Deal?«, fragte diesmal ich und hob herausfordernd das Kinn.

Alexej trat nahe an mich heran, bis unsere Nasenspitzen sich fast berührten.

»Deal.«

Kapitel 27 – Schritt für Schritt

»Warte!«

Das Wort kam zaghaft aus meinem Mund und schon glaubte ich, Vanessa würde mir die Tür vor der Nase zuschlagen, aber sie hielt inne. Zuerst dachte ich, dass sie mir ein paar giftige Abschiedsworte entgegen schleudern wollte, aber sie wirkte unschlüssig und bevor sie doch noch etwas sagen konnte, kam ich ihr zuvor.

»Es ist nicht so, wie du denkst«, sagte ich und kam mir dabei vor, als würde ich in einem billigen Film die Rolle der betrügerischen Ehefrau spielen. Gewissermaßen war ich in diesem Szenario ja auch die »andere«, aber anstatt es abzustreiten, stand ich hier, um sie davon zu überzeugen, dass sie tatsächlich hintergangen worden war.

Heute war der erste Tag, an dem ich den Deal umsetzen wollte, den ich mit Alexej geschlossen hatte, und obwohl ich insgeheim angenommen hatte, Vanessa wäre längst auf den Trichter gekommen, schien das nicht der Fall zu sein. Sie hatte mich auf offener Straße abgekanzelt und wollte sich nun verdrücken.

»Ich weiß, du glaubst mir kein Wort«, sagte ich, »und das musst du auch nicht, schließlich bin ich für dich eine Fremde. Aber Alexej war mal dein bester Freund und dass du so schlecht über ihn denkst, erstaunt mich.«

Vanessa runzelte die Stirn und zog die Tür etwas auf. Erleichtert atmete ich aus.

»Er wollte es dir persönlich sagen, aber du hast nicht zugehört. Ich weiß außerdem von dem Versprechen, das ihn dazu zwingt, sich aus deinen Angelegenheiten herauszuhalten.«

Sie schnaubte und kam tatsächlich wieder hinaus. »Du weißt von dem Versprechen, ja? Und du findest das hier in Ordnung? Mal ehrlich, wieso spielst du in seinem Schmierentheater mit?«

Ihre Stimme war schrill geworden und ich realisierte, dass Vanessa nur nach außen so kühl und gelassen wirkte. In ihren Augen kämpften die verschiedensten Emotionen miteinander. Als sie nun weiter sprach, glaubte ich ein Zittern in ihrer Stimme zu hören.

»Was ist nur aus ihm geworden? Ich kann nicht glauben, dass er so ein Riesenarschloch ist, das vor nichts und niemandem Halt macht, nicht mal vor seinen eigenen Freunden.«

Freunde?

»Du verstehst das alles falsch«, begann ich, aber ihre Augen verengten sich.

»Oh, du grüne Neune«, sagte sie langsam, als würde ihr ein Licht aufgehen. Dann lachte sie mit einem Mal, aber es war nichts Herzliches daran. »Du bist doch nicht etwa verknallt?«

Ihre Worte trafen mich wie ein Schlag ins Gesicht.

»Du bist verknallt in Alexej!« Wieder lachte sie und ich spürte zu meinem Verdruss, wie mir das Blut ins Gesicht schoss. »Und jetzt willst du, dass er dich beachtet.« Sie zog ein Gesicht, als wäre ich das bedauernswerteste Geschöpf auf diesem Planeten. »Du armes Ding, hast du das Neueste noch nicht gehört? Alexej interessiert sich für niemanden als sich selbst. Nicht mal als er noch normal war, hat ihn irgendeine rumgekriegt.« Sie lehnte sich vor und schüttelte mit gespieltem Schmollmund den Kopf. »Arme ... äh, wie auch immer du heißt.«

Ich verdrehte die Augen und wollte etwas sagen, aber sie gab mir gar keine Chance.

Sie drehte sich einfach um und verschwand im Haus, als wäre ich nichts als Dreck unter ihren Schuhen, den sie draußen abgeschüttelt hatte.

Ich hörte das Blut in meinen Ohren rauschen, so laut, dass es alles übertönte. Aber dann hörte ich eine leise Stimme, die flüsterte:

Kinn nach oben.

Augen geradeaus.

Barbie ...

Ich war keine Barbie!

Vanessa wollte die Tür schließen, aber ich schob meinen Fuß dazwischen. Ihr erstaunter Blick traf auf meinen, aber da drückte ich die Tür auch schon wieder auf und sie stolperte zurück.

»Jetzt halt mal die Luft an, du arrogante Ziege! Es ist mir egal, was du mit dem anfängst, was ich dir zu sagen habe, aber du wirst mir verdammt noch mal zuhören! Und wenn du dann immer noch mit dem Idioten zusammen bleiben willst, dann könnt ihr von mir aus glücklich werden, denn dann habt ihr euch verdient!«

Sie öffnete ein paar Mal den Mund wie ein Fisch auf dem Trockenen, aber nichts kam heraus. Dann schüttelte sie den Kopf. Ihre Augen zuckten zwischen meinem finsteren Blick und der Treppe hin und her, bevor sie einen Schritt rückwärts machte. In diesem Moment erkannte ich den Ausdruck in ihrem Gesicht. Vanessa *wollte* mir glauben.

Sie wollte mir glauben, dass Alexej kein schlechter Mensch ist, aber sie hatte Zweifel.

»Lass mich in Ruhe!« Ihre Stimme glich einem Krächzen. Sie hastete die Treppe hoch.

»Deine Lieblingsblumen sind gelbe Rosen.«

Sie blieb stehen.

»Und dein Lieblingseis ist Vanille, oder?«

Langsam drehte sie sich zu mir um.

»Der Idiot hat uns oft genug verwechselt, glaub mir. Hat er bei dir nie einen Fehler gemacht?«

Sie schlang die Arme um sich selbst, der Zweifel in ihren Augen nun deutlicher denn je.

»Du hast außerdem ein rotes Cocktailkleid, nicht?«

Ein erstaunlicher Wandel ging ihn ihr vor. Als hätte ich mit einem Vorschlaghammer auf eine Wand eingeschlagen und die letzte Schicht durchbrochen. Die Neugierde schien die Oberhand über das Misstrauen zu gewinnen und sie kam ein paar Stufen die Treppe herunter.

»Simon hat dich zur Party eingeladen, aber du wolltest nicht, also hat er mich als Notnagel hergenommen. Ich fand es schon seltsam, dass er überzeugt war, ich hätte ein solches Kleid. Aber du hast eines, nicht?«

Langsam nickte sie.

»Hat er dir auch erzählt, dass er arbeiten geht, um seinen Eltern nicht auf der Tasche zu liegen? Ist er bei dir auch immer so pingelig, was Händchenhalten in der Öffentlichkeit angeht? Will er auch immer wissen, wo du gerade bist? Hat er bei dir auch ein Problem, wenn du auf seine Nachrichten nicht gleich Antwort gibst?«

Vanessas Gesicht war aschfahl geworden.

»Wäre auch zu dumm, wenn er mit seiner zweiten Freundin irgendwo in die erste reinlaufen würde, nicht?«, fragte ich.

»Scheiße«, entkam es ihr schwach.

»Okay, du hast zehn Minuten, ähm …?«

Sonnenschein.

Ich grinste.

»Dina. Ich heiße Dina.«

Aus den zehn Minuten wurden mehr als zwei Stunden. Am Ende saßen wir auf Kissen, auf dem Boden in ihrem Zimmer und redeten über all die vergangenen Monate. Ich zeigte ihr den Verlauf meiner Gespräche mit Simon auf meinem Handy und sie zeigte mir die ihren. Es war peinlich, sich so offen auszutauschen, aber wir stellten schnell fest, dass er uns an den meisten Tagen haargenau die gleiche Nachricht geschickt hatte.

Vanessa tippte auf ihrem Handy herum und fluchte vor sich hin.

Es dauerte lange, bis sie sich beruhigte, aber dann kamen wir doch noch zum unvermeidlichen Thema.

»Er ist so anders«, sagte sie. Sie brauchte nicht zu sagen, wen sie meinte. »Ich meine, ich weiß plötzlich nicht mehr, was ich über ihn denken soll. Er wollte mir offensichtlich helfen. Aber ich bin noch nicht darüber hinweg, was damals passiert ist.«

Ich verzog den Mund.

»Was ist?«, fragte sie und lehnte sich vor.

»Das wird dir jetzt nicht gefallen«, murmelte ich und lehnte mich zurück gegen ihr Bücherregal, das von oben bis unten mit Science-Fiction-Romanen vollgestopft war.

»Was?«

Ihre mandelförmigen Augen blickten mich durchdringend an.

»Das, was damals zwischen Simon und Alexej vorgefallen ist, entspricht möglicherweise nicht dem, was man dir erzählt hat.«

»Oh mein Gott«, sagte sie und betonte dabei jedes Wort einzeln. »Bitte nicht.«

»Ich fürchte schon.«

Die nächste halbe Stunde verbrachte ich damit, Vanessa darüber aufzuklären, was passiert war. Ich achtete sorgfältig darauf, nichts Persönliches aus Alexejs Leben zu erwähnen, aber ich erzählte ihr davon, wie Simon mich belogen hatte und wie sich am Ende herausstellte, dass es mein Freund gewesen war, der den Streit provoziert hatte, indem er Alexejs Eltern in den Schmutz zog. Als sie wissen wollte, was Simon gesagt hatte, schüttelte ich jedoch den Kopf und sagte: »Wenn du das wissen willst, dann musst du Alexej fragen.«

Ich hoffte, dass Alexej mir den Rest, den ich Vanessa anvertraut hatte, nicht übel nähme. In meinen Augen gab es keinen anderen Weg, wie ich sie dazu bringen konnte, ihm eine zweite Chance zu geben, und ich hoffte, dass sie sich aussprechen würden.

Sie konnte ihm nicht egal sein. Immerhin hatte er sie nach all diesen Jahren noch immer in Schutz genommen.

Vanessa wirkte bedrückt, als ich fertig war. »Ich kann dir gar nicht sagen, wie schrecklich es war, diesen Streit mitzuerleben. Ich bekam nur mit, dass da eine Auseinandersetzung stattfand, und überall standen Leute herum. Du glaubst nicht, wie ich mich erschrocken habe, als ich die beiden gesehen habe. In einem Moment standen sie sich gegenüber wie zwei Hunde, die man von der Leine gelassen hat, und dann stürzte Alex sich auf Simon und riss ihn zu Boden. Er hat auf ihn eingedroschen und plötzlich war da überall Blut. Ich konnte nur noch um Hilfe schreien.«

Ich schluckte schwer bei ihrer Beschreibung.

»Ein paar Passanten trennten die beiden schließlich, aber es war ein grauenhaftes Bild. Ich bin mit Simon ins Krankenhaus gefahren. Er sah so schrecklich aus und als er mir dann erzählt hat, wieso Alex das getan hatte ...« Sie brach ab und schaute auf den Boden. Ihre Schultern sackten nach unten. »Ich kann gar nicht glauben, dass Simon das getan hat. Yuri und Feli waren wie zweite Eltern für uns.«

Eine Träne lief ihr über die Wange.

»Ich war so geschockt, als ich von dem Unfall erfahren habe. Die beiden waren so voller Lebensfreude. Sie waren die coolsten Eltern, die man sich denken konnte. Mein Dad ist häufig weg, aber ich habe wenigstens meine Mom. Simon war ständig bei den Morosows oder mir, weil seine Eltern echt Scheiße sind. So Scheiße, dass ich neulich echt nicht zu der Party gehen wollte, um sie wieder zu sehen. Ständig waren sie weg und haben ihn dafür mit Geschenken zugeschüttet, mit denen man in seinem Alter eh nichts anfangen konnte. Echt jetzt, was fängt ein Zehnjähriger bitte mit einem Kaschmirhalstuch von Hermès an?«

Vanessas Worte berührten mich eigentümlich tief.

Ich wollte mich dagegen wehren, aber ich konnte nichts tun, als Mitleid für Simon in mir aufstieg. Ob das Verhalten seiner Eltern schuld an seinen Eifersuchtsproblemen war? Sie erkauften sich seine Liebe und waren sonst nie für ihn da. Alexejs Eltern hingegen mussten ihn behandelt haben, wie ihren eigenen Sohn und nun waren sie fort und er klammerte sich verzweifelt an Beziehungen fest. Ich war keine Psychologin, aber selbst ich wusste, dass er eine große Angst davor hatte, verlassen zu werden.

Irgendwie war nichts hier so schwarz oder weiß, wie ich gedacht hatte.

»Ich muss Alexej treffen.« Vanessas Stimme riss mich ruckartig aus meinen Überlegungen.

»Äh, wie?«

»Ich muss Alex treffen«, wiederholte sie, »Oh mein Gott, ich muss mich entschuldigen! Hast du eine Ahnung, was ich ihm damals alles an den Kopf geworfen habe? Ich habe gesagt, dass er ein krankes Gehirn hat und ich seine Visage nicht in tausend Jahren wieder sehen will. Ich habe ihn im Stich gelassen!«

Sie raffte sich auf und sammelte die Gläser ein, aus denen wir getrunken hatten. »Kein Wunder, dass er so verwirrt war! Dina, du hättest seinen Blick sehen sollen, als ich das gesagt habe. Bis heute dachte ich, er wäre sich seiner Schuld nicht bewusst, aber in Wirklichkeit hat er nur nicht verstanden, wieso ich Simon unterstützt habe, ohne eine Frage zu stellen.«

Ich nahm ihr die Gläser aus der Hand, denn ihre Knöchel traten schon weiß hervor, so fest umklammerte sie diese.

Vorsichtig löste ich ihre Finger und schaute ihr in die Augen.

»Er weiß es doch.«

Sie schniefte. »Bist du dir da sicher?«

Ich lächelte sie aufmunternd an.

»Natürlich.«

Sie zog die Nase hoch und wischte sich über die Augen.

»Du magst ihn wirklich, oder?«, fragte sie dann.

Ich schaute auf die Gläser hinunter und dann wieder hoch in ihr Gesicht. Nichts als Neugierde und eine Spur Besorgnis waren in Vanessas Gesicht zu lesen. Aber diese Besorgnis war nicht nötig.

Ich lächelte erneut und diesmal erwiderte sie es.

Als meine Füße am Montagmorgen den Boden vor meinem Bett berührten, rieb ich mir nicht wie sonst den Schlaf aus den Augen, und schlurfte müde ins Bad. Stattdessen stieß ich die Luft entschlossen aus, ging zu meinem Spiegel und starrte mir geradewegs in die Augen.

»Auf geht's!«

Ich hatte wenig geschlafen, vor allem, weil ich fürchtete, mich lächerlich zu machen beim Versuch, aus meinem Schneckenhaus hervor zu kommen. Aber wie auch immer es laufen würde, ich hatte diesmal ein Ziel vor Augen.

Außerdem fühlte ich mich schon sehr viel besser, seit ich gestern mein Gewissen erleichtert hatte.

In der Schule sank mir das Herz wieder in die Hose, aber dann weihte ich Sara über den Deal ein, den ich mit Alexej getroffen hatte, und sie bombardierte mich mit Vorschlägen, wie diesen gewinnen könnte. Sie dachte sich alle möglichen Szenarien aus und diese wurde von Mal zu Mal absurder.

»Du könntest nackt über den Pausenhof rennen und ›Run to you‹ von Whitney Houston singen, bevor du dich in seine Arme wirfst«, grinste sie. »Oder du brichst ins Sekretariat ein und verkündest über den Lautsprecher, dass Melanie Herpes hat, nachdem du ihm deine Liebe gestanden hast, natürlich.«

Ich verdrehte die Augen. Wie romantisch.

»Oder du brichst *nackt* ins Sekretariat ein ...«

»Mir wird schon was einfallen!«, sagte ich und stoppte sie mit einer Handbewegung davor, weitere Vorschläge zu machen. »Und ich werde dabei *nicht* nackt sein und garantiert nichts singen.«

»Stimmt«, scherzte sie, »du würdest ihn nur vertreiben.«

»Mit dem Nacktsein oder dem Singen?«, sagte ich trocken und sie brach in Gelächter aus.

Tatsächlich war es aber weder einfach noch lustig. Schon für die erste Stunde musste ich mich von meiner besten Freundin trennen und ich verlor schon sehr bald meinen Mut. In der Pause wurde es auch nicht viel besser. Überall, wo ich hinging, schien sich Simons Clique herumzudrücken und es fiel mir sehr schwer, ihre Witze zu ignorieren.

Am Nachmittag fühlte ich mich bereits wie eine absolute Verlierern. Ich war zu spät dran, weil ich einen Umweg gelaufen war, um Melanies Schar an treu ergebenen Lakaien auszuweichen. Ich hetzte durch den Flur, als plötzlich eine Tür aufging. Ich wich aus, wurde aber angerempelt und krachte frontal in jemanden rein.

»Hey!«, ertönte eine genervte Stimme, »pass gefälligst auf wo du hin latschst!«

Es war Thomas, ein Schüler aus meiner Englischklasse. Unter seinem verächtlichen Blick stammelte ich hastig eine Entschuldigung, oder zumindest hatte ich das vorgehabt, doch ich kam nicht weit. Noch ehe ich den Mund öffnen konnte, weiteten sich Thomas' Augen und landeten auf einem Punkt hinter mir.

Im selben Moment spürte ich eine Präsenz hinter mir und ein warmer Schauer lief mir über den Rücken. Die Schüler machten plötzlich einen Bogen um uns und ein paar Gaffer reckten neugierig die Hälse.

»Verpiss dich.« Alexejs Stimme klang tief und ruhig.

Thomas erbleichte und obwohl er mich eben noch angeschnauzt hatte, tat er mir leid.

»Hey«, murmelte ich und der sommersprossige Junge schaute mich an, als wäre ich das achte Weltwunder.

Aber ich redete nicht mit ihm. Ich schaute über meine Schulter und sagte: »Du vergisst da doch was.«

Alexej knurrte, aber dann räusperte er sich zu meiner Überraschung und sagte: »Würdest du dich *freundlicherweise* verpissen?«

Ich spürte das Lachen in mir aufsteigen und als Alexej dann auch noch todernst »Bitte« sagte, platzte es aus mir heraus. Thomas hingegen sah aus, als würde er sich in die Hose machen. Alexejs Bemühen, freundlich zu sein, war dem armen Kerl offenbar nicht geheuer. Er suchte eilig das Weite. Ich schlug mir die Hand vor die Stirn und drehte mich um.

»Ist *das* deine Version von Freundlichkeit?«, kicherte ich, doch das Lachen blieb mir im Hals stecken.

Alexej stand so dicht vor mir, dass ich den Kopf in den Nacken legen musste. Er runzelte die Stirn. Die schwarzen Strähnen hingen ihm wirr ins Gesicht, verlangten geradezu danach, dass man sie wegstrich, und hätte ich mein Herz nicht längst an ihn verloren, dann spätestens jetzt.

»Was?«, brummte er und schaute Thomas nach. »Ich hab bitte gesagt.«

Ich starrte ihn an.

Und dann musste ich wieder lachen.

Oh Mann.

»Ich wollte mal sehen, wie es mit dem Mutigsein so läuft«, sagte er und ich wurde wieder ernst.

»Ehrlich gesagt, nicht so toll. Ich habe mich vorhin sogar vor Melanie versteckt.«

Ich erwartete Triumph in seinen Augen zu lesen, aber da war nichts. Er legte nur nachdenklich den Kopf schief und nickte dann. »Du hast ja gerade erst angefangen«, sagte er, »und außerdem ist es nicht einfach, wenn man ganz allein gegen viele steht.«

Er hatte recht und so nickte ich und sagte: »Stimmt. Aber ich werde mir weiter Mühe geben. Wie läuft's denn bei dir?«

Er zuckte mit den Schultern. Ich verengte misstrauisch die Augen.

»Dein Spind hat eine neue Beule.«

»Lieber der als Kevin, nicht?«

»Wer ist Kevin?«

»Nicht so wichtig«, grummelte er. »Du hast heute Nachmittag Sport«, sagte er stattdessen und ich verzog unwillig den Mund. Vor dieser Stunde scheute ich mich schon den ganzen Morgen, aber Alexej machte es noch schlimmer. »Ich hab eine Freistunde, also dachte ich, ich komm mit.«

»In meine Sportstunde?«

»In deine Sportstunde.«

»Muss das sein?«, fragte ich. Nichts war schlimmer als eine Sportstunde, wenn man sich vornahm, aus dem Schneckenhaus heraus zu kommen. Es sei denn eine Sportstunde, in der dein Schwarm dich dabei beobachtete.

»Du wirst mich gar nicht bemerken«, grinste Alexej und ich stöhnte.

Ja, klar. Genau.

Niemand spielte mir den Ball zu.

War es nicht schon Strafe genug, dass wir ausgerechnet Basketball spielen mussten, wenn Alexej auf den Bänken saß und mich fixierte?! Es war erniedrigend. Unsere Turnhalle hatte, ähnlich wie in einem kleinen Stadion, eine winzige Tribüne aus etwa fünf Reihen und er saß ganz oben, wo man super das Spielfeld überblicken konnte.

Niemand hatte etwas gesagt, als er hinter uns in den Raum getrottet war und sich nach oben verzogen hatte. Vielleicht bemerkten ihn die meisten nicht mal, denn er war still, hatte sich zurückgelehnt und verfolgte ruhig das Spiel. Aber ich musste dauernd zu ihm hoch schauen und hoffte, dass ich den Ball nicht in die Fresse bekäme, während er zusah.

Obwohl ja die Chance, dass der Ball in meine Richtung flog, eher gering war.

Was für ein beschissener Start in meine Versuche, an der Schule etwas mutiger und aktiver zu werden. Eigentlich konnte ich gut werfen. Ich war treffsicher, aber nur, wenn ich alleine war und niemand mich stresste. In dem Getümmel hier wusste ich gar nicht, wo ich zuerst hinschauen sollte und wich den Leuten nur aus, um nicht im Weg zu stehen.

In der Halbzeit rieb ich mir seufzend über die Stirn. Ich blamierte mich hier auf der ganzen Linie. Ich getraute mich nicht einmal zur Tribüne zu schauen, weil es mir so peinlich war, und ich roch unauffällig an meinem Shirt, weil ich verschwitzt war und alles an mir klebte. Als ich auf einmal eine Hand auf meiner Schulter spürte, fuhr ich herum, wie eine erschrockene Katze.

Unter Alexejs Blick zog ich unwohl die Schultern hoch.

»Schnapp dir den Ball«, sagte er.

Ich runzelte die Stirn.

»Hast du nicht gesehen, was für eine Niete ich bin?! Wie soll ich bitte an den Ball rankommen, wenn ihn mir niemand zuwirft? Soll ich jemandem ein Bein stellen?!«

Alexej hob beide Augenbrauen.

»Das würde ich zwar gerne sehen, aber nein.« Er grinste. »Du holst ihn dir natürlich, wenn die gegnerische Mannschaft ihn hat.«

Ja, klar.

Ich wollte grummeln, aber er legte mir beide Hände auf die Schultern und ich verstummte. »Du kannst das«, sagte er, »du kannst viel mehr, als du denkst. Also geh aufs Feld und hol dir den verdammten Ball.«

Ich schluckte. Alexej glaubte, dass ich das konnte, er machte keinen Scherz. »Okay, Dina«, sagte er dann, »wenn du glaubst das wäre nicht möglich, dann berühr den Ball wenigstens.«

Den Ball berühren?

Das konnte ich vielleicht.

»Nur berühren?«, fragte ich nervös.

»Nur berühren.«

Als das Spiel wieder startete, war ich so aufgeregt, dass ich die ersten Minuten nicht einmal mitbekam, was lief. Aber als mein Herzschlag sich langsam auf ein normales Maß reduziert hatte, fasste ich tatsächlich den Ball ins Auge und während um mich herum das Spiel weiter tobte, sah ich nichts als diesen mal in den Händen meiner Mannschaft, mal in denen der anderen.

Und während ich ihn so betrachtete, geschah etwas Seltsames mit mir. Ich wurde ruhig.

Ich blendete einfach alles um mich herum aus und fixierte mich auf mein Ziel. Ich wollte gar keinen Korb werfen. Ich wollte niemandem den Ball abnehmen. Ich wollte ihn ganz einfach nur berühren. Als ich mich in Bewegung setzte, gewann ich schon bald einen stetigen Rhythmus. Zum ersten Mal in meinem Leben lief ich wirklich mit dem Ball mit und stand nicht herum.

Mein Blick folgte ihm, wenn er gedribbelt wurde und wenn er durch die Luft flog und als die ganze Mannschaft in meine Richtung rannte und der der Typ mit dem Ball sich um mich herumspielte, stellte ich mich ihm in den Weg. Er wich mir aus, aber er rechnete offensichtlich nicht damit, dass ich ihm nachsetzte, und im nächsten Moment war der Ball vor meiner Nase und dann unter meinen Fingern und ehe ich mich versah, hielt ich ihn in der Hand.

Ein Moment erschrockener Stille herrschte, doch dann erklang ein klares Wort von weit oben.

»Wirf!«

Und ich warf.

Hinterher war ich froh, kein Eigentor gemacht zu haben. Ich sah nur den Korb, spürte den Ball und dann warf ich.

Für ein paar schier endlose Sekunden kreiste er auf dem Ring, dann kippte er zum Erstaunen aller und sauste durch das Netz. Aber ich verfolgte gar nicht mehr, was dann passierte, alles was ich sah, war Alexej, der aufsprang und die Faust in die Luft streckte.

Das Spiel wurde abgepfiffen und ich schlug bei Andy ein, der plötzlich vor mir stand.

»Warner, wer hätte das gedacht!«

Ich biss mir auf die Lippen, um mein Grinsen zu unterdrücken.

Als ich später hoch zu den Bänken schaute, war Alexej verschwunden, aber meine Enttäuschung hielt nicht lange an, denn als ich aus der Umkleide kam, stand er da und begleitete mich zurück zum Schulgebäude. Ich schaute ihn immer wieder von der Seite an, weil mir nicht klar war, weshalb er das tat und mir fielen auch die Blicke der anderen Schüler auf, die sich wohl dieselbe Frage stellten. Als wir aber über den Pausenhof liefen und an ein paar Bänkchen vorbei kamen, blieb er plötzlich stehen.

»Dina?«

Neugierig schaute ich ihn an.

»Dir ist das wirklich ernst, oder?«

Ich überlegte einen Moment, was er meinte. Ob ich mutiger werden wollte, oder ob ich ihn dazu bewegen wollte, zum Psychologen zu gehen? Aber es machte keinen Unterschied, denn ich wollte beides und so nickte ich. »Es ist mir absolut ernst.«

»Das vorhin habe ich auch ernst gemeint«, sagte er da.

»Was?«, fragte ich verwirrt.

»Du kannst wirklich mehr, als du denkst. Aber ich denke, du bist davon blockiert, dass du dir zu viel vornimmst. Wie mit dem Ball. Kleine Schritte und dann klappt das schon.«

Die Wahrheit in diesen Worten war deutlich zu sehen, aber es verblüffte mich, dass er so genau wusste, wie ich normalerweise vorging. Hatte er mich etwa so genau beobachtet? Einen Korb zu werfen, war mir ganz und gar unmöglich erschienen. Den Ball in meinen Besitz zu bringen auch, aber ihn nur zu berühren, das hatte ich mir zugetraut.

Alexej hatte das gesehen und nun fragte ich mich, was ich wohl noch schaffen könnte, wenn ich mir vornähme, mein Ziel erst mal nur zu berühren.

Alexej legte den Kopf schief, als erahnte er meinen Gedankengang. »Wenn du willst«, murmelte er schließlich und fuhr sich mit der Hand über den Nacken, als seine Worte erstarben.

»Ja?«

Er räusperte sich und schulterte seinen Rucksack. »Wenn du willst, dann helfe ich dir.« Er hatte die Worte schnell gemurmelt und meine Augen weiteten sich, als mir klar wurde, was er mir hier anbot.

»Du willst mir helfen?«

»Sag ich doch«, brummte er. Täuschte ich mich, oder wurde er gerade rot?

»Dir ist schon klar, dass du dir damit ins eigene Fleisch schneidest, oder?«, scherzte ich, um meine Verwirrung zu überspielen.

Da grinste er aber und schnaubte. »Als ob.«

Ich verschränkte die Arme. Was meinte er damit? Dass ich es auch mit seiner Hilfe niemals schaffen würde, den Deal zu gewinnen? Musste ja fast so sein, denn er hätte mir seine Unterstützung ganz bestimmt nicht angeboten, wäre er davon ausgegangen, dass ich es schaffen könnte. Alexej wollte nicht in die Therapie. So viel war klar.

»Okay«, sagte ich aber unbeirrt. »Hilf mir.«

Und das tat er und zwar sofort. Er schnappte sich meine Tasche und ehe ich protestieren konnte, lief er bereits rückwärts vor mir her und grinste. »Na komm, legen wir los.« Und dann schwang er sie sich über die Schulter und ging voraus. Ich lächelte verstohlen in mich hinein, als ich ihm folgte. Ich mochte es, wenn er mir wie selbstverständlich den Weg bahnte oder Türen aufhielt. Ich hätte es auch selbst tun können, aber er tat es mit einer Selbstverständlichkeit, die nichts mit Herablassung zu tun hatte und es kümmerte ihn auch nicht, mit einer Frauenhandtasche und dem pinken Puschelanhänger gesehen zu werden. Ich hingegen schaute einmal wieder aus lauter Gewohnheit auf meine Füße hinunter, während wir gingen, und Alexej schüttelte den Kopf, als er mir die Tasche vor dem Klassenzimmer zurückgab.

»Nicht auf den Boden schauen«, grinste er, »hoch mit dem Kopf, du siehst aus, als würdest du etwas suchen!«

»Ich weiß«, grummelte ich.

Er hob eine Augenbraue. »Lass uns einen kleinen Unterdeal machen.«

Ich schürzte argwöhnisch die Lippen. »Was meinst du?«

»Ganz einfach. Was bekomme ich, wenn ich dich noch mal dabei erwische, wie du mit hängenden Schultern dem Boden nachkriechst?«

»Hey!«, protestierte ich, aber er hob nur noch die andere Braue und ich gab mich seufzend geschlagen. »Was würdest du akzeptieren?«

Er grinste und ich glaubte einen Anflug einer Idee zu sehen, die mir überhaupt nicht gefallen würde. »Wie wärs, wenn du den Rest des Monats nur noch im Jungsklo auf die Toilette gehst, wenn ich dich noch mal erwische?«

Meine Augen wurden groß. War das sein Ernst?

War es.

Ich straffte die Schultern. »Okay, einverstanden. Aber was ist, wenn du mal wieder unfreundlich bist?«

Alexej runzelte die Stirn. »Dann geh ich aufs Mädchenklo.«

Den Rest des Monats ging Alexej aufs Mädchenklo.

Ich hingegen schlug mich tapfer, wenn ich auch immer wieder in alte Gewohnheiten zurückfallen wollte und ich musste wohl dankbar sein, dass Alexej mich nicht rund um die Uhr beobachten konnte. Allerdings wurde das, was sich erst komisch anfühlte, schon sehr bald seltsam vertraut und andere Aufgaben wurden wesentlich anstrengender.

Nicht nur, dass ich langsam lernte, mit fester Stimme zu sprechen anstatt zu nuscheln. Alexej dachte sich immer wieder Herausforderungen für mich aus und während ich mich leichter damit tat als gedacht, in der Cafeteria ein Menü zu ordern, das aus lauter Teilen von anderen Menüs bestand und relativ schnell über den bösen Blick der Dame hinter dem Tresen hinwegkam, fiel es mir sehr viel schwerer, Leuten zu sagen, was mir nicht gefiel.

»Sag der Tussi mit dem Piercing, sie soll aufhören von dir abzuschreiben«, verlangte Alexej, als meine Banknachbarin mal wieder zu mir hinüber linste. Er hatte es sich zur Gewohnheit gemacht, neben mir zu sitzen, was schnell neue Gerüchte in Umlauf brachte, aber für diesen Tag hatte er sich speziell woanders hingesetzt.

Ich musterte das schwarz gekleidete Mädchen mit dem Nasenring. Dreimal musste ich stotternd Anlauf nehmen, aber dann sagte ich: »Bleib auf deiner Seite, Iris, okay? Wenn du keine Lust hast, deine Hausaufgaben zu machen, dann ist das nicht mein Problem.«

Sie verzog sich gekränkt auf ihre Seite des Tisches und wandte mir den Rücken zu.

Alexej hingegen hob den Daumen und ich grinste.

Einem einzelnen gegenüber war ich aber definitiv mutiger als der ganzen Klasse gegenüber und so war ich auch entsprechend geschockt, als er mir am nächsten Tag einen Notizzettel zuschob.

»Auf keinen Fall werde ich das tun!«, zischte ich, als er mit dem Stift auf die rot umkreiste Zahl tippte. Wir befanden uns in Mathe und hatten Logarithmen. Er wollte, dass ich aufzeigte, und die Zahl sagte, die er aufgeschrieben hatte.

»X ist kleiner als 1«, zischte ich, »die Zahl ist negativ!«

»99«, sagte er ruhig. »Heb die Hand und sag es.«

»Nein.«

Er zuckte mit den Schultern und hob selbst die Hand. Er würde doch nicht? Es war keine Minute her, seit wir diesen Sonderfall besprochen hatten. Die ganze Klasse hatte ihn praktisch gemeinsam gelöst! Die Lehrerin schaute über die Köpfe hinweg und ich sah, wie ihr Blick an Alexej hängen blieb. Meine Augen zuckten zu der umkreisten Zahl hinunter und dann zischte ich und zeigte ebenfalls auf.

»Alexej?«, rief die Lehrerin und ignorierte mich. Doch bevor er etwas sagen konnte, platzte es aus mir heraus. »Neunundneunzig, die Antwort ist neunundneunzig!«

Sämtliche Köpfe drehten sich zu mir um, und erstes Kichern wurde laut. Ich erwartete, dass die Mathelehrerin mich jetzt enttäuscht ansehen würde, aber zu meinem Erstaunen tat sie das nicht. Ihr Mundwinkel zuckte ein wenig, aber dann schüttelte sie den Kopf und rief einen anderen Schüler auf.

Ich vergrub mein brennendes Gesicht in meinen Händen. Bis jetzt war ich immer gut gewesen in Mathe und jetzt dachten alle, ich wäre dumm.

»Hey«, ertönte es da neben mir. Er griff nach meinem Arm und zog die Hände von meinem Gesicht. Ich erwartete, dass er mich gleich wieder losließe, aber das tat er nicht. Seine Hand hielt meine umschlossen und sagte leise: »Es ist nicht so schlimm, sich zu blamieren, vertrau mir, es ist nicht so wichtig, was andere von dir denken.«

Ich vermied es, auf unsere Hände hinunter zu schauen. Vermutlich hatte er recht, auch wenn es sich gerade gar nicht so anfühlte. Aber das Kribbeln, das mich durchlief, war mir irgendwie Entschädigung und seine Finger an meinen verhinderten außerdem, dass ich ihm für die nächste Bemerkung meinen Ellbogen in die Rippen stieß.

»Und wenn der Maibach das nächste Mal in Geografie fragt, wo Malaysia liegt, kannst du bereits stolz aufzeigen und Afrika sagen.«

Definitiv nicht!

Alexej hatte nicht nur vermutlich recht, sondern tatsächlich.

Es wurde besser. Ich hatte zwar noch einen weiten Weg vor mir, aber nach zwei weiteren Wochen fing alles an einfacher zu werden. Sogar das nervige Nachrechnen, bevor ich etwas sagte, gewöhnte ich mir langsam ab und der Stachel der Scham stach weniger denn je.

Auch an Simon und seiner Gruppe konnte ich nun ohne mit der Wimper zu zucken vorbei laufen. Es war mir immer noch nicht gleichgültig, aber ich machte Fortschritte und als ein Freund von ihm eine anzügliche Bemerkung über meinen Hintern machte, drehte ich mich zu ihm um und hob nur eine Augenbraue – etwas, das ich heimlich vor dem Spiegel übte.

Selbst Sara lobte mich und hörte auf zu schmollen, weil sie mich nie dazu hatte bringen können, so ein Selbstvertrauen zu entwickeln. Meine größte Freude bestand jedoch darin, Alexej zu beobachten. Schließlich war ich nicht die Einzige hier, die etwas zu lernen hatte. Er tat sich immer noch ziemlich schwer damit, freundlich zu sein, und wenn ich ehrlich war, dann fand ich das manchmal gar nicht so schlecht.

Als Melanie ihn zu ihrem Geburtstag einlud und mit den Wimpern klimperte, während sie ihr Oberteil ein Stück nach unten zog, um ihm einen tiefen Einblick zu bieten, würdigte er sie keines Blickes. Sara, der ich am Nachmittag davon erzählte, lachte sich halb tot und prustete: »Sie hat es vorhin noch mal versucht. Du hättest das mitbekommen müssen, sie hat ihn minutenlang zugequatscht und ihm vorgesäuselt, wie sehr sie sich freuen würde. Sie hat sogar behauptet, heute sei ihr Geburtstag, obwohl das gar nicht stimmt. Ich glaube, sie hat Glückwünsche erwartet.«

»Und was hat sie bekommen?«, fragte ich neugierig.

Sara grinste.

»Ein ›Wer zur Hölle bist du?‹«

Ich lachte.

Natürlich dachte ich trotz allem noch immer daran, was ich tun könnte, um den Deal zu gewinnen. Aber alles was mir einfiel, war nicht mutig genug oder schlichtweg bescheuert. Und so zerbrach ich mir den Kopf darüber und ging sogar soweit, Sara nochmals um Hilfe zu bitten. Aber ihre Vorschläge waren nicht viel besser geworden als beim letzten Mal.

Als ich am Freitagabend das Schulgelände verließ, hörte ich jemanden nach mir rufen und drehte mich um. Zu meiner Überraschung war es Jelena.

Sie stand am Eingangstor und winkte mir zu. »Ich dachte mir doch, dass du das bist!«

Ich lächelte und schüttelte ihre Hand. »Hallo, Jelena. Wie geht es dir?«

»Sehr gut«, lächelte sie und deutete zur Schule. »Ich habe heute ein Gespräch mit Herrn Perkins.«

Sofort war ich alarmiert.

»Ist etwas passiert?!«

»Nein, nein«, winkte sie ab und ich beruhigte mich, »ich bin nur für ein reguläres Gespräch hier. Die waren Teil der Auflage, damit Alex hier bleiben konnte, nach dem, was damals passiert ist.«

»Oh, verstehe«, sagte ich. »Na dann, wünsche ich dir ein gutes Gespräch.«

Sie hielt mich auf, als ich gehen wollte.

»Dina?«

»Ja?«

Wenn es überhaupt möglich war, dann strahlten ihre Augen noch wärmer als sonst und die vielen kleinen Lachfältchen ließen sie seltsamerweise jünger aussehen, als sie war.

»Du tust ihm gut, weißt du?« Ihre Worte trafen mich unvorbereitet und ich wurde verlegen. »Als du das letzte Mal bei uns warst, habe ich ihn das erste Mal seit Jahren so lachen gehört. Er ist sonst nur mit Lana und Katja so und alle anderen schließt er aus. Selbst mich, auch wenn er es sicher nicht absichtlich tut. Aber seit er dich kennt, ist er irgendwie anders.«

Ich erinnerte mich schemenhaft daran, wie überrascht sie ausgesehen hatte, als sie zu uns ins Zimmer gekommen war. Das war es also gewesen. Sie hatte ihren Sohn lachen gehört und war gekommen, um zu sehen, was los war.

»Er scheint nicht mehr so oft abwesend und in Gedanken, wie früher«, fuhr sie fort, »und obwohl er immer abgestritten hat, dass ihn alles noch sehr belastet, habe ich das erste Mal das Gefühl, dass wirklich eine Last von seinen Schultern gefallen ist. Ich kann es nicht erklären, es ist einfach so.«

Unwohl trat ich von einem Fuß auf den anderen, als sie mich so pries. Sie schenkte mir ein liebevolles Lächeln. »Gestern hat er mir gesagt, dass er das Grab seiner Eltern besuchen will.«

Ich vergaß meine Verlegenheit auf einen Schlag.

»Er war seit der Beerdigung nicht mehr dort, weißt du? Er hat sich geweigert, mit uns hinzugehen, und irgendwie hatte ich immer das Gefühl, als würde ihn das noch mehr belasten, als tatsächlich hinzugehen.«

»Er will ans Grab?«

»Ja«, sagte sie und ich sah die Tränen in ihren Augen glitzern. »Am Mittwoch in zwei Wochen ist der Todestag, weißt du? Er hat zwar gesagt, dass er auch dieses Jahr nicht mit uns kommt, aber ich bin mir sicher, dass er alleine hingehen wird.« Sie lachte wieder leise. »Du tust ihm wirklich gut und du weißt nicht, wie dankbar ich dir dafür bin.«

Wir redeten noch eine Weile, aber dann schaute sie auf die Uhr und rief: »Oh herrje, ich bin zu spät!«

Mit einem letzten Winken verabschiedete sie sich und verschwand im Gebäude.

Ich hingegen stand noch lange da und dachte nach.

Mittwoch.

Mittwoch in zwei Wochen.

Kapitel 28 – Simons Plan

Es ist erstaunlich, was man manchmal über einen Menschen wissen kann, ohne sich dessen bewusst zu sein. Man prägt sich seine Eigenarten ein, erkennt ihn an seinen Schritten und merkt sich Kleinigkeiten, die erst dann eine Bedeutung erlangen, wenn der Mensch diesen Gewohnheiten auf einmal nicht mehr nachgeht. Oder das Gegenteil von dem tut, was wir erwartet haben.

So ähnlich erging es mir in der nächsten Woche.

Alexej *benahm* sich seltsam, keine Frage. Ich wollte jedoch nicht zu viel in die Sache hinein deuten, weil ich nachvollziehen konnte, dass ihm im Moment viel im Kopf herumgehen musste. Also hielt ich mich zunächst zurück.

Eine Woche war ins Land gezogen, und obwohl es mir immer noch Schwierigkeiten bereitete, nicht bei jeder Gelegenheit den Kopf einzuziehen, musste ich zugeben, dass es mir mittlerweile sogar Spaß machte, meine eigenen Grenzen auszuloten und anderen die Stirn zu bieten. Den Sportunterricht mochte ich immer noch nicht, aber wann immer ich mich wie eine Versagerin fühlte, erblickte ich im Augenwinkel die Bänke der Hallentribüne und dann riss ich mich zusammen und gab mein Bestes. Allerdings war ich froh, dass der Monat rum war, in dem unsere kleine Wette mit den Klos galt.

Alexej hingegen hatte ich erst daran erinnern müssen, dass er seine Strafe abgesessen hatte. Er brummte und murmelte so etwas wie: »Gott sei Dank, manche Dinge wollte ich echt nicht wissen.«

Ich wusste, dass er auf die Gespräche anspielte, die er unfreiwillig mitbekommen hatte, und musste lachen. Alexej, der mich genau musterte und insgeheim sicher wusste, dass er für die armen Mädchen der größere Schrecken gewesen war, grinste schief.

Es gefiel mir, wenn er aufrichtig lächelte und nicht spöttisch oder herablassend. Doch in den letzten Tagen hatte ich wenig davon gesehen und je mehr Zeit verstrich, desto klarer wurde mir, dass ich mich nicht täuschte. Hätte Jelena mir nichts verraten, dann wären mir die Anzeichen wahrscheinlich nicht so schnell aufgefallen. Kleine Vorboten des Sturms, der sich zusammenbraute und mir deutlich vor Augen führten, dass es Alexej nicht gut ging. Ich betrachtete ihn voller Sorge und wann immer es ging, schenkte ich ihm ein aufmunterndes Lächeln, doch als die Tage verstrichen, zog er sich immer mehr zurück.

Er trug seine Trauer nicht offen zur Schau. Um genau zu sein, zeigte er keine Anzeichen von irgendwelchen Gefühlen. Sein Gesicht war ausdruckslos.

Aber genau das beunruhigte mich außerordentlich.

Alexej war *zu* ruhig.

Manchmal erwischte ich ihn dabei, wie er zum Fenster hinausstarrte, mit einem verlorenen Blick, als wäre dort draußen etwas, nach dem er sich schrecklich sehnte. Doch die meiste Zeit machte er sich rar, sodass ich kaum eine Gelegenheit hatte, mit ihm zu sprechen. Doch ich sah, dass ihn seine Gedanken quälten.

Ich sah es in der Art, wie er die Schultern hielt, wie sein Kiefer hervortrat, wenn er nachgrübelte und daran, wie seine Antworten noch knapper ausfielen als sonst.

Wieso fiel das niemandem sonst auf?

»Weil er sonst nett zu dir ist. Uns Normalsterbliche beachtet er eh nicht, da merkt man so was nicht.«

Sara zuckte mit den Schultern und fuhr fort, in ihrer Tasche nach ihrem Mittagessen zu kramen. Ich hingegen schürzte die Lippen und dachte über ihre Worte nach.

Sara konnte manchmal so eine aufmerksame Beobachterin sein und vermutlich lag sie auch dieses Mal nicht daneben. Es war eigentlich normal, dass es mir als Erstes auffiel. Ich war es nicht gewohnt, dass Alexej mir aus dem Weg ging. Nicht mehr zumindest. Und jetzt, da ich ihn kaum noch zu Gesicht bekam, fühlte es sich an, als würde er mir absichtlich ausweichen.

»Von wegen normalsterblich. Zu dir war er auch nett«, erinnerte ich sie. Und das stimmte. Zuerst hatte ich riesengroßen Bammel davor gehabt, was passieren würde, wenn die beiden sich nicht vertragen würden. Sara war noch gut in Erinnerung, wie Alexej sie beim Direktor mit Blicken erdolcht hatte. Er war ihr noch immer nicht geheuer, aber sie taute zumindest langsam auf.

»Gut möglich, aber nur wegen dir. Alexej mag niemanden hier.« Sie lehnte sich zurück und biss genüsslich in ihren Apfel und grinste. »Auscher disch.«

Ich lächelte halbherzig.

Aber war es eigentlich ein Wunder? Ich hatte Zeit mit ihm verbracht, hatte versucht, hinter seine Fassade zu blicken und ihn zu verstehen. Natürlich tat ich das, weil ich ihn mochte, aber ich war mir sicher, dass jeder hier die Chance hatte, ein Freund von ihm zu werden. Nur ließ sich jeder von seinem Knurren abschrecken und von den Gerüchten beeinflussen.

Eigentlich erstaunlich, dass ausgerechnet ich jetzt in dieser Position war. Es gab so viel mutigere Leute hier als ich. Und irgendwie war diese Vorstellung auch traurig, denn es bedeutete nicht mehr oder weniger, als dass die Leute hier ganz einfach nicht *wollten.*

Jeder akzeptierte das, was ihm erzählt wurde. Dass man sich lieber aus seinem Aktionsradius fernhielt, wenn er schlechte Laune hatte. Natürlich war das in erster Linie Alexejs Schuld, das konnte ich nicht von der Hand weisen. Er war kein Unschuldslamm. Nur bedrückte die ganze Abwärtsspirale mich sehr. Alexejs Trauer und Wut hatten ihn isoliert und nun, wo er jeden aus seiner Reichweite vertrieben hatte, wurde er jeden Tag an die Ursache erinnert.

Langsam begann ich zu verstehen, weshalb es ihm so schwer fiel, loszulassen. Der Unfall hatte sein ganzes Leben und Umfeld beeinflusst.

War es ein Fehler, dass ich ihm in den letzten Tagen seinen Freiraum gelassen hatte? Anstatt ihm zu helfen, schien es nämlich jeden Tag nur schlimmer zu werden. Und mittlerweile konnte selbst ich ihn nur noch schwer erreichen.

Seit dem Morgen hatte ich ihn nicht mehr gesehen. Er war nur kurz in die Klasse gekommen und direkt danach wieder verschwunden. Es erinnerte mich an sein Benehmen vor ein paar Monaten. Damals war er mir ausgewichen, weil er ein schlechtes Gewissen hatte, oder nicht? Weil er sich nicht in meine Angelegenheiten einmischen wollte. Was, wenn er mir jetzt ebenfalls nur auswich, weil er dachte, es wäre besser so? Was, wenn er eigentlich gar nicht wollte, dass jeder sich vor ihm zurückzog? Und wollte ich nicht genau das lernen? Mich nicht vor Problemen zu drücken, sondern direkt darauf zuzugehen?

Ich wollte bei Alexej sein. Ich wollte ihn trösten, selbst wenn es lächerlich war. Ich wollte da sein. Ich schaute auf mein halb gegessenes Brot hinunter.

Was zur Hölle tat ich hier eigentlich?!

Entschlossen rutschte ich vom Bänkchen.

»Ich muss ihn suchen.«

Sara blickte von ihrem Handy auf. »Jetzt?«

Ich warf mein Brot in den Abfall.

»Jetzt.«

Ich stapfte ins Gebäude und die Treppe hoch in den zweiten Stock, wo ich am Nachmittag Unterricht mit ihm haben würde, und spähte in den Gang vor dem Schulzimmer. Er war jedoch nirgendwo zu sehen und so streckte ich den Kopf durch die Tür, für den Fall, dass er sich bereits an seinem Platz ausgestreckt hatte, mit den Füßen auf dem Tisch und einem Hefter auf den Knien, wie ich das schon häufiger beobachtet hatte. Der Raum war jedoch leer.

Also machte ich Kehrtwende und lief den Gang hinunter zu den Jungstoiletten. Ich machte nicht einmal Halt an der Tür, sondern stieß diese einfach auf. Zur Hölle mit allem!

»Hey!«, schrie ein Junge, der am Pissoir stand und nicht schnell genug dazu kam, die Hose zuzumachen, aber ich beachtete ihn gar nicht. Ich stieß die Türen zu den Kabinen auf, aber niemand war drin. Frustriert stöhnte ich auf und marschierte wieder hinaus auf den Gang.

Dort holte ich erst mal tief Luft.

Wo war er?

Ich lief durch die Flure und schließlich hinunter auf den Pausenhof. Es blieb nur noch der Platz hinter der Schule, auf dem ich mich damals mit Simon darüber gestritten hatte, als er herausfand, dass ich bei Alexej gewesen war.

Ich warf einen Blick zur Turmuhr hinauf.

Ich hatte noch genügend Zeit, ihn zu finden und mit ihm zu reden, und so machte ich mich auf den Weg. Ich lief an der Turnhalle vorbei und über den Rasen, der sich dahinter erstreckte, doch es war niemand zu sehen und so blieb ich stehen. Ob er weiter hinten war? Um die nächste Ecke, bei den Tischtennistischen, die eh nie gebraucht wurden?

Plötzlich hörte ich Schritte hinter mir. Als ich mich umdrehte, stand nur ein paar Meter von mir entfernt Simon und blickte mich genauso überrascht an wie ich ihn. Er hatte allem Anschein nach nicht mit mir gerechnet.

»Na, aber hallo, wen haben wir denn da?« Ein fieses Grinsen huschte über seine Züge. »Bist du etwa gekommen, um zu helfen? Wer hat es dir gesteckt, hä? Hast du uns belauscht? Darin bist du gut, nicht wahr?«

»Wovon zum Geier redest du?«, fragte ich, aber ich konnte nicht verhindern, dass sich der Schrecken, den ich empfand, in meiner Stimme spiegelte.

»Du bist zu spät«, grinste er. »Da hinten gibt's gleich eine anständige Szene. Ich habe dich ja gewarnt.«

Scheiße.

»Was hast du getan?!«, zischte ich.

Ich hätte wissen müssen, dass er die Sache noch nicht abgehakt hatte. Dass er die nächste Gelegenheit nutzen würde, um Alexej das Leben schwer zu machen und Rache zu üben, weil er sich gedemütigt fühlte. Aber ich war zu sehr mit meinen Gefühlen und Sorgen beschäftigt gewesen, um auf Simon zu achten. Wie hatte ich nur so dumm sein können?

Simons Gesicht verzog sich in spöttischem Gelächter. »Das, was er verdient hat, Schätzchen. Jeder verdammte Lehrer wird gleich sehen, was für ein Monster er ist, und wenn er mit dem armen Philipp erst mal fertig ist, dann wirft man ihn hier achtkantig raus!«

Mein Mund klappte auf und mein Kopf zuckte in die Richtung, in die Simon zeigte.

»Du hast Philipp angestiftet, Alexej zu provozieren?!«

»Keine Sorge, er bekommt Schmerzensgeld.«

Entsetzt starrte ich in sein höhnisch grinsendes Gesicht.

Dann drehte ich um und rannte los.

Die Angst beschleunigte meine Schritte.

Simon hatte sich den perfekten Ort ausgesucht. Geschützt von neugierigen Blicken der Schüler, unter denen es zu viele Zeugen geben würde, befand sich der Platz mit den Tischtennistischen direkt unter dem Lehrerzimmer.

Und wenn Philipp Erfolg hatte, dann würde der Tumult dazu führen, dass sämtliche Fenster im dritten Stock aufgerissen würden und sich die gesamte Lehrerschaft hinausbeugte, um Zeuge des Komplotts zu werden. Bereits jetzt konnte ich Geschrei vernehmen.

»Hör auf, Mann, hör auf! Bitte! Lass mich los, Scheiße, es tut mir leid! Es tut mir leid!«

Ich preschte um die Ecke und blieb dann wie angewurzelt stehen. Keuchend blickte ich auf das Schauspiel vor mir. Oh Gott, Alexej!

Meine Augen weiteten sich in ungläubigem Schrecken, als ich sah, wie er den Kopf des anderen Schülers auf die Tischplatte schlug. Der Junge schrie, knallrot im Gesicht und offensichtlich zu Tode geängstigt. »Es tut mir leid«, heulte er auf, »bitte!«

»Aufhören!«, schrie ich, aber Alexej hörte mich nicht. Er hatte Philipp am Kragen hochgezogen und holte aus.

Scheiße!

Ich rannte los im selben Moment, in dem der Junge entsetzt aufheulte und die Augen schloss. Mit einem Satz war ich auf Alexejs Rücken und schlang meine Arme um seinen Hals. »Hör auf!«, schrie ich und bekam seinen Arm zu fassen. Im nächsten Moment wurde ich jedoch herumgeschleudert, verlor den Halt und knallte auf die betonierte Plattform.

Ich stöhnte und griff nach meinem Ellbogen, aber ich kam schnell wieder auf die Füße. Philipp landete auf dem Boden und ich packte Alexejs Arm und hängte mich mit vollem Gewicht rein. Er wollte mich abschütteln, aber ich packte nur noch kräftiger zu.

Sein Kopf flog zu mir herum und die Wut in seinem Blick schlug mir mit solcher Wucht entgegen, dass ich losließ und rückwärts über meine eigenen Füße stolperte. Ich landete auf dem Boden und riss die Augen auf, als er einen Schritt auf mich zu machte.

Doch auf einmal klärte sich der Schleier über seinen Augen und sein Blick zuckte in ungläubigem Entsetzten über meine Gestalt.

»Dina«, hauchte er.

In diesem Moment ging im dritten Stock ein Fenster auf.

Aus dem Augenwinkel sah ich, wie Philipp Reißaus nahm und Hals über Kopf davonstürzte. Dann donnerte es auch schon von oben: »Was ist da unten los?!«

Es war unser Physiklehrer, der sich herauslehnte und die Szene stirnrunzelnd aufnahm.

»Nichts!«, rief ich schnell, kaum hatte ich meine Stimme gefunden, »ich bin nur hingefallen!«

Der Lehrer wirkte nicht zufrieden mit meiner Antwort, aber er fragte weniger scharf: »Sind Sie sicher? Sie können hier ins Lehrerzimmer kommen, wenn Sie wollen.«

Er dachte, dass ich mich nicht traute, die Wahrheit zu sagen.

Also verdrehte ich deutlich sichtbar die Augen.

»Ich bin nur gestolpert, ich brauche keine Krankenschwester«, verstand ich ihn absichtlich falsch. »Man wird ja wohl noch hinfallen dürfen, ohne eingegipst zu werden.«

Und dann lachte ich, was in jedem anderen Fall hoch und falsch geklungen hätte, aber ich war so froh über den Ausgang der Situation, dass mein Lachen ehrliche Erleichterung ausdrückte.

Das schien nun auch den Lehrer zu überzeugen, denn er nickte und sagte: »Gut. Aber passen Sie das nächste Mal besser auf.« Und mit einem letzten Blick auf Alexej, der sich die ganze Zeit nicht bewegt hatte, schloss er das Fenster wieder. Kaum war es zu, stöhnte ich auf und ließ mich zurücksinken.

Das war knapp gewesen.

Alexej hingegen stand stocksteif wie eine Statue.

»Alexej?«

Jetzt war es, als würde wieder Leben in ihn kommen. Er stieß die Luft aus, als hätte er sie angehalten und wendete sich hastig ab. Eilig rappelte ich mich auf und ignorierte den Schmerz in meinem Steißbein. Ich lief um ihn herum, um ihn aufzuhalten, aber er wich mir aus. Erst als ich ein weiteres Mal seinen Namen sagte, hielt er inne.

»Hey«, sagte ich.

In seinen Augen lag ein wildes Durcheinander an verschiedensten Gefühlen, die ich nicht einordnen konnte. »Geh weg, Dina.«

Ich schluckte nervös. »Damit du mir nicht an die Gurgel gehst?«

Er zuckte wie geschlagen zurück und ich bereute meine Worte sofort.

»Ich würde dir nie was tun«, sagte er leise.

»Das weiß ich doch.«

»Wieso fragst du dann?!«

Oh. Meine Frage hatte ihn verletzt. Ich holte tief Luft und entspannte meine Schultern, dann räusperte ich mich und schüttelte den Kopf. »Ich habe keine Angst vor dir, falls du das denkst.«

»Sicher?«, knurrte er. »Du sahst nämlich so aus.«

Tausend Dinge, die ich nun sagen könnte, fielen mir ein. Dass ich es nicht absichtlich getan hatte, oder dass er mir allen Grund dazu gegeben hatte. Aber nichts davon entsprach der vollen Wahrheit. Und nichts davon wäre in Ordnung gewesen.

Stattdessen spürte ich, wie ein sanftes Lächeln sich auf meine Lippen legte.

»Ich habe keine Angst vor dir.«

Alexejs Kiefer spannte sich an und ich wurde das Gefühl nicht los, dass er mir nicht gänzlich glaubte. Es war beinahe, als wäre da eine dünne Schicht aus Eis zwischen uns getreten.

»Hey?« Ich trat näher. »Hast du gehört, was ich gesagt habe?«

Er schnaubte.

»Ich habe keine Angst vor dir«, sagte ich noch mal. Ich schubste ihn an der Schulter, um meinen Punkt zu verdeutlichen, und seine Augen weiteten sich. Ein paar Sekunden verstrichen, in denen keiner von uns ein Wort herausbrachte, aber dann verschloss sein Gesicht sich wieder und diesmal war es ich, die schnaubte.

»Ich weiß ganz genau, dass du mir nichts tun würdest.« Ich stieß ihm mit dem Finger in den Brustkorb und er wich tatsächlich einen Schritt zurück, um mir Raum zu geben. »Kapierst du es wirklich nicht?«, knurrte ich, während ich weiter auf seine Brust tippte und ihm folgte. »Ich sagte«, rief ich und hob beide Hände, »ich habe keine verdammte Angst vor dir!«

Mit aller Kraft stieß ich ihn. Er fiel einen Schritt zurück und ich stieß ihn gleich noch einmal.

»Keine!« Noch mal schubste ich ihn. »Gar keine!«

Seine Hände schossen vor und packten meine. »Ach ja?!«, schrie er mir mitten ins Gesicht.

Die Luft zwischen uns schien unter Strom zu stehen. Mein Atem klang laut in meinen Ohren und mein Herz raste. In seinen Augen konnte ich das unausgesprochene Flehen erkennen, ihm zu sagen, wie sehr ich ihn für seinen Kontrollverlust verabscheute, damit er einen Grund hätte, sich von mir fernzuhalten. Aber da war noch etwas anderes. Etwas, das mich bat, es nicht zu tun.

»Ja«, flüsterte ich.

Alexejs Schultern sanken nach unten, als würde er aufgeben. Ich spürte seine warmen, großen Hände, wie sie meine umschlossen und seinen eigenen Herzschlag unter meinen Fingern. Lange standen wir so da und als er mich schließlich mit einem sanften Ruck näher zog und seinen Arm um mich legte, da grub ich meine Finger in den Stoff in seinem Rücken. Ich schloss die Augen und spürte sein kräftig schlagendes Herz unter meiner Wange, wie es mich einlullte und mir Sicherheit gab.

Als ich nach einer Weile aufschaute, sah ich, dass die Kälte aus seinen Augen gewichen war. Auf seinen Lippen lag ein schmales Lächeln und ich konnte sehen, dass alle Anspannung aus ihm gewichen war.

Ich lehnte mich wieder an. Es gab keine Worte, die gesprochen werden mussten. Es reichte, dass wir beide hier waren und gemeinsam schwiegen.

Ich hob erstaunt den Kopf, als er wegrückte und mit einem Mal beide meiner Hände zu seinem Gesicht hob. Meine Fingerspitzen strichen über seine Wangen. Die Röte schoss mir in die Wangen und mein Atem beschleunigte sich, als seine Lippen meine Haut streiften.

Federleicht fuhren sie über den Handballen, während ich zittrig die Finger ausstreckte. Sein Mund wanderte weiter und dann blieb mein Herz fast stehen, als er mir einen sanften Kuss in die Handfläche drückte.

»Es tut mir leid«, murmelte er. Unsere Nasenspitzen berührten sich, so nahe waren wir uns.

Ich hob die Hand zu seinem Gesicht, um über seine Wangen zu streicheln. Er legte seine Hände an meine Hüfte. Seine Augen wanderten über mein Gesicht und blieben an meinem Mund hängen. Hitze lief durch meinen ganzen Körper und ich fühlte mich, als ob ich in Flammen stünde. Mein Atem ging hektisch und meine Fingerspitzen kribbelten wie verrückt. Ich wollte ihm sagen, wie viel er mir bedeutete, ich wollte meine Arme um seinen Nacken schlingen und ihn zu mir ziehen. Ich wollte ihm sagen, wie sehr …

Ein lautes Poltern riss uns auseinander.

»Scheiße! Verfluchte, beschissene Kacksteine!«, schrie Sara und kam mit schmerzverzerrtem Gesicht, auf einem Fuß hüpfend hinter der Ecke der Turnhalle hervor. »Dreckssteine! Von wegen Sitzgelegenheiten! Beschissene Mordinstru… oh!«

Sie verharrte in einer bizarren Pose, den schmerzenden Fuß in einer Hand, den Mund aufgerissen zum nächsten Fluch.

Ihre Augen huschten zwischen uns hin und her.

»Ähm, störe ich?«

Kapitel 29 – Ein Flüstern um Mitternacht

Ich lag mit einem glücklichen Grinsen im Bett.

Den ganzen Nachmittag über hatte ich neben mir gestanden und ich wollte gar nicht wissen, wie viel Unterrichtsstoff ich verpasst hatte, während ich verträumt aus dem Fenster starrte. Selbst jetzt, als ich an den Sturm in Alexejs Augen dachte und wie dieser langsam der Ruhe gewichen war, seufzte ich zufrieden. War wirklich ich es gewesen, die Alexej beruhigt hatte?

Die Wärme in seinem Blick war mir noch nie so deutlich bewusst gewesen, wie kurz nachdem ich diesem unbändigen Zorn begegnet war, und ich vergrub den Kopf im Kissen, als ich mir ausmalte, was alles hätte passieren können, wenn Sara nicht aufgetaucht wäre.

Leider hatte ich Alexej den Rest des Tages nicht mehr zu Gesicht bekommen, weil eine Lehrerin ausfiel und seine nächste Unterrichtsstunde daher schon die letzte war. Sara hatte sich immer wieder bei mir entschuldigt, aber mein Blick musste Bände gesprochen haben, als mir auffiel, dass Alexej nicht mehr da war, und ich wäre ihr beinahe an die Gurgel gegangen.

Nun fragte ich mich, was ich getan hätte, wenn es anders gekommen wäre. Ich hatte keine Ahnung, wie mich Alexej den restlichen Tag gegenüber hätte verhalten sollen, wenn er mich ... Oh, Gott. Mein Magen drehte sich um und ich versuchte nicht daran zu denken, wie es wäre, ihn zu küssen.

Ich schloss für einen Moment die Augen und als der Tumult in meinem Inneren sich langsam legte, kuschelte ich mich tiefer in die Laken und zog die Decke höher.

Nachdenklich starrte ich zum Fenster hinaus in die sternklare Nacht. Der leichte Wind, der aufgekommen war, wehte flüsternd durch die Bäume im Garten. Das Geräusch beruhigte mich und lullte mich ein. Der Wecker auf dem Nachttisch tickte leise und ich kuschelte mich seufzend tiefer.

Ich war so froh, dass heute nichts Schlimmeres passiert war und ich hätte Simon am liebsten beim Direktor verpetzt, wenn ich damit nicht auch Alexej ans Messer geliefert hätte.

Simon war so geschickt in diesen Dingen und ich musste einmal mehr feststellen, dass er dieses Spiel wirklich meisterhaft beherrschte.

Er hatte ja auch lange genug Zeit gehabt, zu üben.

Diesmal hatte sein Plan nicht geklappt, aber ich würde nicht noch mal so naiv sein zu glauben, dass er es nicht wieder versuchen würde. Ja, ich kam mir sogar ein wenig dumm vor, weil ich auch nur für einen Moment Mitleid gehabt hatte. Egal wie sehr seine Eltern ihn vernachlässigt hatten, das war jetzt vorbei. Simon hatte sich in letzter Zeit nur aus einem einzigen Grund zurückgehalten.

Er hatte gewartet.

Weil er wusste, welcher Tag näher rückte.

Weil er wusste, dass Alexej jetzt am verletzlichsten war. Mein einziger Trost bestand darin, dass Alexej sich dessen ebenfalls bewusst sein musste. Aber wahrscheinlich würde das nicht reichen, um ihn zurückzuhalten. Nicht, wenn Simon ihn absichtlich dort treffen wollte, wo es weh tat.

Ich blickte auf mein Handy, das stumm auf dem Nachttisch lag. Ob es *jetzt gerade* weh tat? Lag Alexej genau wie ich, in seinem Bett und starrte in die Dunkelheit? Blieb er vielleicht auch einen Moment an den Geschehnissen des Nachmittags hängen und dachte daran, was zwischen uns vorgefallen war? Langsam drehte ich mich auf den Bauch und angelte nach meinem Handy.

Ich scrollte durch meine Kontakte, bis ich an seinem Namen hängen blieb. Meine Müdigkeit verflog langsam. Die Buchstaben leuchteten mir vom grellen Licht des Displays entgegen und ich haderte mit mir. Ich konnte mir vorstellen, dass von ihm nur eine einsilbige Antwort kommen würde. Aber etwas in mir wollte unbedingt mit ihm reden. Ich tippte auf seinen Namen. Aber noch zögerte ich.

Was sollte ich denn sagen? Wie sollte ich erfahren, wie es ihm ging?

Mehrere Minuten verstrichen, aber dann gab ich mir einen Ruck. Ich konnte auf keinen Fall bis am Montag warten! Also schrieb ich einfach, was mir gerade einfiel.

(23:57): Schläfst du schon?

Mit zusammengekniffenen Augen drückte ich auf *Senden.*

Der Text war nicht sehr originell, aber mir wollte sonst nichts einfallen. Seufzend legte ich mich auf den Rücken und hielt das Handy an meiner Brust. Ich wusste, wie erbärmlich es war, auf Nachrichten zu warten, die vielleicht nicht kamen, aber mir war das so was von egal. Ich hoffte nur, dass ich nicht doch noch einschlafen würde. Sollte ich die Lampe anknipsen und etwas lesen?

Doch noch ehe ich meine Hand danach ausgestreckt hatte, surrte mein Handy.

Ich konnte gar nicht schnell genug auf die Nachricht klicken. Dabei rutschte mir das Gerät aus der Hand und in die Lücke zwischen Bett und Nachttisch. Fluchend kroch ich aus dem Bett und quetschte meine Hand dazwischen und angelte es heraus. Oh Mann, ich musste echt mal wieder staubwischen.

Ich pustete über den Bildschirm und klickte dann mit klopfendem Herzen auf die Nachricht. Er hatte mir geantwortet.

Mein Grinsen war so breit, dass es fast wehtat.

(23:58): Nein

Kurz und knapp, wie erwartet.

Aber er war noch wach. Eilig schrieb ich zurück.

(23:59): Kannst du nicht schlafen?

Die Antwort dauerte diesmal etwas länger.

(00:06): So ähnlich … du?

Die Bilder von heute Nachmittag kamen zurück.

Jetzt nur nichts Peinliches schreiben!

(00:07): Ich schätze, mir gehen viele Gedanken im Kopf herum.
(00:08): Was für Gedanken?

Mit großen Augen starrte ich auf seine Frage. Wollte er das wirklich wissen? Wie konnte ich ihm denn sagen, dass mir fast schlecht wurde, wenn ich daran dachte, dass ihm etwas passieren könnte?

(00:09): Alle möglichen Gedanken. Nicht so wichtig.

Ich kaute auf meiner Unterlippe herum. Ob er nachhaken würde? Lieber nicht. Also schrieb ich schnell weiter.

(00:09): Was meinst du mit »so ähnlich«, was hält dich denn wach?

Vielleicht konnte ich ihn ja doch dazu bringen, mir zu verraten, wie es ihm ging.

(00:11): Auch nicht so wichtig.

Eine Welle der Enttäuschung spülte über mich hinweg. Wir schienen beide eher vorsichtig zu sein mit unseren Offenbarungen. Nur entsprach das zwar meinem Charakter, Alexejs hingegen eher nicht. Er nahm nur selten ein Blatt vor den Mund. Wenn er über etwas nicht reden wollte, dann würgte er einen einfach ab. Es sah ihm nicht ähnlich, etwas herunterzuspielen, und das machte mich stutzig.

(00:12): Sicher?

Eine Minute verstrich, dann eine weitere und noch eine.

Das Gefühl in meinem Bauch wurde schlimmer und als er zehn Minuten später immer noch nichts geschrieben hatte, fing ich an, in meinem Zimmer auf und ab zu tigern. Hin und her lief ich, fuhr mir durch die Haare und klopfte mit den Fingern auf meinen Schreibtisch, schaute alle paar Sekunden auf mein Handy, aber es kam einfach nichts. Schließlich legte ich mich stöhnend wieder hin und bedeckte meine Augen mit einem Arm. Weshalb war da nur dieses komische Gefühl, dass etwas ganz und gar nicht stimmte?

Plötzlich surrte es wieder und ich saß mit einem Ruck aufrecht.

(00:24): Schlaf jetzt

Eine Ewigkeit starrte ich auf seine Worte hinunter.

(00:25): Wir sehen uns Montag, okay? :)

Meine Augen wurden riesengroß, als ich den Smiley sah.

Okay, das war *nicht* normal!

Außerdem hatte er nicht auf meine Frage geantwortet und weil ich wusste, was für ein ehrlicher Mensch er war, ging ich davon aus, dass er mich nicht anlügen wollte. Stattdessen versuchte er mich abzuwimmeln, aber jetzt würde ich garantiert nicht einfach schlafen gehen. Im Gegenteil! Bevor ich überlegen konnte, hatte ich auf den grünen Hörer geklickt. Erst als das Freizeichen erklang, realisierte ich meine vorschnelle Handlung.

»Oh mein Gott«, schrie ich erstickt. Das Handy tutete weiter und ich hielt es in der Hand, wie eine heiß Kartoffel, kurz davor zum Abfalleimer zu sprinten, es hinein zu werfen und den Deckel zu schließen.

Es knackte in der Leitung.

»Sonnenschein?«

Ich erstarrte.

»Hey?«, erklang es zögerlich.

Sofort hob ich das Handy an mein Ohr. »Äh, ja, die bin ich. Äh, ich bins!«, konnte ich mich gerade noch davon abhalten »Ich bin Dina« zu sagen. Natürlich war ich Dina. Wer war ich sonst? Ich Idiot. Oh mein Gott.

Ein leises Lachen erklang.

Ich friemelte nervös an meinem Schlafanzug herum. Seine Stimme so spät nachts an meinem Ohr zu hören war schön. Es war, als würde er hier mitten in meinem Zimmer sitzen, zurückgelehnt auf meinen Lieblingssessel und mich anschauen, während wir redeten.

»Wieso rufst du an?«, fragte er leise. Bildete ich mir das ein, oder klang er anders als sonst? Gedämpfter irgendwie.

»Dina?«

Oh, Himmel. Wieso rief ich noch mal an?

Als die Stille sich ausbreitete, hörte ich wieder ein warmes Lachen und ein Kribbeln ging von Kopf bis Fuß durch mich hindurch. Nun klang Alexej wieder ganz normal. Hatte ich mir das alles nur eingebildet? Fing ich an Geister zu sehen? Dinge, die gar nicht hier waren?

»Geh schlafen, okay? Es ist spät.«

»O-okay«, brachte ich heraus, auch wenn ich eigentlich etwas ganz anderes sagen wollte. Die Worte purzelten einfach aus meinem Mund. Dabei hätte ich meinen rechten Arm dafür gegeben, noch länger mit ihm reden zu können und seiner tiefen Stimme zu lauschen. Aber mir wollte einfach nichts einfallen, in meinem Kopf herrschte ein Vakuum, ein tiefes, schwarzes Loch.

Alexej war bereits dabei, sich wieder zu verabschieden, und ich stammelte ebenfalls ein »Gute Nacht«.

Doch dann hörte ich ein Quietschen.

Ich stutzte.

Es war kein lautes Quietschen, eher ein leiser, lang gezogener Ton, wie von einem rostigen alten Eisentor.

»Alexej!«

Im ersten Moment dachte ich mit Schrecken, er hätte aufgelegt, aber dann hörte ich seine ruhigen Atemzüge am anderen Ende. Dann ein leises Seufzen. Ein eigenartiges Gefühl nistete sich in meinem Bauch ein.

»Ja?«, fragte er.

»Was war das?«, fragte ich atemlos.

Einen Moment herrschte Stille.

»Was war was?«

Ich setzte mich an den Bettrand und schlug die Decke zurück. Dann stand ich auf und lief zum Fenster, wo ich hinunter in den Garten auf unser hölzernes Türchen schaute. »Alexej, wo bist du gerade?«, fragte ich. Die Straßenlaterne tauchte den Zaun in ein warmes und gleichzeitig unheimliches Licht, doch ich konnte meine Augen nicht davon lösen.

Ein rostiges Eisentor. Bei uns war alles aus Holz. Eine böse Ahnung stieg in mir auf.

»Schlaf jetzt«, murmelte Alexej an mein Ohr und dann wurde die Verbindung unterbrochen.

Ohne aufzulegen, ließ ich meine Hand langsam sinken. Das leise Tuten klang in der Stille meines Zimmers wieder. Jetzt, da ich nachdachte, fiel mir ein, dass da noch mehr Geräusche am anderen Ende gewesen waren. Ich hörte den Wind pfeifen, lauter als in meinem eigenen Zimmer und Kiesel. Kiesel unter Schuhen.

Ich ließ mein Handy fallen und ging zu meinem Schrank. Ich schlüpfte in den erstbesten Kapuzenpullover, zog ihn einfach über mein Pyjamaoberteil und strampelte dann die Hose weg, um eine Jeans überzustreifen.

Der Flur lag dunkel vor mir und ich schlich auf Zehenspitzen an der Tür meiner Eltern vorbei. Die Treppe nach unten war schnell geschafft und als ich den Hausschlüssel aus der Schale griff und in meine Winterstiefel stieg, während ich mir einen dicken Schal um den Hals wickelte, lauschte ich noch einmal in unser schlafendes Haus hinein.

Alles war ruhig. Bis auf mein panisch schlagendes Herz.

Als ich die Tür öffnete, fegte mir der schneidende Wind entgegen und fuhr in die Jacken am Ständer. Schnell quetschte ich mich durch den Spalt. Und mit einem letzten Blick zurück in den Flur zog ich die Tür hinter mir zu.

Es war seltsam, durch die verlassenen Straßen zu laufen.

Obwohl es Freitagnacht war, gab es in meiner Wohngegend kein einziges Haus, in dem noch Licht brannte. Hier war nie viel los, und dort wo viel los war, ging ich normalerweise nicht hin. Um genau zu sein, ging ich nie um diese Zeit raus, sondern lag brav in meinem Bett.

Noch vor drei Monaten hätte ich so etwas hier niemals gemacht, und um ehrlich zu sein, war mir ganz schön mulmig zumute, vor allem, als ich den Park durchquerte. Alle paar Minuten schaute ich über meine Schulter zurück, weil ich ein Rascheln hörte oder glaubte, Schritte hinter mir zu vernehmen. Aber mein ungutes Gefühl trieb mich an.

Der Weg war weiter, als ich gedacht hatte und um diese Zeit fuhr kein öffentliches Verkehrsmittel mehr.

Es war fast zwei Uhr morgens, als ich an meinem Ziel ankam.

Es war etwas außerhalb der Stadt und die Finsternis schien hier schwerer und tiefer als ein paar Straßen weiter. Fast, als ob selbst die Nacht diesem Ort ein besonderes Gewicht beimaß. Als ob sie sich hier zusammenballte und jedem Besucher die Bedeutung dieses Ortes vor Augen führen wollte. Hier war nichts. Hier war nichts mehr, das mal war.

Der Friedhof lag in unheimlicher Stille da.

Durch das schmiedeeiserne Tor konnte ich die Grabsteine sehen, die im fahlen Mondlicht bleich wie Knochen waren und in Reih und Glied ihre gespenstischen Schatten auf die Kieswege warfen.

Nervös trat ich näher und legte die Hand auf die Klinke. Das Metall war eiskalt unter meinen Fingern. Als ich das Tor aufschob, gaben die Scharniere ein scharrendes Geräusch von sich.

Ein gruseliges Schaudern rann mir über den Rücken.

Dasselbe Quietschen.

Alexej war hier.

Kapitel 30 – Sonnenschein um Mitternacht

Der Wind hatte aufgefrischt. Die Böen zerrten an meiner Kleidung und meinen Haaren und fegten in Wellen über die silbern glänzenden Rasenflächen, auf denen die kahlen Bäume ihre Äste in den Himmel streckten.

Ich trat ein und schob das Tor hinter mir zu. Meine Finger waren ganz steif von der Kälte und ich zog eilig den Kragen meiner Jacke höher, um dann die Hände tief in den Taschen zu vergraben. Dieser Ort ließ mich nur erst recht frösteln. Mit hochgezogenen Schultern lief ich den Kiesweg entlang, vorbei an den Reihen der Grabsteine.

Ich hasste Friedhöfe. Es war so schrecklich trostlos hier und ich fühlte mich immer, als würden mich hunderte von Augen beobachten. Ich wollte gar nicht zu genau darüber nachdenken, wer hier alles lag. In diesem Moment war ich so dankbar, dass ich noch nie jemanden verloren hatte, um den ich hier trauern musste.

Niemals zuvor war mir der Wert des Lebens so deutlich bewusst gewesen wie jetzt gerade. Ich lief an all diesen Mahnmalen vorbei und las Namen, die ich im Dunkeln kaum entziffern konnte, die für irgendjemanden auf dieser Welt jedoch alles bedeuteten. Ich sah von Moos überwucherte Steine und neue Gräber. Zahlen, die mir zeigten, dass Menschen nur kurz hatten leben dürfen und welche, die ein hohes Alter anzeigten. Und alles, was von ihrem Leben übrig war, war ein kleiner Bindestrich.

Nichts weiter.

Nur ein kleiner Strich, der alles ausmachte.

Was hatten diese Menschen wohl getan? Welche Träume und Wünsche lagen hier begraben? Welche unausgesprochenen Worte schwebten über diesem Ort?

Eine einsame Laterne spendete schummriges Licht und ich strengte mich an, zwischen den einzelnen Reihen jemanden zu erkennen. Doch selbst als ich ein ganzes Stück gegangen war, begegnete mir niemand.

Zwischen den Grabsteinen war nichts zu sehen. So weit ich schaute, sah ich nur die Platten, die man als Weg dazwischen in den Boden eingelassen hatte. Stunden schienen zu vergehen, während ich weiter suchte und ich hatte schon mehr als die Hälfte des Friedhofs überquert, als mein Mut zu sinken begann.

Was, wenn Alexej schon wieder nach Hause gegangen war?

Dann wäre ich nichts weiter als ein Mädchen, das nachts ganz allein auf einem Friedhof herumwanderte. Ein Schauder lief mir bei dem Gedanken über den Rücken.

Aber was, wenn er noch immer hier war? Noch immer am Grab seiner Eltern war, ganz allein? Ich konnte auf keinen Fall einfach gehen. Ich musste ihn finden! Seine Eltern waren vor fünf Jahren gestorben, das bedeutete, dass ihr Grab sich weiter hinten befinden musste. Noch ein Stück weiter, ich konnte nicht aufgeben.

Doch kaum hatte ich meinen Entschluss gefasst, erblickte ich im Augenwinkel einen Schatten.

Ich erstarrte mitten in der Bewegung. Schaurige Sekunden vergingen, bevor ich mich traute, den Kopf zu drehen. Ich spähte in die Dunkelheit.

Dort hinten, bei den Bäumen auf dem angrenzenden Rasen, war jemand, für ein Kind zu groß, für einen Erwachsenen zu klein. Ich schlang die Arme um mich, als ich ganz vorsichtig näher heran ging, möglichst ohne ein Geräusch zu machen. Mein Herz klopfte mir bis in den Hals. Ich musste zwischen den Grabsteinen hindurch und bemühte mich, auf den Platten zu laufen und nicht daneben zu treten.

Erst als ich am Ende angekommen war, enthüllte das fahle Mondlicht, was ich so angestrengt zu erkennen versuchte.

Ich blieb stehen.

Dort unter den Bäumen hatte sich jemand zusammengekauert.

Oh, Alexej.

Seine Gestalt wirkte zusammengesunken. Den Kopf hielt er gesenkt und die Kapuze seines Hoodies bedeckte sein Gesicht. Er bewegte sich nicht, als ich näher kam und auf den Rasen trat. Alles an ihm wirkte kraftlos und gebrochen.

Meine Augen begannen zu brennen, als sich Tränen bildeten. Ich wollte seinen Namen sagen, aber ich brachte keinen Laut heraus.

Erst als ich direkt hinter ihm stand und die Hand ausstreckte, kam plötzlich Bewegung in ihn. Es war, als wäre er aus einer Trance erwacht. Er fuhr herum und im nächsten Moment wurde ich gepackt und knallte rücklings aufs Gras. Ein erschrockener Schrei entkam mir, aber da war Alexej schon über mir und seine Hand schloss sich um meinen Hals. Meine Augen weiteten sich und ich schnappte nach Luft, meiner Kehle entkam jedoch nur ein ersticktes Geräusch. Fahrig griff ich nach seiner Hand und zerrte daran, um mich zu befreien, doch die Wut in seinem Gesicht und sein harter Griff machten es mir unmöglich.

»Alexej!«, würgte ich heraus und riss mit aller Kraft. Doch erst als ich meine Finger in seinen Arm grub, kam er langsam zurück.

Die Kälte in seinen Augen wich namenlosem Entsetzen, als er mich erkannte.

Sofort ließ er mich los und ich konnte gar nicht so schnell schauen, wie er auf den Beinen war und vor mir zurückwich. Ich schnappte nach Luft und wälzte mich auf den Bauch, wo ich keuchend liegen blieb.

Das Ganze hatte nur wenige Sekunden gedauert, aber mein Herz schlug so schnell, dass ich das Blut in meinen Ohren rauschen hörte. Mehrere Minuten verstrichen, bis ich mich schließlich sammeln konnte und langsam aufrichtete. »Was zum Henker!«, krächzte ich und klopfte mir den Dreck von den Kleidern.

Aber dann fiel mein Blick auf ihn und jedes weitere böse Wort blieb mir im Hals stecken.

Alexej war weiß wie Kalk und rührte keinen Muskel. Seine Augen waren groß und eine tiefe Besorgnis breitete sich in mir aus.

Der Alexej, den ich kannte, wäre längst auf mich zugekommen, hätte mein Kinn gepackt und meinen Hals untersucht, um sich zu versichern, dass es mir gut ginge. Ganz ohne Zweifel hätte er mich dabei angeschnauzt und gefragt, was mir eigentlich einfalle, mich mitten in der Nacht von hinten anzuschleichen. Aber jetzt machte er einen Schritt zurück. Die harte Gewissheit traf mich, dass auch nur das kleinste Geräusch oder eine falsche Bewegung dafür sorgen würden, dass er sich umdrehte und Reißaus nähme.

So viele Emotionen spiegelten sich in seinen Augen und keine davon blieb länger als ein paar Sekunden bestehen. Schuld, Angst, Zweifel und Verwirrung. Die Gefühle schienen ihn innerlich zu zerreißen. Seine Hände zitterten.

Scheiße.

Das hier war Terrain, auf dem ich mich nicht auskannte und ich hatte auf dem Weg hierher keinen einzigen Gedanken daran verschwendet, was ich hier wohl antreffen würde. Dabei wusste ich nichts darüber, was damals eigentlich passiert war. Ich hatte keine Ahnung, welche Erinnerungen dieser Ort wachrief. Erst jetzt sickerte langsam die Erkenntnis in meinen Verstand, was das hier für ihn bedeuten musste und mit einem Mal fühlte ich mich ganz furchtbar schlecht, weil ich mich angeschlichen und diesen Moment zwischen ihm und seinen Eltern zerstört hatte. Ich hatte angenommen, dass ich ihm helfen könnte, dass er mich vielleicht sogar hier brauchte. Aber wahrscheinlich wollte er gar nicht, dass jemand ihn so sah.

»Hey«, sagte ich schließlich

Seine Hände ballten sich zu Fäusten.

Ich hielt inne.

»Ich habe nicht nachgedacht«, sagte ich leise. »Ich wollte dich nicht stören. Ich wollte nur zu dir, aber ich bin zu weit gegangen. Sei mir bitte nicht böse.«

Erst glaubte ich, meine Worte würden nicht zu ihm durchdringen, aber dann verengten sich seine Augen zu Schlitzen und fokussierten sich auf mich. Die Wucht seines Blickes traf mich hart.

»Böse?«

Das Wort kam rau aus seiner Kehle. Dann schüttelte er erneut den Kopf, diesmal heftiger.

»Ich soll nicht böse sein? Ich?!« Das Leben schien in ihn zurückzukehren und er fuhr sich mit beiden Händen durch die Haare und gab ein gequältes Geräusch von sich. »Dina, ich habe dich gewürgt!«

»Das war doch nur ein Reflex.«

Alexej stöhnte noch einmal und ließ die Hände fallen.

»Hör auf, mich jetzt auch noch zu verteidigen! Das hätte ins Auge gehen können, verstehst du das nicht? Er hat recht.«

»Wovon redest du?«, fragte ich verwirrt. »Wer hat recht?«

»Sie haben alle Recht«, stieß er hervor. »Ich habe mich nicht im Griff. Ich bin ein Monster.«

Ein Funke des Alexejs, den ich kannte, trat hervor, als er auf mich zu kam und die Hand nach mir ausstrecke, gerade so, als wollte er prüfen, ob es mir wirklich gut ginge. Er hielt jedoch inne, bevor er mich erreicht hatte, und ballte die Hand wieder zur Faust. Ruckartig drehte er sich weg.

»Alexej«, rief ich, als er davonlief, und setzte ihm hinterher. Seine Worte entsetzten mich mehr, als alles andere was heute passiert war. Woher kamen diese Gedanken? Worüber hatte er nachgedacht, als er hier ganz alleine gewesen war?

»Du bist kein Monster, und das weißt du ganz genau! Ganz ehrlich, ich wüsste auch nicht, wie ich reagiert hätte, wenn mich mitten in der Nacht jemand auf dem Friedhof von hinten überraschen würde. Mir ist nichts passiert.«

Alexej fuhr herum.

»Ja, dieses Mal«, sagte er. »Aber was ist mit morgen? Mit übermorgen? Was war mit heute Nachmittag? Du hättest dir den Kopf an einem der Steine aufschlagen können und das alles nur, weil ich blind vor Wut war. Du solltest dich lieber gar nicht mehr in meiner Nähe aufhalten.«

»Das ist doch total übertrieben. Du sprichst über dich selbst, als wärst du ein Verbrecher.«

»Vielleicht bin ich das«, rief er. Mit gesenktem Kopf sagte er leise, sodass ich es kaum verstand: »Wo ich hingehe, reiße ich Menschen mit in den Abgrund.«

Atemlose Stille herrschte, nachdem seine Worte verklungen waren.

Als er wieder sprach, klang seine Stimme gebrochen. »Ich bin ein Wrack. Siehst du das nicht? Ich kann diese Wut nicht kontrollieren und wenn du in meiner Nähe bist, dann passieren dir schlimme Dinge. Erst verlierst du alles, was dir wichtig war, und dann stellt sich die ganze Schule gegen dich, aber du gibst nie auf. Du gibst nicht mal *mich* auf. Du holst dir sogar fast den Tod in dem verdammten Brunnen für mich und ich ... ich ...«

Alexej starrte mich mit solch einer Verzweiflung an, dass mir das Herz stockte.

Dann zeigte er hinaus in die Dunkelheit, zu den Gräbern.

»Ich kann nicht mal da hinüber gehen.«

Bewegungslos schaute ich ihn an.

Und dann verstand ich. Alexej war hierhergekommen, um seinen Eltern zu begegnen, das erste Mal seit so vielen Jahren. Aber dann hatte er es nicht geschafft, an ihr Grab zu treten.

Dort auf der Wiese musste alles in ihm hochgekommen sein, was man all die Jahre über zu ihm gesagt hatte. All die Momente, in denen er sich seit damals nicht im Griff gehabt hatte, jedes Schimpfwort und jede Anschuldigung. Alles, was heute Nachmittag passiert war.

Simon hatte zu mir gesagt, dass Alexej ein Monster sei. Ich hätte wissen müssen, dass er das nicht nur zu mir gesagt hatte. Er musste es auch zu Alexej gesagt haben.

Damals und dann immer wieder.

»Hey«, sagte ich, als er sich wieder wegdrehte, aber diesmal war ich vorbereitet und stellte mich ihm in den Weg. Er wollte mir ausweichen, aber ich ließ es nicht zu und schließlich schnaubte er und richtete seinen Blick auf mich. Ich zuckte nicht einmal zusammen, obwohl er seine ganze Wut in diesen einen Blick legte. Ich wusste, dass er nicht auf mich zornig war, sondern auf sich selbst.

Es war geradezu eine Offenbarung. Alexej war zornig auf sich selbst.

Der Gedanke machte mich mutiger denn je und ich legte meine Hände auf seinen Brustkorb. Ich schaute ihm mit aller Zuneigung entgegen, die ich verspürte. Ich war so wahnsinnig in ihn verliebt.

»Zu spät«, flüsterte ich.

Alexej blinzelte.

»Was?«

»Zu spät«, wiederholte ich, »du wirst mich nicht mehr los.«

Er wollte protestieren, aber ich hob die Hand und zu meiner Verwunderung klappte er den Mund wieder zu und gehorchte.

»Du bist kein Unschuldslamm und du bist ungeduldig, aggressiv und unfreundlich. Die meisten Leute kennen dich nur so, aber ich weiß, dass das nur eine von vielen Seiten an dir ist und egal was du sagst«, fuhr ich fort und stoppte ihn damit erneut, »du kannst meine Meinung über dich nicht ändern. Ich habe doch gesehen, wie du mit Lana und Katja umgehst. Du bist nicht halb so gemein, wie du tust.«

An dieser Stelle fuhr Alexej auf, aber ich hob die Hand und legte sie auf seinen Mund.

»Ich weiß, dass du nicht auf Schwächeren herumtrampelst und du hast dich noch nie mit jemandem aus einer Stufe unter dir geprügelt. Du bist der ehrlichste Mensch, den ich kenne, du hast Humor und du bist intelligent. Und selbst wenn du es sein wolltest, Alexej, du bist schlichtweg kein Monster.«

Meine Hand rutschte von seinem Mund, als ich mit meiner Rede fertig war, aber er griff danach und hielt sie fest. Ich spürte mein Herz, wie es pochte und ich wusste, dass er in meinem Gesicht noch tausend andere Dinge sehen konnte, die ich ihm sagen wollte, aber als er die Augen schloss und seufzte, fiel alles von mir ab.

Seine Hände waren mit einem Mal in meinen Haaren und er zog mich an sich. Ich schlang meine Arme um seinen Nacken und spürte, wie Sekunden später seine Stirn auf meiner Schulter ruhte.

»Dina.«

Seine Schultern unter meinen Händen entspannten sich, als würde jegliches Gewicht, das man je auf sie gelegt hatte, von ihm abfallen, und ich realisierte, dass keiner vor mir je das ausgesprochen hatte, was ich ihm gerade gesagt hatte. Niemand hatte ihm nach dem Unfall gesagt, dass er kein übler Typ war, der nichts als Unfrieden brachte. Alles, was er hörte, waren abfällige Bemerkungen und Mitleid, das sich in Abscheu verwandelte.

Als er sich wieder von mir löste, waren seine Augen glasig und starrten in die Ferne. Ein solch schmerzvoller Ausdruck lag auf seinem Gesicht, dass ich kaum hinsehen konnte. Er räusperte sich, als wüsste er nicht richtig, was er sagen sollte. Aber schließlich fanden seine Augen meine. Zum ersten Mal in meinem Leben hatte ich das Gefühl zu begreifen, was es bedeutete, dass die Augen eines Menschen das Fenster zu seiner Seele waren.

Keine Barriere war mir im Weg. Nichts was uns trennte. Kein Schutzwall.

»Es war schrecklich, Dina«, sagte er tonlos.

Ein Frösteln rieselte mir über den Rücken, als ich begriff, wovon er redete. Er hatte den Unfall mir gegenüber noch nie erwähnt und nun war er im Begriff, mir von der Nacht zu erzählen, in dem seine Eltern starben. Die Nacht, über die er nicht sprach. Alexejs größter Albtraum.

»D-du«, stotterte ich, aber er schüttelte schwach den Kopf.

Mein Herz klopfte so laut in meiner Brust, dass ich glaubte, er könnte es hören.

Ich verkrallte meine Finger nervös in seiner Jacke.

Alexejs Stimme klang heiser, als er anfing zu reden.

»Es hat so entsetzlich geregnet in jener Nacht.« Er senkte den Kopf und holte tief Luft. »Wir waren auf dem Heimweg von einem Tierpark, in den ich unbedingt wollte. Die Wolken waren schwarz und wahre Sturzbäche kamen runter. Die Straße vor uns war kaum zu sehen und die Kurve war viel zu eng.«

Seine Stimme brach und ich legte ihm eine Hand auf die Schulter. Er schloss die Augen, als würde er es noch einmal vor sich sehen.

»Da war ein grelles Licht, es wurde immer größer, kam viel zu schnell näher. Der Fahrer musste die Kontrolle verloren haben, denn er schlingerte auf uns zu. Mein Vater wich aus, aber der Lastwagen erwischte uns und krachte mit voller Wucht in die Seite. Ich kann das Geräusch nicht vergessen.«

Ich streichelte vorsichtig über seine Schulter.

»Die Wucht war so groß, dass unser Wagen über den Asphalt schlitterte und über die Kante geschoben wurde. Der Hang war rutschig, aufgeweicht vom Regen und der Schlamm sackte unter uns weg. Alles überschlug sich. Das Kreischen von Metall und splitterndes Glas und die Schreie meiner Eltern und dann mit einem Ruck ... Stille. Ich kam zu mir, als ich spürte, wie mir der kalte Regen in den Nacken lief. Eigenartig, wie ich mich so deutlich daran erinnern kann. Ich hing in den Gurten, alles war nass und glitschig und voller Schlamm. Das Auto hing am Hang, an einem Baum und die Äste ragten durch die Fenster ins Innere. Ich schaute nach vorne zu meinen Eltern. Mein Vater hing in seinem Sitz und irgendwie befreite ich mich und kroch nach vorne. Ich spürte die Schmerzen in meinem Bein gar nicht. Ich griff nach seiner Schulter und rüttelte. Doch im selben Moment zerriss ein Blitz die Nacht und tauchte das Wageninnere in blendendes Licht und sein Kopf rollte zur Seite.«

Gänsehaut breitete sich auf meinen Armen aus. Ich konnte die Szene vor mir sehen, wie Alexej in die toten Augen seines Vaters starrte und zu schreien begann. Als er mit leiser Stimme erzählte, sah ich, wie er zurückwich und über den Sitz schrammte. Ich hörte, wie das Auto knarrte und mit einem Ruck ein Stück weiter absackte. Und ich sah, wie die Tränen aus Alexejs aufgerissenen Augen nach unten tropften und über sein Kinn liefen, bevor er mit einem Mal den Kopf wegdrehte und sich würgend über den Rücksitz erbrach.

»Ich musste immer wieder würgen, bis nichts mehr kam. Ich traute mich nicht aufzuschauen, um nach meiner Mutter zu sehen. Bis ich plötzlich ihre Stimme hörte.«

Heiße Tränen liefen über meine Wangen und ich begann zu schluchzen, als Alexej erzählte, wie er seinen Vater zur

Seite schob und sich an ihm vorbei quetschte, um nach vorne zu klettern.

»Die Beine meiner Mutter waren völlig zerquetscht und sie muss sich beim Aufprall den Kopf angeschlagen haben, denn eine Seite war komplett zerstört und ihr Auge zugequollen.«

Alexej schloss die Augen und ich spürte, wie ein Zittern durch seinen ganzen Körper lief. Ich schlang die Arme um seinen Brustkorb und zog ihn an mich. Ich konnte seiner Stimme anhören, wie schwer es ihm fiel, weiter zu reden, aber er vergrub sein Gesicht an meiner Halsbeuge und fuhr fort.

»Ich konnte mich gerade noch zusammenreißen, sonst hätte ich geschrien und sie merken lassen, wie grauenerregend sie aussah. Aber ich glaube, sie wusste es ohnehin und trotz allem hat sie gelächelt. Blut kam aus ihrem Mund und das war der Moment, in dem ich anfing zu weinen. Aber ich merkte, dass sie etwas sagen wollte, also ging ich ganz nahe heran.«

Ich spürte Alexejs kalte Lippen, wie sie über meinen Hals strichen.

»Sie sagte schhhhhhh.«

Ein horrorartiges Schaudern lief mir über den Rücken.

»Schhhhhhh. Beweg dich nicht.«

Ich schloss meine brennenden Augen, als er weiter erzählte. Ich sah, wie Alexej auf dem Schoß seiner Mutter lag und wie sie ihm über den Rücken streichelte. Ich sah die gleißenden Lichter der Suchscheinwerfer weit oben, spürte den Regen, sah wie er peitschte und sich mit dem Blut vermischte. Ich hörte, wie seine Mutter murmelte und immer wieder sagte, wie sehr sie ihn liebte und dass er stillhalten sollte. Spürte ihre Angst, das Auto könnte abrutschen und ihrem Sohn das Leben nehmen.

Irgendwann rutschte ihre Hand von seinem Rücken.

Aber Alexej drehte sich nicht um.

Ich sah, wie er zwischen seinen toten Eltern lag, deren Leichen stumm in die Nacht hinausstarrten. Er lag dort und spürte weder den schneidenden Wind noch die Kälte des Regens, der die letzten seiner Tränen wegwusch und seine Kleider durchweichte. Er lag nur dort und starrte in die Dunkelheit.

Und bewegte sich nicht.

Als Alexej weinte, tat er es leise.

Hätte ich seine Tränen an meinem Hals nicht gespürt, hätte ich es nicht gemerkt. Aber so hielt ich still und streichelte über seinen Rücken, immer und immer wieder, bis sein Atem ruhiger wurde. Und er streichelte mir über den Nacken, bis ich an seiner Schulter zur Ruhe kam.

Als die Stille der Nacht sich über uns legte, lauschte ich seinen ruhigen Atemzügen und in meinem Kopf gab es nur einen einzigen Gedanken.

Ich würde Alexej nie wieder loslassen.

Kapitel 31 – Die Herausforderung

Die Wolken waren graue und lilafarbene Schleier am Horizont, als die Sonne langsam immer weiter über die Dächer kroch.

Ich saß in unserer Küche und senkte den Blick, als die Strahlen durchs Fenster kamen. Mein Gesicht fühlte sich noch immer erhitzt an, und die Haut um meine Augen war empfindlich und geschwollen, weil ich so viel geweint hatte. Das Licht reizte mich und ich blinzelte, während ich abwesend an meiner Tasse nippte.

Der Tee war schon vor Langem kalt geworden und ich hatte ihn so lange ziehen lassen, dass er bitter schmeckte, aber das störte mich nicht. Ich nahm einen weiteren Schluck und strich mit einem Finger über das Display meines Handys. Der Bildschirm war schwarz und so oft ich auch nachschaute, keine Nachricht war bei mir angekommen.

Nicht, dass ich wirklich damit rechnete.

Alexej hatte mich im Morgengrauen nach Hause gebracht. Wir hatten in der Nacht noch weiter geredet und er hatte mir erzählt, wie die ersten Wochen nach dem Unfall gewesen waren. Er hatte die ersten Tage im Krankenhaus verbracht und noch lange Zeit Beruhigungsmittel benötigt. Es war schwierig für ihn gewesen, einzuschlafen, und am Anfang hatte er oft Panikattacken gehabt. Als seine Tante ihn bei sich aufgenommen hatte, waren die Zwillinge in den Fokus seiner Aufmerksamkeit geraten und das hatte geholfen. Es war ihm besser gegangen und ich wusste, dass Alexej mir bestimmt irgendwann von den Jahren erzählen würde, die dann folgten. Einiges wusste ich von Jelena und die restlichen Lücken würden sich schließen, wann immer es an der Zeit war.

Wir waren beide müde und erschöpft, als die ersten Sterne langsam verblassten und der Tag zu dämmern begann.

Als er mich also schließlich hochzog und mit einem Kopfnicken zum Ausgang voran ging, protestierte ich nicht. Wir hatten den Friedhof schweigend verlassen und auf dem Weg nicht mehr viel geredet. Die Straßen waren noch ruhig und verlassen und der hauchdünne Frost, der sich über alles gelegt hatte, ließ sämtliche Schilder und Dächer funkeln, als hätte man sie mit Glitzer bestäubt.

Alexej lief an meiner Seite, öffnete mir wie selbstverständlich das Tor und schlug den Weg zu mir ein, entschlossen, mich zu begleiten. Sein Blick erstickte jeden Widerspruch im Keim und so folgte ich ihm.

Unsere Finger streiften sich, als wir nebeneinander gingen, aber keiner wich aus. Ich hatte eine Hand tief in der Jackentasche vergraben, weil es eiskalt war, aber die andere wollte ich nicht wegziehen. Ich hatte ihn immer wieder angeschaut, und als ich sein Profil betrachtete, lag darin dieselbe Härte wie immer. Jeglicher Zweifel und sämtliche Zerbrochenheit, die er mir Stunden zuvor gezeigt hatten, waren verschwunden. Aber dann schaute er auf mich hinunter und lächelte. Die Kälte wich für einen Moment einer erstaunlichen Weichheit, und als ich verlegen den Blick senkte, sah ich, dass er ebenfalls nur eine Hand in der Tasche hatte.

Ich rieb mir über die Mundwinkel, die sich beim Gedanken daran wie von selbst hoben, aber ich konnte das glückliche Grinsen nicht unterdrücken. Mein Herz hatte den Rest des Weges verrückt gespielt, weil bei jeder Berührung ein Kribbeln durch meinen Körper gegangen war und ich glaubte, er würde vielleicht nach meiner Hand greifen. Aber er tat es nicht.

Es lag nicht daran, dass ihm der Mut fehlte, dessen war ich mir bewusst. Wenn er meine Hand hätte greifen wollen, dann hätte er es einfach getan.

Aber vielleicht war es besser so, denn ich wäre bestimmt an einem Herzinfarkt gestorben, wenn seine Finger sich plötzlich um meine geschlossen hätten.

Er wirkte den ganzen Weg über, als würde er über irgendetwas angestrengt nachdenken. Als würde er über mich nachdenken.

Ich hob die Tasse zu meinem Gesicht, trank aber nicht.

Vor knapp einer Stunde hatte ich ihm eine Nachricht geschickt, in der ich fragte, ob er gut zu Hause angekommen sei. Es war ein lahmer Text, aber was sollte ich sonst schreiben?

Ich wünschte, du hättest meine Hand genommen?

Hast du über mich nachgedacht, als du mich nach Hause begleitet hast?

Worüber hast du so angestrengt nachgegrübelt?

Was genau sind wir?

Doch keine der Fragen, die in meinem Kopf herumschwirrten, konnte meine Freude trüben, denn als wir hier angekommen waren, er das Gartentor öffnete und mich sanft hineinschob, da hatten wir uns über den Zaun hinweg angeschaut und ich war mir sicher, dass er auf gewisse Weise eine Antwort auf das gefunden hatte, was ihm durch den Kopf gegangen war. Und dieser letzte Blick ging mir nicht mehr aus dem Kopf.

Ich kaute auf meiner Unterlippe herum und prüfte noch einmal meine Nachrichten.

Dann seufzte ich und stand auf, um frisches Wasser aufzukochen. Ich brauchte etwas, um meine Hände zu beschäftigen, und ich war noch immer nicht gänzlich aufgewärmt. Mit der nun dampfenden Tasse zurück an der Theke, begann ich mit den Fingerspitzen zu trommeln und die Muster im Marmor nachzuziehen.

»Schon auf?«

Die Stimme meines Vaters ließ mich erschrocken aufspringen und der Inhalt meiner Tasse schwappte über den Rand. Ich fluchte und begann, die Sauerei mit einem Lappen aufzuwischen. In meiner Hektik blieb ich jedoch am Hocker hängen. Ich stolperte und fing mich im letzten Moment am Tresen auf, wobei ich die Tasse über den Rand stieß. Sie zerbarst klirrend auf dem Küchenboden und ein Schwall dampfender Tee spritzte an den Schränken hoch.

»Hoppla!«, rief mein Vater und machte einen Satz zurück.

Im gleichen Moment kam meine Mutter die Treppe hinunter. »Was ist los?«, fragte sie und trat ein. Ihr Blick fand meinen und dann die Scherben am Boden und mein Vater warf die Hände in die Luft, als wollte er sagen »Ich war's nicht«, denn normalerweise war er derjenige, der Zeug runter schmiss.

Meine Augen zuckten zwischen meinen Eltern hin und her und dann sah ich, wie meine Mutter erschrocken mein Gesicht betrachtete. »Dina? Hast du geweint?!«

Auch mein Vater runzelte die buschigen Augenbrauen und wir sahen uns alle über die Sauerei hinweg an.

Genau diesen Augenblick suchte sich mein Handy aus, um zu surren.

Unentschlossen blieb ich stehen. Ich wusste nicht, was ich zuerst tun sollte. Den Boden wischen, meine Eltern beruhigen oder mich auf mein Handy stürzen. Ein paar Sekunden verharrte ich bewegungslos, aber dann traf ich meinen Entschluss.

Wenn Alexej sich seinem schlimmsten Albtraum stellen konnte, dann würde ich es schaffen, meinen Eltern entgegen zu treten, oder? Es wurde Zeit, dass die Angelegenheit zwischen uns geklärt wurde.

Ich atmete tief durch und nickte langsam.

»Mama, Papa? Ich muss mit euch reden.«

»Du hast dich aus dem Haus geschlichen und die Nacht mit einem Typen auf dem Friedhof verbracht?!«

Okay, wenn man es *so* formulierte, klang es nicht sehr gut.

Aber bevor mein Vater weiter sprechen konnte, wurde er von meiner Mutter am Arm gepackt und zurück aufs Sofa gezogen. Ich beobachtete den schweigenden Austausch zwischen ihnen mit einem mulmigen Gefühl. Schon als wir uns hingesetzt hatten, lag auf dem Gesicht meiner Mutter ein gefasster Ausdruck, und auch jetzt ging eine Ruhe von ihr aus, auf die ich mir keinen Reim machen konnte. Selbst nachdem ich kleinlaut erzählt hatte, dass ich heute Nacht weder in meinem Bett gelegen noch geschlafen hatte, reagierte sie nur mit einem Stirnrunzeln.

Eine Stille breitete sich nun über dem Raum aus und in meinem Kopf begannen die Zahnrädchen zu rattern. Als sie schließlich seufzte, kam mir mit einem Mal in den Sinn, wie ich ihr damals in meinem Zimmer erzählt hatte, was mich so aufwühlte. Ich erinnerte mich daran, wie sie mich getröstet hatte, als ich mich ihr anvertraute.

Ob ihr das Gleiche durch den Kopf ging?

»Dina?«, sagte sie schließlich leise, nachdem sie mich lange betrachtet hatte, »erzähl mir bitte, warum du geweint hast.«

Mein Vater räusperte sich und sie warf ihm einen beschwichtigenden Blick zu. »Bitte Liebling, wir sollten hören, was sie zu sagen hat.«

Er brummte und die beiden schauten mich erwartungsvoll an.

»Das ist es doch, was du willst, oder nicht?«, sagte meine Mutter. »Dass wir dir zuhören.«

Ihre Worte waren sanft. Zum ersten Mal spürte ich, wie sehr unsere Beziehung unter den Ereignissen der letzten Monate gelitten hatte und wie sehr mich das belastete. Etwas in mir wünschte sich, es könnte ganz einfach alles wieder so wie früher sein. Die Wärme in den Augen meiner

Mutter machte mir Mut. Ich hatte das Gefühl, ich könnte wirklich ehrlich sein und als mein Vater grummelte: »Raus damit, ich komme der Sache langsam nicht mehr hinterher. Wen soll ich mir denn nun zur Brust nehmen?«, entkam mir ein amüsiertes Schnauben. Erledigt sackte ich gegen die Lehne zurück und holte tief Luft.

»Also, das war so …«

Und dann packte ich aus.

Ich legte alles auf den Tisch und begann dabei ganz von vorne. Ich erzählte, wie Alexej und ich uns kennengelernt hatten und wie verwirrt ich gewesen war, als ich auf meine Fragen keine Antworten fand. Als ich auf Simons Betrug zu sprechen kam, fuhr mein Vater auf und fing an, im Raum auf und ab zu gehen.

»Das ist nicht zu fassen!«, brummte er, ein ums andere Mal. »Nicht zu fassen!«

Aber richtig wütend wurde er erst, als ich berichtete, wie Simon versucht hatte, Alexej von der Schule weisen zu lassen und als ich schließlich auf letzte Nacht zu sprechen kam, schauten beide mich mit großen Augen an. Ich erklärte ihnen, weshalb ich dort gewesen war und was damals in Alexejs Leben passiert war. Ich umriss die Geschichte nur, denn ich wollte sein Vertrauen nicht missbrauchen, aber das Mitleid in den Augen meiner Mutter sprach Bände.

Sie rieb sich über die Schläfe, als wollte sie damit die schlechten Gedanken vertreiben. Ich fühlte mich schlecht dabei, aber ich wusste, dass ich gerade jetzt die Sache mit ihrem überfürsorglichen Verhalten ansprechen musste. Sie mussten wissen, wie sehr sie mich manchmal einengten.

»Ich weiß, dass ihr in letzter Zeit viel mit mir durchmachen musstet, aber ich bin kein kleines Kind mehr. Ich kann meine Entscheidungen selbst treffen und ich werde Alexej nicht aufgeben. Selbst dann, wenn ihr dagegen seid. Er ist mir wirklich wichtig.«

Meine Eltern schauten mich nach meiner Ansprache lange an.

Dann erhoben sie sich und mein Vater sagte: »Ich verstehe. Du weißt aber, dass dein Verhalten trotzdem Konsequenzen nach sich zieht, oder?«

Ich seufzte und nickte, doch er schenkte mir ein Lächeln und die Fältchen um seine Augen vertieften sich. »Gib uns einen Moment, ja?«

Sie verließen das Wohnzimmer um sich zu beraten und ich nutzte den Moment, um die Küche zu wischen. Einerseits in der Hoffnung, dass sie meinen guten Willen sähen und mir nicht noch mehr Hausarrest gäben, andererseits, um meine Nerven zu beruhigen. Doch als ich den Lappen in der Spüle auswrang, fiel mein Blick auf mein Handy und mein Herz machte einen Satz.

Das hatte ich völlig vergessen!

Ich hastete die Treppe hinauf in mein Zimmer. Kaum lag ich auf dem Bett, sah ich auch schon, dass es tatsächlich Alexej war, der geschrieben hatte.

(08:27): Alles okay.

Ein zufriedenes Lächeln legte sich auf mein Gesicht und ich schrieb:

(10:43): Dann bis Montag?

Es vergingen ein paar Minuten, bis die Antwort kam.

(10:48): Ja, bis Montag.

Ich drehte mich auf den Rücken und schaute verträumt an die Decke. Ein Lächeln lag auf meinen Lippen, das erst wieder verschwand, als meine Eltern schließlich nach mir riefen.

Sie schauten ernst, als ich zu ihnen in die Küche trat, und ich hatte sofort einen Kloß im Hals, aber mein Vater zwinkerte mir zu und setzte sich mit einer Tasse Kaffee hin. Er klopfte auf die Stuhllehne neben sich und brummte: »Setz dich.«

Ich zog den Stuhl zurück und ließ mich nervös auf der Kante nieder, während ich ihn dabei beobachtete, wie er nach der Zuckerdose griff.

Meine Mutter nörgelte im Hintergrund, als er sich zwei Stück in sein schwarzes Gebräu warf. »Irgendwann wirst du zuckerkrank und dann faulen dir die Zehen weg«, pflegte sie normalerweise zu sagen, wenn er es übertrieb, aber heute schwieg sie und begnügte sich damit, ihm die Dose wegzunehmen.

»Wir sehen, dass du Verantwortung für dein Handeln übernehmen willst, und das freut uns«, begann er schließlich, als er den ersten Schluck genommen hatte. »Du hast uns zwar enttäuscht, aber wir sind stolz auf dich, weil du von alleine zu uns gekommen bist, um die Sache in Ordnung zu bringen.« Er schaute zu meiner Mutter. »Deshalb haben wir beschlossen, dass du von uns keine Strafe bekommst.«

Mit großen Augen schaute ich sie an.

»Keine Strafe?«

»Natürlich bekommst du eine Strafe«, sagte meine Mutter, »aber wir haben beschlossen, dass du selbst bestimmen darfst, wie diese aussieht.« Sie umrundete den Tisch und legte meinem Vater die Hand auf die Schulter. Mit einem Mal wirkte sie, als ob sie eine Stütze bräuchte. »Du weißt, dass du uns vertrauen kannst, Dina. Das weißt du doch, oder?«

Der Kloß in meinem Hals war wieder da und ich beeilte mich zu nicken.

»Ich weiß«, würgte ich heraus.

»Du hast das alles ziemlich lange mit dir herumgetragen. Wir möchten, dass du mit Schwierigkeiten direkt zu uns kommst, okay? Wir sind vielleicht streng, aber wir lieben dich und stehen hinter dir und das wird immer so sein.«

Ich nickte und schluckte, um meinen Hals frei zu bekommen.

»Also, was soll deine Strafe sein?«

Sie schaute mich erwartungsvoll an.

Mein Vater erhob sich und schnappte sich die Zuckerdose erneut. Als er zurück zu seinem Platz ging, legte er aber auf einmal die Hand auf seinen Rücken und ächzte. »Oh, mein Rücken.«

»Liebling?«, fragte meine Mutter und schaute ihn besorgt an. Er winkte nur ab. »Ach, es ist nichts. Ich werde nur auch nicht jünger und mein Rücken macht nicht mehr alles mit. Du weißt doch, was für Schmerzen ich leide, wenn das Wetter umschlägt. Die Kälte setzt mir einfach zu.« Er warf mir einen Seitenblick zu. »Und diesen Winter soll es wieder sehr viel Schnee geben.«

Ich hob eine Augenbraue, nicht sicher, ob ich über sein Schmierentheater amüsiert sein sollte, oder empört. War ja klar, was er hier wollte.

»Ich weiß nicht«, sagte ich und tat, als müsse ich angestrengt überlegen. »Vielleicht gieße ich die Pflanzen für einen Monat.«

»Schon gut, schon gut«, grummelte ich, als er eine furchtbare Leidensmiene auflegte. »Ich schätze, ich schippe Schnee dieses Jahr.«

Kaum hatten die Worte meinen Mund verlassen, richtete mein Vater sich auf und setzte sich hin. Seinem Rücken ging es offenbar schon wieder gut, denn er streckte sich wohlig. »Fabelhafte Idee!«, sagte er gut gelaunt und öffnete unter dem entsetzten Blick meiner Mutter erneut die Zuckerdose, um sich noch zwei Stück zu nehmen.

Ich verdrehte die Augen und als ich sah, wie sie mit Habichtaugen auf seine Tasse schaute, als würde sie darüber nachdenken, wie sie ihm diese wegnehmen könnte, musste ich mit einem Mal kichern. Die beiden schauten mich gleichzeitig an und ihre verwirrten Gesichter brachten mich erst recht zum Lachen.

»Ihr seid so schräg.«

Aber ich konnte mir nicht helfen.

Irgendwie liebte ich meine Eltern doch.

Als hätte er es gewusst, kam der Montagmorgen mit einem Kälteeinbruch daher und als ich das Haus verließ, rieselten viele kleine Schneeflocken vom Himmel. Der Boden war nicht kalt genug, dass sie länger liegen blieben, aber ich freute mich über den Schnee, selbst wenn ich sicherlich bald fluchend die Auffahrt schippen würde.

Sara hatte laut gelacht, als ich ihr gestern von meiner Strafe berichtet hatte. Allerdings hatte sich ihr Lachanfall schon sehr bald in einen Hustenanfall verwandelt, denn sie hatte sich übers Wochenende eine starke Erkältung zugezogen.

»Das versteh ich dann wiederum nicht«, jammerte sie bald darauf und schnäuzte sich demonstrativ, »weshalb du stundenlang auf dem gefrorenen Boden sitzen kannst und quietschfidel bist, während ich brav zu Hause sitze und mir den Schnupfen meines Lebens hole.«

Als wollte sie das noch mal bekräftigen, nieste sie laut ins Telefon. »Ich mache hier artig meine Hausaufgaben, während du massenweise Regeln brichst und stundenlang mit Mr. Sexy flirtest, aber *ich* werde krank.«

Ich verdrehte die Augen. Das war ja mal wieder klar. Sara war eines dieser Mädchen, die im Grunde zu hübsch dafür waren, als dass man glaubte, dass sie Grips im Kopf hätten, aber sie war intelligent genug, dass sie normalerweise akzeptable Noten erzielte und Hausaufgaben nur im Notfall machte.

Ich bedauerte es jedoch sehr, dass sie nun außer Gefecht gesetzt war, denn ich hätte etwas Rückendeckung sehr gut gebrauchen können. Gestern Abend hatte ich mich nämlich entschlossen, dass es so nicht weitergehen konnte und ich Alexej meine Gefühle endlich gestehen musste.

Ich wollte es ihm sagen.

Ja, ich würde es ihm sagen.

Aber als ich auf den Schulhof einbog, war ich so nervös, dass ich am liebsten wieder umgedreht wäre. Die Vorstellung, ihm in die Augen zu schauen und zu sagen, dass ich ihn liebte, wühlte mich so auf, dass mir richtiggehend schlecht wurde, und so lief ich über den Flur, halb hoffend, dass ich ihm nicht begegnete, halb, dass er um die nächste Ecke kommen würde.

Aber dann war ich doch erleichtert, dass ich es zur ersten Stunde schaffte, ohne ihn zu treffen. Während des gesamten Unterrichts dachte ich darüber nach, was ich zu ihm sagen sollte. Ich ging in meinem Kopf jedes Szenario durch, das mir möglich erschien, aber jedes Mal fehlten mir an der entscheidenden Stelle die Worte und ich lief abwechselnd rot an und wurde blass, sodass meine Sitznachbarin mich bereits ganz seltsam musterte.

»Geht es dir nicht gut?«, flüsterte sie, »musst du kotzen?«

Scheiße, ja.

Ich musste kotzen.

Was sollte ich nur tun? Was würde er sagen? Was würde er tun? Die dritte Stunde würden wir zusammen Unterricht haben und bis dahin musste ich mich verdammt noch mal zusammenreißen. Wie ein Zombie ging ich in die nächste Stunde und bekam gar nichts von dem mit, was vorne gesagt wurde und erst als der Lehrer mich schließlich zurechtwies, weil ich gedankenverloren aus dem Fenster starrte anstatt aufzupassen, schaffte ich es, mich am Riemen zu reißen.

Doch als die dritte Stunde kam, war ich mit den Nerven trotzdem am Ende.

Ich hatte mein Zeug so schnell zusammengepackt, dass mir die Hälfte runter fiel und ich am Boden entlang kriechen musste, um meine Stifte wieder einzusammeln. Dementsprechend eilig hatte ich es dann auch gehabt, das Zimmer zu verlassen und in den Biologiesaal zu kommen. Mich quälte die Frage, ob er sich wohl neben mich setzen würde, oder was ich tun würde, wenn ich reinkäme und schon alle auf ihren Plätzen säßen. Ich konnte unmöglich vor der ganzen Klasse zu ihm rüber schlendern und mich auf den Stuhl neben ihm niederlassen.

Zu meiner großen Erleichterung war der Biologieraum jedoch weitestgehend leer, als ich eintraf und ich rutschte schnell an meinen üblichen Platz. Quälende Minuten vergingen, während ich auf das Ende der Pause wartete. Noch nie hatte ich mich so sehr auf den Beginn einer Stunde gefreut und zur gleichen Zeit davor gefürchtet.

Natürlich würde ich es ihm nicht hier sagen.

Ich hatte aber auch keine Ahnung, wo sonst.

Nach der Stunde hier im Klassenzimmer wollte ich es nicht tun, weil ich Angst davor hatte, dass plötzlich jemand rein käme. Ich raufte mir die Haare. Oh mein Gott, ich konnte nicht aufhören dumme Gedanken zu haben und panisch zu sein, was war nur mit mir los?! Ich schlug die Hände vors Gesicht und stöhnte.

»Sieht ja ungesund aus, was du da machst.«

Ich riss die Hände herunter und fand mich im nächsten Moment Nase an Nase mit Alexej, der sich auf meinen Tisch gestützt hatte. Ich fuhr so heftig zurück, dass ich mitsamt dem Stuhl kippte. Ich schrie auf, aber da packte Alexej auch schon die Lehne. Erschrocken griff ich in sein Shirt. Alexejs Augen fanden meine, Zentimeter vor meinem Gesicht und mir blieb der Atem weg.

Er räusperte sich und zog meinen Stuhl zurück, sodass alle Beine auf dem Boden standen. Als er zurücktrat, ließ ich ihn hastig los und verkrallte meine Finger in meinem Schoß.

»Entschuldigung«, murmelte ich heiser und ich hätte schwören können, dass er für einen Moment ebenso verlegen dreinschaute wie ich, aber dann lachte er und ließ sich auf den Stuhl neben mir fallen.

»Bereit für Bio?«

Er klang weniger als begeistert, aber mir saß noch immer der Schreck in den Knochen und so nickte ich nur.

Ich war so etwas von überhaupt nicht bereit.

Und Bio war in dieser Hinsicht mein kleinstes Problem.

In den nächsten Stunden und selbst als der Montag verging und der Dienstag kam, änderte sich daran leider herzlich wenig. Dabei tat Sara alles, um mich anzufeuern, schickte mir stündlich irgendwelche weisen Texte und obwohl ich darüber eher kichern musste, anstatt sie ernst zu nehmen, war ich fest entschlossen, meinen Vorsatz umzusetzen. Kaum öffnete ich jedoch den Mund, kam etwas anderes heraus, als ich wollte.

Wir hatten bisher nicht mehr über Freitagnacht gesprochen und zuerst redete ich mir ein, dass ich aus Rücksicht auf seinen Gefühlszustand schwiege, aber je mehr Zeit verstrich, desto klarer wurde mir, dass es sich dabei nur um faule Ausreden handelte.

Alexej wirkte zwar gelegentlich in sich gekehrt, aber er zeigte mehr als deutlich, dass er mit dem, was geschehen war, umgehen konnte. Es schien sogar, als wäre die Kälte, die sonst immer in seinen Augen lag, geschmolzen und anstatt der stoischen Miene sah ich nun häufiger Gelassenheit auf seinen Zügen.

Aber ich schaffte es dennoch nicht, ihn zu fragen, ob er mich in der Pause an einem ruhigeren Ort treffen konnte.

Dabei hatte ich erstaunliche viele Gelegenheiten dazu. Genau genommen, war es sogar seltsam, wie häufig sich Situationen ergaben, in denen Alexej in meiner Nähe war.

Er saß in jeder Stunde, die wir zusammen hatten, neben mir, lieh sich Stifte und Spitzer von mir aus und dabei streiften sich unsere Hände dauernd. Er strich über meinen Rücken, wenn er von hinten an mich herantrat oder legte seinen Arm kurz um meine Schulter, wobei mir jedes Mal fast das Herz stehen blieb. Er lehnte sich erstaunlich dicht neben mich an die Wand, wenn ich in meinem Schließfach etwas suchte, und seine Augen schienen meinen Bewegungen so aufmerksam zu folgen, dass ich dabei ganz kribbelig wurde und lauter dumme Sachen sagte.

Am Dienstagabend, als wir uns verabschiedeten, nahm er meine Hand in seine und als ich zu ihm hochschaute, sah ich in seinem Gesicht dieselbe Botschaft wie an dem Morgen, als er mich über den Zaun hinweg angeschaut hatte. Nur diesmal wesentlich deutlicher, und als ich es verstand, erstarrte ich, als hätte man mir mitten ins Gesicht geschlagen.

Als Alexej meine Hand losließ und mir zuzwinkerte, war ich unfähig, mich zu rühren.

Er drehte sich um und ging, aber ich stand noch lange dort und schaute ihm nach, selbst als er nicht mehr zu sehen war.

Ich kniff die Augen zusammen und legte den Kopf schief.

Bildete ich mir das ein, oder war das, was ich eben in seinen Augen gesehen hatte, eine Herausforderung?

Kapitel 32 – Genug ist genug

Es gibt Tage, die stehlen sich wie ein Dieb in der Nacht ins Dasein und ehe man sich versieht, stehen sie vor der Tür wie ungebetene Gäste. Man möchte eigentlich gar nicht öffnen, wenn man sie durchs Guckloch entdeckt – wenn man denn schlau genug ist, dies zu tun – aber es bleibt einem nichts anderes übrig. Denn leider haben diese Tage noch eine andere Gemeinsamkeit mit diesen Leuten, die man nicht reinlassen will. Sie wissen ganz genau, dass du *da* bist.

Es nützt nichts, die Augen zu schließen oder die Decke über den Kopf zu ziehen, denn letztlich gehen sie dir auf die Nerven, bis du klein beigibst und aufstehst. In meinem Fall hielt mein Nervenkostüm nur bis um sechs Uhr morgens durch, nachdem ich schon fast eine Stunde wach gelegen und darüber nachgedacht hatte, wie ich diesen Tag heute überstehen könnte, ohne Alexej auf Schritt und Tritt zu folgen, weil ich Angst hatte, dass irgendetwas Schlimmes passierte.

Und wie sich später an diesem Tag noch herausstellen würde, hätte ich mal lieber genau das getan.

Als ich auf den Schulhof einbog, sah ich Alexej bereits von Weitem. Der Schulhof war leer, weil sämtliche Schüler, die nicht auf den letzten Drücker kamen, sich bei der klirrenden Kälte schon ins Gebäude verzogen hatten. Aber er stand an einen Baum gelehnt, nahe beim Brunnen und starrte vor sich hin.

Ein zaghaftes Lächeln schlich sich auf meine Lippen, auch wenn ich mir Sorgen um ihn machte. Das war das erste Mal, dass Alexej nicht in letzter Sekunde in den Klassenraum kam und sich auf seinen Stuhl schmiss, oder bereits dort saß, mit den Füßen auf dem Tisch, und ich fragte mich, ob er vielleicht auf mich wartete.

Als ich näher kam und er den Kopf hob, vertiefte sich mein Lächeln, denn seine Stirn glättete sich, als würde er die schweren Gedanken abschütteln. Er schlenderte zu mir hinüber.

»Hey, Sonnenschein«, sagte er, schnappte sich meine Tasche, schwang sich den Träger über die Schulter und schenkte mir ein schiefes Grinsen, während er ein paar Schritte rückwärts vor mir her lief.

»Ähm, hallo«, stotterte ich, protestierte jedoch nicht, denn ich hatte mich schon daran gewöhnt, dass er manchmal meine Tasche nahm. Also beeilte ich mich aufzuholen, als er sich umdrehte und losging.

Schweigend liefen wir nebeneinander her zum Eingang. Ich betrachtete sein Profil, die kantigen Züge und bemerkte, dass er wieder finster schaute, als wäre er erneut in düsteren Gedanken versunken. Als er die Eingangstür aufzog und mit dem Kopf ruckte, um mir zu bedeuten, reinzugehen, blieb ich schließlich stehen und blockierte ihm den Weg.

Er blieb stehen und schaute mich an.

»Was?«

»Geht es dir gut, Alexej? Heute ist …« Ich wollte nicht sagen, dass heute der Todestag seiner Eltern war. Das wusste er selbst und er brauchte nicht noch jemanden, der es ihm ins Gesicht sagte.

»Heute ist Mittwoch«, sagte ich schließlich bedrückt.

Er schaute einen Moment hinunter auf seine Schuhe und in diesem Augenblick hätte ich am liebsten alle Bedenken über Bord geworfen und ihn umarmt. Eine Sekunde später stieß er jedoch die Luft aus und straffte die Schultern. Als er wieder aufschaute, lag in seinen Augen eine solche Selbstsicherheit, dass es mir so vorkam, als würde nicht ich versuchen ihm zu helfen, sondern er mir.

Aber als er sprach, wurde mir klar, dass es irgendwie beidseitig war. Fast wie auf dem Friedhof, wo ich am Ende nicht wusste, ob er mich aufrecht hielt, oder ich ihn.

»Ich habe diesen Tag immer geschwänzt«, sagte er und räusperte sich, als würde es ihm schwerfallen zu sprechen. Mein Herz begann zu klopfen, als er ein Stück näher trat und seine Augen über mich wandern ließ. Es wirkte fast so, als wollte er die Hand ausstrecken und über mein Gesicht fahren, als könnte er nicht ganz glauben, dass ich hier stand. Ich spürte, wie mir die Hitze in die Wangen kroch.

Er lehnte sich vor und ich blieb stocksteif stehen. Dann sagte er leise: »Aber da kannte ich dich auch noch nicht.«

Die Stille, die sich nach diesen Worten zwischen uns ausbreitete, war fast greifbar und schien eigenartig aufgeladen. Mein Atem ging schwer in der kalten Winterluft und fast war es mir, als wäre Alexej noch näher gekommen. Aber dann grinste er auf einmal und sagte: »Na ja, und da wäre noch die Tatsache, dass ich rausfliege, wenn ich nicht auftauche.«

Er zog die Tür auf und schob mich vorwärts. Wir liefen gemeinsam zu unserer ersten Stunde. Doch obwohl die Stimmung zwischen uns durch seinen Kommentar wieder locker geworden war, bemerkte ich den leisen Zynismus.

Für Alexej war das hier trotz seiner Stärke nicht leicht und ich hoffte nur, dass er genügend Ablenkung finden könnte, damit der Tag nicht von einem düsteren Gedanken nach dem anderen geprägt wäre. Über meiner Grübelei bemerkte ich nicht mal, dass Alexej vor der Tür etwas zu mir gesagt hatte.

Ich spürte nur plötzlich eine kräftige Hand um mein Handgelenk und im nächsten Moment wurde ich hinter ihm her ins Klassenzimmer gezogen. Sämtliche Augenpaare richteten sich sofort auf mich, aber ich spürte nur seine Finger an meinem Handgelenk und als er mich losließ und wie selbstverständlich den Stuhl für mich zurückzog, setzte ich mich wie benebelt hin. Er ließ meine Tasche neben mich fallen und warf sich auf den Platz neben mir.

Erst als der Lehrer eintrat und das Getuschel im Raum nicht aufhörte, sah ich, dass alle mich anschauten. Die Mienen meiner Mitschüler verrieten Neugierde und Schock und ich sah, wie die Mädchen hinter vorgehaltener Hand tuschelten.

An jedem anderen Tag hätte ich sicherlich darauf gewartet, dass der Lehrer für Ruhe sorgte, aber heute ging mir ihr Glotzen mit einem Mal so auf die Nerven, dass ich angriffslustig zurückstarrte, bis auch die Letzte meinem Blick auswich. Alexej lehnte sich zurück und grinste.

Die Ablenkung, die Alexej letztlich fand, war nicht unbedingt das, was ich mir darunter vorgestellt hatte. Die Gerüchteküche kochte und meine Nerven lagen blank, aber ich würde lügen, wenn ich behauptete, dass es mir nicht gefiel.

Wann immer sich die Gelegenheit ergab, fand ich mich in Situationen, die an der Grenze dessen waren, was mein armes Herz ertragen konnte. Alexejs Gegenwart machte mich kribbelig und mittlerweile war ich mir sicher, dass er es absichtlich machte, wenn wir uns berührten.

Mein Herz beruhigte sich jedoch nicht, weil ich nun wusste, dass ich mir nicht aus reinem Wunschdenken einbildete, dass sein Blick ständig auf mir verweilte oder seine Hände meine streiften, obwohl er mir ein Buch auch abnehmen könnte, ohne mich zu berühren. Stattdessen wurde ich so nervös, dass ich in der Mittagspause ins Mädchenklo floh, um mir Wasser ins Gesicht zu spritzen und einen klaren Kopf zu bekommen.

»Lass den Scheiß«, fauchte ich mein Spiegelbild an. »Geh gefälligst da raus und geh mir nicht auf die Nerven!«

»S-s-sorry! Bin schon weg«, hörte ich eine dünne Stimme hinter mir und ein Mädchen huschte aus einer Kabine, wusch sich rasch die Hände und flitzte davon, ohne diese zu trocknen.

Ich starrte auf die Tür, die hinter ihr ins Schloss fiel und ließ stöhnend meine Stirn gegen den Spiegel fallen.

»Na super.«

Als ich kurze Zeit später auf der Suche nach Alexej den Kopf in die Cafeteria streckte, ihn aber nicht entdeckte, war ich erleichtert, denn so blieb mir noch Zeit, um mich zu sammeln. Schon in der letzten Pause hatte er sich zurückgezogen, und obwohl wir beide aus anderen Gründen einen Moment unsere Ruhe brauchten, konnte ich ihn sehr gut verstehen.

Ich suchte mir also einen ruhigen Fleck an einem der Randtische und packte mein Mittagessen aus. Als ich in mein Sandwich beißen wollte, sah ich, wie Philipp die Hand hob und mir von Weitem winkte, um meine Aufmerksamkeit zu erlangen. Ich runzelte die Stirn, als er zwischen den Tischen auf mich zukam und suchte den Raum nach seinen Freunden, vor allem Simon ab, aber ich konnte niemanden sehen. Philipp war allein.

»Hallo, Dina«, sagte er. Ich legte mein Sandwich ab und schenkte ihm ein schmallippiges Lächeln.

»Was willst du?«, knurrte ich. Der Appetit war mir vergangen und ich lehnte mich mit verschränkten Armen zurück. Er öffnete den Mund, aber ich hob die flache Hand und er verstummte sofort. »Weißt du was? Ich will es gar nicht hören, verzieh dich einfach wieder.«

Philipps Augen wurden groß, als ich aufstand und er stolperte mir eilig hinterher, als ich meine Tasche über die Schulter schwang und davonschritt.

»Warte doch mal, Dina, bitte!«, rief er und griff nach meiner Schulter.

Ich drehte mich weg und funkelte ihn böse an. »Es gibt nichts, was wir beide zu bereden hätten, also tu der Welt und mir einen Gefallen und verpiss dich zurück in das Loch, aus dem du gekrochen bist!«

Meine Worte erschreckten mich selbst und ganz besonders die Bitterkeit, die darin lag. Aber eigentlich geschah es diesem Idioten genau recht. Ich war stolz auf mich, dass ich nicht den Schwanz einzog oder herumstotterte. Es fühlte sich gut an, diesem Wicht über den Mund zu fahren, und ich genoss seinen eingeschüchterten Blick.

Er schluckte, aber als ich die Cafeteria verließ, folgte er mir trotzdem.

»Bitte«, flehte er und ich beschleunigte meine Schritte. »Ich wollte mich doch nur bei dir entschuldigen.«

Ich fuhr herum und starrte ihn an.

»Wie bitte?«

Er holte tief Luft und seufzte dann. Ich schnaubte und stemmte die Hände in die Hüfte.

Philipp rang sichtlich nach Worten. »Das letzte Woche ist wirklich doof gelaufen und es war beschissen von mir, so was zu tun und Morosow anzustacheln.«

Stille trat ein, während ich in sein reumütiges Gesicht blickte. Aber auch wenn er sich von Sekunde zu Sekunde unwohler zu fühlen schien, ließ ich ihn nicht so schnell vom Haken.

»War's das?«, fragte ich.

»Ähm«, sagte er, »willst du denn nichts dazu sagen?«

Ich runzelte die Stirn. Erwartete er eine Versöhnung, oder was?

»Ich glaube, dass du an die falsche Person geraten bist«, sagte ich und verschränkte die Arme. »Solltest du dich nicht lieber bei Alexej entschuldigen?«

Philipp knirschte mit den Zähnen und ich glaubte für einen verschwindend geringen Moment, so etwas wie Boshaftigkeit in seinen Augen aufblitzen zu sehen, aber dann verschwand der Ausdruck und er schaute wieder betreten drein.

»Na ja«, murmelte er.

»Was?«, fragte ich ungeduldig, »du denkst es ist einfacher bei mir, oder? Aber ich bin nicht Alexej. Geh direkt zu ihm und lass mich in Ruhe.« Mit diesen Worten drehte ich mich um, aber Philipp stellte sich mir in den Weg.

»Ich will mich aber auch bei dir entschuldigen!«

»Nein, danke!«

»Okay, okay!«, rief er, als ich mich erneut an ihm vorbeischieben wollte, »aber du bist doch so gut in Chemie nicht?«

Verwirrt starrte ich ihn an.

»In Chemie?« Was hatte das bitte mit allem zu tun?

»Ich dachte, du könntest mir vielleicht etwas erklären, das ich nicht verstanden habe.«

»Philipp, wirklich, wir sind keine Freunde. Hast du keinen anderen, dem du die Zeit stehlen kannst?«

Seine Augen verengten sich zu bösartigen Schlitzen und er blockierte mir erneut den Weg.

»Philipp, was zum Henker?«

»Sorry, Dina«, knurrte er. »Ich soll dich hier nicht weglassen.«

Und mit einem Mal begann all das hier Sinn zu machen. Philipp war nicht hier, um sich bei mir zu entschuldigen. Es tat ihm überhaupt nicht leid, was letzte Woche passiert war. Er wollte mich hier festzuhalten.

»Was habt ihr vor?«, zischte ich und Philipp riss die Augen auf, als ich ausholte und nach seinem Schienbein trat. Er wich zurück, aber ich setzte nach und traf ihn. Er jaulte auf und hüpfte rückwärts, bevor er ein paar staksige Schritte humpelte. »Bist du verrückt?!«, schrie er, »du Irre!«

»Ja, das bin ich!«, schrie ich zurück, »und wenn du mir nicht sagst, was hier läuft, dann werde ich dir zeigen, *wie* verrückt ich bin!«

Er stolperte rückwärts, als ich auf ihn zuging, und ich glaubte schon, dass er wegrennen würde, aber dann schien ihm ein Gedanke zu kommen und er gewann seine Selbstsicherheit zurück. »Auf dem Pausenplatz, aber es ist eh zu spät! Simon hat es selbst in die Hand genommen, also lauf schön hin, damit du zuschauen kannst, wie man Alexej ins Lehrerzimmer schleppt und von dort aus direkt in die nächste Jugendstrafanstalt!«

»Du!«, knurrte ich und erkannte meine eigene Stimme nicht wieder, so rau und böse klang sie. »Du bist ein verabscheuungswürdiger Wurm!«

Dann drehte ich mich um und rannte zum Ausgang. Ich lief so schnell, dass ich fast die Treppe runterstolperte und ich hatte Seitenstechen, als ich mich gegen die Eingangstür warf und nach draußen stürzte.

Was ich dort sah, verschlug mir den Atem.

Der Pulk an Schülern, der sich im Kreis um Alexej und Simon gebildet hatte, bestand beinahe aus der ganzen Schule. Ein unglaublicher Lärm von Anfeuerungsrufen, Geschrei und aufgeregten Stimmen herrschte auf dem Platz und die Leute hatten ihre Handys gezückt, um zu filmen, was passierte. Simon grinste breit, als er etwas zu Alexej sagte. Dieser stand nur einen knappen Meter vor ihm und hatte einen Ausdruck auf dem Gesicht, der mir einen eiskalten Schauer über den Rücken schickte.

War Simon lebensmüde? War er komplett lebensmüde?!

Alexej würde ihn töten.

»Alexej!«, schrie ich, aber der Lärmpegel schluckte meine Stimme.

Ich hastete die Treppe hinunter und rannte auf die Menge zu. In meinem Kopf herrschte ein wildes Durcheinander an Gefühlen, aber über allem hörte ich nur immer wieder ein

Mantra, das mit dem Rhythmus meines rasenden Herzens hämmerte.

Nicht ausrasten. Nicht ausrasten. Nicht ausrasten!

Bloß nicht ausrasten!

»Aus dem Weg!«, zischte ich und stieß die Umstehenden ruppig zur Seite. Ich kämpfte mich durch die Masse an Schülern, grub meine Ellbogen in ihre Rippen und riss sie an den Rucksäcken aus dem Weg. Aber ich kam nicht schnell genug voran, denn schon hörte ich Simons Stimme, wie er diesmal laut und deutlich über den Platz dröhnte.

»Was denn«, sagte er höhnisch, »keine Reaktion? Haben dir Mami und Papi nicht beigebracht, dass man auf Fragen Antwort gibt, hä?«

Schlagartig herrschte Stille.

Sämtliche Schüler verstummten, als sie das hörten und starrten gebannt auf die Szene in Erwartung dessen, was jetzt kommen würde. Aber es brach kein Geschrei aus, kein Schmerzenslaut von Simon, dem Alexej zweifelsohne gerade sämtliche Knochen brechen wollte und ich schöpfte einen kurzen Moment der Hoffnung.

Zumindest bis Simon weiter sprach.

»Oh, stimmt, da war ja noch was«, säuselte er und seine Stimme triefte vor geheucheltem Mitleid, »du hast ja gar niemanden, der dich erziehen könnte, denn Mami und Papi«, er holte theatralisch Luft und sprach dann wie zu einem kleinen Kind, »sind tot.«

Wütend stieß ich den letzten Schüler zur Seite und taumelte in den freien Kreis.

Gerade in diesem Moment, in dem Simon sagte: »Sag mir, Alex, haben Mami und Papi sich umgebracht, weil sie dich nicht länger ertragen konnten?«

Und dann riss Alexejs Geduldsfaden.

Ich sah nur noch, wie er zischte und wie Simon erschrocken die Augen aufriss. Noch ehe ich nachdenken konnte, stürzte ich vorwärts und warf mich mit einem lauten Schrei dazwischen. »Aufhören!«, schrie ich und kniff die Augen zusammen, in Erwartung irgendeines Schlages, aber nichts dergleichen geschah. Ein Raunen der Überraschung ging durch die Menge und als ich die Augen vorsichtig öffnete, stand Alexej vor mir, einen bestürzten Ausdruck im Gesicht.

Dann stieß er mit einem Stöhnen die Luft aus.

»Dina!«

Er packte mich und zog mich ein Stück weg von Simon. Seine zornigen Augen ließen mich zusammenzucken, aber als ich die Besorgnis darin erblickte, durchflutete mich eine Welle unendlicher Wärme und ehe ich mich versah, schlang ich meine Arme um ihn und vergrub mein Gesicht in seiner Jacke. Alexej verkrampfte sich im ersten Moment, aber dann spürte ich, wie die Anspannung ihn verließ und hörte, wie er leise seufzte.

»Bist du verrückt?«, murmelte er.

»Ob du's glaubst oder nicht«, gab ich zurück, »du bist nicht der Erste, der mich das heute fragt.«

»Oh, wie süß«, unterbrach uns Simons gehässige Stimme. »Ist deine kleine Freundin zu deiner Rettung gekommen, hä? Was ist, Dina, musst du seine Mami spielen, weil er keine mehr hat?«

Alexej verspannte sich sofort wieder und ich schloss die Augen und atmete einmal tief ein und aus. Aber die Wut, die auf einmal durch meine Adern schoss, war wie ein loderndes Feuer. Am liebsten hätte ich Alexej einfach machen lassen und dabei zugesehen, wie er diesen niederträchtigen Wicht zu Brei schlug.

Aber das durfte nicht geschehen.

Ich löste mich aus der Umarmung und drehte mich um.

»Dina«, rief Alexej, als ich auf Simon zu stapfte. Er folgte mir, aber ich war schneller.

Alexej konnte Simon vielleicht nicht schlagen.

Aber *ich.*

Simons Gesicht war eine Fratze an Gehässigkeit.

Zeit, dem ein Ende zu setzen. Genug war genug!

Ich holte aus und rammte ihm meine Faust mitten in die Fresse.

Ein Aufschrei ging durch die Menge, als Simon zurücktaumelte, die Hand vor den Mund gepresst. Dunkelrotes Blut schoss aus seiner Nase, lief ihm durch die Finger und tropfte auf den Boden. Er gab gurgelnde Laute von sich, während er mich vornübergebeugt mit weit aufgerissenen Augen anstarrte. Wutschnaubend starrte ich zurück

Sämtliche Schüler gafften mich in der Totenstille ungläubig an, bevor ein wilder Aufruhr losging und alle durcheinander schrien.

»Du ... du ...«, hustete Simon, spuckte aus und kreischte: »Du irre Schlampe!«

»Pass auf, was du sagst!«, zischte ich und er wich stolpernd vor mir zurück, als ich ihm nachsetzte. Dieser Feigling! »Komm her und ich prügel dich windelweich«, schrie ich, »ich reiß dir den verdammten Kopf von den Schultern, du niederträchtiger Hund!«

Lautes Geschrei brach unter allen Schülern aus und Simon schlug nach mir, als ich ihn am Ärmel erwischte, und wollte sich losreißen.

In seiner Panik versuchte er aus der Jacke zu kommen, aber ich verkrallte mich in den Stoff und riss ihn herum. Ich wollte meine Fingernägel in seine Haut bohren und ihm sämtliche Haare ausreißen und die Schüler stoben auseinander, als wir in den Pulk hineinkrachten. Doch im nächsten Moment spürte ich ein paar kräftige Arme, die sich um meine Mitte schlangen und mich zurückzogen.

Ich brüllte und trat um mich, im Versuch Simon zu erwischen. »Warte, bis ich dich in die Finger kriege!«, schrie ich und wand mich im festen Griff um meinen Oberkörper. »Warte nur!«

In blinder Wut um mich schlagend wurde ich zurückgezogen und die umstehenden Gaffer wichen zur Seite. Simon richtete sich, gestützt von ein paar Freunden, auf und wischte sich übers blutverschmierte Gesicht.

Am liebsten hätte ich mich direkt wieder losgerissen, aber dann waren da auf einmal ein paar warme Lippen an meinem Hals, die federleicht über meine Haut strichen und ich hörte augenblicklich auf, mich zu wehren. »Shhhh. Beruhige dich«, erklang Alexejs vertraute Stimme, dicht neben meinem Ohr.

Erschöpft ließ ich mich gegen ihn fallen und holte keuchend Luft.

In diesem Moment flog die Eingangstür der Schule auf und die Lehrer strömten heraus.

»Was ist hier los?!«, donnerte es über den Platz, als der Direktor höchstpersönlich erschien. Sämtliche Schüler stoben in wilder Panik auseinander, ließen ihre Handys verschwinden und suchten das Weite. Ich spürte, wie Alexejs Hände sich ballten, und im nächsten Moment ließ er mich los, packte meine Hand und zog mich hinter sich her.

»Weg hier!«

Kapitel 33 – Glück im Spiel

Das Erste, was ich wahrnahm, nachdem Direktor Perkins mich in seinem Büro allein gelassen hatte, war der Schmerz in meiner rechten Hand. Bei jeder Bewegung durchzuckten mich kleine Blitze und ich würde mich nicht wundern, wenn meine Knöchel morgen blau sein würden.

Der Schlag hatte ganz schön gesessen und noch jetzt war es mir, als würde ich spüren, wie meine Faust mit Simons Gesicht kollidierte. Ich verspürte eine gewisse Genugtuung dabei und ich war mir sicher, dass ich es wieder tun würde, wenn ich den heutigen Tag noch einmal erleben müsste. Aber langsam kam auch die Ernüchterung darüber, dass ich einen Mitschüler angegriffen hatte.

Ich bereute es nicht, dass ich Simon eine verpasst hatte, aber ich begriff auf einmal, was Alexej mir eigentlich hatte zeigen wollen, wenn es darum ging, sich zu wehren. Warum er sich der Tatsache so deutlich bewusst war, dass er ein Problem hatte. Er besaß großen Mut, aber da war auch eine Menge Wut in seinem Leben. Er kannte den Unterschied.

Ich seufzte. Ich hatte von Anfang an gewollt, dass sein Mut auf mich abfärbte, nicht seine Gewaltbereitschaft. Genauso, wie ich wollte, dass meine ruhige Art auf ihn Einfluss nahm, nicht meine Feigheit.

Sollte ich am Ende doch noch bereuen, Simon geschlagen zu haben?

Nein, beschloss ich.

Ganz bestimmt nicht.

Aber ich würde auch nicht zulassen, dass ein Wicht wie er Einfluss auf mein Leben und meine Entscheidungen nähme. Diese Macht würde ich ihm nicht geben.

Aus dem Nebenzimmer drang aufgeregter Tumult und riss mich aus meinen Gedanken.

Ich hörte, wie der Direktor etwas sagte, und dann erklang die schrille Stimme von Simons Mutter: »Sehen Sie sich an, was man meinem Sohn angetan hat!«, schrie sie. »Ich habe es dir schon immer gesagt, Richard. Diese barbarische Schule ist kein Ort für unseren Sohn. Sieh dir das an!«

Stimmengewirr folgte und ich lehnte mich genervt zurück. Ich wusste, was sie mit »Sieh dir das an« meinte, denn ich hatte einen kurzen Blick auf Simon erhascht, bevor man mich hineingebeten hatte. Seine Nase war um mindestens das doppelte angeschwollen und tiefblau angelaufen und obwohl man das Blut weggewischt hatte, war die Tamponade, die er von der Schulschwester in beide Nasenlöcher gestopft bekommen hatte, rot verfärbt.

Ich musste froh sein, dass man mich direkt hierher verfrachtet hatte, sonst hätte ich wohl laut losgelacht und damit den Zorn von Frau Darcy erst recht entfacht.

Aber ich war schnell abgelenkt worden, denn Alexej wurde vom Direktor verhört, noch ehe man mich überhaupt ins Vorzimmer gelassen hatte.

Wir beide hatten uns hinter der Schule auf ein paar der Steine gesetzt und Atem geschöpft, waren aber gar nicht richtig zum Reden gekommen, bevor man uns über den Lautsprecher hierher zitierte.

Alexej war aufgestanden, hatte meine Hand genommen und mich hinter sich her gezogen, ohne ein weiteres Wort zu sagen. Er warf mir nur einen aufmunternden Blick zu und zwinkerte, bevor man ihn durch die Tür bugsierte. »Na los, du Unruhestifter«, hatte der Mathelehrer gebellt, »du kannst froh sein, dass du freiwillig hier aufgetaucht bist.«

Den Rest hatte ich leider nicht mehr mitbekommen, weil die Tür zugezogen wurde. Aber als ich im Gang auf und ab lief, machte ich mir große Sorgen, dass sie ihn verantwortlich machen würden. Ich klopfte an die Tür und bat darum, dass man mich vorließe, aber keiner schien sich dafür zu interessieren, was ich zu sagen hatte. Erst als Alexej eine Viertelstunde später rauskam, durfte ich rein.

Vom Direktor erfuhr ich dann, dass er kein einziges Wort gesagt hatte. Gar keines. Nicht, als man ihn gefragt hatte, was passiert war und auch nicht, als Herr Perkins wissen wollte, wer sich mit Simon geprügelt hatte. Alexej schwieg beharrlich, bis sie seiner überdrüssig wurden.

Als ich das hörte, sprudelte ich sofort mit allem heraus. Am Ende würde man Alexej noch bestrafen, weil er nichts sagte, um die Sache aufzulösen. Ich berichtete möglichst sachlich, was vorgefallen war.

Die Überraschung in Herr Perkins Augen und die Enttäuschung, die darin mitschwang, waren auf seltsame Weise schrecklich und befriedigend zur selben Zeit gewesen.

»Also stimmt es, was Simon Darcy sagt?«

»Was sagt er denn?«, fragte ich ruhig.

»Dass Sie ihn angegriffen hätten und Alexej Ihnen geholfen habe.«

Meine Augen verengten sich zu Schlitzen, als ich das hörte.

»Nein«, quetschte ich heraus, »Alexej hat nichts gemacht, ich war's allein.«

»Sind Sie sich sicher?«

Ich stieß die Luft aus.

»Sehen Sie sich Simon doch an«, sagte ich maliziös, »sieht er so aus, als hätte Alexej geholfen?«

Die buschigen Augenbrauen des Direktors zogen sich zusammen, aber dann schaute er zur Tür und wiegte den Kopf hin und her, bevor er seufzte und kaum hörbar murmelte: »Auch wieder wahr.«

Dummer Simon, dachte ich jetzt.

Die Wahrheit würde ohnehin ans Licht kommen, denn Herr Perkins wusste ganz genau, dass es Schüler gab, die den Vorfall gefilmt hatten und als ich ihm berichtete, womit Simon Alexej provoziert hatte, trat ein Ausdruck in sein Gesicht, der mich froh sein ließ, dass ich gehen konnte. Anstatt Alexej anzuschwärzen, hätte Simon ihn besser um Verzeihung gebeten und etwas Dankbarkeit dafür gezeigt, dass er mich aufgehalten hatte. Er hätte mich immerhin auch einfach machen lassen können. Ich fragte mich, ob meine Eltern dies vielleicht gelten ließen, wenn sie erst einmal hier waren und über seinen schlechten Einfluss auf mich loswettern würden.

Auf die Antwort musste ich nicht besonders lange warten. Es dauerte nur wenige Minuten, bis die Tür zum Wartezimmer aufging und sich die breite Statur meines Vaters durch den Rahmen schob.

»Was fällt dir ein?!«, donnerte er, als er mich entdeckte.

Ich schrumpfte auf meinem Stuhl zusammen. Das hier war mehr als peinlich, besonders weil ich doch erst gerade die Ansprache darüber gehalten hatte, dass ich kein Baby mehr sei und meine eigenen Entscheidungen treffen könne.

Wunderbar.

Meine Mutter stürmte an ihm vorbei, das Gesicht blass und die Augen groß und besorgt. Sie packte mein Gesicht und drehte es hin und her. »Hast du dir etwas getan? Wir wurden angerufen, dass jemand verletzt worden sei!«

»Äh, ich ...«, entkam es mir und ich hatte meine liebe Mühe, ihre Hände wegzuschieben. »Schon gut, mir ist nichts passiert. Simon hat etwas abgekriegt, nicht ich.«

Meine Mutter zog scharf die Luft ein. »Also stimmt es? Man hat uns gesagt, du seist handgreiflich geworden, aber wir wollten es nicht glauben.«

Oh, Mann. Ich ließ die Schultern hängen. »Ja. Es stimmt.«

Die beiden warfen mir gleichermaßen erstaunte Blicke zu.

»Wir dachten, wir hätten dir etwas Besseres beigebracht, junge Dame«, tadelte mich mein Vater und wollte zu einer Gardinenpredigt anheben, aber zum Glück rettete mich das Räuspern des Direktors, der in diesem Moment hinter ihnen auftauchte. Herr Perkins bat die beiden freundlich zu einer Besprechung in sein Büro zu kommen und so mussten die Vorwürfe wohl noch eine Weile warten.

Meine Mutter warf mir einen vielsagenden Blick über die Schulter zu, bevor sie ihm folgte.

Das Gespräch dauerte lange und irgendwann wurde mir langweilig. Am liebsten wäre ich zur Tür hinüber geschlichen und hätte gelauscht, aber der Adlerblick der Sekretärin über ihre Hornbrille hinweg ließ mich schnell von dem Gedanken abkommen. Deshalb entschloss ich mich schließlich, draußen zu warten. Vielleicht konnte ich ja Alexej finden und mich davon überzeugen, dass er aus dem Schneider war.

Zu meiner Überraschung hörte ich ein paar vertraute Stimmen, als ich auf den Gang trat. Um die Ecke standen Alexej und Jelena. Die beiden waren in ein Gespräch vertieft und redeten schnell. Sie fuchtelte mit den Händen und er rieb sich mit der Hand über die Stirn.

»Nein«, sagte er dann harsch, »es ist meine Schuld, dass sie jetzt in der Scheiße sitzt.«

Er wurde von ihr unterbrochen und ich wich zurück. Mein Herz zog sich schmerzhaft zusammen, als ich seine Worte verarbeitete. Die Erinnerung an das, was er auf dem Friedhof gesagt hatte, war noch zu frisch in meinem Gedächtnis. Fühlte er sich etwa verantwortlich für mein Handeln?

Ich gab mir Mühe, nicht hinzuhören, denn ich wollte sie nicht belauschen. Aber als ich überlegte, zurück ins Wartezimmer zu gehen, da verfiel Jelena in ihrer Aufregung auf einmal ins Russische und als Alexejs Antwort kam, blieb ich fasziniert stehen.

Ein angenehmer Schauer rieselte mir über den Rücken, als er weiter ausholte und ich ihn in seiner Muttersprache reden hörte. Da waren auch ein paar deutsche Worte und als Alexej ein paar Minuten später meinen Namen sagte, breitete sich ein warmes Gefühl in meinem Bauch aus. In der rauen Art, in der er sprach, klang der Name erstaunlich weich und ich biss mir auf die Unterlippe, um mein glückliches Lächeln zu unterdrücken.

So stand ich eine Minute später auch noch dort, als die Tür des Wartezimmers plötzlich aufflog und Simons Mutter hinausstürmte.

»Was fällt Ihnen eigentlich ein?«, keifte sie und zeigte mit dem Finger auf meine Mutter, die hinter ihr her kam, »Keine Sekunde länger lasse ich meinen armen Jungen an dieser Schule, wo er mit so einer Wilden zu tun hat. Ihre Tochter ist eine verdorbene Göre! Eine Kriminelle, die man am besten –«

»Passen Sie auf, wie Sie über meine Tochter reden!«, schrie meine Mutter. »Es ist Ihr niederträchtiger Sohn, der dafür gesorgt hat, dass wir heute hier stehen! Sie sollten ihn auf ein englisches Internat schicken, wenn Ihnen diese Schule nicht gut genug ist, und am besten reservieren Sie auch noch gleich einen Platz für sich selbst, damit Sie ein paar Manieren lernen können!«

Frau Darcy schnappte nach Luft wie ein Karpfen auf trockenem Grund.

»Sie ... Sie impertinente Person!«, kreischte sie. »Man sollte Ihnen das Recht, Kinder zu haben entziehen!«

Das wiederum brachte meinen Vater in Rage. Ich konnte sehen, wie die Ader auf seinen Stirn pochte, als Simons Mutter diese dreisten Worte sprach.

»Ziehen Sie Leine, bevor ich mich vergesse!«, brüllte er und meine Augen wurden so groß wie Wagenräder, als er die Faust hob. Oh mein Gott!

»Das sieht Ihnen ähnlich!«, schrie Frau Darcy, während sie eilig auf Abstand trippelte, »eine ganze Familie von ungehobelten Barbaren!« Sie trippelte weiter und fiel dabei fast mit ihren Stöckelschuhen über die Kante der Treppe. Im letzten Moment drehte sie sich um und stapfte die Stufen hinunter. Mit erhobenem Zeigefinger machte sie sich von dannen, was äußerst lächerlich aussah. »Sie werden noch von mir hören! Verlassen Sie sich darauf! Sie werden noch von mir hören!«

Mein Vater schnaubte. »Xanthippe!«

»Ähm?«, sagte ich.

Die Köpfe der beiden flogen zu mir herum.

Ich hob beide Augenbrauen und mein Vater ließ die Faust sofort sinken. Eine peinliche Stille breitete sich zwischen uns aus, bis ich es nicht mehr aushielt und losprustete. Meine Mutter strich sich demonstrativ die Bluse glatt. »Das wäre dann wohl geklärt«, sagte sie und stieß meinen Vater in die Rippen.

Er räusperte sich und setzte ein ernstes Gesicht auf.

»Wie auch immer«, brummte er dann, »deine Mutter und ich wollen dir sagen, dass wir nach wie vor nicht damit einverstanden sind, wie du heute gehandelt hast.«

Mein Grinsen fiel in sich zusammen.

»Allerdings ist uns bewusst, dass die Sache ziemlich kompliziert ist und du nicht einfach aus Lust und Laune anfängst, andere Leute zu schlagen.«

»Natürlich nicht«, sagte ich kleinlaut.

»Daher werden wir ein Auge zudrücken«, sprach mein Vater, »wenn, und das meinen wir bitterernst, Dina, wenn du versprichst, dass du so etwas nie wieder tun wirst.«

Ich blickte auf meine Schuhspitzen hinunter und nickte. »Versprochen.«

»Dina?« Die Stimme meines Vaters war weich geworden und als ich aufschaute, sah ich, dass er wieder lächelte. »Es ist gut, sich für andere einzusetzen« Er unterbrach sich selbst und die beiden warfen sich amüsierte Seitenblicke zu. »Es gibt bessere Wege und solche, die nicht so gut sind.

Aber wir können durchaus verstehen, dass man manchmal wütend wird.«

»So wie gerade?« Das konnte ich mir echt nicht verkneifen.

Meine Mutter tippte ihre Fingerspitzen aneinander. »Nun wir waren ein wenig gereizt, aber wir wollen dir damit keinesfalls vermitteln, dass es in Ordnung wäre –«

»Schon gut, ihr habt sie ja nicht die Treppe runtergeschubst. Ich verstehe, was ihr meint.«

Mein Vater seufzte, aber dann nickte er. »Du bist für zwei Tage suspendiert, um über dein Betragen nachzudenken. Allerdings haben wir uns dagegen entschieden, deinen Hausarrest zu verlängern, denn wir glauben, dass du die heutigen Geschehnisse zu Herzen nehmen und in Zukunft anders handeln wirst.« Ich war erleichtert über ihre Entscheidung. Es zeigte mir, dass wir nicht wieder ganz von vorne anfangen mussten.

Aber noch ehe ich etwas erwidern konnte, hörte ich Schritte hinter mir.

Ich drehte mich um und sah Jelena und Alexej. Jelena kam zögerlich näher.

»Hallo«, sagte sie unsicher und meine Eltern musterten sie neugierig.

Meine Mutter war die erste, die sprach und ich konnte sehen, dass Jelena ihr auf Anhieb sympathisch war, so wie sich die vielen kleinen Fältchen um ihre Augen gruben, als sie lächelte. Sie schüttelte ihr die Hand und sagte: »Sie müssen Alexejs Tante sein?«

Jelenas Blick zeigte für eine Sekunde Überraschung und ich hoffte, dass es sie nicht störte, dass meine Eltern Bescheid wussten. Aber meine Bedenken verflüchtigten sich, als sie freundlich nickte und sich vorstellte. Erstaunt verfolgte ich, wie sie nun auch noch die Hand meines Vaters schüttelte, der sie in ein Gespräch verwickelte und Sekunden später standen die drei fröhlich plaudernd beisammen.

»Scheint, als würden sie sich ganz gut verstehen«, vernahm ich Alexejs Stimme hinter mir und drehte mich um. Er grinste und ich folgte seinem Blick, ebenfalls amüsiert darüber, wie unsere Eltern nun in lautes Gelächter ausbrachen, als sie gemeinsam dem Ausgang zusteuerten. Uns hatten sie offenbar völlig vergessen, noch nicht einmal die Schulglocke, welche die nächste Pause ankündigte, schien sie zu kümmern, und so schlenderten wir in einigem Abstand hinter ihnen her.

»Du bist suspendiert, was?«, fragte Alexej nach ein paar Schritten nachdenklich und ich blinzelte zu ihm hoch.

»Für zwei Tage.« Ich zuckte mit den Schultern. Irgendwie störte es mich gar nicht so sehr, wie ich immer gedacht hatte. Als gute Schülerin war mir mein Ruf immer wichtig gewesen und ich hätte mir niemals vorstellen können, auch nur nachsitzen zu müssen. Jetzt hingegen, viele Ereignisse später, stach die Tatsache, kein unbeschriebenes Blatt mehr zu sein, gar nicht so sehr.

»Ich finde es nicht schlimm. Es war meine eigene Entscheidung«, sagte ich und wohl auch, um ihn davon zu überzeugen, dass niemand außer mir hier Schuld an meinem Verhalten trug.

Außerdem konnte nicht immer alles nach Plan laufen.

»Ich habe gehört, dass du gar nichts gesagt hast, als man dich gefragt hat, was in der Pause passiert ist«, murmelte ich.

»Mhm.«

Ich lächelte.

Ich wusste, dass er es für mich getan hatte. Er wollte mir die Wahl lassen, was ich tun wollte. Einmal mehr bemerkte ich, wie sehr ich das an ihm schätzte. Er hatte mir in letzter Zeit immer häufiger bewiesen, dass er mir zutraute, zu einer guten Entscheidung zu gelangen und für mich selbst zu sprechen. Selbst dann, wenn er mich absichtlich in Situationen brachte, die schwierig waren.

Dabei war es bestimmt nicht immer einfach, denn es lag nicht grundsätzlich in seinem Wesen, eine solche Rücksicht zu zeigen, wenn ich daran dachte, mit welcher Selbstverständlichkeit er sonst die Führung übernahm.

Aber vielleicht halfen ihm seine Bemühungen ja sogar dabei, die heutigen Ereignisse im richtigen Licht zu sehen und zu begreifen, dass er wirklich keine Schuld trug.

»Danke«, sagte ich leise.

Für einen Moment war es, als ob wir uns heute das erste Mal so richtig anschauen würden. Ich lächelte zaghaft und er erwiderte es, aber dann waren wir auch schon im unteren Stockwerk angekommen, wo sich dutzende Schüler tummelten. Unzählige Augenpaare schienen uns zu verfolgen, als wir den Flur entlang und die nächste Treppe hinunter gingen. Kaum waren wir irgendwo vorbei gegangen, drehte man sich um und begann zu reden.

Wir schafften es jedoch ohne Zwischenfälle in die Haupthalle hinunter und als wir auf die Tür zusteuerten, machten uns die Leute Platz. Alexej schob die Tür auf und ließ mich durch, was ich mit einem weiteren verlegenen »Danke« quittierte. Dann waren wir draußen in der eisig kalten Luft.

Die Bäume glitzerten von Frost überzogen, als wir über den Hof gingen. Unsere Eltern waren bereits vorne beim Tor angekommen und dabei, sich zu verabschieden. Meine Schritte wurden automatisch langsamer, als mir klar wurde, dass ich Alexej die nächsten Tage nicht würde sehen können. Alexej wurde ebenfalls langsamer und ich begann nervös am Saum meiner Jacke herumzufriemeln. Unser Atem produziert weiße Wölkchen in der kalten Winterluft.

Alexej schnaubte. »Darcy sieht übrigens ganz schön Scheiße aus.«

Das war zweifelsohne witzig, aber er sagte es auch noch so wenig mitfühlend, dass ich meine ganze Verlegenheit vergaß und kicherte.

»Das tut er«, brach es aus mir heraus. Simons Nase sah wirklich zum Fürchten aus. »Er sieht richtig Scheiße aus!«

»Ehrlich, Dina«, grinste Alexej, »ich hätte nicht gedacht, dass du so einen rechten Haken hast, da bekomme ja selbst ich Angst.«

Seine Augen funkelten warm, als er mich so aufzog. Wir waren stehen geblieben und nur ein Schritt trennte uns voneinander. Sein aufrichtiges Lächeln brachte mich ganz aus dem Konzept und ich sagte eilig: »Von wegen Angst, du hast mich schließlich weggezogen.«

Alexejs Lächeln vertiefte sich. »Ja, das hat mich echt all meinen Mut gekostet.«

Ich lachte auf und schlug nach ihm. Er wich aus und hob ergeben die Hände, was mich erst recht zum Kichern brachte.

»Ich gebe auf«, scherzte er, »wer weiß, was du sonst mit mir machst.«

Ich verdrehte die Augen. »Als könnte ich dir je etwas anhaben.«

Er grinste auf meine Worte hin, aber dann verschwand die Heiterkeit langsam aus seinem Gesicht. Es war, als würde er darüber nachdenken, was ich eben gesagt hatte und sein Blick wurde mit einem Mal ungewöhnlich ernst.

»Sonnenschein«, sagte er leise.

»Ja?«

»Warum hast du das getan?«

Ich wusste, was er meinte. Er sprach davon, wieso ich mich eingemischt hatte, als Simon ihn provozierte. Wieso ich derart ausgerastet war, dass man mich festhalten musste, damit ich Simon nicht in Stücke riss. Wieso ich mich so für ihn eingesetzt hatte.

Auf einmal lag ein solches Gewicht auf der Stille zwischen uns, dass ich mich davon erdrückt fühlte. Was sollte ich nun sagen? Dass ich es nicht ertrug, wenn man versuchte, ihn zu verletzen? Dass mir bei dem Gedanken schlecht wurde, er könnte von der Schule fliegen? Weil ich ihn sehen wollte, jeden Tag? Und weil ich Angst um seine Zukunft hatte? Weil ich ihn ...

»Ich ...« Die Worte blieben mir im Hals stecken. »Weil ...«

Alexejs Blick wirkte drängend. Als wüsste er, was ich als Nächstes sagen wollte, was natürlich nicht sein konnte, oder?

Mein Herz klopfte laut und schnell, beinahe, als würde es mich anfeuern wollen, als würde es mich antreiben, endlich den Mund aufzumachen. Aber in meinem Kopf verschwammen sämtliche Gedanken miteinander und stürzten mich in ein heilloses Chaos.

Und was schließlich aus meinem Mund kam, war etwas völlig anderes, als ich gewollt hatte. »Wir hatten doch eine W-wette.«

Alexejs Augen weiteten sich.

Der Schrecken darüber, was ich eben angerichtet hatte, dämmerte mir in dem Moment, als ich die Verletzung in seinem Blick erkannte.

Meine Kehle war staubtrocken, als ich nachsetzen wollte. Nur ein ersticktes Geräusch entkam mir, als Alexej einen Schritt zurück machte. Er starrte mich an. Schock, Erkenntnis, Ungläubigkeit und das bittere Gefühl, hintergangen worden zu sein, spiegelten sich in seinem Gesicht, als er realisierte, was ich hier sagte. Dass ich es getan hatte, um ihn dazu zu bringen, zum Seelenklempner zu gehen. Und um die Wette zu gewinnen.

Der Schrecken griff nach meinem Herzen, als sein Blick kalt wurde.

Dann drehte er sich um und ging.

Kapitel 34 – Was lange währt

Ich starrte auf die Schneesterne an meiner Scheibe, die der Wind dort hingehaucht hatte. Über Nacht hatten die niedrigen Temperaturen eine Ladung Schnee gebracht, die den ganzen Vorort in einen winterlichen, glitzernden Mantel gehüllt hatte. Noch immer fielen einzelne Flocken vom Himmel, die hin und her gewirbelt wurden, mir in den Kragen gerieselt und sich in meinen Haaren verfangen hatten, als ich die Auffahrt schippte.

Wie versprochen war ich heute in der Frühe aufgestanden, um die Schaufel aus der Garage zu holen und mich an die Arbeit zu machen. Es war mir nicht schwer gefallen, ja, eigentlich kam mir der Schnee sogar gelegen, denn meine Hände suchten nach irgendetwas, mit dem sie sich beschäftigen konnten, und so hatte ich auch noch den Briefkasten vom Schnee befreit und den Plattenweg, der in den Garten führte, freigeräumt. Jetzt, da ich völlig erledigt war und mir schweißnasse Strähnen aus der Stirn strich, wünschte ich mir sehnlichst, noch einmal von vorne beginnen zu können.

Kaum saß ich still, kehrten meine Gedanken nämlich zu Alexej zurück. Ständig sah ich vor mir, wie verletzt er ausgesehen hatte und wie er sich schließlich weggedrehte. Ich wurde das Gefühl nicht los, dass er mein Gesicht keine Sekunde länger hatte ertragen können.

Oder vielleicht wollte er ja auch nicht, dass ich *sein* Gesicht eine Sekunde länger sah. Ich wusste nicht, was schlimmer war. Hatte ich ihm so wehgetan?

Ich stöhnte. Am liebsten hätte ich meinen Kopf gegen eine Wand geschlagen, immer und immer wieder. Wie konnte ich ihn glauben lassen, dass ich das alles nur wegen der Wette getan hatte? Noch dazu, wo mir unterdessen bewusst war, dass ich nicht aus Mut gehandelt hatte. Ich war solch ein Feigling.

Die Ereignisse in seiner Kindheit waren kein Wehwehchen, auf das man ein Pflaster klebte, sondern tiefgreifende Wunden und kaum verheilte Narben. Narben, die Alexej nicht berühren wollte, weil der Schmerz zu groß war. Eine Therapie mochte zwar Heilung bringen, aber eines hatte ich dabei nicht bedacht.

Zuerst würde man alles wieder aufreißen.

Meine Schultern sanken nach unten, als mir die Tragweite meiner Handlungen bewusst wurde.

Nur Alexej konnte wissen, wann er dazu bereit war, sich seiner Vergangenheit zu stellen. Es war nicht mein Recht, diese Entscheidung für ihn zu treffen, doch genau das hatte ich getan. Und wie bitter, dass ich Sekunden davor noch gescherzt hatte, dass ich ihm nichts anhaben könne.

Nachdem Alexej gegangen war, hatten meine Eltern ungeduldig nach mir gerufen, und als ich schließlich aus meiner Starre erwachte, hatte ich mich mechanisch zum Auto geschleppt und auf den Rücksitz fallen lassen. Doch kaum war ich zu Hause gewesen, war ich in mein Zimmer gerannt und hatte seine Nummer gewählt.

Ich hatte keine Ahnung, wie ich ihm erklären sollte, warum ich das mit der Wette gesagt hatte. Aber ich sehnte mich danach, seine Stimme zu hören und ihm zu sagen, dass ich es ich es nicht so gemeint hatte. Eher würde ich keine Ruhe finden. Doch wie oft ich es auch versuchte und wie lange ich es auch klingeln ließ, Alexej hob nicht ab.

Ich klammerte mich an dem Gedanken fest, dass sein Akku leer sein musste, und verspürte eine tiefe Verlegenheit, wenn ich daran dachte, wie er auf dem Display *19 An-*

rufe in Abwesenheit entdecken würde. Aber im Innersten wusste ich, dass ich mich nur selbst belog. Es war offensichtlich, wieso er nicht reagierte. Er wollte nicht mit mir reden.

»Vielleicht hat er sein Handy verloren?«, mutmaßte Sara, als ich sie spät am Abend noch anrief und ihr alles erzählte. »Oder er hat die Nummer gewechselt!«

Ich schätzte ihre Versuche, mich aufzumuntern sehr, aber wie groß war die Wahrscheinlichkeit, dass dem so war? Eins zu einer Gazillion vielleicht. Nein, ich musste der Tatsache ins Auge sehen, dass ich es vermasselt hatte.

An Schlaf war dann natürlich nicht zu denken gewesen. Jedes Mal wenn ich die Augen schloss, glaubte ich mein Handy surren zu hören und als ich zum dritten Mal aufschreckte, gab ich schließlich auf. Und so saß ich stattdessen bis tief in die Nacht auf meinem Lieblingssessel und starrte abwechselnd auf das Display und hinaus in die Dunkelheit. Kurz nach zwei Uhr hatte es schließlich zu schneien begonnen und irgendwann musste ich dann doch noch eingenickt sein, denn ich erwachte kurz nach fünf, mit steifem Nacken und schmerzendem Rücken.

Mein Handy jedoch blieb nach wie vor stumm.

Und so blieb es auch. Weder am Freitag noch am Samstag gab er ein Lebenszeichen von sich und mir ging es mit jedem Tag schlechter. Am Sonntagmorgen hatte ich es aufgegeben, ihn erreichen zu wollen. Nicht einmal auf meine Textnachrichten reagierte er. Wann immer ich nachschaute, sah ich nur, dass er sie nicht gelesen hatte und so stürzte ich mich in alles, was ich tun konnte, um mich abzulenken.

Meine Eltern waren froh darüber, dass ich einen solchen Eifer zeigte. Sie gaben mir alle möglichen kleinen Aufgaben und bremsten mich sogar, als ich zum vierten Mal in Folge den Abwasch übernehmen wollte.

»Das ist wirklich lieb von dir, Schatz, aber willst du nicht lieber ein wenig raus gehen oder etwas mit Sara unternehmen?«, sagte meine Mutter und nahm mir lächelnd den Lappen aus den Händen. »Es geht ihr doch wieder besser, oder?«

Ich nickte abwesend.

Sie ließ Wasser ins Spülbecken laufen und gab einen Spritzer Seife hinzu. Dann scheuchte sie mich weg. Doch bevor ich die Küche verlassen konnte, sagte sie plötzlich: »Ach ja, da war noch was. Gestern hat Jelena angerufen.«

Ich blieb wie versteinert stehen.

Jelena hatte hier angerufen?!

Mit offenem Mund drehte ich mich zu meiner Mutter um, aber sie schien mein Entsetzen gar nicht zu bemerken und tauchte eine Schüssel ins Wasser. Ich ballte meine plötzlich eiskalten Finger zu Fäusten und wartete auf ihre nächsten Worte.

»Sie bat mich, dir auszurichten, dass sie sehr froh über deine Freundschaft mit Alexej ist und dass du einen guten Einfluss auf ihn ausübst.«

Meine Kehle schnürte sich zusammen.

»Wieso einen guten Einfluss?«, krächzte ich.

Sie drehte sich zu mir um und runzelte die Stirn. Ich war leichenblass geworden und der Horror, den ich empfand, musste mir ins Gesicht geschrieben sein.

»Ich dachte, er hätte es dir erzählt«, sagte sie und schnappte sich ein Geschirrtuch. »Geht es dir nicht gut, Schatz?«

»Was erzählt?«, fragte ich erstickt. »Was ist mit ihm?«

Sie trocknete sich die Hände.

»Er hat am Freitag einen Termin gemacht, er geht ab nächster Woche–«

Ich wartete nicht darauf, dass sie den Satz beendete. Ohne ein weiteres Wort stürmte ich aus der Küche, zur Haustür hinaus und in den Garten. Die Kälte schnitt mir ins Gesicht und stach in der Lunge, aber es interessierte mich nicht.

Ich brauchte Luft.

Ich stapfte aufgewühlt durch den knirschenden Schnee, immer auf und ab, auf und ab. Aber schließlich blieb ich stehen und presste die Hände an meine Schläfen. Das alles war zu viel. Das alles war einfach nicht in Ordnung.

Ich sank auf die Knie und begann bitterlich zu weinen.

Als ich wieder ins Haus kam, war ich durchgefroren.

Meine Finger spürte ich schon lange nicht mehr und meine Hausschuhe waren komplett durchnässt. Schneeklumpen hingen in der Wolle und schmolzen im Flur zu kleinen Pfützen. Ich streifte sie ab und klaubte meine Socken von den Füßen, bevor ich die Treppe hoch lief.

In meinem Zimmer zog ich mir den Pullover über den Kopf und hängte alles über die Heizung zum Trocknen. Ich strich abwesend über den Stoff, um die Falten zu glätten, bis mir mein unsinniges Handeln bewusst wurde und ich setzte mich aufs Bett. Mein Blick wanderte in die Ferne, irgendwo ins Nirgendwo.

Alexej hielt seine Versprechen.

Er würde es durchziehen, selbst wenn ich ihm klar machte, dass ich die Wette keineswegs gewonnen hatte – nicht gewinnen *wollte.* Er war nicht der Typ Mensch, der sich von dem abbringen ließ, was er sich in den Kopf gesetzt hatte. Seine Stärke lag darin, dass er sich nicht unterkriegen ließ, auch wenn alles den Bach runter ging.

Es war nicht seine körperliche Stärke, die ihn aufrecht stehen ließ, wenn man ihn niederdrücken wollte. Es war sein Wille und sein unerschütterliches Selbstvertrauen. So konnte er sich selbst der größten seiner Ängste stellen.

Ich raffte mich auf und schnappte mir meine Schultasche. Zeit, dass ich anfing, mir von seinen guten Eigenschaften eine Scheibe abzuschneiden.

Es ging nicht darum, mich zu verbiegen und mich fertig zu machen, wenn mir alles zu viel wurde. Ich war einfach ein emotionaler Mensch und das würde auch immer so bleiben, aber ich musste aufhören, mich deswegen zu verurteilen und es stattdessen einfach akzeptieren. War nicht genau das der Kern eines mutigen Menschen? Dass man sich selbst vertraute? Dass man sich traute?

»Ich kann das«, murmelte ich.

Bei allem, was ich in letzter Zeit erlebt hatte, war mir etwas völlig entgangen.

Ich hatte geglaubt, dass ich es geschafft hätte, davon loszukommen, es allen immer recht zu machen. Aber in Wirklichkeit hatte ich nur meine Aufmerksamkeit verlagert. Ich konzentrierte mich auf meine Gefühle für Alexej. Ich wollte es mir selbst recht machen. Ich wollte es Alexej recht machen. Ich wollte, dass nichts schief ginge, weil ich mit der Zurückweisung nicht würde umgehen können. Weil ich noch nie gut mit Zurückweisung umgegangen war. Weil ich fürchterliche Angst davor hatte.

Ich schaute hinaus in den winterlichen Abend.

Zeit, es so richtig zu vergeigen.

Alles auf eine Karte zu setzen.

Mit nichts Geringerem als dem, was mir wichtiger war als alles andere.

Zeit, mich *meiner* größten Angst zu stellen.

Zu sagen, ich wäre nicht nervös gewesen, wäre gelogen.

Aber diesmal versuchte ich nicht, mich zusammenzureißen, sondern akzeptierte einfach, dass es so war. Die Schulflure waren nahezu leer, als ich am Montagmorgen eintraf. Ich schnappte mir meine Bücher aus meinem Schließfach, stopfte sie in meine Tasche und ging zu meiner ersten Stunde.

Ich ließ meine Augen nicht umherschweifen, als ich durch die Gänge lief, und ich verbot es mir auch nur daran zu denken, was ich tun würde, wenn ich Alexej entdecken würde.

Ich würde ganz einfach spontan sein. Ich würde mir selbst zutrauen, die richtige Entscheidung zu treffen. Denn wie würde ich das von anderen verlangen können, wenn ich es selbst nicht hinbekam?

Die ersten zwei Stunden waren zum Glück einigermaßen spannend, sodass ich mich nicht sehr anstrengen musste. Für die nachfolgenden Lektionen bis zum Mittag stieß Sara zu mir.

Wir hatten nun so lange nicht mehr richtig quatschen können, dass sie lossprudelte wie ein Wasserfall. Nachdem sie sämtliche Bakterien erörtert hatte, denen sie die Schuld für ihre Erkältung gab, mir sieben Gründe nannte, weshalb es nicht zuträglich war, auf dem Bauch fernzusehen, wenn man durch die Nase keine Luft bekam und sich darüber ausließ, dass ihr Nachbar sie eine hässliche Vogelscheuche genannt hatte, als sie hustend und röchelnd aus ihrem Bett gekrochen war, um zu lüften, fühlte ich mich wesentlich entspannter.

Zumindest entspannt genug, um am Mittag neben ihr über den Gang zu laufen, ohne dass mir vor Aufregung schlecht war. Zumindest so lange, wie Sara fröhlich weiterplapperte. Aber als sie plötzlich abrupt stehen blieb und mir den Ellbogen in die Seite stieß, war es damit vorbei.

»Dina«, zischelte sie. »Da ist er!«

Mein Kopf schnellte herum und wanderte über die Masse an Schülern. Meine Augen glitten suchend über die Köpfe hinweg und ich runzelte die Stirn, doch dann folgte ich Saras Finger und da war er.

Ich schluckte.

Und wie er *da* war.

Er stand an seinem Spind, schwang sich gerade den Rucksack über die Schultern und schlug die Tür so heftig zu, dass sämtliche Umstehenden zusammenzuckten. Dann drehte er sich um und die Masse an Schülern teilte sich hastig vor ihm.

»Scheiße, Mann«, hörte ich einen Schüler zischen. Er boxte seinen Nebenmann in die Schulter. »Hör auf rumzublödeln, du hättest mich fast in ihn reingestoßen!«

»Jetzt mach dir nicht in die Hose«, entgegnete sein Freund, »was soll schon passieren, hä?« Ich kannte den Typen nicht und war mir sicher, dass er neu war.

»Bist du bescheuert?«, rief der Erste, »hast du verpasst, was der seit letzter Woche für eine Laune hat!? Geh dem besser aus dem Weg, sonst lernst du diese Schule besser und schneller kennen, als dir lieb ist!«

Die beiden entfernten sich streitend und Sara schnalzte ein paar Mal tadelnd mit der Zunge.

»Scheint, als hätte sich dein Herzbube in der Zwischenzeit ganz besonders beliebt gemacht. Mal ehrlich, was hast du dem armen Kerl angetan?«

Ich antwortete nicht. Zu sehr war ich damit beschäftigt, Alexej nachzuschauen, bis er am Ende des Flurs die Treppe runter verschwand. Dann setzte ich mich in Bewegung.

»Hey! Wo willst du hin?«, rief Sara, aber ich hörte gar nicht hin.

Ich drängelte mich durch die Schüler und fing an zu rennen, als ich freie Bahn hatte. Oben an der Treppe sah ich ihn in der Halle stehen und mit jemandem reden. Die beiden schlugen ein und Alexej lief weiter.

»Alexej!«

Ich hastete die Treppe hinunter, quetschte mich an den Leuten vorbei. Ich rief erneut nach ihm, hatte aber keinen Erfolg. Alexej zuckte weder zusammen noch gab es sonst ein Anzeichen, dass er mich bemerkt hatte. Erst als ich unten angekommen war, und er gerade im Begriff war, in einem Schulzimmer zu verschwinden, hielt er mit einem Mal inne.

Ich stockte, als er sich umdrehte. Für eine Zehntelsekunde, so schien es mir, trafen sich unsere Augen. Aber anstatt stehen zu bleiben, senkte er nur den Kopf und einen Moment später, war er weg. Mit offenem Mund starrte ich auf den

Fleck, an dem er eben noch gestanden hatte. Es dauerte ein paar Sekunden, bis die Erkenntnis in meinen Verstand sickerte. Alexej wich mir aus. Ich war mir sicher, dass er mich gesehen hatte. Aber er machte deutlich, dass er im Moment nicht mit mir reden wollte und dass ich ihn in Ruhe lassen sollte. Der Schmerz, der sich in meinem Herzen ausbreitete, war beinahe unerträglich, als ich das realisierte und ich bekam es langsam wirklich mit der Angst zu tun.

Ich hatte mich so daran gewöhnt, dass er ein Teil meines Lebens war, dass es weh tat, mir vorzustellen, es könnte einmal nicht so sein. Ich wollte mir gar nicht vorstellen, wie es war, nie wieder mit ihm zu reden. Und ich konnte mir kaum noch vorstellen, dass es eine Zeit in meinem Leben gegeben hatte, in der ich ihn nicht gekannt hatte.

Wie wohl alles verlaufen wäre, wenn der Maibach mich damals nicht mit den Karten losgeschickt hätte? Wenn ich niemals im Keller eingesperrt gewesen und Alexej meine Tasche nicht bemerkt hätte? Wenn er nicht gekommen wäre, um nach mir zu sehen? Dann würden wir uns heute gar nicht kennen.

Das Leben wäre weiter verlaufen wie bisher. Ich wäre zu der Party gegangen, hätte Simons Eltern über einem Gläschen Traubensaft kennengelernt und würde mich noch heute von ihm verarschen lassen. Ich würde mich im Flur vertrauensvoll an ihn lehnen, über seine flachen Witze kichern und ihn mit einem Kuss zu seiner Arbeit verabschieden. Allein bei der Vorstellung schüttelte es mich. Er würde hinter meinem Rücken mit der ebenfalls ahnungslosen Vanessa turteln und ich bliebe auf ewig das treuherzige Mädchen, das anderen den Kram hinterher trug und blauäugig in die Welt starrte.

Und Alexej wäre nur ein Fremder, der im Gang an mir vorbei liefe.

Ich würde versuchen, einen weiten Bogen um ihn zu machen, um seine Aufmerksamkeit auf keinen Fall auf mich zu ziehen, wenn er in seinen ausgelatschten Turnschuhen daher geschlendert käme, die Hände in den Hosentaschen. Er wäre jemand, vor dem ich mich fürchtete und über den ich nichts weiter wüsste als die Gerüchte, die um ihn kursierten, und die Lügen, mit denen Simon mich fütterte und die ich schluckte, ohne weiter nachzudenken.

Unsere Wege würden sich kreuzen, ohne dass ich eine Ahnung davon gehabt hätte, wer er ist.

Die Vorstellung allein war grauenhaft.

Was, wenn nun alles ruiniert wäre?

Ich ließ die Schultern hängen.

Den Nachmittag über saß ich still auf meinem Stuhl und lauschte den monotonen Vorträgen meiner Lehrer und dem ewig summenden Stimmengewirr meiner Mitschüler, wenn die Pause anbrach. Sara schaute mich immer wieder besorgt von der Seite an. Als sie schließlich ging, weil wir die letzten beiden Stunden getrennt Unterricht hatten, strich sie mir nur über die Schulter und lächelte. »Bis später, ja?«

Ich lächelte schmal zurück.

Die letzten beiden Stunden hatte ich im dritten Stock, von wo man bequem über den Schulhof blicken konnte, wenn man am Fenster saß. Ich suchte mir einen Platz ganz hinten und starrte durch die Scheibe in den stahlgrauen Himmel. Dem Lehrer hörte ich gar nicht erst zu. Das brachte heute einfach nichts. Stattdessen ließ ich meine Augen wandern. Ich beobachtete ein paar Schüler, die jetzt bereits frei hatten und dem Eisentor zustrebten. und betrachtete die niedergetrampelte Schneedecke, in der irgendein Verrückter einen Schneeengel hinterlassen hatte. Zuletzt schweifte mein Blick über die knorrigen Äste der Bäume, den großen Platz und die Bänkchen und blieb schließlich am Brunnen hängen.

Er war für den Winter geleert worden, damit er nicht zufror und als ich das sah, rollte ich mit den Augen. War ja nicht so, als hätten sie das Wasser nicht schon vor ein paar

Wochen ablassen können, damit ich nicht in den eisigen Trog hätte steigen müssen.

Ich blinzelte.

Die Erinnerung an den Tag, als Sara mich aufgelöst angerufen hatte, kam wie ein Blitzschlag zurück. Ich sah mich vor meinem geistigen Auge nach dem Tagebuch fischen und dann mit tropfnassen Hosen vor der Sekretärin stehen. Ich sah Alexejs Gesicht vor mir, als er den Gegenstand in meiner Hand erkannte und wie er aufsprang.

Es schien mir, als würde ich noch einmal spüren, wie er mir zum ersten Mal die Hand auf die Schultern legte. All die Tage, die seither ins Land gezogen waren, hatten mein Leben gründlich auf den Kopf gestellt und die Erinnerung brachte Stimmen, Bilder und Gerüche zurück.

Ich sah den Tag vor mir, an dem wir Schlittschuhlaufen gewesen waren und wie er mir danach erzählt hatte, was damals mit Simon vorgefallen war. Ich erinnerte mich an die vergangenen Herbsttage, den Spielplatz mit seinen Schwestern, die goldene Sonne über den Häuserblocks und Alexejs schiefes Grinsen. Die vielen Male, in denen er mich ausgelacht oder spöttische Bemerkungen gemacht hatte und dabei eine Augenbraue hob.

Ich dachte daran, wie wir nebeneinander hergegangen waren, erinnerte mich an seinen Geruch und die Wärme in seinem Blick, sah all die Momente vor mir, in denen wir uns missverstanden hatten. Ich erinnerte mich daran, wie er die Beherrschung verloren hatte und meine eigene Hilflosigkeit, die mich ihm näher brachte. Ich schloss die Augen, als vor meinem inneren Auge das Bild seiner zusammengekauerten Gestalt, in der Nacht auf dem Friedhof, aufblitzte.

Mein Herz klopfte, laut und stark, als diese Erinnerungen mich durchfluteten. Seine Augen, die mir folgten und das sanfte Lächeln auf seinen Lippen, wenn ich seinen Blick hielt.

Die Schulglocke klang weit entfernt, als die Stunde zu Ende war, und Schüler gingen an mir vorbei, rempelten sich gegenseitig an und beeilten sich raus zu kommen.

Ich kam erst richtig zu mir, als jeglicher Lärm verklungen war und als ich aufschaute, war ich allein.

Langsam stand ich auf, räumte die Bücher zurück in meine Tasche und verließ das Schulzimmer. In meinem Herzen hatte sich eine Gewissheit festgesetzt, die meine Schritte beschwingte. Die Sorgen, die mich den ganzen Nachmittag gequält hatten, verflüchtigten sich eine nach der anderen.

Alexej würde mich nicht aus seinem Leben streichen. So war er nicht!

Er wollte nur ein paar Tage seine Ruhe. Ich hatte ihn verletzt und es war verständlich, dass er Zeit brauchte, um seine Gedanken zu sortieren.

Aber wenn einer hier wusste, dass Alexej nicht nachtragend war, dann ich. Er mochte mir eine neue Seite an sich gezeigt haben, aber das war nur ein Teil seiner Persönlichkeit und löschte den Rest nicht aus.

Er mochte vielleicht wütend sein, aber die Tage, an denen ich mich vor ihm fürchtete und mich fragte, wie es jemand bloß schaffen könnte, ihm die Stirn zu bieten, gehörten schon lange der Vergangenheit an. Ich hatte kein Problem damit, mich einem wütenden Alexej mitten in den Weg zu stellen. Er wollte möglicherweise nicht mit mir konfrontiert werden, solange er versucht war, mir den Hals umzudrehen.

Aber ich war bereit, mir den Hals umdrehen zu lassen.

Ich fischte mein Handy aus der Tasche und schrieb Sara.

(15:03) Kannst du Alexej und mich für die letzte Stunde entschuldigen?

Als die Antwort kam, musste ich kichern.

(15:04) Zu Befehl! :D

(15:11) Erledigt! Euch geht's offiziell nicht gut.

Sara war einfach die Beste.

Ein paar Minuten später piepte mein Handy noch mal.

(15:13) Aber du wirst doch etwas tun, damit sich das ändert, oder? ;)

Ich grinste breit und steckte es in meine Jeans. Dann schulterte ich den Träger meiner Tasche, stieß die Luft aus und richtete meinen Blick auf die steilen Stufen vor mir, die unten im Dämmerlicht verschwanden.

Und los!

Die Treppe war steiler, als ich sie in Erinnerung hatte.

Als ich vor der grünen Tür stand, entkam mir ein Schnauben. Der Knauf war noch derselbe wie damals und nichts hatte sich verändert. Man hatte nur ein Schild angebracht, auf dem in krakeligen Lettern davor gewarnt wurde, dass die Tür von innen nur mit Schlüssel zu öffnen war.

Aber ich würde mich garantiert nicht darüber beschweren, denn mein Plan setzte auf die Nachlässigkeit unseres Hausmeisters und ich wurde nicht enttäuscht.

Als ich die schwere Tür aufstieß und im Rahmen stehen blieb, entdeckte ich allerdings noch einen Keil, den man für alle Fälle bereitgelegt hatte.

Ich grinste breit.

»Dich brauch ich nicht.«

Mit Schwung kickte ich ihn in den Raum hinein, wo er mit einem hellen Klackern über den Boden sprang und gegen ein Bücherregal prallte. Der Raum lag in einem Halbdunkel, das von dem Schnee herrührte, der im Schacht von außen gegen die Fensterchen drückte. Dort, wo Alexej eines von ihnen mit dem Stein rausgeschlagen hatte, war ein Stück

Pappe angebracht worden, das nun lose und durchweicht herunterhing.

Jemand hatte die Scherben weggefegt, aber der Boden war noch immer mit vereinzelten Splittern übersäht und auch der Tisch stand unter dem Fenster, so, wie wir ihn zurückgelassen hatten. Ich erinnerte mich mit einem Lächeln daran, wie wir uns damals angegiftet hatten. Daran, wie er mich hochgehoben und geschüttelt und ich seinen Kopf zurückgerissen und in seine zornigen Augen gestarrt hatte.

Wir hatten einen langen Weg zurückgelegt bis hierher.

Damals hatte ich noch gedacht, er hätte mich absichtlich hier drin schmoren lassen.

Jetzt hingegen wusste ich, dass er keine Sekunde zögern würde, mich hier herauszuholen.

Ich wusste es einfach.

Wenn er nicht zuließ, dass ich *zu ihm* kam, dann würde ich eben dafür sorgen, dass er *zu mir* kam. Ich kramte mein Telefon erneut aus der Tasche, tippte auf seinen Namen und schrieb:

(15:17) Bitte hilf mir, Alexej!

Als ich auf *Senden* drückte, zitterten meine Finger, aber ich tat es ohne zu zögern.

Dann wartete ich und starrte auf die Häkchen unter der Nachricht. Er hatte sie erhalten, aber würde er sie diesmal auch lesen? Ich wartete mehrere Minuten, aber nichts geschah und meine Nerven lagen blank. Aber als ich bereits anfing, herumzuhibbeln und still »Bitte, bitte«, vor mich hin zu murmeln, geschah das Wunder. Die Häkchen wurden blau und keine zehn Sekunden später klingelte es.

Ich zuckte vor Überraschung zusammen und schob einen Moment Panik, aber dann hob ich schnell ab.

»Was ist los? Wo bist du?!«

Seine Stimme war schneidend, aber ich schluckte schnell und stammelte nervös: »I-Ich hab mich eingesperrt.«

Jetzt gab es kein Zurück mehr. Ich ließ den Knauf los.

Die Tür fiel unendlich langsam zu, doch das laute Geräusch, das folgte, als der Riegel einrastete, war laut und deutlich durchs Telefon zu hören.

Es schien im Raum nachzuhallen, wie ein metallisches Echo.

Eine Weile herrschte Stille am anderen Ende und ich lauschte aufgeregt. Dann hörte ich ihn tief ausatmen und mein Herz machte einen Satz.

»Ich komme.«

Meine Finger zitterten und waren eiskalt vor Aufregung, als ich wartete. Ich knetete meine Hände und wanderte auf und ab. Ich war so nervös, dass ich glaubte, tausend Tode sterben zu müssen, bis ich schließlich hörte, wie jemand die Treppe runter kam. Seine Schritte waren sicher und schnell und ich versuchte mich zu sammeln.

Aber als der Knauf sich drehte, rutschte mir das Herz dennoch in die Hose. Dann ging die Tür auf und Alexej erschien. Seine breiten Schultern schoben sich durch den Rahmen und er hielt die Tür mit einer Hand auf, als er in den Raum spähte. Als sich unsere Augen begegneten, spiegelte sich Sorge in den seinen und ein warmes Gefühl durchflutete mich. Aber dann erkannte er offensichtlich, dass mir nichts fehlte, und er maß mich mit einem grimmigen Blick.

Mein Herz schlug mittlerweile so schnell, dass ich das Gefühl hatte, als würde es mir aus der Brust springen.

Er räusperte sich, ruckte dann mit dem Kopf und knurrte: »Komm raus.«

Ich biss mir auf die Unterlippe und schüttelte den Kopf. Einen Moment lang schien er überrascht, aber dann wurden seine Züge wieder hart wie Granit.

»Wenn du hier nicht rauskommst, dann trag ich dich!«

Oh, daran hatte ich keinen Zweifel.

Aber ...

»Dazu müsstest du die Tür loslassen.«

Ein paar Sekunden verstrichen, in denen er meine Worte auf sich wirken ließ. Aber dann runzelte er die Stirn, als ihm klar wurde, was ich hier tat. Er konnte nicht weglaufen vor mir, denn sonst würde er mich einschließen. Seine einzige Option war es, mich rauszuschleppen, aber das ging ebenfalls nicht, denn während er versuchte, mich zu kriegen, würde die Tür zufallen und wir säßen beide hier fest.

Ein anerkennendes Funkeln trat in seine Augen.

»Gar nicht so übel«, sagte er leise.

Seine Stimme hatte einen sanften Ton angenommen. Er gab sich zwar Mühe, weiter finster zu schauen, aber ich kannte ihn schon zu gut. Seine Mundwinkel zuckten wider Willen.

Alexej war amüsiert.

Er musterte mich und er schien nicht weniger auf der Hut zu sein als ich. Das, was ich letzten Mittwoch zu ihm gesagt hatte, stand noch immer zwischen uns und ich konnte nicht länger; ich musste es aus dem Weg räumen.

Ich rang die Hände, auf der Suche nach den passenden Worten, aber dann platzte es einfach aus mir heraus: »Es tut mir so leid, was gesagt habe! Ich habe alles auf die Wette geschoben, dabei hatte sie nichts mit all dem zu tun! Ich war einfach nur zu feige, dir zu sagen, wie viel du mir bedeutest. Ich war überfordert. Den Deal hatte ich längst vergessen und ich würde dich niemals dazu zwingen, in die Therapie zu gehen. Nicht nach allem, was ich erfahren habe.« Ich starrte ihn verzweifelt an. »Jelena hat am Samstag bei uns angerufen, um sich bei mir zu bedanken, und ich fühle mich schrecklich deswegen. Ich habe es nicht deshalb getan.« Ich holte zittrig Luft. »Bitte verzeih mir, dass ich lieber in Kauf genommen habe, dir weh zu tun, als über meinen Schatten zu springen. Ich bin eine Egoistin.«

Alexej schaute mich stumm an. Dann räusperte er sich und knurrte: »Du bist keine Egoistin.«

»Aber ich habe dich angelogen«, beharrte ich und senkte den Blick. »Ich hatte Angst.«

»Angst wovor, Sonnenschein?«, fragte er, seine Stimme wieder sanft.

Ich knetete wieder meine Finger und schaute schließlich blinzelnd zu ihm hoch. Der Ärger war komplett aus seinen Zügen gewichen und an seiner Stelle sah ich nun eine vorsichtige Frage.

Das Herz schlug mir bis zum Hals, als wir uns in die Augen schauten. Wir standen uns nun so nahe, dass ich fast zu atmen vergaß. Mein Blick streifte über seine Nase, den kantigen Kiefer und blieb an seinem Mund hängen.

»Angst dir zu sagen, dass–«

»Dass?« Seine Stimme klang rau.

Ich nahm all meinen Mut zusammen, legte ihm die Hand auf die Brust und spürte wie sein Herz schlug, so schnell wie mein eigenes. Dann wanderte ich höher und griff nach seinem Kragen. Mit sanfter Gewalt zog ich ihn zu mir hinunter.

»Dir zu sagen, dass ich mich in dich verliebt habe.« Meine Stimme kippte.

Seine Augen weiteten sich überrascht und bevor ich den Mut verlieren konnte, sagte ich es noch einmal.

»Ich liebe dich, Alexej.«

Und noch ehe ich nachdenken konnte, überwand ich die letzten Zentimeter und strich mit meinen Lippen federleicht über seine. Ein glühendes Ziehen sackte in meinen Magen hinunter und mein Atem ging schnell.

Alexejs eisblauen Augen waren weit aufgerissen, als ich zurücktrat.

»Ich ... Ich ...«, entkam es mir stotternd. Hitze schoss in meine Wangen und ich wich zurück. Doch ich kam nicht weit. Alexejs Hand schoss vor und er zog mich mit einem Ruck an sich ran. Ich glaubte, ich müsse auf der Stelle sterben, als er seine Stirn gegen meine presste. Unsere Nasenspitzen berührten sich.

»Hiergeblieben«, sagte er heiser. Noch nie hatte sich seine Stimme so tief und rau angehört wie jetzt.

Ich spürte seine Wärme und schloss die Augen, als er seine Hand an meine Wange legte. Sein Daumen strich über meinen Mundwinkel und fuhr über meine Unterlippe. Seine Berührung brannte auf meiner Haut und hinterließ glühende Spuren.

Dann schlang er einen Arm um meine Taille, eine Hand grub sich in meine Haare und er zog mich an sich. Sein Mund fand meinen und dann verlor sich jeder Gedanke im Nirgendwo. Ich spürte nur noch seine Lippen auf meinen und seine Zunge, die einen Stromstoß durch meinen ganzen Körper schickte. Wir keuchten beide in den Kuss und er drängte mich rückwärts.

Seine Hände fuhren über meine Hüften, als wir gegen einen Tisch krachten und wanderten höher, schoben sich unter mein Shirt. Ich schlang meine Arme um seinen Hals und grub meine Finger in seine Schultern. Sein Körper presste sich gegen meinen und der Kuss wurde sanfter, langsamer.

Wärme durchflutete mich, als er mir behutsam eine Strähne aus der Stirn strich, über meine Wange streichelte und sich von mir löste.

»Ich liebe dich, Dina.«

Das Geständnis kam so plötzlich, dass mir der Atem stockte. Ich starrte in sein ernstes Gesicht und mein Herz klopfte laut. Alexej räusperte sich, plötzlich sehr verlegen, und holte tief Luft.

»Aber du hast echt ewig gebraucht«, grummelte er dann.

Meine Augen wurden riesig.

Dieser Fiesling!

Doch bevor ich etwas sagen konnte, küsste er mich erneut sanft und mein Protest wurde erstickt. Ich spürte ihn an meinem Mund grinsen und boxte ihm leicht in den Bauch, worauf er nur noch breiter grinste.

In diesem Moment wusste ich, dass wir es schaffen würden.

Es würde vielleicht nicht einfach werden und möglicherweise sogar schwieriger als alles, was bereits hinter uns lag. Alexejs Wunden würden Zeit brauchen, um zu heilen, und ich würde nicht von heute auf Morgen lernen, über meinen eigenen Schatten zu springen. Viele neue Tage warteten noch auf uns. Merkwürdige Blicke, besorgte Eltern, Missverständnisse, neidisches und niederträchtiges Geschwätz in der Schule und jede Menge Gerüchte.

Nein, es würde wirklich nicht einfach werden.

Aber wir würden es schaffen. Das wusste ich ganz genau.

Hinter uns fiel die Tür mit einem Klacken ins Schloss.

Epilog

»Sei ja vorsichtig damit!«, mahnte meine Mutter, als ich die Tortenplatte von der Theke hob. Ihr besorgter Blick folgte mir bis zur Schiebetür in den Wintergarten und ich rollte mit den Augen.

Natürlich wollte ich das zweistöckige, mit bonbonrosa Guss überzogene Wunder nicht gleich auf den Boden befördern. Ich hatte die letzten beiden Stunden damit verbracht, beim Backen zu helfen und war von oben bis unten mit Mehl und Puderzucker bestäubt. Zum Glück hatte ich meinen alten ausgeleierten Pulli angezogen. Um genau zu sein, war es ein alter Pulli von Alexej, den ich ihm geklaut hatte, aber er sagte nichts weiter dazu und schließlich war er in meinen Besitz übergegangen.

Ich trat vorsichtig über die Schwelle und hinaus ins Freie.

Der Frühling hatte unlängst Einzug gehalten und überall begannen die Blumen ihre Blüten und Kelche zu öffnen, deren honigsüßer Duft schwer in der Luft lag und sich mit dem würzigen Geruch des Barbecues mischte, das wir veranstaltet hatten. Ich atmete tief ein und lächelte. Schon seit Wochen stiegen die Temperaturen langsam an und heute war das Wetter geradezu traumhaft schön.

Ich konnte kaum glauben, dass schon fünf Monate vergangen waren, seit ich Alexej meine Liebe gestanden hatte.

Zwei Wochen nach dem Vorfall auf dem Pausenhof, hatte Simons Mutter einen Brief an die Schulbehörde geschickt und ihren Sohn offiziell abgemeldet. Ich hatte ihn seither nicht mehr gesehen und es ging das Gerücht um, dass er seit

Anfang des Jahres nun tatsächlich auf irgendeines dieser englischen Jungeninternate ging. Das brachte mich jedes Mal zum Schmunzeln, wenn ich daran dachte. Besonders, da der Slogan des Internats »Ehrlichkeit und Disziplin« lautete. Schien, als würde dem armen Kerl noch so einiges blühen.

Vanessa hingegen hatte sich mittlerweile mit Alexej ausgesprochen und wir hielten einen lockeren Kontakt. Die beiden würden wohl nie mehr richtige Freunde werden, aber ich hatte das Gefühl, als hätte es ihnen gut getan, darüber zu reden. Besonders Alexej, dem das Gespräch sichtlich half, die Vergangenheit ein Stück weit abzuschließen.

Nach so vielen Jahren war der Konflikt zwischen den drei Freunden endlich beigelegt und diese Tatsache ebnete Alexej den Weg, sich auf die Therapie einzulassen. Anfangs war es ihm schwergefallen und er hatte den Psychologen sprichwörtlich mitten im Satz abgewürgt und ihn sitzen lassen. Aber mittlerweile ging er regelmäßig hin und seine Fortschritte machten sich bemerkbar. Er wirkte deutlich entspannter, war weniger schnell gereizt und lächelte öfters als früher.

Seinen trockenen Humor hatte er allerdings nicht eingebüßt.

Ich lächelte, als mein Blick auf ihn fiel. Er stand am Tisch und deckte gerade für den Kuchen auf, doch als er mich bemerkte, hob er den Kopf. Ein breites Grinsen begann sich auf seinem Mund zu formen, als er mich von oben bis unten musterte. Er lehnte sich rücklings an den Tisch.

»Na, wenn das nicht meine Torte ist«, sagte er und zwinkerte.

Ich rollte die Augen.

»Der Kuchen ist nicht für dich, du Vielfraß!«

Alexej lachte.

»Den Kuchen habe ich auch nicht gemeint.«

Die Röte schoss mir ins Gesicht, als der Groschen fiel. Vor lauter Verlegenheit übersah ich das Bein des Sonnenschirmständers und blieb mit dem Fuß hängen. Mit einem Schrei stolperte ich vorwärts und balancierte die Tortenplatte. Die Kerzen kippten und landeten im Guss. Gerade rechtzeitig fing ich mich noch ab.

»Heilige Scheiße!«, keuchte ich und stellte den Kuchen so schnell als möglich ab.

Alexej lachte so laut, dass er sich hinsetzen musste. Ich starrte ihn bitterböse nieder, aber er kriegte sich gar nicht mehr ein und schließlich konnte ich mein Schmunzeln auch nicht mehr unterdrücken.

»Willst du mir nicht helfen?«

Alexej lehnte sich breitbeinig vor. »Nein.«

Ich schnaubte tadelnd. »Du bist ein Trottel.«

Er grinste schief.

»Wer hat die Torte fast fallen lassen?«

Ich fischte die Kerzen aus der Sahne und steckte die Hälfte davon wieder fest.

»Lass ja alle Kerzen drauf!«, krähte meine Mutter aus der Küche, als würde sie ahnen, dass ich mich nicht an die Abmachung hielte. Aber mal ehrlich, die Zwillinge wurden sechs und nicht zwölf!

Ich schaute über den Garten hinweg zur Schaukel, von der Lana gerade herunterkletterte und zu meinem Vater stürmte, um ihre Hand in seine zu schieben. Die Zwillinge hatten meinen Vater innerhalb kürzester Zeit um den Finger gewickelt. Alles, was es brauchte, war ein Abend, an dem Alexej sie mit zu mir brachte, weil sonst niemand aufpassen konnte, und seither hatte er einen Narren an ihnen gefressen. Nun plapperten sie laut und fröhlich, während sie um seine Aufmerksamkeit buhlten. Die Schaukel hatte er bereits im Winter installieren lassen und er dachte noch über eine Rutsche nach. Meine Mutter hingegen sprach sich vehement dagegen aus und betrachtete ängstlich ihre sorgfältig angelegten Blumenbeete.

Zwar hatte sie die beiden ebenfalls ins Herz geschlossen, aber sie und Jelena waren mittlerweile eng befreundet und sorgten gemeinsam dafür, dass die Kleinen nicht zu sehr verhätschelt wurden.

»Er verwöhnt die beiden viel zu sehr«, hatte meine Mutter sich vorhin in der Küche bei Jelena beschwert, und auch noch jetzt hörte ich die beiden klatschen und tratschen, während sie mit damit beschäftigt waren, die Cupcakes zu verzieren.

Ich ging zu Alexej hinüber. Er lehnte sich zurück, als ich mich auf seinem Schoß niederließ, legte einen Arm um meine Hüfte und zog mich näher. Mein Kopf landete an seiner Schulter, als ich die Augen schloss und den Geräuschen um mich herum lauschte.

Ich spürte Alexejs Lippen über meinen Hals wandern und seufzte zufrieden.

Als ich mich ihm zuwandte, strich er mir mit dem Finger über die Wange. Ich sah, dass er Schokolade weggewischt hatte und meine Augen wurden groß, als er den Finger in den Mund steckte und ableckte.

»Lecker.«

Egal, wie viele Wochen vergingen, wenn er mich so ansah wie jetzt, dann wurde mir ganz warm und flau im Magen. Manchmal konnte ich immer noch nicht ganz glauben, dass er mein Freund war, aber es verging nie viel Zeit, bis er mich wieder sehr deutlich daran erinnerte.

»Worüber denkst du nach?«, fragte er jetzt.

»Über dich«, sagte ich leise.

»Über mich?«

»Ja.«

»Mmmh.« Alexejs Mund wanderte höher und über meine Wange. »Erzähl mir mehr.«

Ich kicherte und schüttelte den Kopf. »Du willst doch nur hören, wie toll ich dich finde und wie wahnsinnig verliebt ich in dich bin. Ehrlich, ich will gar nicht genau wissen, worüber du gerade nachdenkst.«

Er schaute mich gespielt gekränkt an, lächelte dann aber und sagte leise: »Was ich denke? Ich denke, dass du schön bist.«

Ich errötete heftig.

Alexej tat so etwas ständig. Völlig unerwartet sagte er solche Dinge mit einer Ernsthaftigkeit, die mir den Atem raubte. Ein Blick ins Fenster des Wintergartens offenbarte mir jedoch, wie zerzaust ich aussah.

»Du bist so schön.«

»Hör auf damit«, grummelte ich und klopfte mir das Mehl vom Oberteil. Alexej schob mich ein Stück zurück, erhob sich dann und zog mich in derselben Bewegung wieder an sich. Meine Arme lagen auf seinen Schultern und seine eisblauen Augen strahlten eine tiefe Wärme aus, als er mich anschaute.

»Schön.«

»Hör auf.«

»Wahnsinnig schön.«

Er beugte sich runter und gab mir einen sanften Kuss.

»Dina«, murmelte er. Der Kuss wurde tiefer und ich hielt mich an ihm fest. Mein Bewusstsein verabschiedete sich und ich fühlte nur noch. Ein tiefes Seufzen entrang sich mir.

»Erde an Dina und Alexej!«

Mit einem Stöhnen löste er sich von mir und ich protestierte entrüstet. Ich spürte sein unterdrücktes Lachen unter meinen Fingern auf seiner Brust und atmete seinen Geruch tief ein, bevor ich ihn losließ.

»Na, dann wollen wir mal«, grummelte er amüsiert und nahm meine Hand. Mit verschränkten Fingern liefen wir zum Gartentisch, wo bereits alle wild damit beschäftigt waren, zu schwatzen, zu lachen und die Kerzen anzuzünden.

»Warte«, sagte ich, als er sich setzte, »ich geh nur schnell hoch und zieh mir was Leichteres an.«

»Nicht nötig«, brummte Alexej, aber ich schüttelte ihn lachend ab.

Ich lief ins Haus und stapfte die Treppe hoch ins Badezimmer. Ich wusch mir das Gesicht und zog mir den Pulli über den Kopf, um ihn in die Wäsche zu werfen. Durchs geöffnete Fenster konnte ich den azurblauen Himmel sehen und hörte die fröhlichen Stimmen meiner Familie. Ich warf einen Blick hinunter als die Zwillinge anfingen, sich über das größere Stück vom Kuchen zu streiten, und kicherte, als Alexej sie mit Kopfnüssen zur Ruhe rief.

Dann wandte ich mich ab, um wieder hinunter zu gehen, doch als ich am Spiegel vorbeikam, blieb ich stehen.

Das Mädchen, das mir entgegenblickte, sah glücklich aus.

Ihre Augen funkelten und versprühten Lebensgeist. Eine tiefe Zufriedenheit lag in ihren Zügen und ein selbstbewusstes Lächeln spielte um ihren Mund.

Sie war dort angekommen, wo sie sein wollte. Und als ich mich schließlich abwendete und wieder auf den Weg in den Garten machte, da hätte ich schwören können, ich hätte für einen Moment gesehen, wie sie mir zuzwinkerte.

Auf alles, was noch kommt! xoxo, Kuralie

Wie es weitergeht

Du möchtest wissen, wie es weitergeht? Mithilfe des QR-Codes findest du zwei Bonuskapitel!